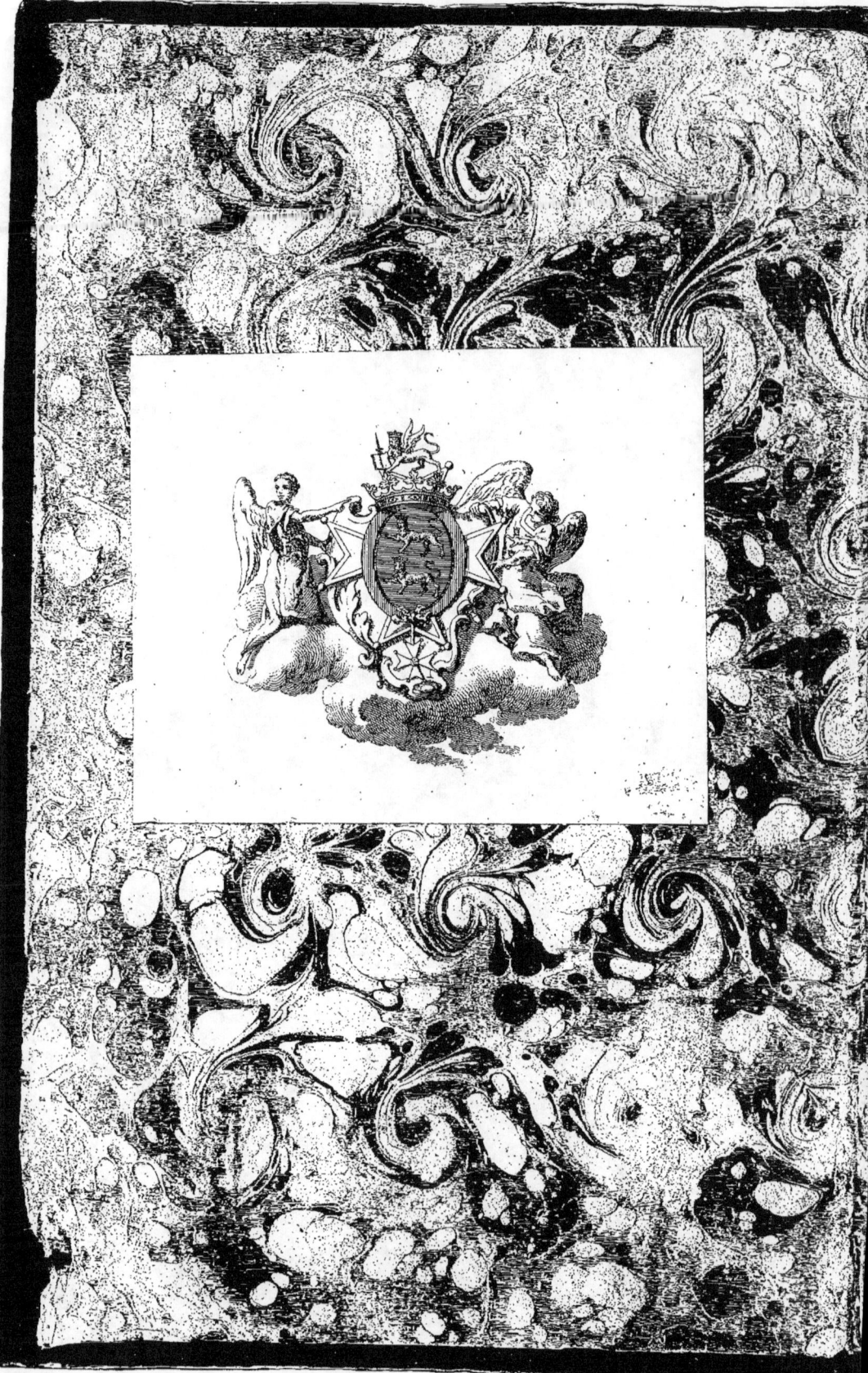

11281 S. A.

J. et. Artt. 4539.

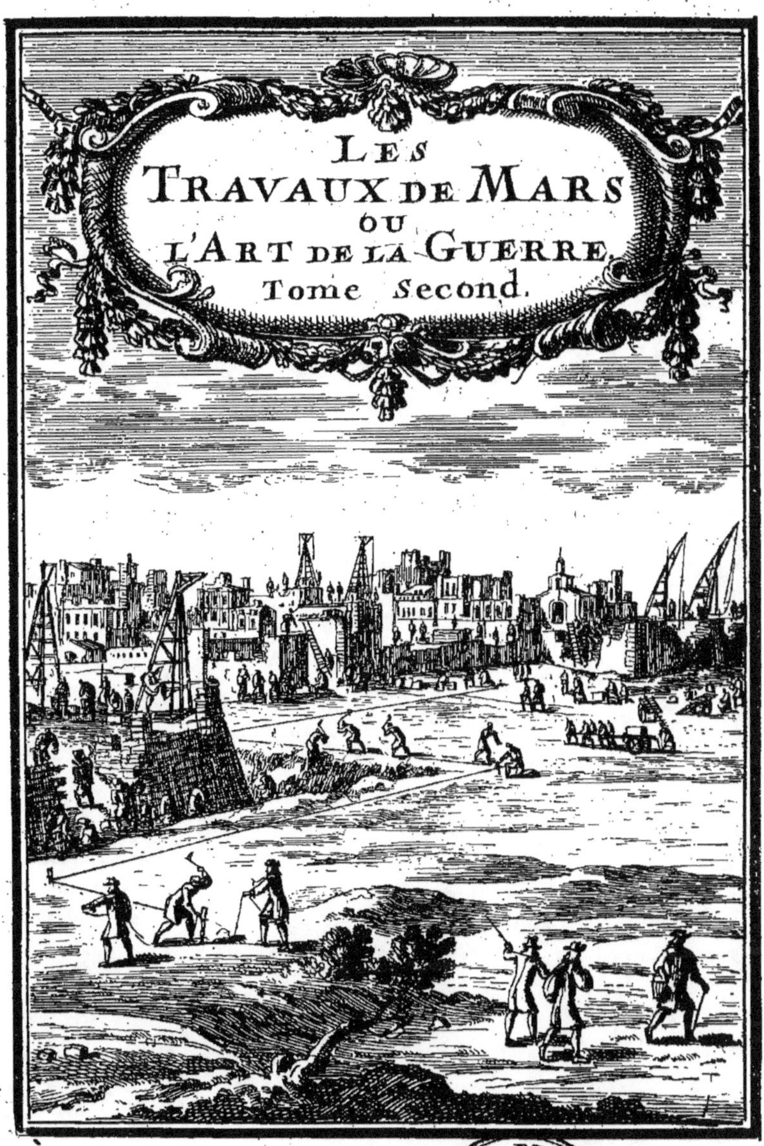

# LES TRAVAUX DE MARS
## ou
## L'ART DE LA GUERRE
### Tome Second.

# LES
# TRAVAUX DE MARS,
## OU
# L'ART DE LA GUERRE.
## TOME SECOND.

### CONTENANT

La maniere de conſtruire & de fortifier toutes ſortes de Villes & de Places; ſelon toutes les diverſes manieres qui ont eſté inventées juſqu'à preſent par les plus Sçavants Auteurs, & les plus Fameux Ingenieurs qui ont traitté de cette Science : comme ERRARD, MAROLOIS, FRITACH, STEVIN, DOGEN, MARCHI, SARDI, DEVILLE, le COMTE DE PAGAN & autres.

Avec des Remarques ſur les avantages & les deſavantages de leurs Methodes; & le Parallele de leurs Conſtructions avec celle de l'Auteur, & d'amples Diſſertations pour & contre l'uſage des Cazemates, des Fauſſes-brayes, & des ſeconds Flancs : enſemble les raiſons de l'Auteur, pour les Flancs & les Cazemates de ſes Places.

### DEDIEZ AU ROY.

Par ALLAIN MANESSON MALLET, *Maiſtre de Mathematiques des Pages de la petite Ecurie de ſa Majeſté, cy-devant Ingenieur & Sergent Major d'Artillerie en Portugal.*

## A PARIS;

Chez DENYS THIERRY, ruë S. Jacques, à l'Enſeigne de la Ville de Paris, devant la ruë du Plâtre.

M. DC. LXXXIV.
## AVEC PRIVILEGE DU ROY.

# PREFACE.

'AY long-temps balancé fur l'ordre que je devois tenir dans cette Seconde Partie, & aprés
avoir beaucoup de fois confulté mes Amis fur
mes fcrupules, je me fuis enfin determiné fur
cette Lettre que m'envoya un des plus zelés d'entr'eux.
Je veux bien la rapporter icy, non feulement parce
qu'elle fait à ma décharge, mais encore parce qu'elle eft
pleine de Reflexions, qui peuvent fervir fur d'autres
matieres.

## MONSIEUR,

On dit que vous avez changé le deffein que vous aviez
fait d'examiner dans voftre Livre de Fortification les differentes Maximes des fameux Autheurs qui ont traité le mef-
me fujet, & que par un fentiment de modeftie vous craignez
qu'on n'empoifonne voftre intention, & qu'on ne vous ac-
cufe d'avoir voulu donner quelque atteinte à la reputation
de ces Grands Hommes. Mais parce qu'il fe rencontrera quelques mauvais interpretes de vos deffeins, faudra-t-il que
vous priviez le Public de ce qu'il y a de meilleur dans la
Science que vous expliquez, & que vous fupprimiez la feule chofe qui peut donner les veritables lumieres dont les
Hommes du Métier ont befoin ? Vous ne nous donnerez pas
une Cenfure, mais une Differtation, & ce ne fera pas juger
Souverainement que de dire voftre penfée. Les Honneftes
Gens diftingueront toûjours bien la critique d'un Homme qui
veut chicaner, d'avec celle d'un Homme qui veut faire des
Remarques. Et qu'ont fait, aprés tout, les mefmes Autheurs
que vous voulez épargner, par une délicateffe un peu trop

Tome II.                                                                    ã iij

# PREFACE.

*scrupuleuse? Ils n'ont pas écrit tous en un mesme temps, &*
*à remonter de l'un à l'autre, il faudroit donc conclure que ce-*
*luy qui travailloit aprés un autre, auroit voulu déchirer ce-*
*luy qui l'avoit precedé; car ils ne sont jamais convenus des*
*mesmes Maximes. Les Sciences & les Arts ne seroient pas si*
*florissans que nous les voyons, si chacun ne s'estoit picqué*
*d'une loüable émulation pour rencherir les uns sur les autres.*
*Le Silence regneroit dans le Barreau & dans les Ecoles si*
*dés qu'un Orateur a parlé, il faloit que chacun souscrivit à*
*son sentiment. L'uniformité des pensées est une marque de*
*stupidité; Et sans sortir de nos Mathematiques, les sçavan-*
*tes observations de nos derniers Astronomes auroient esté bien*
*frivoles, s'il avoit falu se tenir au Systeme de Ptolomée. Nostre*
*siecle auroit esté privé du secret merveilleux des Logarith-*
*mes, de celuy du Telescope, des Pendules, & de mille au-*
*tres rares inventions s'il n'eut produit des Hommes qui ont*
*osé r'envier sur tant de grands Genies de l'Antiquité. Vous*
*sçavez ce beau mot qui est si commun parmy les Doctes,* Mul-
tùm egerunt qui antè nos fuerunt, sed non peregerunt.
*Vous porteriez, vous autres Messieurs, le nom d'Ingenieurs*
*bien mal à propos, si vos talens estoient bornés aux simples*
*connoissances que vos Devanciers vous ont laissées. Dans cet*
*Art, & dans toutes les autres Notions de l'Esprit, on s'ac-*
*commode aux conjonctures des temps, & selon les nouveaux*
*accidens on cherche de nouveaux remedes. Qui doute que*
*si ces grands Hommes de l'Antiquité vivoient à present, ils*
*ne fissent eux-mesmes des Retractations de beaucoup de leurs*
*Maximes? Et personne ne les en blâmeroit; car s'ils n'ont*
*pas fait les choses dans l'exacte perfection, on peut dire d'eux*
*ce que disoit Seneque avec tant d'esprit des méchantes Poë-*
*sies de Ciceron.* Non fuit Ciceronis hoc vitium, sed tem-
poris. *En un mot, Monsieur, vostre circonspection ne sera*
*pas expliquée aussi favorablement que vous le pensés, &*
*quand vous paroitrés indulgent pour les fautes d'autruy, on*
*croira que c'est dans l'esperance que tour à tour, on le sera*

# PREFACE.

auſſi pour les voſtres; & que voſtre ſilence viendra plûtoſt
de voſtre timidité que de voſtre diſcretion. Mais dites moy
ſi ces Autheurs-là, & ſi generalement tous les autres qui ſe
ſont ſacrifiés au Public, ont pretendu qu'on n'oſeroit dire mot
de leurs productions? Il faut que vous vous abandonniez à
la meſme deſtinée qu'ils ont euë: On ne vous épargnera pas;
Et bien vous en prendra d'avoir répondu par avance, & d'a-
voir encore à preſent deux fortes raiſons à oppoſer de vive
voix, mais deux raiſons qui valent les deux meilleurs Problemes d'Euclide, c'eſt l'Experience de vos ſervices paſſés,
& l'offre d'aller eſſuyer le feu, autant en Soldat qu'en Geometre, quand l'honneur de ſervir le Roy vous y appellera,
C'eſt-là que la diſpute eſt glorieuſe & la bravoure legitime.
Il ſera alors permis à qui voudra, de ſe battre & de ſe couvrir à la MAROLOISE & à la DOGEN. Mais en at-
tendant, pourquoy ne pas faire un paiſible & juſte diſcerne-
ment de toutes leurs Maximes? Malgré voſtre modeſte Politique voicy un party à prendre, qui eſt fort honneſte. Les
gens qui portés de paſſion pour quelqu'un de ces Autheurs
crieront (le qui vive) en leur faveur, ne le feront que par un
Eſprit ou de preoccupation, ou de curioſité, ou de bizarrerie:
contentez tout à la fois ces trois ſortes de perſonnes. Donnez-
leur dans voſtre Livre ce que tous les autres Livres ont de
plus eſſentiel pour la Fortification. Ce recueil s'accommodera
au gouſt de tout le monde, & chacun y choiſira ce qu'il voudra preferer. Tous ces Fameux Ingenieurs que le Temps, le
Climat & les ſentimens ont ſi fort ſeparez l'un de l'autre, ſe
vont trouver enſemble par voſtre moyen. Jamais Officier ne
fit de ſi belles Troupes, & voſtre Livre aura quelque choſe
d'invincible, quand il aura fait un corps conſiderable de tous ces
grands Hommes. Apres cela dequoy vous accuſera-t-on? Sera-
ce les vouloir deſtruire que de les produire de la ſorte; & ſi
quelqu'un d'eux eſt encore employé & ſuivi dans ſes Maximes
pour la Conſtruction, ou pour la Conqueſte d'une Place, ne
luy aurez vous pas fait reprendre le Piquet d'une main & le

# PREFACE.

*Mantelet de l'autre ? Ainſi vous aurez ſervy en quelque fa-*
*çon à les deterrer. Voilà juſtement ce que vous demandent*
*ce grand reſpect & cette profonde eſtime que vous avez pour*
*eux , & voilà les raiſons que j'ay données à tous nos amis*
*pour juſtifier le deſſein de voſtre ſeconde Partie. Je leur ay*
*promis que vous y cederiez , parce que j'ay toûjours crû que*
*vous ſçaviez trop-bien la Guerre pour ne pas ceder à la for-*
*ce abſoluë de la Raiſon , & pour ignorer que la reſiſtance eſt*
*criminelle quand elle tient plus de l'opiniaſtretẻ que du de-*
*voir. Me voilà donc aſſurẻ d'avoir vaincu celuy qui enſei-*
*gne l'Art de vaincre , je vous auray contraint de chicaner*
*le Terrain contre tant de Grands Autheurs , mais aprés ma*
*Victoire vous ne verrez jamais rien de plus ſoûmis que*

Voſtre tres affectionnẻ ſerviteur & amy,

## G. GUILLET DE S. GEORGES.

Je me ſuis donc rendu aux raiſons d'une Lettre ſi perſuaſive, & je
ne donne pas ſeulement au Public les Methodes de Fortifier de nos
plus Sçavans Autheurs : mais encore les differentes Reflexions que
j'ay faites ſur les Maximes de chacun d'eux. Qu'on ne s'eſtonne pas
d'y trouver quelquefois des redites. Quand ils ſe ſont rencontrez
comme de concert dans un meſme ſentiment, on n'a pû les combattre que par les meſmes raiſons. D'ailleurs je me ſuis imaginé que s'il
ſe trouvoit quelque Curieux qui affectât particulierement quelqu'une de ces differentes Methodes, il ſe contenteroit de voir ce que
j'oppoſe à l'Autheur qu'il affecte, & ne voudroit pas s'aller ennuyer
à parcourir ce que j'oppoſe aux autres. Chacun de ces grands Hommes a pretendu que la bonne Défenſe d'une Place dépendoit de faire
grand Feu ; & moy je pretends faire ce grand feu de durée, en rendre
l'effet inévitable, en aſſurer la défenſe, & la couvrir avantageuſement
contre l'effort de l'Ennemy. C'eſt-là l'eſſentiel de la Fortification ; le
reſte n'eſt guere conſiderable. Auſſi je prie les Perſonnes qui exami-
neront mon Livre, de s'examiner eux-meſmes ; & s'ils ſont gens de
Cabinet & de ſpeculation, de ne pas prononcer ſouverainement ſur
une choſe qui ne doit eſtre jugée que par les gens qui ont du ſervice. C'eſt ainſi qu'il faut venir au fait, & ne pas confondre une Theorie mal digerée avec une Pratique bien entenduë.

\*\*\*\*\*\*\*\*\*\*\*\*\*\*\*\*\*\*\*\*\*\*\*\*\*\*\*\*

# TABLE
## DES CHAPITRES
Contenus dans le fecond Tome
## DES TRAVAUX DE MARS
### OU L'ART DE LA GUERRE.

---

### LIVRE TROISIEME.

De la Conftruction des Places felon divers Auteurs, & de
l'avantage de leurs Methodes.

### CHAPITRE PREMIER.

# Table des Chapitres.

# Table des Chapitres.

# Table des Chapitres.

## Table des Chapitres.

## CHAPITRE XIII.

---

# LIVRE QVATRIEME.

### Des Instrumens & des Materiaux qui servent à l'élevation des Remparts, des Parapets & du Revétissement des Places.

## CHAPITRE PREMIER.

# Table des Chapitres.

## CHAPITRE II.

## CHAPITRE III.

Fin de la Table des Chapitres du fecond Volume.

LES

## FIGURE XXII.

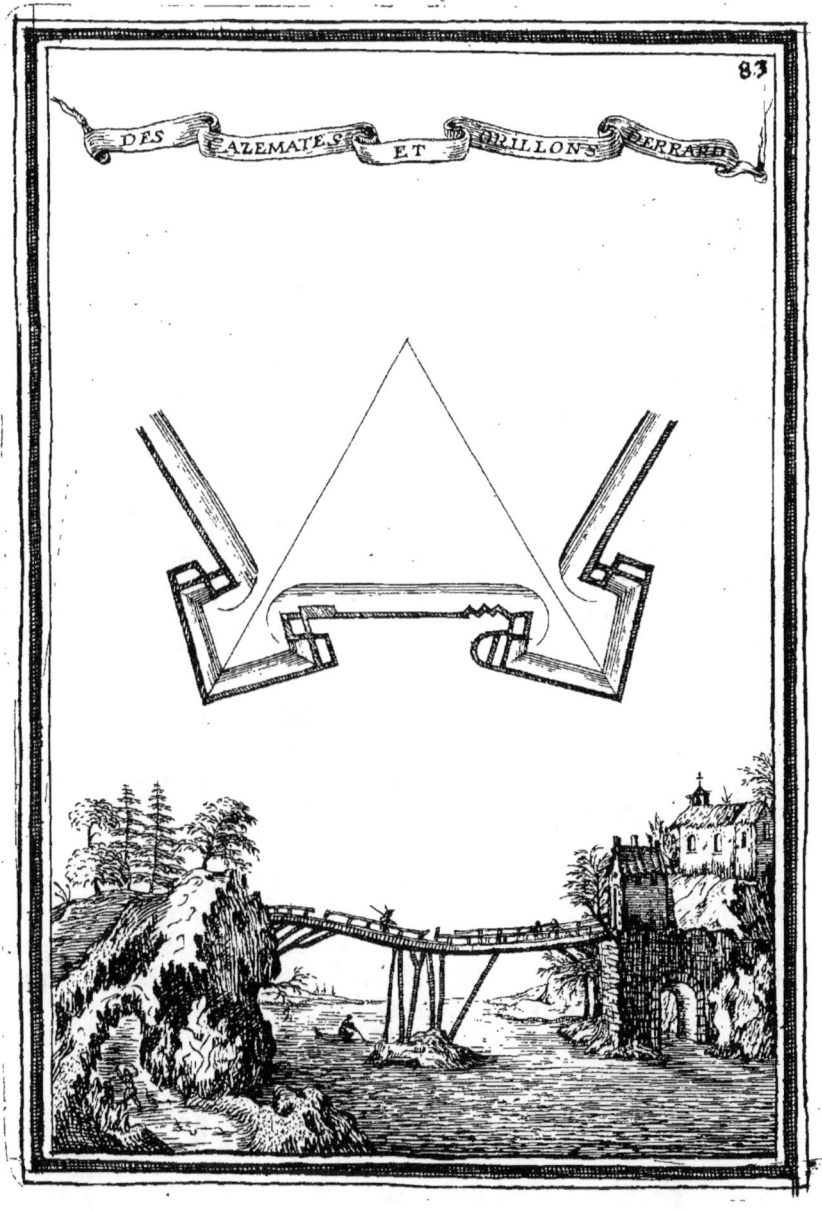

## EXPLICATION PARTICVLIERE
### des Cazemates.

### Selon ERRARD.

ERRARD expliquant plus particulierement ſes Cazemates, &leur uſage, ajoûte ce que voicy.

Touchant ce qui a eſté dit, que la largeur du Flanc, doit eſtre pour loger un Canon, ou deux autres pieces ſeulement: la raiſon eſt en ce que l'Aſſaillant place ſon Artillerie ſur la Contr'eſcarpe vis-à-vis du Flanc, peut toûjours emboucher ce qui luy ſera dé-couvert, & par conſequent démonter aiſément la piece oppoſée di-rectement.

Et quant à l'autre, elle ſera retirée à couvert de l'Epaule pour fai-re ſon effet à l'heure de l'Aſſaut, & tirer comme en bricollant contre le Pand aſſailly, & dedans les ruines de la bréche, en ſorte qu'elle ne ſera veuë ny endommagée, que la premiere l'Epaule ne ſoit ruinée: & cette façon de Flanquer ſera cy-aprés plus amplement demontrée; & c'eſt pourquoy on ne ſe peut aſſurer que ſur cette piece couverte, laquelle je deſirerois eſtre montée ſur une ſeule Rouë, avec ſon Eſſieu, de longueur de quinze ou dix-huit pieds, attaché par le bout ſur un ferme Pieu, comme ſur un Pivot M, afin que par ce moyen la Piece ſe puiſſe bracquer à ſouhait, comme DCB, & faire ſon recul en tournant comme NO, pour eſtre toûjours de tant mieux couverte de l'Epaule, avec moindre travail pour les Ca-nonniers. C'eſt ſelon l'experience que j'en ay faite au Chaſteau de Sedan, le huitiéme jour de Janvier mil cinq cens nonante-cinq (en preſence de Monſeigneur le Duc de Boüillon) de laquelle dépen-dent pluſieurs autres belles ſubtilitez, dont les recherches ne ſeront inutiles pour ceux qui voudront défendre quelques Places.

# LES
# TRAVAUX DE MARS,
## OU
# L'ART DE LA GUERRE.

*LIVRE TROISIÈME.*

*De la Construction des Places selon divers Auteurs,*
*& de l'avantage (&) desavantage de leurs*
*Methodes.*

## CHAPITRE PREMIER.

*Raisons de la Construction de l'Auteur.*

 OMME je vais traiter à fond dans ce troisième Livre des differentes Methodes pratiquées par les anciens & les nouveaux Ingenieurs dans le Trait qu'ils donnent à leurs Bastions, il me semble necessaire de répondre auparavant aux Objections de ceux qui rejettent entierement l'usage des Bastions, de quelque façon qu'ils puissent être construits. Ensuite j'exposerai les raisons qui m'ont empêché de suivre les Methodes qui ont été pratiquées jusqu'à present pour la construction des Bastions, & celles qui m'ont obligé d'en prendre une particuliere.

Tome II.                                    A

## Objections contre l'usage des Bastions.

I. CEux qui condamnent absolument l'usage des Bastions disent, qu'une Enceinte se flanque assez d'elle même, quand elle est disposée en Angles saillans & rentrans, pour former ces sortes de Pointes, que les Ingenieurs appellent *Redents*; comme sont ceux qui sont marquez des lettres B C D. D E F. F G H. &c. de la Place marquée A.

I I. Que la Construction des Bastions H. I. K. &c. sur l'Enceinte d'une Place fait ordinairement détruire la moitié des Edifices de la Ville, & ruine les Habitans par la démolition de leurs maisons qu'il faut raser, pour donner place au Terrain des Bastions; Et que cela même rend les Villes desertes, & privées de la défense des Habitans, qui faute de logemens se retirent ailleurs; ce qui n'arriveroit pas, si la Place étoit fortifiée à Redents, qui d'ordinaire suivent l'alignement des maisons de la Ville.

I I I. Que les frais de l'Elevation des Bastions épuisent les Finances du Prince, ou celles de la Place à fortifier.

I V. Que les Places fortifiées avec des Redents, ayant moins d'Enceinte à défendre que celles qui sont fortifiées de Bastions, ne demandent pas une Garnison si nombreuse. Car la quantité des Soldats est toûjours à charge aux Habitans.

V. Que la longueur des côtez des Redents donne moyen aux Assiegez d'y mettre quantité de pieces en Batterie pour empêcher le progrés des Travaux des Assiegeans; ce qui ne se peut faire si commodement sur l'Enceinte d'une Place fortifiée de Bastions, parce que les Faces de ces Bastions sont trop petites, & que leurs Flancs ne découvrent pas la campagne.

## Réponse aux Objections que l'on fait contre l'usage des Bastions.

I. POur répondre à ces Objections par ordre, il me semble que dans la page 6. du premier livre de cét Ouvrage, j'ai fait voir assez que l'usage des Redents n'est pas avantageux pour la défense d'une Place, à cause que leurs Angles morts ou rentrans,

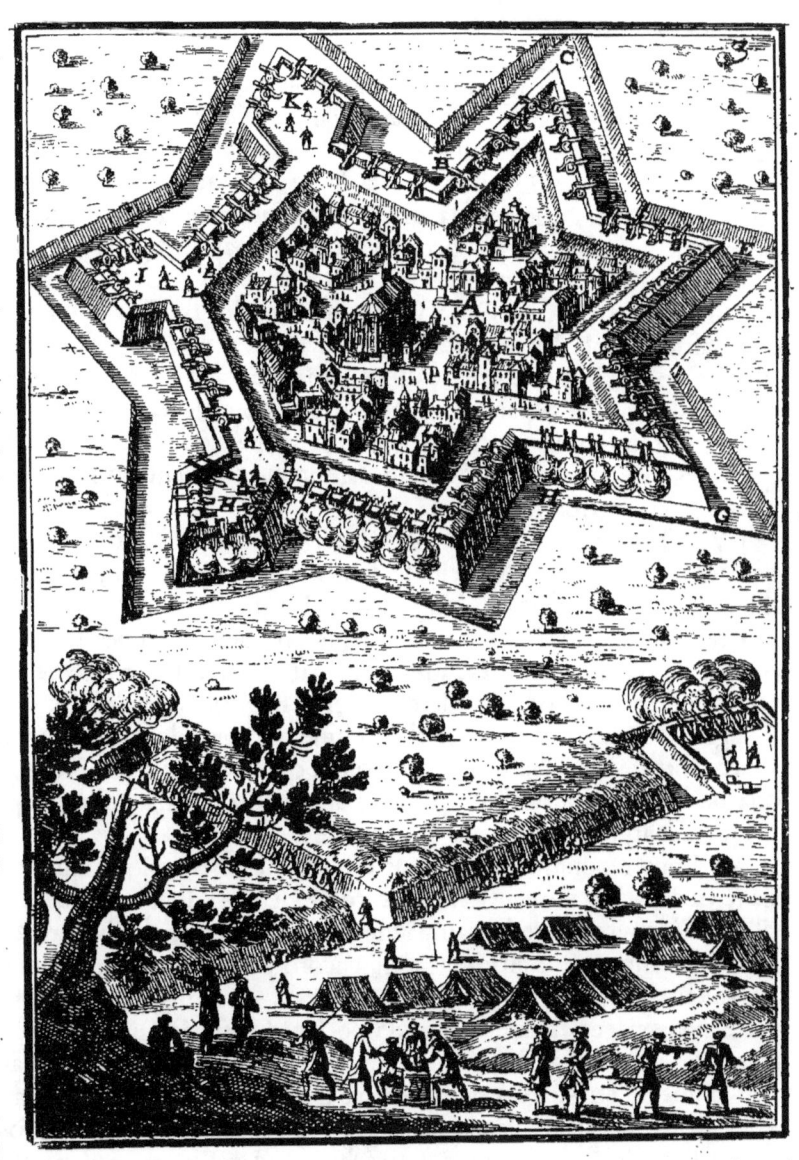

CDE. E F G. &c. ne font ni vûs ni défendus de leurs côtez à caufe de la hauteur de leurs Murailles ; ce qui n'arrive pas aux Baftions, quelque hauteur qu'ils puiffent avoir ; car les Flancs des uns découvrent & flanquent reciproquement les parties des autres, Ex. I. K. &c.

II. Quant à leur feconde Objection, on répond que les maifons, que l'on eft quelquefois obligé d'abattre hors de l'Enceinte des Places pour avoir le Terrain neceffaire à l'élevation des Baftions, ne font pas en fi grand nombre, ni d'un fi grand prix que leur debris puiffe ruiner les Habitans de la Ville, puifque l'on les achete felon leur valeur, quoique la plûpart ne foient ordinairement que de méchantes chaumieres occupées par de pauvres gens, plus à charge à la Ville, que propres à fa défence.

III. Leur troifiéme Objection, touchant les frais de l'élevation des Baftions de la Place, eft bien-tôt détruite, en leur répondant, que les Souverains n'entreprennent jamais de faire fortifier des Places, qu'ils n'ayent auparavant pourvû à la dépenfe de leur Conftruction, foit qu'ils en tirent l'argent fur le païs en general, ou fur quelques droits d'entrée, ce qui fait infenfiblement un fond fans incommoder perfonne.

IV. Quant à leur quatriéme Objection, il eft vrai que les Villes qui auroient leurs Enceintes feulement en Redents, auroient moins de circuit derriere leurs Murailles que n'en ont les Places fortifiées de Baftions ; car ces dernieres ont plus d'Angles faillans, & plus de côtez ; mais c'eft juftement par ce grand nombre de côtez que l'Enceinte de la Ville eft mieux flanquée, & c'eft de quoi il s'agit. Car d'objecter, qu'il faut une plus grande Garnifon aux Places fortifiées de Baftions, qu'à celles qui n'ont que des Redents, cela ne fait rien contre l'utilité des Baftions, & jamais en bonne politique l'épargne n'a prévalu fur la fureté de l'Etat.

V. Pour répondre enfin à leur cinquiéme Objection, qui foûtient que par le moyen des longs côtez de leurs Redents leur Artillerie découvre toute la campagne, ce qu'on ne fçauroit faire aux Places fortifiées de Baftions ; c'eft encore pour cela même que les Ingenieurs rejettent l'ufage des Redents, à caufe que les Affiegeans peuvent en même temps d'une feule Batterie faire bréche & ruiner les deux côtez d'une Tenaille de Place, & y monter à l'affaut fans crainte d'être battus de revers, ce que l'on ne fçauroit faire aux Places fortifiées de Baftions ; car le peu d'étenduë des Faces ne donne pas lieu d'y faire de grandes Bréches, & les Flancs, qui ne peuvent être vûs des Batteries de la campagne, battent toûjours de revers ceux qui voudroient infulter les Bréches.

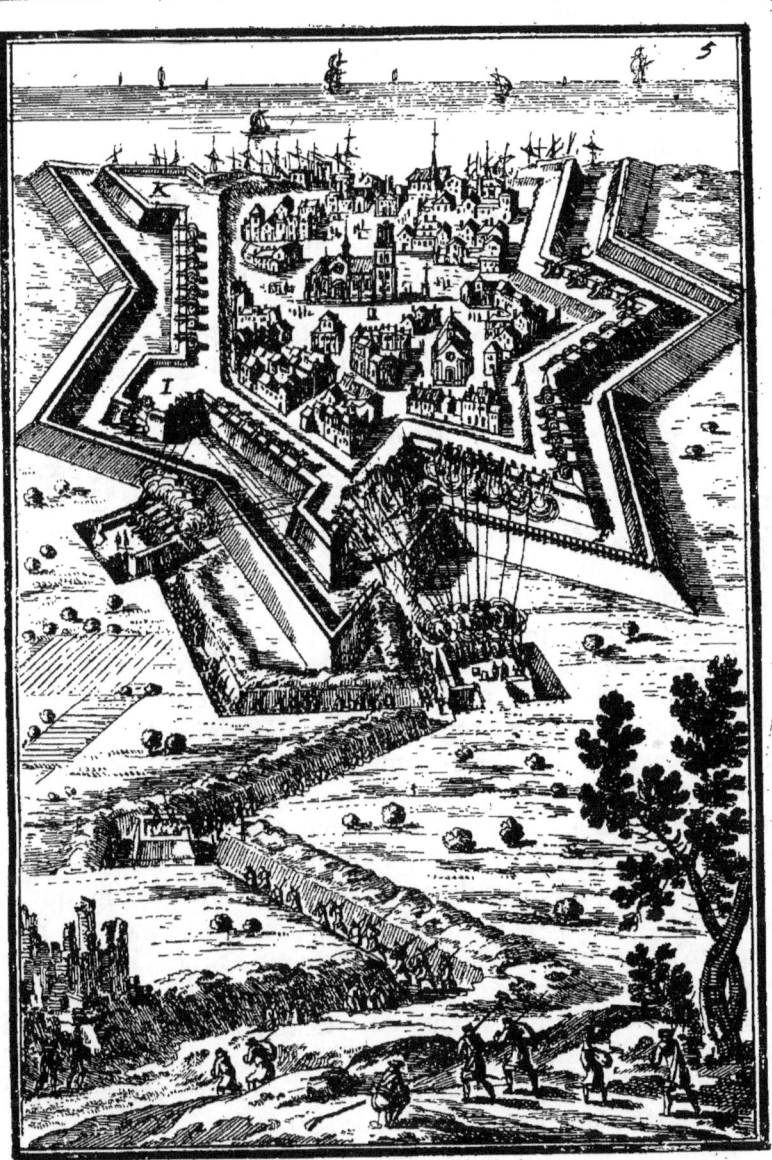

*Raisons des Flancs des Bastions de l'Auteur.*

CEUX qui auront vû ma Construction des Places dans le chapitre V. page 20. du premier livre de cét Ouvrage, auront
sans doute remarqué que les Flancs de ma Methode ne sont pas
Perpendiculaires sur les Lignes de Défense, comme sont les Flancs
d'Errard marquez A B. C D. &c. ni Perpendiculaires sur les Courtines, comme sont ceux de Marollois, de De-Ville, &c. qui sont marquez dans le Plan par les lettres E F. G H. &c. ni tout-à-fait Perpendiculaires sur les Lignes de Défense, comme les marquez I K.
L M. &c. qui sont du Comte de Pagan ; mais qui forment des Angles de 98. degrez d'Ouverture avec les Courtines, ainsi que sont
ceux de N O. P Q. &c.

Je dirai donc, que j'ay negligé les Flancs d'Errard, comme étans
trop cachez & trop petits pour l'usage de mes Cazemates, qui en
exigent de plus ouverts.

A l'égard des Flancs de Marollois, de De-Ville, & de quelques
autres Auteurs; ils sont à la verité plus dégagez que ces premiers,
neanmoins étant encore trop petits pour y faire des Cazemates,
comme je les demande, je les neglige, d'autant plus que leurs
Merlons ne peuvent pas long-temps resister aux injures du temps,
ni à la violence des Contre-batteries de l'Assiegeant, à cause qu'ils
ont des Angles trop aigus.

Je n'ay donc pas seulement rejetté les précedens, pour les raisons
que je viens de dire : mais j'ay aussi negligé ceux du Comte de
Pagan, qui pour être trop exposez aux Batteries des Assiegeans,
ne peuvent conserver long-temps leur Défense : & j'en ay établi
d'une maniere qui leur donne les avantages des uns & des autres,
sans être sujets à leurs défauts, comme je le ferai remarquer en les
comparant dans la suite de cét Ouvrage.

Je dirai de plus, que dans les frequentes conversations que j'ay
eües autrefois avec le Comte de Pagan, & dans les lumieres même
qu'il m'a données pour la Theorie de cette Science, il m'a souvent
témoigné qu'il n'entendoit nullement faire servir ces Flancs ainsi
Perpendiculaires sur les Lignes de Défense, à des Places qui n'auroient point de Cazemates, parce qu'ils seroient trop exposez à l'Artillerie des Assiegeans, & qu'ils ne pourroient pas fournir de Contre-batterie, pour opposer à celle de l'ennemi.

Pour moi je croi être le premier qui ay établi cette nouvelle façon de faire les Flancs des Bastions sur une ouverture de 98. de-

## FIGURE III.

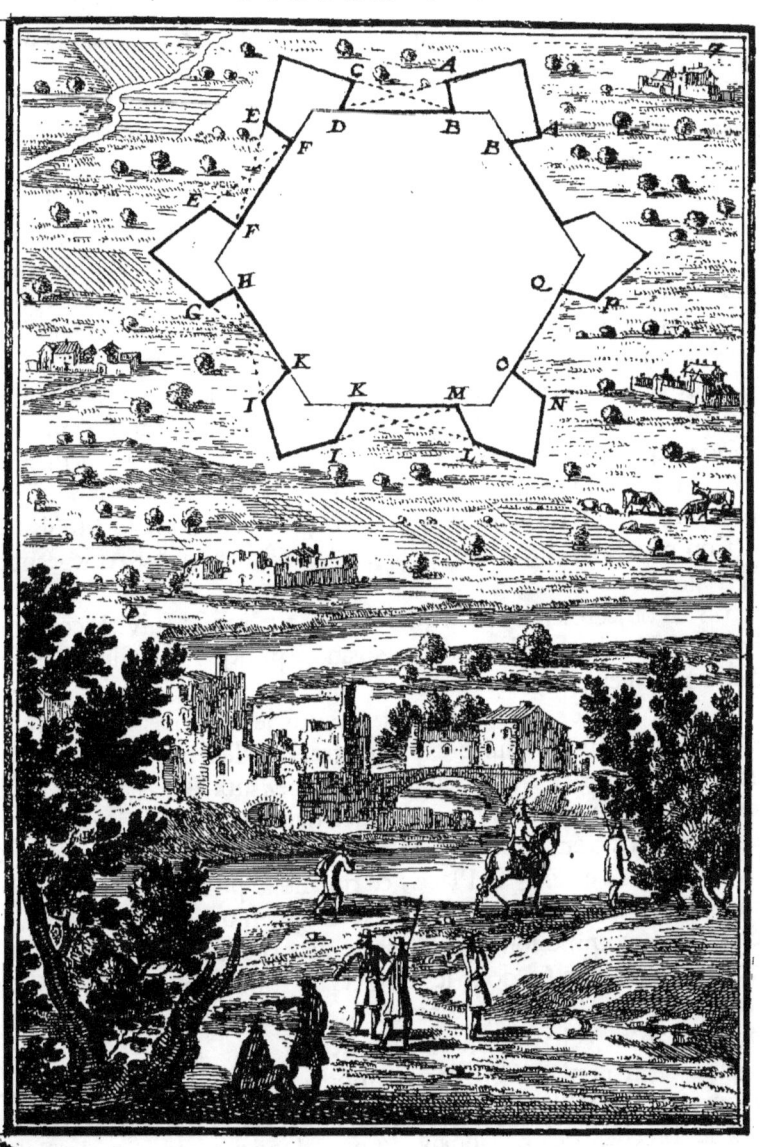

grez, du côté de la campagne, au lieu de les faire Perpendiculaires
sur les Courtines.

Mais pour répondre à ceux qui me pourroient demander, quelles raisons m'ont obligé à quitter ainsi la situation Perpendiculaire des Flancs sur les Courtines pour leur en donner une oblique ; je leur dirai, que j'ay remarqué que ces Flancs perpendiculaires flanquent bien à la verité les Faces obliquement ; mais qu'ils ne découvrent pas assez le Fossé, ni le dessus des Contrescarpes, & c'est à quoi doit servir un Flanc quand il est bien construit. De plus, je leur répondrois, que ces Flancs perpendiculaires étant trop petits pour donner une bonne Défense, & que les miens étant plus grands que ceux-là, quoique construits sur de mêmes côtez de Polygone, & sur les mêmes Demi-gorges ; ils leur doivent donc être preferables, joint que sans rien ôter de la capacité des Bastions, les Faces des miens en deviennent plus petites que celle de tous les autres Auteurs, & c'est un grand avantage ; car leurs Faces étant plus grandes que les miennes, donnent plus de moyen à l'Assiegeant d'y faire de grandes bréches. L'on sçait combien ces grandes bréches donnent de difficultez aux Assiegez, sur tout lorsqu'ils sont en trop petit nombre pour pouvoir empêcher que l'Assiegeant ne s'y loge.

Sils m'objectoient, pourquoi donc je n'ay pas suivi la construction des Flancs du Comte de Pagan, puisque les plus obliques sont les meilleurs ; je leur dirois, que comme en toutes choses il y a une certaine mesure à garder, aussi je n'ay pas voulu suivre ceux de ce Comte, qui outre leur grande dépense pour leur construction, sont à ce qu'on dit trop exposez aux Batteries des Assiegeans, ainsi qu'on le peut remarquer dans le present Exemple, où la Batterie A. peut battre en même temps les deux Flancs B. & C. d'une même Tenaille de Place ; ce qui ne se peut faire si avantageusement de la même Batterie aux Places qui n'ont pas leurs Flancs si découverts, comme sont ceux que je propose marquez E. F. au respect de la Batterie G. dont les boulets ne font que blanchir ou s'ensevelir dans les Parapets de ces mêmes Flancs, à cause qu'ils ne les frappent qu'en écharpe ou obliquement.

Mais aussi je n'ay pû m'accommoder de ceux de Marollois, de Dogen, de De-Ville, & des autres; parce qu'ils ne découvrent pas assez les bréches des Bastions, & ne défendent pas assez le Fossé, ni les Contrescarpes. Ainsi gardant le milieu des deux parties, je joüis de leurs avantages sans être sujet à leurs imperfections.

## FIGURE IV.

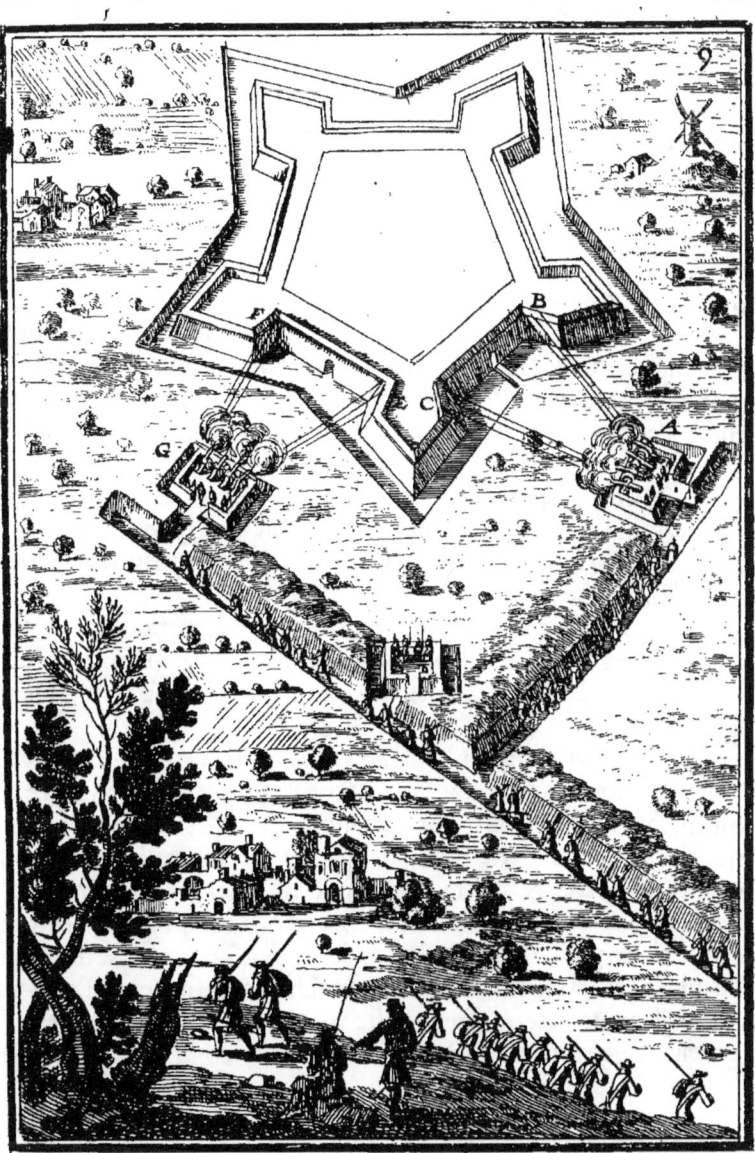

## De la longueur des Courtines des Places de l'Auteur.

C'EST une chose toute decidée en matiere de Fortification, qu'un lieu est d'autant mieux fortifié, qu'il a plus de Défense, & que celui qui est flanqué de deux côtez, est toûjours préferable à celui qui ne l'est que d'un.

De-là on peut facilement conjecturer, que la Courtine qui est toûjours sous la Défense des deux Flancs, qu'elle a à ses extremitez, est plus assurée, que la Face du Bastion, qui n'est flanquée que du seul Flanc qui la regarde.

Ce qui fait qu'il faut préferer, sur un même côté du Polygone, les longues Courtines aux Faces qui sont & trop petites, & trop grandes; parce qu'aux petites Courtines les Bastions étant trop proches, ils se privent par leur propre hauteur de la défense raisonnable; & qu'entre deux Bastions trop proches un homme est à couvert par leur propre élevation. Outre que ces Bastions-là sont si grands, que le Fossé, qu'on fait devant une petite Courtine, ne fournit pas assez de terres pour les remplir, quelque profondeur qu'on lui donne.

De plus, les Faces de ces Bastions deviennent par ce moyen trop grandes, & leurs Flancs tellement petits, qu'on n'y sçauroit loger un nombre raisonnable de Mousquetaires pour la défense de la Place.

Ce n'est pas aussi qu'il faille faire les Courtines excessivement longues, quoiqu'elles soient la partie la plus forte de la Place; parce qu'en faisant les Courtines fort longues, elles rendent les Bastions qui sont à leurs extremitez, trop petits: car qui prolonge l'un, diminuë l'autre, & outre que ces petits Bastions sont incapables de recevoir les terres qu'on tirera du Fossé, pour petits qu'ils puissent être, c'est qu'ils n'ont pas assez de capacité pour faire des Cazemates dans leurs Flancs, ni des retranchemens sur leur Terre-plain.

Ainsi pour déterminer la juste longueur de ces Courtines, il faut qu'elles soient au côté de leur Polygone, comme trois sont à cinq.

## FIGURE V.

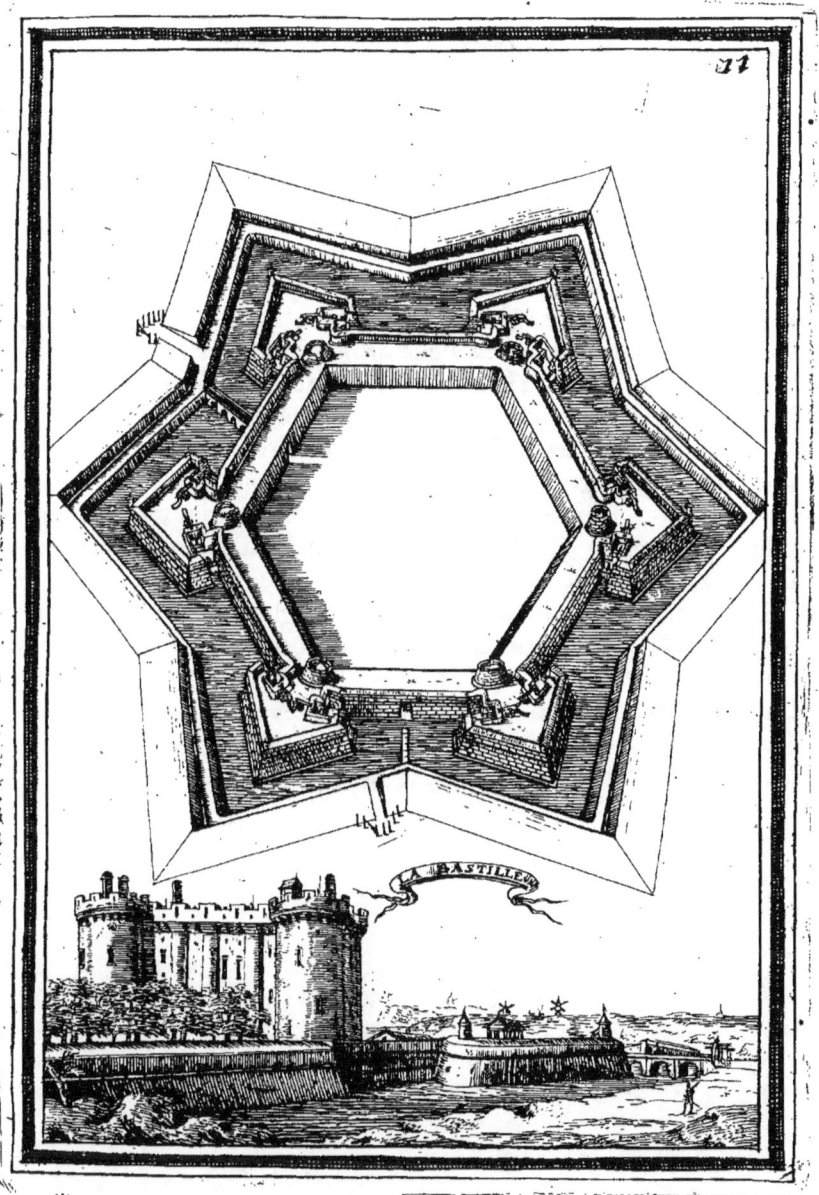

LA BASTILLE

## Objections contre les Courtines.

I. TOus les Ingenieurs conviennent, qu'il ne faut pas conftruire les Courtines en rond, comme eft la marquée A B. ni en Angle faillant, comme eft celle de C D E. à caufe que les unes & les autres empêchent, que les Flancs ne découvrent toute l'étenduë de la Courtine, & une bonne partie du Flanç oppofé l'un à l'autre.

II. Quelques-uns difent, qu'il feroit plus avantageux de les faire toutes en Angles rentrans, comme on les voit en FGH. IKL. &c. que de les conftruire en ligne droite, comme eft celle de M N.

III. Ils difent que leur fentiment eft fondé fur les Maximes des plus habiles Ingenieurs, qui foutiennent qu'une Place eft d'autant plus forte, qu'elle eft mieux flanquée ; c'eft-à-dire, que fes parties font vûës par de plus grands côtez, ce qui arriveroit plûtôt aux Tenailles des Places, qui auroient des Courtines en Angles rentrans, qu'à celles qui les ont en ligne droite, comme font celles que l'on conftruit tous les jours.

IV. Ils ajoutent que par le moyen des Angles rentrans des Courtines, le Foffé, qui eft devant, en eft de beaucoup plus large, & fournit de la terre en abondance pour l'élévation des Remparts, des Cavaliers, & des Retranchemens neceffaires pour la défence de la Place, outre qu'il donne de l'efpace aux Affiegez pour combatre à couvert fous la défenfe de leurs Murailles.

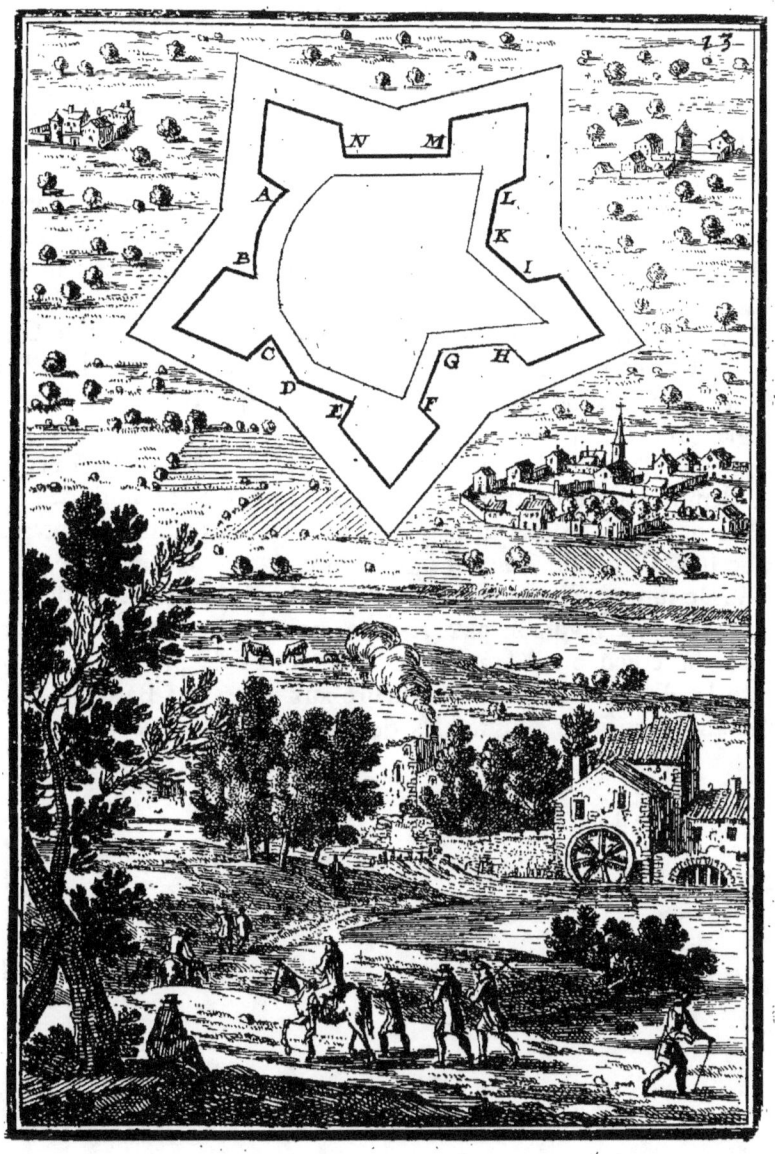

*Réponſes aux Objections contre les Courtines.*

I. ON répond à ces Objections, qu'il eſt vrai que l'étenduë de la Courtine, qui forme un Angle rentrant, comme celle qui eſt marquée F G H. eſt plus longue qu'en ligne droite.

II. Mais il ne s'enſuit pas pour cela, que les coups qui partent d'un de ces côtez, comme G H. défendent mieux le pied de la Bréche, que ſi la Courtine étoit en ligne droite, principalement aux Places où il n'y a point de ſecond Flanc ; car l'Angle de l'Epaule O. du Baſtion attaqué arréte les coups qui viennent du côté G H.

III. Quant à la largeur du Foſſé de devant la Courtine, dont ils ſe font une ſi grande affaire, il n'eſt toûjours que trop large ſelon les regles ordinaires, ſans que pour l'augmenter il ſoit beſoin de conſumer à plaiſir les Finances du Prince, & de ruïner une Ville par la démolition de ſes maiſons, pour faire place à la pointe de l'Angle rentrant F G H. qui n'apporte pas de plus grands avantages, que ſi la Courtine étoit en ligne droite.

IV. De dire que l'eſpace qui ſera dans l'Angle rentrant du Foſſé ſera commode & favorable aux Aſſiegez pour s'y retrancher, ce n'eſt guere là le lieu où il faut ſonger à ces ſortes de précautions, puiſqu'e les Attaques ſe font d'ordinaire aux Faces des Baſtions, comme aux parties les plus foibles de toute l'Enceinte de la Ville.

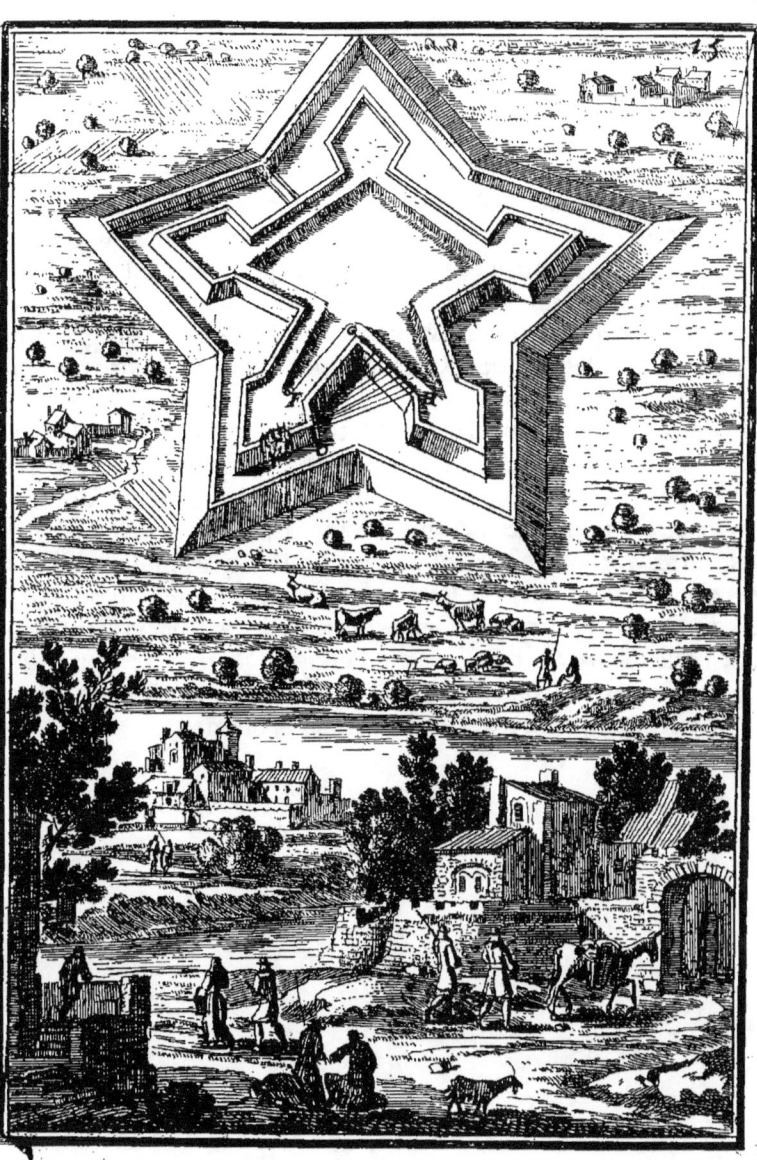

### De la longueur des Faces des Bastions de l'Auteur.

LA Face d'un Bastion n'étant défenduë que d'un seul côté, & par cette raison étant la partie la plus foible de la Place, le moins de longueur qu'on lui peut donner est toûjours le meilleur, pourvû qu'en la faisant courte, on ne diminuë ni l'ouverture des Gorges, ni la longueur des Flancs, & que l'on conserve du Terrain pour construire des Cazemates dans ces Flancs, & un Cavalier dans chaque Gorge, & même qu'on puisse ménager dans la Capacité du Bastion des Retranchemens qui retardent souvent la prise des Places.

Tous les Intelligens dans le Métier demeurent d'accord, que les Faces les plus petites sont les meilleures, & que si l'Enceinte d'une Place pouvoit être fortifiée seulement de Flancs & de Courtines, on rejetteroit les Faces, comme étant la partie qui défend le moins les autres, & qui est le moins défenduë ; mais puisque c'est une necessité d'en avoir, on les tiendra les plus petites qu'on pourra, en sorte pourtant que la Demi-gorge de leurs Bastions ait toûjours la cinquiéme partie du côté du Polygone, & que les Flancs soient construits sur un Angle de 98. degrez, comme nous avons dit dans le troisiéme Chapitre de nôtre premier Volume.

*FIGURE VIII.*

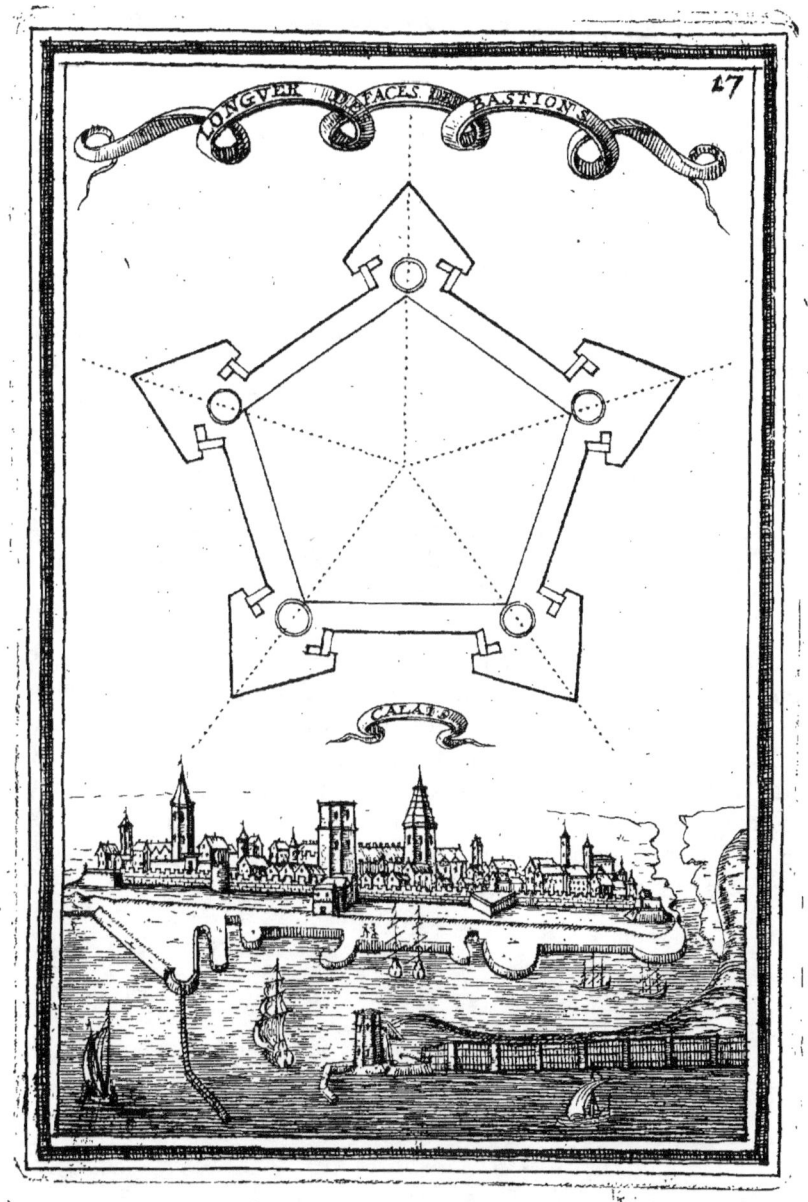

### Des Angles flanquez, ou des pointes des Bastions de l'Auteur.

LA plûpart des Ingenieurs sont en perpetuelle contestation, touchant la pointe ou l'Angle flanqué de leurs Bastions. Les uns les veulent toûjours droits, comme ceux qui sont marquez 4. les autres ne les souhaitent ainsi, que jusqu'à une certaine Figure : & enfin quelques autres préferent les Angles aigus 2. aux obtus 3. ou les Angles obtus aux aigus.

Pour moi qui ne trouve aucune vertu dans l'Angle droit qui le rende préferable aux Angles aigus, ou aux obtus, ni l'un de ces derniers préferable à l'autre, je ne m'attache point aussi à l'ouverture de ces Angles ; mais bien à la grandeur des Flancs de leurs Bastions, que je tâche à faire les plus grands qu'il m'est possible.

Ce n'est pas que je n'évite, autant que faire se peut, l'Angle aigu pour la pointe d'un bon Bastion, cét Angle étant de sa nature celui de tous les autres qui resiste le moins aux injures du temps, à la violence des Batteries, & aux efforts des Mines.

Je rejette aussi les Angles qui sont trop obtus, puisqu'en diminuant la Capitale d'un Bastion, ils le rendent moins capable de souffrir des Retranchemens raisonnables, & de recevoir les Terres du Fossé, outre qu'on n'y sçauroit faire que des Flancs fort petits.

Mais pour faire cét Angle flanqué d'une ouverture qui lui donne assez de solidité pour resister aux efforts des Batteries, & à l'injure du temps, je le tiens recevable depuis 70. jusqu'à 140 degrez, selon la nature particuliere de chaque Polygone, se reglant sur les preceptes que j'en ay donnez.

## FIGURE IX.

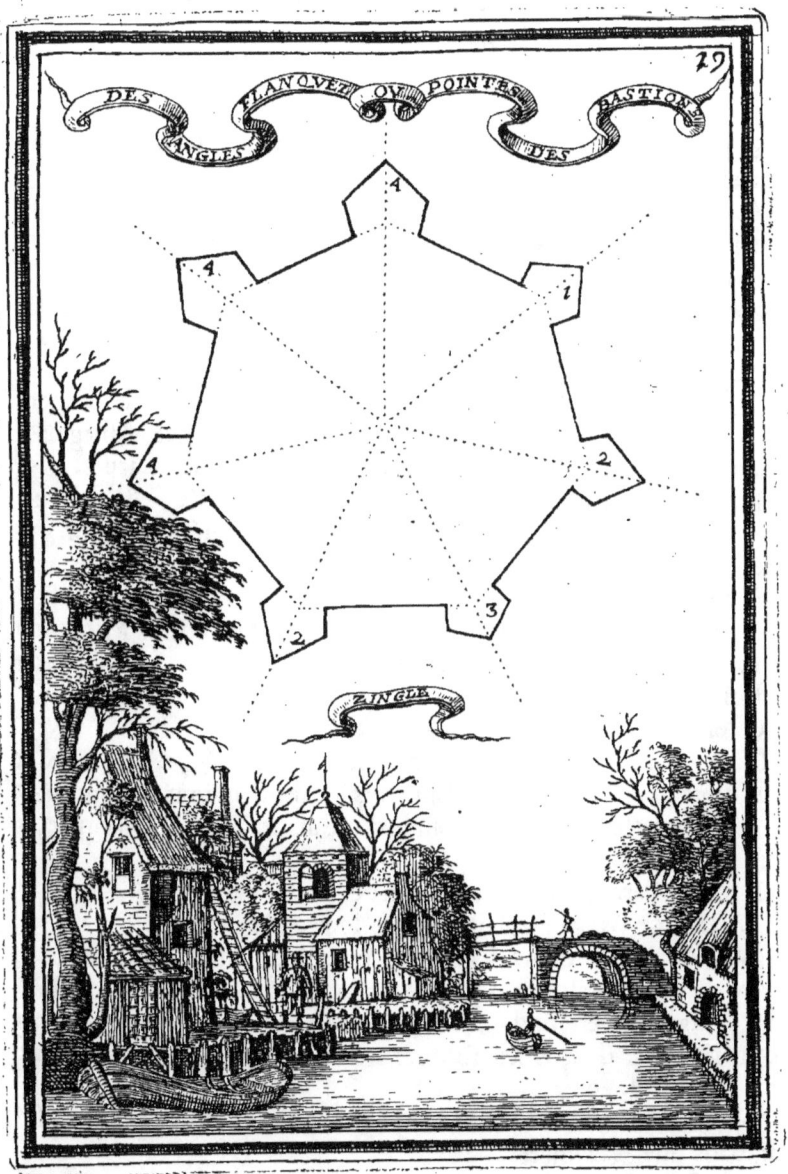

## Explication des principales parties des Cazemates de l'Auteur.

AVANT que de donner la Conſtruction de mes Cazemates, j'expliquerai dans cette page, & en détail, toutes les parties dont elles ſont compoſées.

A. eſt l'Eſcalier pour deſcendre du Rempart dans la première Cazemate, ou Place-baſſe. C'eſt celle que j'appelle *la grande Cazemate.*

B. eſt la grande Cazemate, vûë en partie des Aſſiegeans, quand ils ſont logez ſur les Glacis & ſur les Chemins-couverts, qui lui ſont oppoſez.

C. eſt le Parapet de cette Cazemate, ſervant à couvrir les Canons & les Canonniers de la vûë des Contrebatteries des Aſſiegeans, quand ils les ont élevées ou enterrées dans les Contreſcarpes.

D. eſt la partie de la grande Cazemate enfoncée, & toûjours couverte de l'Orillon, & même de l'Angle flanqué du Baſtion oppoſé.

E. eſt ſon Parapet.

F. eſt le Magazin des Poudres, des Boulets, & d'autres Munitions de la Cazemate, il doit être couvert & creuſé dans la ſolidité du Baſtion.

G. eſt l'Eſcalier de la ſeconde Cazemate.

H. eſt la ſeconde Cazemate, enfoncée ou cachée, elle a plus de deux tiers hors de la vûë des Ennemis, quand même ils ſont logez ſur les Contreſcarpes. On donne d'ordinaire à cette Cazemate le nom de Place-haute.

I. eſt le Parapet de cette Cazemate.

L. eſt ſon Magazin, fait comme le premier.

M. eſt la troiſiéme Cazemate ou Place-haute au niveau du Terre-plain du Baſtion. On y peut loger toutes ſortes d'Artillerie, tant pour tirer en barbe, c'eſt-à-dire, par deſſus le Parapet, que pour tirer par dedans les Embrazures qui ſont taillées dans l'épaiſ-ſeur de ce Parapet.

N. eſt une piéce de Canon montée ſur ſon Affut, propre à ſervir dans une Cazemate.

O. eſt le Plan d'un Cavalier, avec ſon Magazin.

*FIGURE X.*

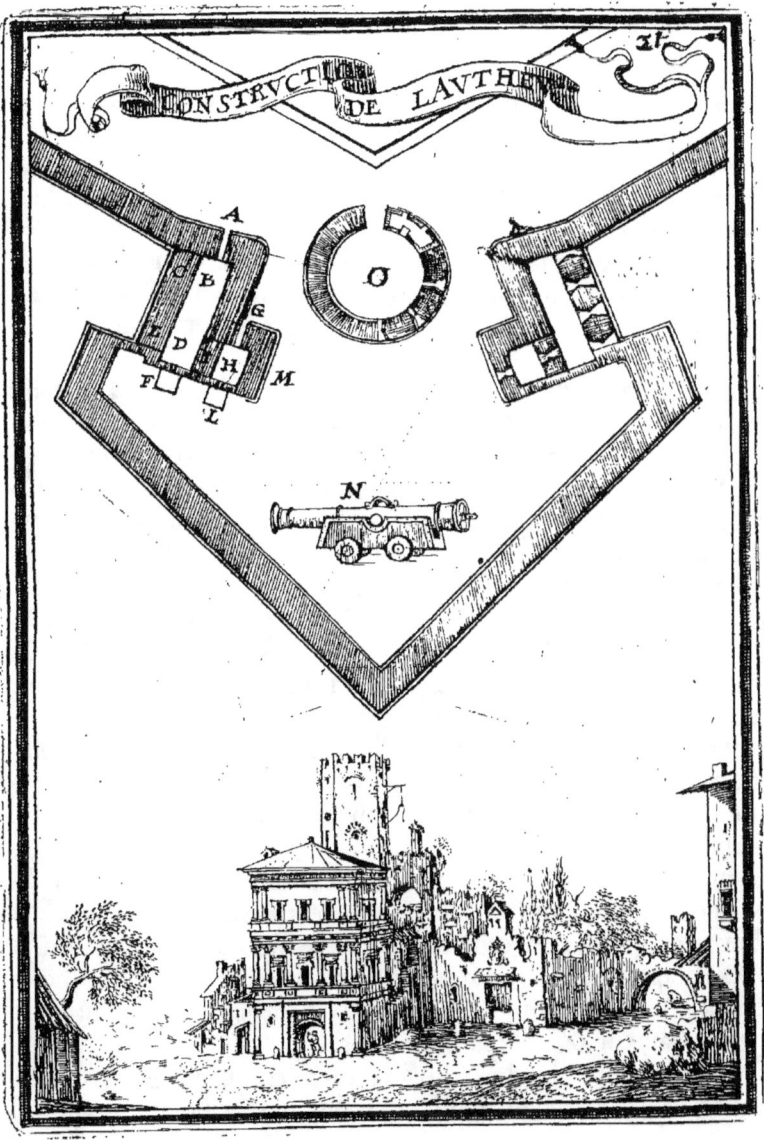

### Construction des Cazemates de l'Auteur.

SANS m'embaraſſer dans la vaine diſpute de ceux, qui veulent que le nom de Cazemate derive des mots Eſpagnols, *Caſa* & *matta*, comme qui diroit, *Caſa par onde ſe matta*, qui ſignifie Maiſon meurtriere ; je donne ici la Conſtruction des miennes.

Suppoſant qu'on ait tracé les Baſtions en lignes blanches, qu'on ait fait l'Echelle de la longueur d'un des côtez du Polygone, & qu'elle ſoit diviſée en autant de parties égales qu'il contient de toi-ſes, comme il a été amplement expliqué dans le commencement de ce livre.

On prolonge dans le Baſtion la Défenſe A B. de 6. à 7. toiſes tout au plus, de B. en C. Du point C. on tire C D. parallele au Flanc B E. puis l'on diviſe le Flanc B E. en deux parties égales, au point F. pour tirer du point G. qui eſt le milieu de la Face oppo-ſée A H. la ligne G F. en dedans le Baſtion, remarquant où elle coupe C D. comme en I. afin de porter une toiſe de I. en L. En ſuite on tire la ligne M L N. parallele à F I. que l'on termine de M. en N. de onze toiſes. On fait aprés N O. parallele au Flanc B E. que l'on termine de N. en O. de quatre toiſes. Enfin on fait O P. parallele à F I. & ainſi tout le vuide B M N O P C. eſt l'étenduë des Cazemates, tant de la grande, que de la retirée.

Pour l'Orillon, on met ſur la ligne de Défenſe R S. ſix toiſes de E. en T. & ſur F G. auſſi ſix toiſes de F. en V. de ſorte qu'u-niſſant V T. l'on a toute l'Epaule ou l'Orillon F V T E. que l'on fait ſolide.

Pour le Parapet de la premiere Cazemate, on lui donne en de-dans une toiſe de hauteur, ſur trois à quatre d'épaiſſeur, avec huit Embrazures, pour y loger autant de piéces de Canon, remarquant que les Parapets des Cazemates, & ſur tout celui qui eſt proche de l'Orillon, & qui eſt toûjours caché aux Aſſiegeans, ne demandent point une hauteur & une épaiſſeur ſi préciſe.

On remarquera de plus, que la premiere Cazemate a ſix ou ſept pieds de hauteur au deſſus du fonds du Foſſé.

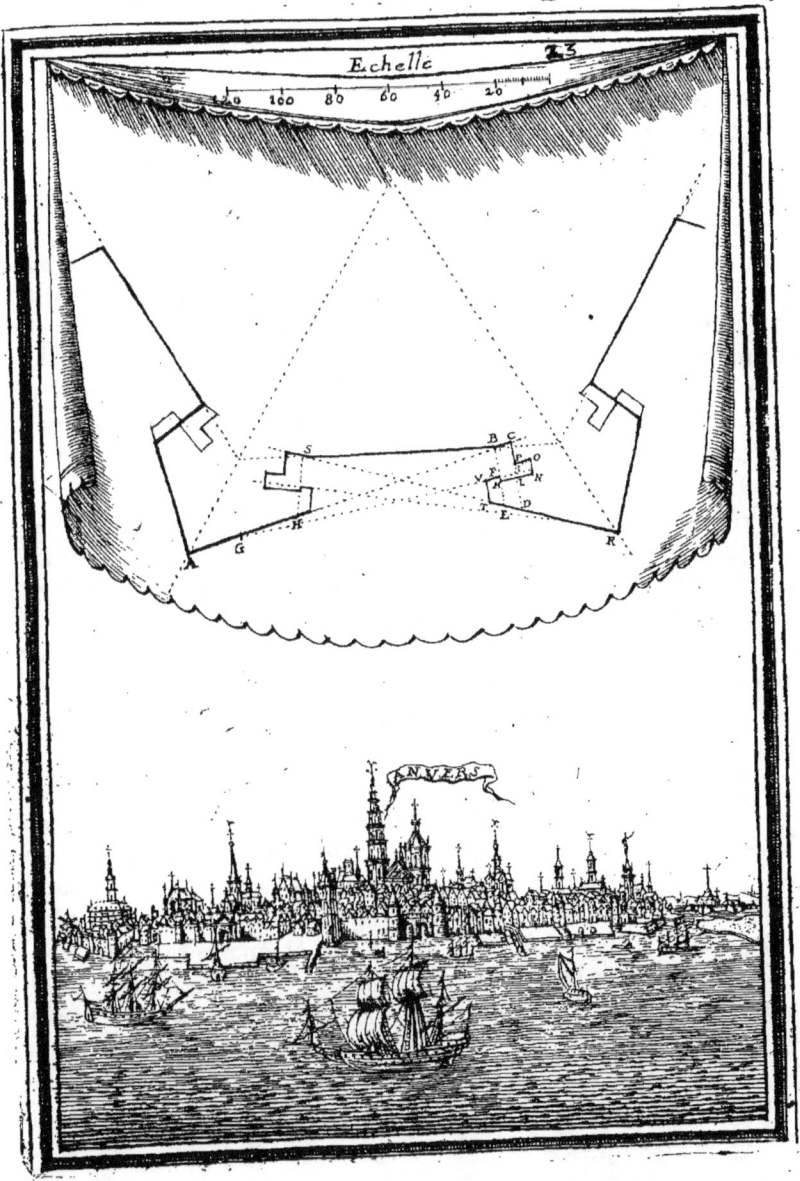

## Des Canons, des Affuts, & des Cartouches des Cazemates de l'Auteur.

SI l'Artillerie que l'on met dans les Cazemates étoit toûjours chargée de Bales de leur Calibre, il n'y a point de difficulté que la dépense de leurs coups seroit excessive pour le peu d'execution que feroient leurs Boulets : Mais mon intention est de les charger le plus souvent de Cartouches marquées A. qui sont de certains Cartons, tournez en forme Cilindrique, comme les Etuis de nos Manchons, remplis de Bales de Mousquets, de Pistolets, d'Anneaux, de Chaînes de fer, & d'autres menuës Ferrailles, fort propres à incommoder l'Assaillant dans les Bréches, & au passage du Fossé, principalement quand dans ces Cartouches il s'y rencontre des Bales de trois ou quatre livres, cela sert merveilleusement à briser & rompre toutes sortes de Mantelets, de Galleries, de Traverses, & d'autres Epaulemens.

Pour les Affuts des Canons, je les faits comme ceux qui sont marquez B. c'est-à-dire, comme ceux qui se trouvent sur les Vaisseaux. Ainsi dans mes Cazemates ils seront fort avantageux pour leur petitesse; car ils ne surpassent pas en longueur la Culasse de leurs Canons. Ces Canons n'étans que d'ordinaire de vingt-quatre livres de Bales, par ce moyen leur Recul n'oblige point à faire de si profondes Cazemates, que s'ils étoient montez sur de plus longs Affuts.

Pour le nombre des Canons, l'on sçaura que l'on en peut aisément mettre autant dans une Cazemate qu'elle a de toises de front. Ainsi ma grande Cazemate qui a douze toises de front, peut aisément avoir douze piéces, pourvû que ces piéces soient montées sur des Affuts, ainsi que je viens de dire. Les Cazemates enfoncées, qui ont quatre toises de front, auront quatre Canons.

Mais parce que le nombre des Canons, qu'il faudroit à tant de Cazemates, pourroit sembler excessif à ceux qui ont peu d'experience, ils sçauront, que comme on ne fait jamais que deux attaques à une Place, ou trois au plus : aussi suffit-il de garnir seulement d'Artillerie, les Flancs & les Cavaliers opposez aux Faces que l'on attaque; ce que nous avons déja dit ailleurs.

### De l'ufage de l'Artillerie des Cazemates de l'Auteur.

COMME je parlerai fouvent de l'avantage de mes Canons ca-chez, pour la défenfe des Bréches, il me femble qu'il eft bon de parler de l'ufage de leurs Canons.

Je dirai donc, que le premier effort que font d'ordinaire les Af-fiegeans, aprés s'être rendu maître des Contrefcarpes d'une Place, c'eft de tâcher à franchir fon Foffé, foit en y creufant des traverfes, quand il eft fec, ou quand il eft plein d'eau, en l'épuifant, foit en le comblant devant la partie de la Face où l'on veut attacher le Mi-neur.

Pour en mieux venir à bout, ils ont accoûtumé de faire des Batteries dans la Contrefcarpe, ou même de les élever deffus, pour ruiner les Défenfes du Flanc qui pourroient traverfer le progrés de leurs attaques. D'où vient qu'il eft comme impoffible de leur em-pêcher d'attacher le Mineur à la Face du Baftion.

La Bréche étant donc faite, & les Défenfes du Flanc oppofé rompuës, comme il arrive à tous les Baftions qui n'ont point de Canons cachez, comme les miens, les Affiegeans, aprés avoir re-connu la montée de la Bréche, font d'ordinaire avancer un Lieute-nant, ou un Capitaine, avec quelque Sergent, accompagné de cin-quante ou foixante Soldats, dont la moitié font armez d'Armes courtes, & l'autre garnis de Pics, de Péles, & d'autres Inftrumens propres à faire leur logement.

C'eft juftement ici, & contre ces premiers, que l'on fe doit fervir de la premiere Batterie des Canons cachez, que l'on aura chargez de Cartouches, commençant à tirer par la piéce qui eft du côté de l'Orillon, & fi elle n'a point renverfé ceux qui s'étoient engagez dans la Bréche, qui ne peuvent même s'y tenir couchez fur le ven-tre, fans être vûs de revers, on tirera la feconde & troifiéme piéce; & comme c'eft la coûtume que les Affiegeans ne fe rebutent pas aifément dans leur premiere perte, on fuivra le même ordre dans la feconde Batterie, fe reffouvenant qu'il faut recharger les piéces d'en bas, tandis que celles de la troifiéme Batterie font leur effet, con-tinuant toûjours le même jeu, jufqu'à ce que l'Affiegeant ait été contraint de fe retirer, comme cela ne manquera pas.

## Remarques sur les Cazemates de l'Auteur.

NON seulement les Auteurs qui ont écrit de la Fortification, mais aussi les Ingenieurs qui ont servi, & generalement tous ceux qui ont mêlé la pratique des Sieges à la Theorie de cette Science, ont été d'avis, qu'on pratiquât proche du Flanc, ou dans les Flancs même, un endroit particulier, qui servît à loger quelque piéce de Canon pour nettoyer le Fossé, & commander dans les Bréches. Il n'y en a point qui ayent mieux reüssi dans un dessein si important, que ceux qui ont fait des Cazemates, ou Places-basses dans leurs Flancs.

Mais parce que le recul des longs Affuts de leurs Canons les obligeoit à tenir leurs Cazemates trop enfoncées, il arrivoit que les Gorges de leurs Bastions devenoient trop petites, & qu'elles ne fournissoient pas assez de Terrain pour s'y retrancher & défendre avec avantage ; comme il paroît dans les Bastions marquez 1. & 2.

C'est aussi ce qui donna lieu à d'autres Personnages plus experimentez dans le métier de la Guerre, de corriger les défauts de ces petites Gorges, en leur donnant beaucoup plus de largeur. Et comme ils eurent reconnu le grand avantage des Cazemates, ils les multiplierent, en les élevant comme par étages, jusqu'à la hauteur des Bastions ; ainsi qu'il paroît aux Bastions 3. & 4.

C'étoient sans difficulté les plus parfaites, si leur Artillerie eut été hors de la vûë des Batteries de l'Assiegeant : mais outre qu'elle étoit trop exposée, il y avoit encore ce defaut dans leurs Bastions, qu'ils les faisoient vuides, & par consequent incapables de retranchement.

Quant à moi, pour ne pas tomber dans les defauts des uns ni des autres, je ne mets point la principale défense des Faces & des Bréches des Bastions, dans l'Artillerie des Cazemates élevées proche les Angles du Flanc ; car ces sortes de Cazemates sont trop sujettes à être ruinées par le Canon de l'Assiegeant, soit qu'il dresse ses Batteries sur le niveau de la campagne, soit qu'il les enterre dans les Contrescarpes opposées. Mais je fais force seulement sur les Canons logez dans mes Cazemates retirées & cachées, comme elles paroissent aux Bastions 5. & 6. Parce que de la maniere qu'elles sont couvertes, tant par leur Orillon, que par l'Angle flanqué des Bastions opposez, elles ne peuvent être en aucune façon ruinées des

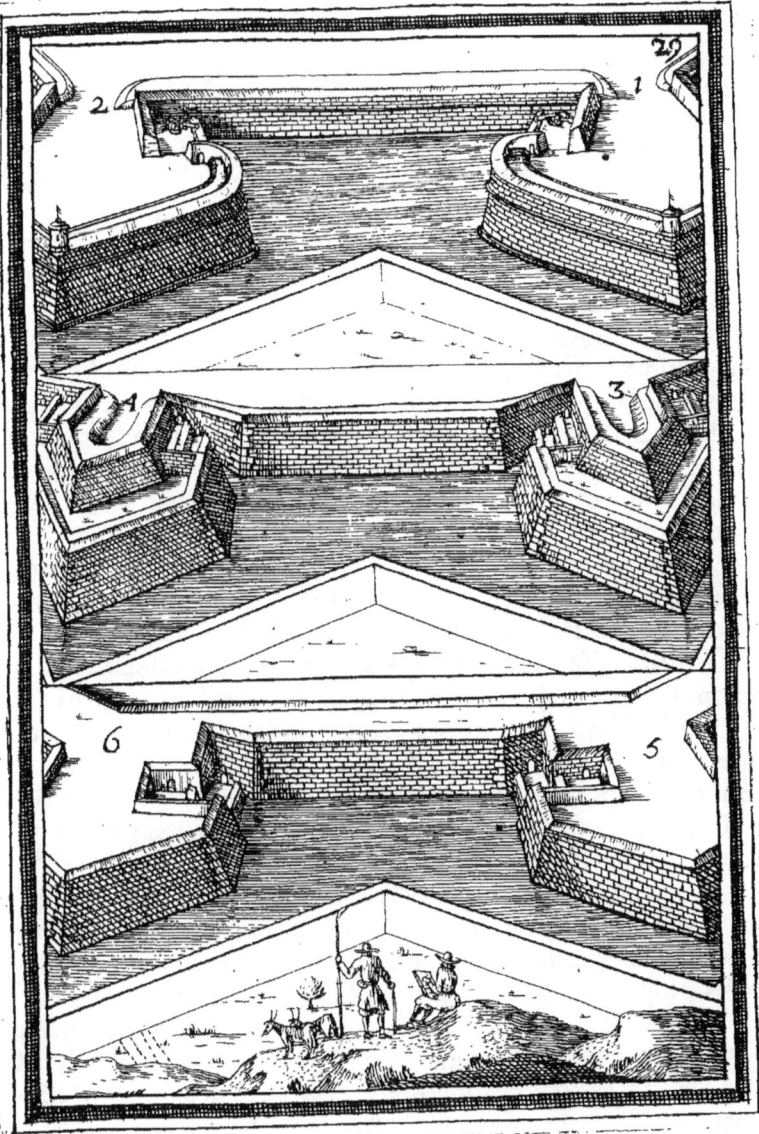

Contre-batteries de l'Ennemi, soit qu'il les éleve sur des Cavaliers, soit qu'il les enterre dans la Contrescarpe, ou dans les Chemins couverts, ou qu'il en fasse sur le Rez-de-Chaussée, comme je le vais prouver.

Les Gorges de mes Bastions à Cazemates étant plus amples dans leur solidité, que ne sont celles des Ingenieurs, qui font leurs Bastions pleins, & ayant moins de largeur où d'enfoncement, que celle des Ingenieurs, qui font leurs Bastions vuides, cela me donne trois avantages. Premierement, j'ay toute la liberté necessaire pour faire des Cazemates dans mes Flancs, j'ay beaucoup de Terrain pour me pouvoir retrancher dans leur Terre-plain, & il m'en reste encore assez pour élever un bon Cavalier dans leurs Gorges, ce que les petites Gorges des Bastions pleins, ni les grandes Gorges des Bastions vuides ne sçauroient permettre, faute de lieu dans les Bastions pleins, & faute de terres dans les vuides. Tout cela rend sans difficulté mes Bastions plus parfaits que tous les autres en general, dont les Auteurs nous ont parlé; comme l'on le pourra aisément remarquer dans la comparaison que j'en ferai avec les leurs dans les pages suivantes.

Mais avant que de passer à la construction de mes Cazemates, j'avancerai ici une question, qui est souvent agitée parmi les nouveaux Ingenieurs, & parmi ceux qui n'ont vû aucun Siege.

Ils demandent donc, de quels avantages un Flanc doit être accompagné pour faire un plus grand feu, & s'il vaut mieux élever des Fausse-brayes au pied des Flancs, ou faire un second Flanc aux extremitez de la Courtine, ou bien enfin de construire des Cazemates dans les Flancs pour empêcher aux Assiegeans le passage du Fossé, & leur contester l'attaque des Faces, & leur logement sur les ruines des Bréches?

Je répondrai à cette question, en faisant voir l'opinion de tous les Auteurs, qui sont receus pour avoir établi les Maximes de cette Science, & de ceux aussi qui ont effectivement servi dans les Armées, soit à l'attaque des Places, soit à la Défense des Villes.

Je dirai donc, qu'il n'y en a pas un qui n'admette l'usage du Canon, & qui ne le tienne absolument necessaire pour la défense des Fossez, la conservation des Faces, & le flanquement des Bréches; d'où je conclurai, qu'il sera incomparablement mieux logé dans des Cazemates, que dans les Fausse-brayes: Car pour ce qui regarde les seconds Flancs, ils donnent si peu de défense, qu'ils ne meritent pas qu'on y fasse ici de reflexion, pour les raisons que j'en donne dans la page qui en traite.

Pour tenir parole de ce que j'ay avancé dans la page précedente, je commencerai par les deux ERRARDS, qui ont été les premiers qui ont mis en Regles la Science des Fortifications. L'on pourra aiſément remarquer dans leurs écrits, qu'ils ont fait des Cazemates aux Flancs de leurs Places, ainſi qu'il ſe peut lire dans le ſecond livre de leurs Fortifications, chap. III. où ils diſent : *La capacité du logis derriere le Flanc pour loger les piéces (qu'on appelle Ca-zemates) me ſemble ſuffiſante en l'Exagone de cinq toiſes de large, à prendre à la ligne de la Courtine, & de cinq de longueur, pour loger les deux piéces d'Artillerie, &c.*

MAROLLOIS, qui admet des Fauſſe-brayes, ſouhaite des Cazema-tes, comme l'on le peut remarquer à la fin de ſon livre des Forti-fications, où expliquant ſes Figures 169. & 170. il dit : *Je les eſti-merois beaucoup, (parlant des Cazemates) au cas qu'on les pût bâtir de telle ſorte, qu'elles ne puſſent être embouchées, ni démonter les piéces d'icelles.*

Le ſouhait de cét Auteur eſt preſentement acccompli dans les miennes, puiſque leurs Canons ſont hors la vûë des Aſſiegeans.

STEVIN, qui ne veut ni Fauſſe-braye, ni ſeconds Flancs, écrit dans le Chapitre I 1. de ſon Livre des Fortifications, parlant des meſu-res des Places-baſſes, ou Cazemates : *La longueur de la Place infe-rieure qui eſt l'ouverture entre le Merlon de la Place inferieure, & le Merlon de la moyenne Place, de 30. pieds, &c.*

DOGEN dans le Chapitre VII. de ſon premier Livre de la Forti-fication Reguliere, parlant de la ligne de Défenſe & du Flanc, dit : *Et c'eſt principalement de ces Flancs, que la groſſe Artillerie poin-tée à propos, & favoriſée d'une diſtance juſte & raiſonnable, pro-duira de notables effets, & que par l'effort de ſes boulets, ou même chargée des bales de Mouſquet, elle renverſera & bouleverſera comme un foudre les plus importans Travaux de l'Ennemi, qui ſe preſenteront au dedans de leur portée, à la ruine de l'Aſſaillant, quelque vaillant & courageux qu'il ſoit, &c.*

Sur ce que je viens de rapporter de DOGEN, on lui pourroit de-mander, en quel endroit du Flanc ſimple ou de la Fauſſe-braye il pretend conſerver long-temps une Artillerie foudroyante, comme celle qu'il déſcrit, ſans que les Contre-batteries de l'Ennemi la lui démontent, à moins que de s'imaginer, que l'Aſſiegeant ait entrepris ſon Siege ſans Canon. Or comme il eſt certain que cette groſſe Ar-tillerie, qu'il veut être pointée fort à-propos, ne ſçauroit être logée en ſeureté, que dans une bonne Cazemate : on pourroit facilement inferer de son difcours, qu'il approuveroit pour le moins autant les Cazemates, que les Fauffe-brayes : Mais je negligerai les raifonnemens d'un Auteur, qui par fon aveu propre n'étoit appuyé d'aucune experience ni pratique de guerre, ainfi que lui-même le confeffe, dans le Chapitre XII. de fon premier Livre, où il dit : *Pour moi qui n'ay jamais fuivi le Métier de la Guerre, je m'en rapporte à ce qu'on en dit : Et c'eft à vous, Meffieurs, (parlant aux Ingenieurs) de vuider ce differend ; à vous, dis-je, que la faveur & le bonheur des Armes a placez en un rang fi honorable, qui avez fouvent perdu du fang en l'exercice de vos penibles charges, & qui avez effuyé tant de Moufquetades, &c.*

PIERRE SARDY dans fa Couronne Imperiale, Traité fecond, Figure 3. page 14. de la Pratique, dit : *Dipoi lontana da quefta cinquanta piedi ne tirerete un' altra parallela, pure a beneplacito con il lapis, che fignifica la larghezza della piazza baffa del Fianco :* Comme cét Auteur n'admet point de Fauffe-brayes, on void évidemment que tous les Flancs de ces Places font garnies de Cazemates.

DE-VILLE dans fon Livre I. Partie I. de la Fortification Reguliere Chap. XXV. des Cazemates ou Places-baffes, dit : *C'eft pourquoi on a laiffé ces voutes, & on fait les Places-baffes découvertes : Et pour avoir deux Places, on fait la premiere plus baffe, un peu par deffus le niveau de la campagne ; de façon que les coups tirez de là, paffent par deffus les Parapets des Fauffe-brayes, s'il y en a, &c.* L'on peut voir par les paroles de cét Auteur, qu'il eft plus pour les Cazemates que pour les Fauffe-brayes, comme il eft facile de le remarquer dans les trois Chapitres qu'il donne dans fon Livre, pour expliquer en détail toutes les parties de ce qui appartient à l'ufage des Cazemates.

Le Comte de PAGAN, qui eft le plus recent de nos Auteurs, eft auffi celui qui a eu plus d'experience dans le Métier de la Guerre. Cent Perfonnes illuftres, qui vivent encore, font des témoins irreprochables, comme il a été glorieufement dans le fervice, & qu'aprés vingt Campagnes, il perdit un œil d'une Moufquetade au premier Siege d'Arras. Cét accident, tout funefte qu'il étoit, fut profitable à la Pofterité ; car ayant reduit ce grand Homme à une retraite pacifique, la perte de fa vûë lui donna ces lumieres admirables pour les Mathematiques, dont j'ay eu le bonheur de me prévaloir dans fes converfations.

Lui-même, pour autorifer fes Maximes, a été obligé de le dire
dans

dans la Préface de son Livre des Fortifications ; & au Chapitre I V. qui traite des Flancs & des Cazemates. Aprés avoir dit en ce lieu-là, que les premiers Ingenieurs tiroient les lignes de leurs Flancs perpendiculairement sur les Faces des Baftions, par un deffein de mettre plus à couvert leur Artillerie, ne confiderant pas que tout ce qui void eft aufli vû de ce qu'il regarde, il ajoûte : *Mais aprés avoir reconnu leur foibleffe en la défenfe des Places attaquées, foit par ma prefence en plus de vingt Sieges, &c.* Ce qui fait voir que ce Comte pouvoit, avec bien plus de juftice, parler pertinemment de l'ufage des Fauffe-brayes & des Cazemates, que ces Meffieurs, qui n'ont jamais campé qu'à l'ombre de leurs lampes. C'eft ce qui lui fait dire dans le même Chapitre les mots qui fuivent : *Aussi me suis-je étonné plusieurs fois, non pas comme les autres, du peu de refistance que font les Places les mieux fortifiées des Païs-bas : mais de la reputation des Hollandois en cét Art, puifque leurs Fortifications ont si peu de défense :* (voulant dire qu'elles manquent de Cazemates) *car dans un si grand nombre de Travaux & de Forterefses, à peine y trouverez-vous des Fofsez bien défendus de l'Artillerie, ce qui donnant l'avantage aux Batteries des Assiegeans, les Flancs font facilement rompus, & là Place bien-tôt perduë.* En fuite de ce difcours il dit : *Tellement que pour remedier à des inconveniens si dommageables, j'ay trouvé les moyens de loger plus de douze pieces de Canon dans un même Flanc, &c.*

L'on peut conclure de cét Auteur & de tous les précedens ; non feulement qu'ils fouhaitent tous de l'Artillerie dans leurs Flancs : mais encore que l'on ne peut mieux la placer que dans des Cazemates, dont les Canons, pour être à couvert, feront bien plus d'effet que l'Artillerie que ceux, qui n'ont aucune experience dans le Métier, veulent placer entre les Fauffe-brayes & les Flancs ; comme je le fais voir dans le defavantage des Fauffe-brayes, fur la fin de ce Chapitre.

*Objections contre l'usage des Cazemates.*

AVANT que de rapporter les avantages & les defavantages des Fauffe-brayes & des feconds Flancs, je propoferai ici en general les Objections que l'on fait d'ordinaire contre l'ufage des Cazemates.

En premier lieu on dit : Qu'on ne peut pas bâtir des Cazemates aux Flancs des Baftions des Villes, fi l'Enceinte de leurs Remparts n'eft revêtuë d'une forte Chemife de pierre ou de brique, ce qui eft, difent-ils, d'une tres-grande dépenfe, & ce qui ne fe peut pratiquer à toutes fortes de Places.

Secondement, Qu'en faifant des Cazemates dans les Flancs des Baftions, cela empêche l'ufage de la Moufqueterie de leurs Flancs, qui doivent être deftinez à la défenfe des Foffez, des Faces, & des Bréches.

Troifiémement, Que l'Artillerie des Cazemates, tant de celles qui font vûës de la campagne, que de celles qui ne le font pas, y eft tres-inutile ; principalement fi ces Cazemates ont des Places-hautes ; puifqu'une feule décharge de l'Artillerie des Places-baffes, par la fumée de leurs amorces, & de celle de leur feu, empêchera que leurs Officiers puiffent les recharger, & les pointer auffi promptement qu'il eft neceffaire, pour faire feu fur des Affaillans vigoûreux, qui ne font qu'un inftant à franchir un Foffé.

En quatriéme lieu ils difent, Que le Canon des Places-hautes venant à tirer, le foin ou la paille qu'on met dans le Canon tombant allumée dans les Places-baffes, ne manquera pas de mettre le feu aux Munitions & aux Amorces des Canons qui font déja chargez.

Pour cinquiéme Objection ils avançent, Que les Places-hautes des Cazemates étant trop retirées, découvrent peu la campagne, & occupent la plus grande partie de la Gorge, & même du Corps du Baftion, ce qui empêche que l'on y puiffe faire des Retranchemens, qui ont fort fouvent retardé ou empêché la prife de la Ville.

Sixiémement, Qu'il eft impoffible, avec les Canons des Cazemates, de prendre une mire affûrée pour donner à un certain But, & que la lenteur de leurs coups, toûjours entre-coupez de quelque incident, eft d'un effet bien moins confiderable avec leurs fimples boulets, qu'une grêle des Moufquetades.

En feptiéme lieu, Que l'Artillerie des Cazemates peut être aifé-ment démontée par celle qui eft dans les Contre-batteries des Affie-geans, & que c'eft faire bien de la dépenfe, pour n'en tirer aucun profit dans le befoin.

Leur huitiéme Objection eft, Que l'Artillerie des Cazemates confomme trop de Munitions, & demande trop de gens à leur fer-vice, pour le peu de profit qu'on en tire dans un Siege.

Dans la neuviéme Objection qu'ils avancent, ils difent : Qu'il eft fort difficile, & même comme impoffible, de trouver en au-cun Etat ou Royaume, quel qu'il foit, affez d'Artillerie pour gar-nir les Flancs des Baftions, fi toutes les Places avoient des Flancs à Cazemates.

Ils difent en dixiéme lieu, Que les Affiegeans par l'effort de leurs Bombes peuvent aifément démonter & rompre les Roüages & les Affuts des Canons des Cazemates, & en faire écarter ceux qui y font deftinez pour leur fervice, & qu'ils peuvent de plus mettre le feu aux Poudres & aux autres Munitions, ce qui rendra l'Ar-tillerie inutile.

Leur onziéme Objection eft, Que fi les Foffez des Villes, où l'on fait des Cazemates, ont de l'eau, cette eau venant en Hyver à s'augmenter, foit par la continuation des pluyes & des neiges, foit par le débordement de quelque Riviere, elle inondera telle-ment les Cazemates, qu'elles feront enfin renduës inutiles.

Ils ajoûtent pour douziéme Objection, Que fi les Foffez des Villes font fecs, les Ennemis pourront aifément furprendre les Vil-les, en entrant par les Embrazures des Merlons de la Cazemate, & fe rendre maîtres de la Place.

### Réponses aux Objections faites contre l'usage des Cazemates.

A L'EGARD de la premiere, je dis, qu'à la verité il seroit à souhaiter pour la solidité & durée des Ouvrages, que *l'Enceinte des Remparts fut revétuë d'une Chemise* ; Mais on peut bien construire des Cazemates aux Flancs, sans être obligé de revétir les Courtines, les Faces, ni même toute la longueur des Flancs ; il suffira de faire travailler avec soin au nettoyement des Cazemates ; & à l'égard de la partie de la Cazemate qui est du côté de l'Orillon, & qui n'est point vûë de l'Artillerie de l'Ennemi, on en fera soûtenir les terres avec de fortes piéces de bois, travaillées en Estançons & Arcsboutans. Et pour l'autre partie de la même Cazemate du côté de la Courtine, on pourroit bien à toute extremité se contenter de donner un grand Talus à ses terres ; mais la pierre ou la brique seroient bien rares aux environs d'une Ville, & les Finances du Prince bien épuisées, si on ne trouvoit pas dequoi faire à chaque Cazemate un Pan de Muraille de cinq ou six toises.

De dire en second lieu, que *la Cazemate prive le Flanc de l'usage & du secours du Mousquet* ; Cette Objection, qui semble avoir quelque vrai-semblance, n'est neanmoins proposée que par ceux qui n'ont que la Theorie de cette Science ; Et en effet, ceux qui ont vû des Cazemates, & consideré la disposition de leur Artillerie, remarquent facilement, que l'Orillon & le derriere des Cazemates peuvent contenir autant de Mousqetaires pour la défense des Fossez, des Faces, & des Contrescarpes, que si le Flanc étoit en ligne droite ; car pour la Fumée de l'Artillerie, qui est à découvert dans les Places-basses, c'est si peu de chose, qu'elle n'incommode en rien les Mousquetaires des Flancs & de l'Orillon, comme l'experience le montre.

Pour répondre à leur troisiéme Objection, qui soutient, *Que l'Artillerie des Cazemates, tant de celles qui sont vûës de la campagne, que de celles qui ne le font pas, y est tres-inutile, principalement si les Cazemates ont des Places-hautes, puisqu'une seule décharge de l'Artillerie des Places-basses, par la fumée de leurs Amorces, & de celle de leur feu, empêchera que leurs Officiers puissent les recharger & les pointer aussi promptement qu'il est necessaire, pour faire feu sur des Assaillans vigoureux, qui ne sont qu'un instant à franchir un Fossé:* Je leur repliquerai, que la fumée de l'Artillerie des Places-basses est si peu de chose, qu'elle n'incommode aucunement ceux qui sont commandez pour son service, pour peu qu'ils ayent d'experience : Car quoique de loin cette fumée paroisse fort épaisse, neanmoins ceux qui s'y trouvent engagez, à la confusion des Ingenieurs de Cabinet, n'ont aucun sujet de s'en rebuter, à cause que les Cazemates ne sont pas couvertes, & que l'impetuosité du tir du Canon dissipe cette fumée. Pour le reste de l'objection, j'y réponds assez amplement dans la page où je parle de l'usage de l'Artillerie de mes Cazemates.

On répond à leur quatriéme objection, qui dit, *Que le Canon des Places-hautes venant à tirer, le foin ou la paille qu'on met dans le Canon tombant allumée dans les Places-basses, ne manquera pas de mettre le feu aux Munitions & aux Amorces des Canons qui sont déja chargez.* L'experience montre, que le foin ou la paille qui est mis dans la vollée du Canon, est toûjours porté à plus de dix ou douze toises de la Piéce par la violence du tir ; Mais ceux qui sçavent ce que c'est que des Cazemates, n'ignorent pas que les poudres & leurs autres munitions sont cachées dans des Magasins, faits exprés derriere l'Orillon, & que les Amorces des Piéces chargées sont toûjours couvertes d'un petit auvant de bois ou du fer blanc fait en dos d'âne, que l'on met sur la Piéce pour couvrir l'amorce contre la pluye & contre le feu, & que l'on ôte cét auvant quand l'on veut mettre le feu au Canon.

Quant à leur cinquiéme objection, qui avance, *Que les Places-hautes des Cazemates étant trop retirées, découvrent peu la campagne, & occupent la plus grande partie de la Gorge, & même du Corps du Bastion, ce qui empêche que l'on y puisse faire des Retranchemens, qui ont fort souvent retardé ou empêché la prise de la Ville.* On leur répond, que bien loin que ce soit un defaut aux Cazemates, & principalement aux Places-hautes, de ne découvrir pas la campagne, ce leur est au contraire un des plus grands avantages qu'on en puisse esperer, puisqu'elles ne sont faites que pour nettoyer le Fossé, & découvrir le pied & la montée des Bréches. De dire que les Places-hautes empêchent les Retranchemens, cela peut arriver aux Cazemates faites selon les Maximes de quelques Auteurs ; mais à faire les Places-hautes comme je l'enseigne, elles facilitent les Retranchemens, au lieu d'y mettre obstacle, comme on le remarquera dans les pages suivantes, où je traite des Retranchemens pratiquez dans les Bastions selon ma methode.

Pour répondre à leur sixiéme objection, où ils disent, *Qu'il est impossible avec le Canon des Cazemates, de prendre une Mire assurée pour donner à un certain But, & que la lenteur de leurs coups, toûjours entrecoupez de quelque incident, fait un effet bien moins considerable avec leurs simples Boulets, que celui d'une grêle de Mousquetades.* Je leur repliquerai, qu'apparemment cette objection a quelque chose de fin ; mais en leur disant, que ce n'est point ici un jeu de tirer au Blanc : mais bien de nettoyer tout d'un coup un Fossé, razer une Face, & flanquer la montée d'une Bréche, ils seront forcez d'avouër qu'il n'y a rien de plus seur, pour ces importantes executions, qu'un coup de Canon chargé à Cartouche, qui vaut mille fois mieux que leur grêle de Mousquetades, quand même elle seroit reïterée à diverses fois. En effet, elle n'est pas assez forte pour rompre les Galleries, les Mantelets, & les autres Epaulemens des Assaillans ; joint que ces Bales de Mousquets peuvent par hazard donner toutes en un même endroit, ce que ne peuvent faire celles d'un coup de Canon chargé à Cartouche, puisqu'il écarte toûjours également par tout, & qu'il n'y a guere d'Epaulemens que les Cartouches ne puissent détruire.

Ils disent en septiéme lieu, que *l'Artillerie des Cazemates peut être aisément démontée par les Contre-batteries des Assiegeans, & que c'est faire une grande dépense dans leur construction, sans en pouvoir tirer aucun profit dans le besoin.* Je serois à la verité bien de l'opinion de ceux qui avancent cét Argument, si l'Artillerie de mes Cazemates, sur laquelle je fais force pour la défense des Faces & des Bréches de mes Bastions, pouvoit être embouchée, comme ils disent ; mais étant hors de la Mire des Contre-batteries, comme elle est en effet dans ma Construction ; cette objection n'a ici aucun lieu.

Leur huitiéme objection soûtient, que *l'Artillerie des Cazemates consomme trop de Munitions, & demande trop de gens à son service, pour le peu de profit qu'on en tire dans un Siege, &c.* Mais elle n'est fondée que sur le peu d'experience d'un Gouverneur, qui n'aura pas sçeu faire provision des Munitions nécessaires dans une telle rencontre. Si le Gouverneur est homme vigilant, il en doit toûjours avoir la plus grande quantité qu'il lui sera possible ; car pour les hommes qui sont employez au service de l'Artillerie, outre qu'il n'est pas besoin qu'ils soient fort experimentez, c'est qu'il n'en faut pas pour mes Canons la moitié de ce qu'il en faut pour les autres, puisque mes Canons n'ont pas l'embaras des

longs Affuts, comme j'ay déja dit, & qu'ils ne laiſſent pas de faire
d'étranges fracas, étant chargez de Cartouches.

Il faut maintenant répondre à leur neuviéme objection, qui dit,
*Qu'il eſt fort difficile, & même comme impoſſible, de trouver dans
un Royaume aſſez d'Artillerie pour garnir les Flancs des Places à
Cazemates.* Cette objection n'eſt bonne à faire qu'à des gens qui
croiroient, que quand on aſſiege quelque Place, on y fait autant
d'Attaques, comme il y a de Faces de Baſtions: mais comme ceux
qui ont du ſervice, & qui ſe ſont trouvez à des Sieges, ſçavent
fort bien, qu'aux plus fortes Places on n'y peut faire que deux ou
trois veritables Attaques, ils remarqueront aiſément qu'il ne faut
pas une ſi grande quantité d'Artillerie qu'ils ſe l'imaginent, n'étant
beſoin que de garnir les Flancs qui regardent ces Attaques : car de
repliquer que l'Aſſiegeant changera l'ordre de ſes Attaques, pour
ſurprendre & pour tromper les Aſſiegez; c'eſt une viſion tout-à-fait
Pedanteſque, puiſqu'il eſt toûjours bien plus facile à ceux d'une
Place de conduire l'Artillerie d'une Cazemate à l'autre, qu'à un
Aſſiegeant de faire en un moment deux ou trois mille pas de nouvelle Tranchée pour faire une nouvelle Attaque.

D'ailleurs, puiſqu'il eſt certain que dans un ſeul Vaiſſeau du
Roi on met bien 80. ou 100. piéces de Canon, qui ſont ſujettes à
ſe perdre ſans reſource par la moindre étincelle de feu; pourquoi
plaindra-t'on 50. ou 60. Canons pour la défenſe d'une Ville, d'où
dépend le ſalut d'une Province, & quelquefois de tout un Etat?

Quant à la dixiéme objection, *qui regarde le danger des Bombes, que les Aſſiegeans jetteroient dans les Cazemates, & qui n'y
ruineront pas ſeulement l'Artillerie; mais chaſſeront encore ceux qui
en ont le ſoin, & mettront le feu aux Poudres:* Je dirai, qu'il peut
bien arriver quelque choſe de ce grand fracas aux Cazemates ordinaires, dont le front de dix ou douze toiſes n'a point de Reduit
particulier, qui étant ſeul garanti de la Bombe, puiſſe ſeul auſſi remedier au deſordre du reſte; Mais comme le Reduit caché de ma
Cazemate n'a que trois ou quatre toiſes de front, il eſt fort difficile, pour ne pas dire impoſſible, que le hazard y meine une Bombe par la main; que ſi à toute rigueur cela arrive, l'Affut de mes
Canons, pareil à ceux des Canons des Vaiſſeaux, donnera fort peu
de priſe à la Bombe, & mes Munitions, cachées dans les Maga-
ſins bâtis dans l'épaiſſeur de la Terraſſe du Rempart, ne ſeront
point expoſées à ce danger. Et puis la Bombe ne tombera-t'elle pas
ſur les embaraſſans roüages de l'Artillerie du Flanc ſimple? épar-

C. iiij

gnera-t'elle les Fauſſe-brayes ? reſpectera-t'elle les lieux ſacrez, & la tête des Generaux, & des Gouverneurs ? Et pour cela faut-il aban-donner la défenſe des Places ?

Touchant *l'inondation des Cazemates*, dont parle la onziéme objection, c'eſt un Argument qui n'eſt bon à faire que pour les Cazemates des Villes, qui ſeroient ſituées dans les lieux bas, & environnées de Marais, ou proche de quelque Riviere. A la verité ces débordemens pourroient rendre inutiles les Cazemates de ceux qui n'en veulent qu'une; mais comme j'en fais pluſieurs, il n'y a que la premiere qui puiſſe être incommodée de ces inondations; car pour ma ſeconde, qui eſt conſtruite à Rez-de-Chauſſée, elle ne peut être inondée, que toute la campagne ne le ſoit auſſi : de maniere que j'ay toûjours dans chaque Flanc deux Cazemates en défenſe.

La derniere de leurs Objections, & celle qu'ils appuyent le plus, regarde *la facilité de ſurprendre une Place dont le Foſſé ſeroit ſec, parce qu'on y pourroit entrer par les Embraſures.* Il faut avouër que cette objection, qui eſt propoſée comme la pierre d'achoppe-ment des Cazemates, a quelque choſe qui ſent bien le Cabinet.

En effet, ceux qui ſe ſeront rencontrez dans les Villes Frontie-res, ou qui auront du ſervice, auront ſans doute remarqué, que les Gouverneurs des Places importantes, je dis même les moins in-telligens dans leurs Charges, ont accoûtumé, au plus fort de la paix, de faire poſer des Sentinelles aux Angles flanquez, & aux Epaules des Baſtions, pour éviter les ſurpriſes ; outre qu'ils ont ſoin de faire battre l'Eſtrade par quelque Peloton de leurs Gardes, pour prendre langue de leurs voiſins ; Mais pour n'être point ſu-jettes à toutes ces précautions, il faut fermer en temps de paix les Embrazures des Merlons avec de ſimples Murailles, que l'on met-tra bien aiſément à bas, quand il en ſera beſoin.

Pour concluſion, je renvoye les Ingenieurs, qui n'ont campé que ſous le toit de leurs chambres, à faire un logement ſur la Brê-che d'un Baſtion, expoſé à une bonne Cazemate.

## *Remarques particulieres sur l'avantage des Cazemates.*

MAIS pour finir la differtation des Cazemates, & s'il faut ainfi dire, combler la mefure, & donner double charge, je rapporterai l'Exemple du plus grand Siege dont l'Hiftoire ait jamais parlé, qui eft celui de la fameufe ville de Candie. Elle eft fortifiée du côté de Terre-ferme de Baftions à Cazemates ; & depuis plus de feize ans les Turcs l'ont vainement entreprife, par des Attaques Regulieres de ce côté-là. Tous les Dehors de chaque Tenaille de la Place ont été emportez. En fuite ces mêmes Baftions ont fouffert l'effet d'une infinité de Fourneaux, les Affiegeans ont fait des Bréches étonnantes à chaque Face : mais il leur a été impoffible de s'y loger, & l'Artillerie des Cazemates qui battoit dans ces Bréches, a toûjours ruiné leurs logemens, & les en a heureufement chaffez. La France eft pleine d'une infinité de braves gens, qui font les illuftres témoins de ce que je dis. Sur tout vers les dernieres années de ce fameux Siege, les deux Baftions de Bethleem & de Panigra, fe font fi bien défendus par le feu reciproque de leurs Cazemates, que les Affiegeans ont été contraints de les abandonner : Ils tournerent judicieufement leurs efforts du côté du Demi-baftion de Saint André, & devers le Pofte de Sabionera, à caufe que l'un ni l'autre n'avoient point de Cazemates pour les flanquer du côté de la Mer. Toute la terre fçait que les Turcs ayant conduit & pouffé leurs Tranchées du côté de Dramata, & de l'Ouvrage Scoffeffe, qui eft figuré par la lettre C. dans le Plan qui fuit, & qui n'eft qu'une maniere de Redent ou Flanc fimple, le Pofte de Saint André, qui y eft auffi marqué A. dénué de ce côté-là de la Défenfe d'une Cazemate, fut enfin emporté ; & jamais il ne leur a été poffible de fe loger fur la Face de ce Demi-baftion, qui eft vûë & enfilée de la Cazemate B. de Panigra, quoiqu'ils ayent fait des Bréches effroyables à cette même Face. Cét Exemple vaut mieux que mille raifons, & cela eft tellement vrai, que dans l'Extraordinaire de la Gazette du 26. Septembre 1670. page 919. on remarque, que le Grand Vizir, avant que de s'embarquer pour Conftantinople, ayant pris garde au defaut de Saint André, y a fait faire un Ouvrage qui avance quelques pas dans la Mer ; ce qui justifie qu'il avoit besoin d'être flanqué de ce côté-là.

Ce qu'il y a encore ici de remarquable sur les Cazemates de Candie, c'est, que si ces Cazemates, quoiqu'elles n'ayent pas été construites dans la derniere perfection, comme sont les miennes, n'ont pas laissé de rendre de si grands services, on peut bien plus legitimement esperer, que les Places, qui en auront comme celles que je donne, seront capables de faire une resistance bien plus opiniâtre, puisque je montre dans les Chapitres suivans, que les miennes surpassent en bonté toutes celles que les Ingenieurs ont faites ou dessinées jusqu'à present ; Et ce que j'établis ici sera pleinement justifié, lorsque j'aurai fait voir qu'elles ne peuvent être vûës ni des Contrebatteries que les Assiegeans éleveront sur des Cavaliers, ni de celles qu'ils enterreront dans les Chemins-couverts, ni enfin de celles qui perceront dans les Contrescarpes.

Enfin, s'il y avoit encore quelque Bizarre qui fut tellement préoccupé pour les simples Flancs, qu'il rejettât l'usage des Cazemates, je lui conseillerois toûjours de preferer ceux de mon premier volume à tous les autres ; pour ce que mes Flancs étant faits sur un Angle de 98. degrez, ils sont en état de tenir toûjours plus de Soldats, & de pointer bien mieux l'Artillerie à plomb sur le passage du Fossé ; outre que les Embrazures qui se tailleront dans mes Parapets, ne seront pas tant de travers, que celles que 'on feroit dans les Flancs de D o g e n, & des autres.

Que si l'on m'objecte, que ces Flancs n'étant point perpendiculaires sur la Courtine, ils seront aisément découverts des Batteries de l'Assiegeant, & que par consequent eux & leur Artillerie ne subsisteront pas long-temps sur pied ; cela pourroit bien arriver si je les ouvrois, comme ceux du Comte de P a g a n : mais les tenant plus serrez que les siens, & moins cachez que ceux des autres. Je les expose si peu au Canon de l'Assiegeant, que sans dire que les Orillons les couvrent, c'est qu'il donne si peu de Mire sur cét Angle, que cela n'est pas sensible en campagne à celui qui attaque, & cela est d'un grand service à l'Assiegé pour la Défense de ses Bréches, de ses Fossez, & du dessus des Contrescarpes.

## FIGURE XV.

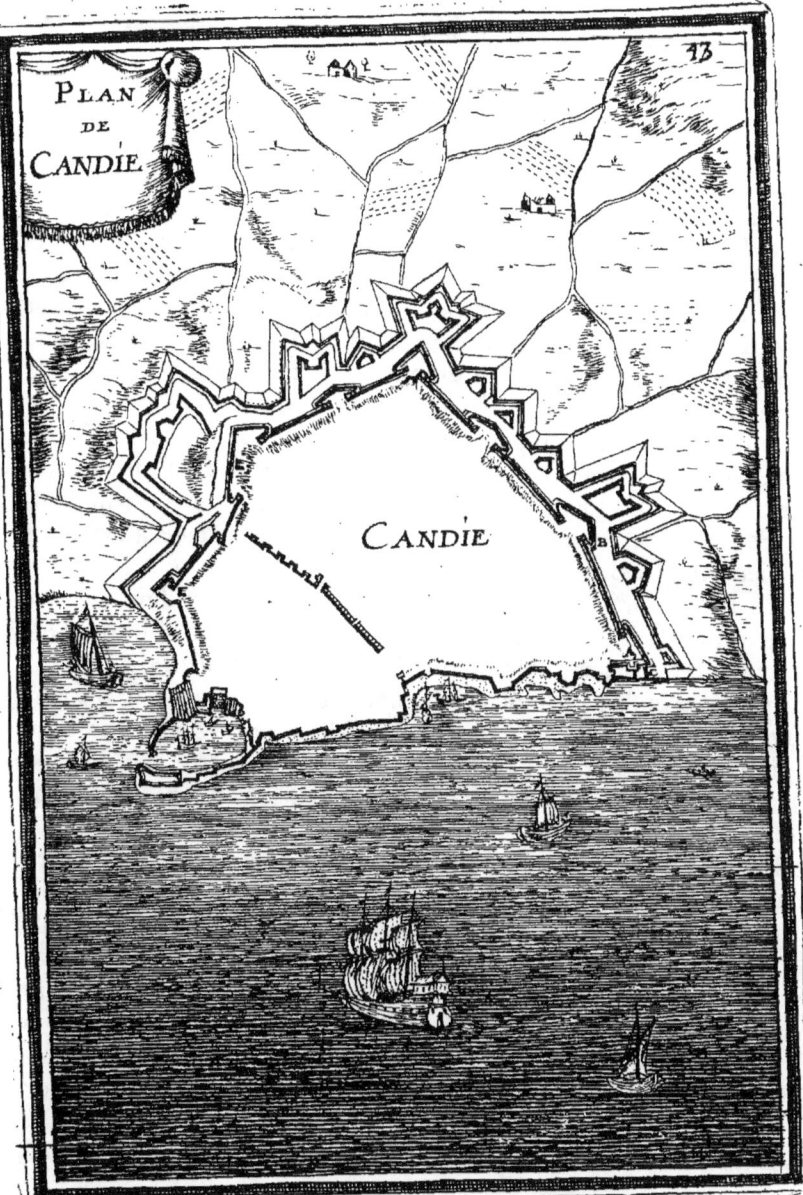

PLAN DE CANDIE.

CANDIE

### Noms des Places fortifiées selon la Methode de l'Auteur.

EN 1666. aprés que par Patente du Roi de Portugal je fus reçeu Ingenieur de ses Camps & Armées, Monsieur le Comte de Schomberg m'envoya, par l'ordre du Roi, fortifier Aronche. Je commençai à tracer le sixiéme d'Avril la Courtine, appellée, *Quortina de Santa Maria d'Elvas*, où je fis les Flancs sur des Angles de 98. degrez, pratiquant les mêmes mesures aux Flancs des Bastions du Château, que je traçai à la moderne, ainsi que l'on peut remarquer dans son Plan, qui est dans le livre de l'Irreguliere de mon premier volume. Je fus employé à le fortifier au retour de la surprise de la Basse-ville d'Albuquerque, où il me souvient que faisant ma fonction d'Ingenieur, comme je marchois à la tête de ceux qui surprirent les premiers Corps-de-garde de l'Ennemi, le Duc de Noirmoutier, aussi brave de sa personne qu'aucun Maître-de-Camp de l'Armée, fut tué d'une Mousquetade à deux pas du lieu où j'étois.

En 1667. aprés avoir élevé deux Batteries, & conduit la Tranchée qui causa la prise du Château de Ferreira, Dom Gonzalo Alvares Correa, Sergent Major du Regiment *de Castello de Vida*, m'ayant demandé à Monsieur le Comte de Schomberg, je fus renvoyé à Ferreira, pour la fortifier à la Moderne, & je commençai le sixiéme d'Octobre à y tracer un Quarré avec quatre Ravelins, ou Demi-lunes, établissant les Flancs de ses Bastions sur des Angles de 98. degrez.

En 1668. le troisiéme Janvier Monsieur le Comte de Schomberg étant à Vimieiro pour se remettre d'une fâcheuse maladie, que les glorieux emplois de sa Charge lui avoient attirée, Denys de Mello de Castro, General de la Cavalerie, & Joan de Sylva de Souza, General de l'Artillerie, se trouvant alors à Extremos, Place-d'Arme de l'Alantejo, comme ils avoient l'œil sur les Fortifications de la Place, ils me firent l'honneur de me choisir à l'exclusion d'un Ingenieur Italien, qui avoit été employé à quelques autres Ouvrages. Je fortifiai par leur ordre le grand Bastion, appellé *Belluardo de Sancta Catharina*, dont j'établi les Flancs sur des Angles de 98. degrez.

# CHAPITRE II.

### Du Calcul des Places de l'Auteur.

PRÈS avoir, ce me semble, rapporté, autant qu'il est possible, toutes les objections qu'on peut faire contre l'usage des Cazemates, & y avoir répondu assez amplement, je passerai maintenant au Calcul de mes Places, après que j'aurai exposé les Mesures en general & en particulier, dont les Auteurs se servent dans la Constitution de leur Place avec Calcul ou sans Calcul.

### Des Mesures en general & en particulier.

LA Ligne a de longueur l'épaisseur d'un grain d'orge.
Le Poûce de Roi est de douze lignes.

Le Pied de Roi est de douze poûces.

Le Pas commun est de trois pieds de Roi.

Le Pas Geometrique est de cinq pieds de Roi.

La Toise est de six pieds de Roi.

La Verge est de deux toises, principalement celle que l'on nomme Rhynlandique.

La Perche est de trois toises ; il y a des Païs où elle est de 20. & de 22. pieds.

Le Stade est de cent vingt cinq pas Geometriques.

Le Mil est de huit stades ou mil pas Geometriques.

La petite Lieuë de France a deux mille pas Geometriques.

La moyenne Lieuë de France ou la commune est de deux mille quatre cents pas Geometriques.

La grande Lieuë de France est de trois mille cinq cents & quelquefois de quatre mille pas Geometriques.

L'Arpent vaut 430. toises en longueur , ou neuf cents toises quarrées, ou cent perches quarrées de celles qui valent trois toises ou dix-huit pieds.

On remarquera, que dans mon premier Livre , où j'ay enseigné la Construction des Places Regulieres sans Cazemates, je me suis contenté de donner 100. ou 110. toises au côté de leur Polygone : Presentement que je vais montter à faire des Cazemates, j'avertis que je donnerai toûjours 120. toises aux côtez des Polygones, qui est la mesure que les Auteurs donnent d'ordinaire à la longueur de leurs côtez du Polygone.

*On remarquera, que tous les Profils des Villes & des Païsages ; qui se rencontrent au bas des Planches suivantes , n'y ont été gravez que pour leur embellissement.*

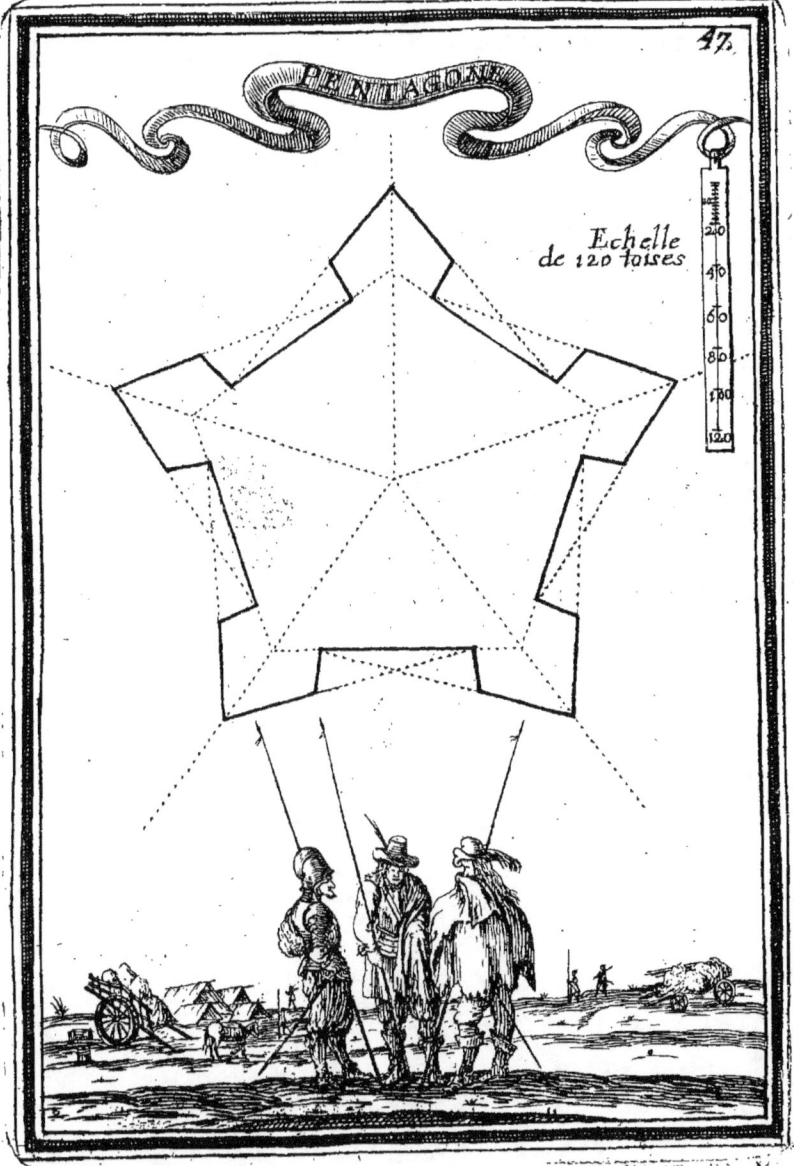

PENTAGONE

47.

Echelle de 120 toises

*Pour trouver Geometriquement tous les Angles & les Côtez*
*qui servent à la Construction des Figures*
*de l'Auteur.*

POUR venir à la connoissance précise des Angles, & de la longueur des lignes de mes Figures par le calcul, je suppose toûjours trois choses.

I. Que l'Angle du Flanc, de quelque Figure reguliere que ce puisse être, soit de 98. degrez.

II. Qu'il y ait proportion du côté du Polygone interieur à la Demi-gorge, comme de cinq à un.

III. Qu'il y ait convenance du même côté du Polygone à la Capitale, comme de 3. à 1. & sur ces fondemens je me servirai d'une même Methode pour l'extraction des Angles, & calcul des Lignes, par le moyen des Longarithmiques ou Sinus naturels. Ce qui se fera avec plus de promptitude & de facilité qu'il ne s'en rencontre dans les autres Methodes.

FIGURE XVII.

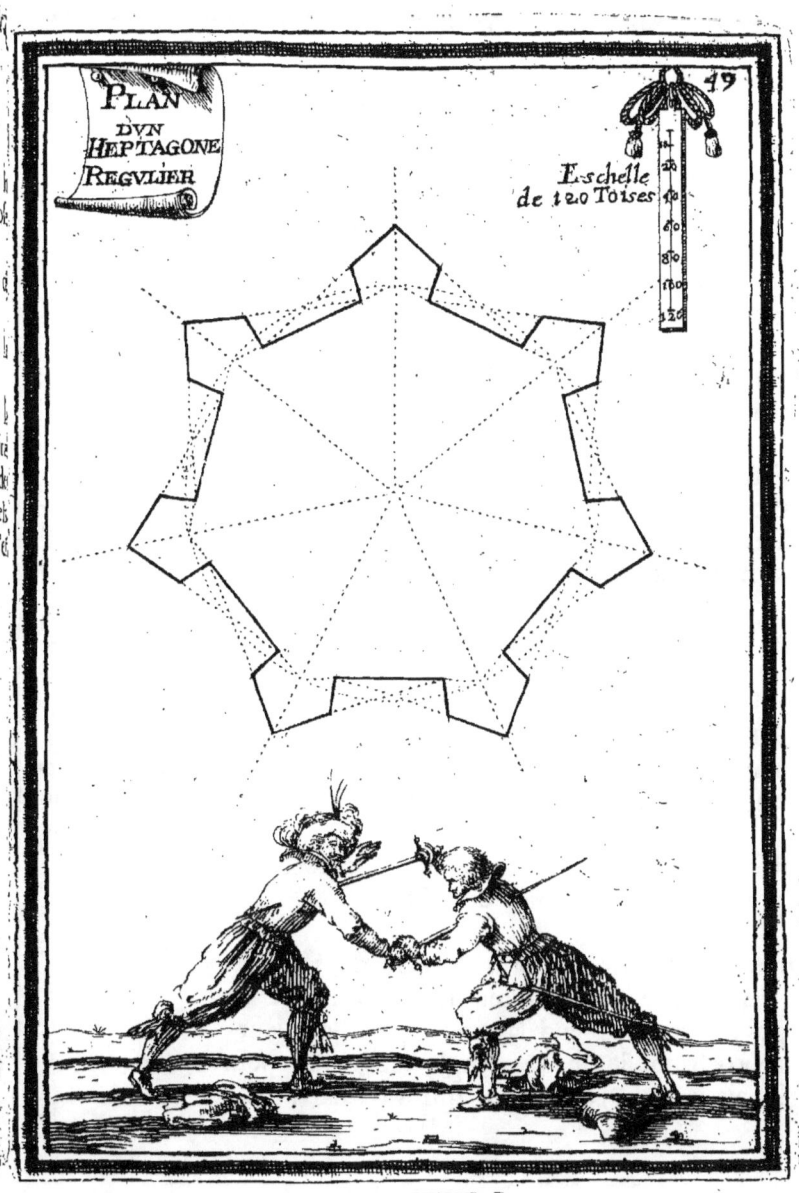

PLAN D'UN HEPTAGONE REGULIER

Eschelle de 120 Toises

*Regles generales de l'Auteur pour l'Extraction des Angles de ses Figures appliquées à l'Exemple d'un Hexagone.*

ON a l'Angle du Centre B A C. divisant 360. par le nombre des côtez de la Figure qu'on veut faire.     360 ( 60 / 6

On a l'Angle du Polygone D B C. en ôtant l'Angle du Centre de 180. degrez.     180 / 60 / ——— / 120

On a le Demi-Angle du Polygone A B C. prenant la moitié de l'Angle du Polygone.     60

On a l'Angle de la Capitale & de la Demi-gorge E B G. ôtant le Demi-angle du Polygone de 180. degrez.     180 / 60 / ——— / 120

Pour connoître le Demi-angle flanqué B E G. & le flanquant interieur B G E.

### On se sert de la Trigonometrie.

Au Triangle Ambligone E B G. ou deux côtez E B. B G. & l'Angle E B G. sont connus.

On ajoûte le petit côté B E. au grand côté B G. pour avoir la somme des côtez.     { B G. 96. toises / { B E. 40. toises / ——— / 136

On soustrait le petit côté B E. du grand côté B G. pour avoir la difference des côtez.     { B G. 96 / { B E. 40 / ——— / 56

On soustrait l'Angle obtus E B G. de 180. degrez, le reste est la somme des deux Angles aigus, dont on prend la moitié pour la valeur, approchante de chaque Angle aigu. Et pour les avoir juste, on fait ce qui va suivre.     180 / 120 / ——— / 60 / 30

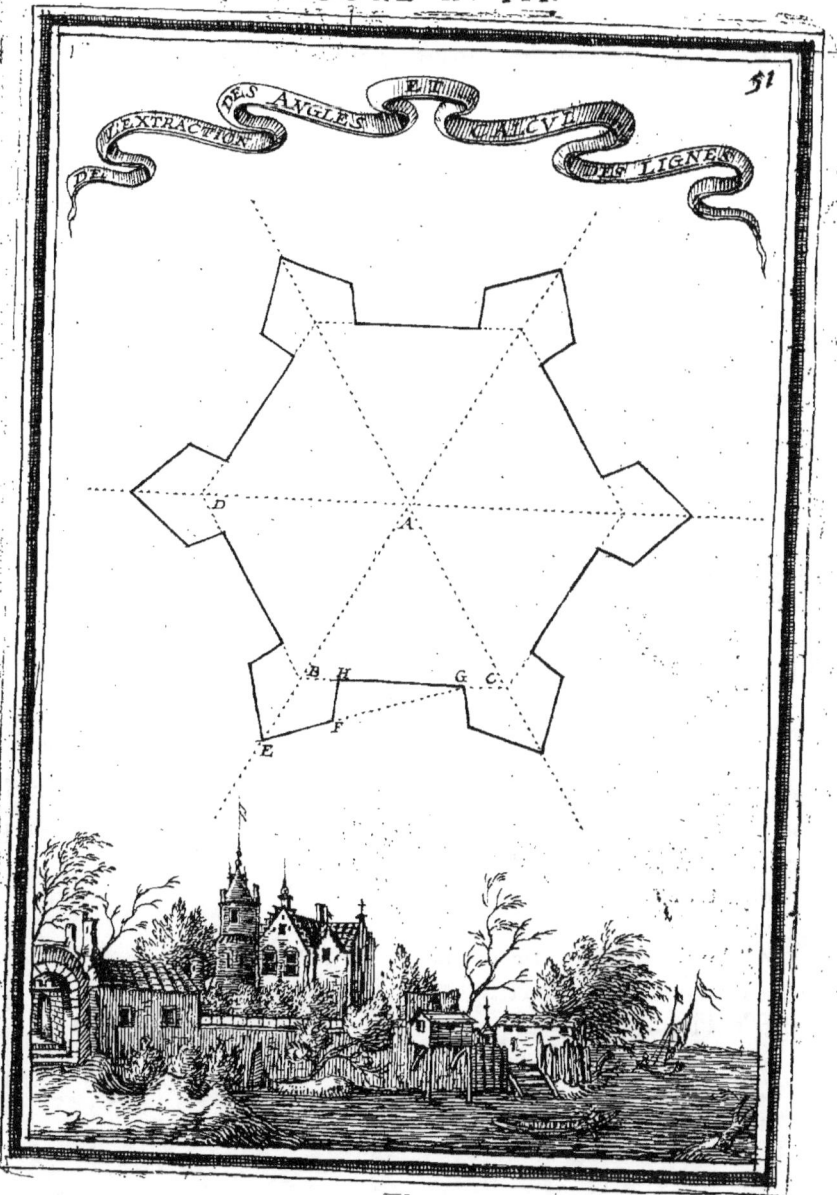

### Suite du Calcul des Angles pour la Construction des Places de l'Auteur.

ON ajoûte la Tangente Logarithmique de cette valeur approchante de chaque Angle aigu, au nombre Logarithmique de la difference des côtez, & du provenu.

$$\begin{array}{l} 976143\frac{1}{2} \\ 174818 \\ \hline 1150961. \end{array}$$

On ôte le nombre Logarithmique de la somme des côtez, le reste est la Tangente Logarithmique d'un Angle, qui étant ajoûté à la valeur approchante des Angles aigus donnez, donnera la juste valeur du Demi-angle flanqué BEG.

$$\begin{array}{l} 213353 \\ 937608 \\ 13\,d.\;23\,m. \\ 30 \\ \hline 43\,d.\;23.\,m. \end{array}$$

En doublant le Demi-angle flanqué, on aura l'Angle flanqué IEF.

$$\begin{array}{l} 43.23 \\ 43.23 \\ \hline 86.46\,m. \end{array}$$

Oftant le Demi-angle flanqué BEG. & l'obtus GBE. de 180. degrez, on a le flanquant interieur BGE.

$$\left\{ \begin{array}{l} 180 \\ 43.23 \\ 120 \\ \hline 16.37.\,m. \end{array} \right.$$

On a l'Angle du Flanc, & de la ligne de Défense HFG. si de 180. on ôte l'Angle du Flanc qui est toûjours 98. & le Flanc interieur, qu'on a déja trouvé.

$$\begin{array}{l} 180 \\ 98 \\ 16.37 \\ \hline 65.23\,m. \end{array}$$

On a l'Angle de l'Epaule EFH. si de 180. on ôte l'Angle, fait par la ligne de Défense, & par le Flanc.

$$\begin{array}{l} 180 \\ 65.23 \\ \hline 114.37\,m. \end{array}$$

## FIGURE XIX.

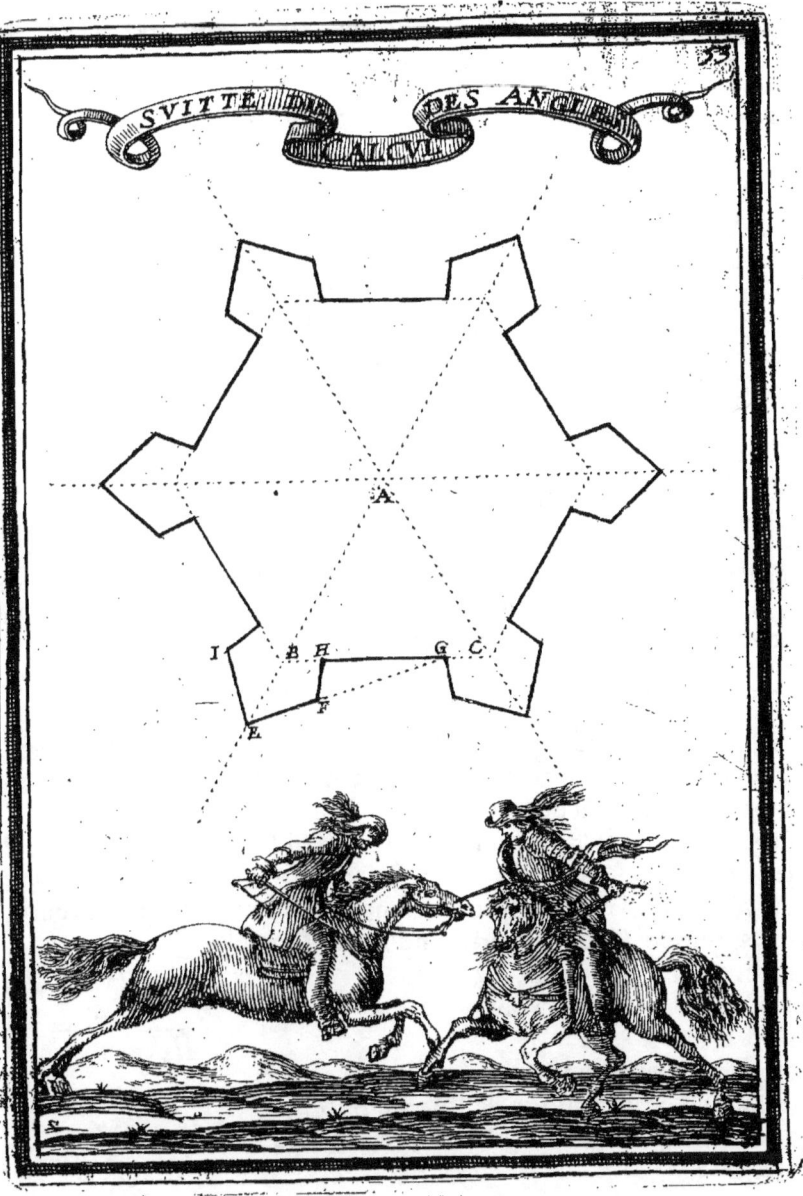

*Regles generales de l'Auteur pour le Calcul des lignes de ses Figures, appliquées à l'Exemple d'un Hexagone.*

*Premier Triangle B A C. pour avoir les lignes du Centre B A. & C A.*

AU Triangle B A C. où les trois Angles font connus,       60, 60, 60.
& le côté du Polygone       120. toifes,
On aura le Demi-diametre B A. ajoûtant le Sinus Logarithmique de l'Angle C B A. avec le   993753
nombre Logarithmique du côté B C.   207918
& de leurs fommes       1201671
on ôte le Sinus Logarithmique de l'Angle B A C.   993753
le reste eft le nombre Logarithmique       207918
du Demi-diametre qui donne vis-à-vis le côté
B A.       120. toifes.

égal au côté A C. étant tous deux Demi-diametres, & en cét Exemple de l'Hexagone ils font aussi égaux au côté du Polygone, à cause que le Triangle eft équilateral.

*Second Triangle E B G. pour avoir la ligne de Défenfe E G.*

Au Triangle Ambligone E B G. où tous les Angles font connus, fçavoir dans cét Exemple, le Demi-Angle flanqué B E G. 43. degrez 23. min. celui de la Capitale & de la Demi-gorge E B G. 120. degr. & enfin le flanquant interieur B G E. 16. degr. 37. min. & les côtez B G. 96. toifes, & B E. 40. on viendra à la connoiffance du côté E G. la longueur de la ligne de Défenfe, en cette maniere, on ajoûte le Sinus Logarithmique de Complement de l'Angle E B G.   993753
avec le nombre Logarithmique du   160205
côté B E.
on ôte de leur fomme       1153958
le Sinus Logarithmique de l'Angle B G E.   945631
qui donnera dans les Tables la valeur du côté re-   208327
quis E G.       121. toil. p.

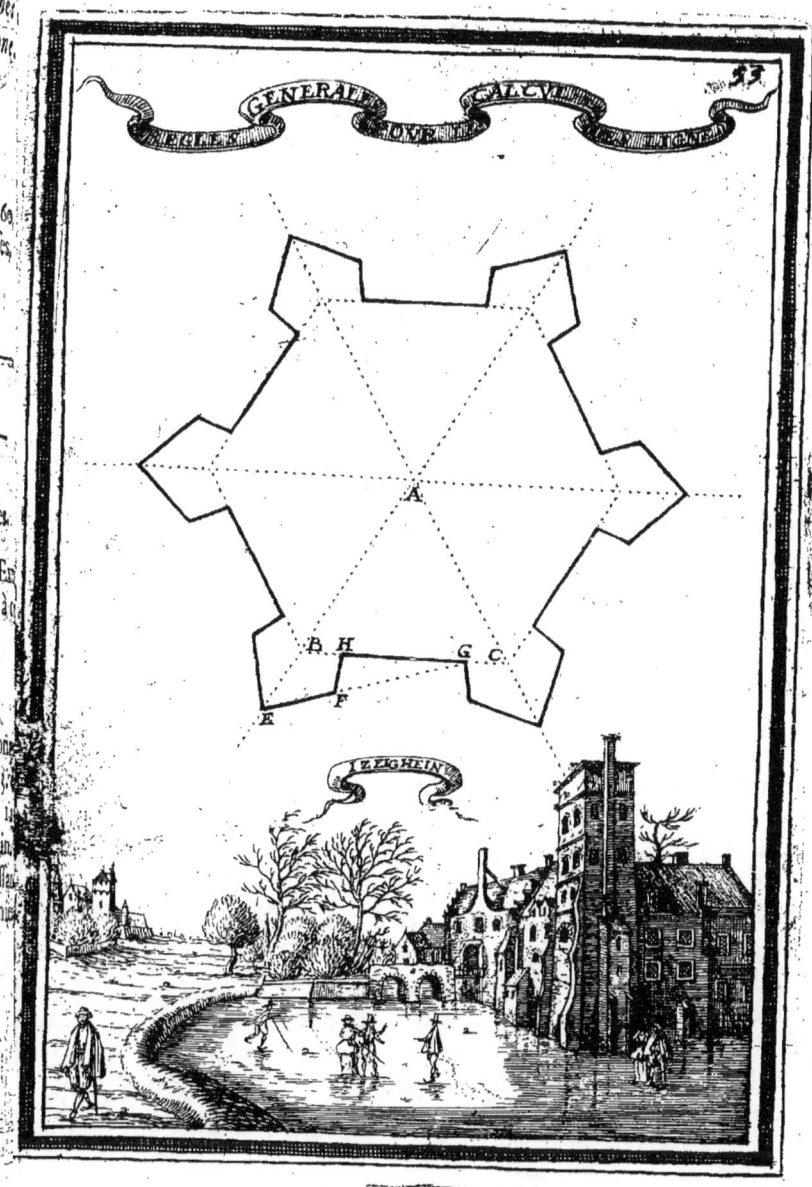

## SUITE DU CALCUL DES LIGNES
### pour la Conſtruction des Places de l'Auteur.

*Troiſiéme Triangle F H G. pour avoir la connoiſſance du Flanc F H. & de la droite F G.*

Au Triangle F H G. où tous les Angles ſont connus, ſçavoir, l'Angle du Flanc & de la ligne de Défenſe 65. degrez 23. min. celui du Flanc F H G. 98. degr. & enfin le flanquant interieur H G F. 16. degr. 37. min. & la Courtine H G. 72. toiſes, on aura le Flanc F H. en cette façon.

On ajoûte le Sinus Logarithmique de l'Angle H G F. — 944602

avec le nombre Logarithmique du côté G H. — 185733

& de leur ſomme — 1130335

on ſouſtrait le Sinus Logarithmique de l'Angle H F G. — 995861

le reſte eſt un nombre Logarithmique — 134474

qui donne dans les Tables la valeur du Flanc propoſé H F. — 22. toiſ. 2. pieds.

Pour avoir le côté F G. on ajoûte le Sinus du Complement au Demi-cercle de l'Angle du Flanc F H G. avec le nombre Logarithmique — 999575

de la Courtine G H. & de la ſomme — 185733

— 1185308

on ôte le Sinus Logarithmique de l'Angle du Flanc & de la ligne de Défenſe H F G. — 995861

le reſte eſt un nombre Logarithmique — 189447

qui donne dans les Tables la valeur requiſe du côté F G. — 78. toiſ. 2. pieds

qui ſouſtrait de la ligne de Défenſe — 121. toiſ. 1. pied.

donnera pour la Face E F. — 42. toiſ. 5. pieds

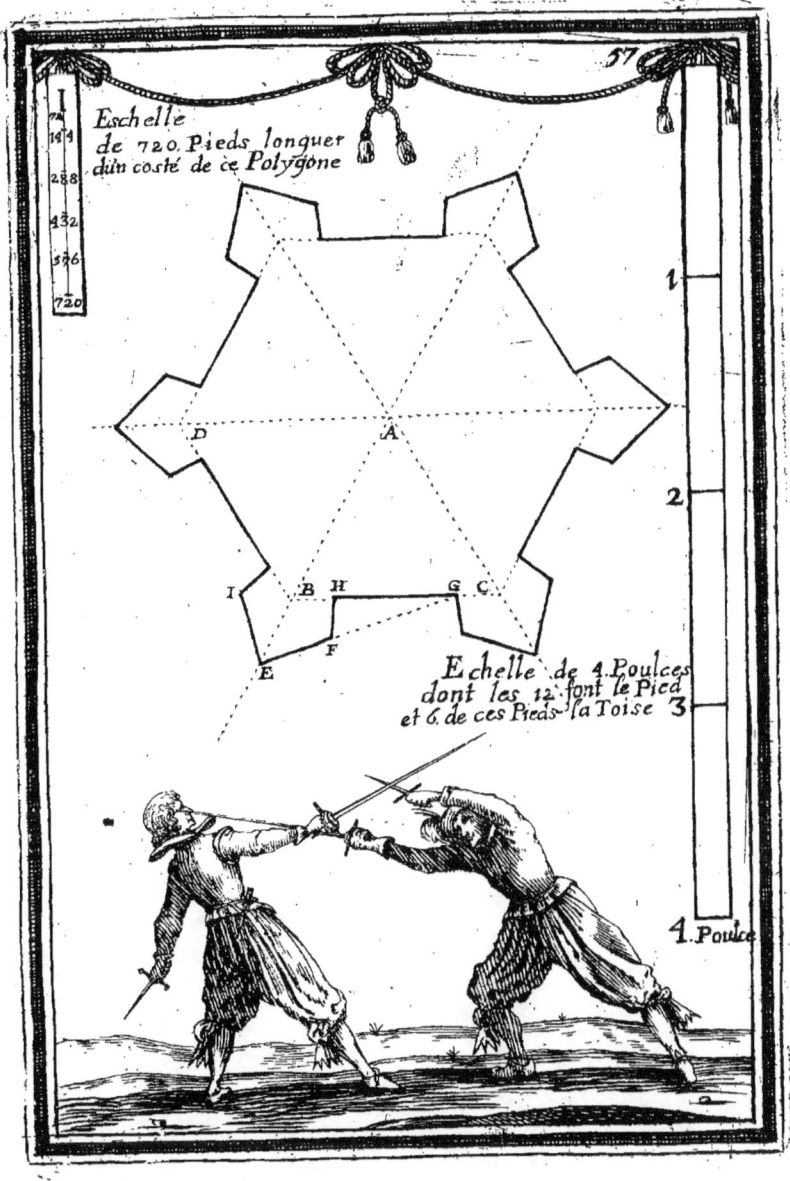

Eschelle de 720. Pieds longuer d'un costé de ce Polygone

Eschelle de 4 Poulces dont les 12 font le Pied et 6 de ces Pieds la Toise

# CHAPITRE III.

*Des Seconds Flancs, des Cavaliers,*
*et des Fauſſebrayes.*

## *DES SECONDS FLANCS.*

'Es t une queſtion qui eſt ſouvent agitée entre les Ingenieurs, de ſçavoir quelles ſont les meilleures Places, y ſuppoſant une même Garniſon, & un même nombre de Baſtions ; ou celles qui outre leurs Flancs ordinaires, ſe ſervent de ſeconds Flancs ; ou celles qui ne reçoivent

que le Flanc ordinaire; ou bien enfin celles qui ont des Flancs à Cazemates.

Cette queſtion a divers Partiſans qui la défendent differemment. Les plus anciens ſont ceux qui admettent les ſeconds Flancs; parce qu'en les établiſſant, ils penſent avoir plus de feu pour la Défenſe des Bréches, & des Faces des Baſtions.

Au contraire, les plus recens, & ceux qui ont joint la pratique à la raiſon, en rejettent l'uſage, comme étant des Défenſes qui ôtent l'avantage que donnent les grands Flancs pour incommoder l'Aſſiegeant dans le paſſage du Foſſé, & dans le logement de la Bréche.

En effet, ſi l'on ſuppoſe que les Courtines & les Capitales des Baſtions ſoient d'une même grandeur, il n'y a point de doute que ceux qui admettent des ſeconds Flancs, ne diminuent les Flancs ordinaires des Baſtions, & ne les rendent incapables d'y pouvoir faire des Cazemates pour loger du Canon. Or ſans difficulté le Canon étant chargé de Cartouches, eſt d'une execution bien plus violente pour foudroyer dans les Bréches, & rompre les Epaulemens, les Galleries, & les Traverſes des Aſſaillans, que n'eſt pas le ſimple effet de la Mouſqueterie des ſeconds Flancs, dont les coups de Mouſquets ſont trop foibles pour incommoder & détruire les Ouvrages des Aſſiegeans. Ceux qui veulent des ſeconds Flancs, n'y peuvent loger de l'Artillerie que ſur le Rempart, qui ſuit l'alignement du ſecond Flanc, ou ſur les Cavaliers élevez ſelon le même alignement. S'ils la logent ſur les Remparts, elle ne peut tirer ſans la ruine totale des Parapets, à cauſe du grand biaiſement qu'il faut donner à leurs Embraſures, pour découvrir en cette ſituation le long des Faces du Baſtion oppoſé. S'ils logent leur Artillerie ſur des Cavaliers, les ruines de ces mêmes Cavaliers battus du Canon de l'Ennemi, tombent ſur la Courtine, & empêchent l'uſage de la Mouſqueterie. Outre que l'Artillerie de ces Cavaliers ne peut incommoder les Aſſaillans dans les Bréches. Auſſi c'eſt ce qui me fait tenir pour ceux qui negligent les ſeconds Flancs, puiſqu'ils ſont rendus inutiles dés les premiers jours d'un Siége par les Contre-batteries des Aſſiegeans.

Pour le ſecond Flanc des Fauſſe-brayes, il n'a pas plus d'avantage que le précedent: car outre que la Fauſſebraye ne ſert que pour diſputer le paſſage du Foſſé, & non pour défendre une Bréche, c'eſt qu'elle eſt auſſi-tôt renduë inutile, que l'Ennemi s'eſt logé ſur la Contreſcarpe, où il s'avance toûjours à la faveur des Tranchées

& des Sapes, & par ses Contre-batteries il peut fort aisément rompre la Fauffebraye & tout son second Flanc ; avant même qu'il se soit presenté pour la tentative du Fossé ; joint que l'Artillerie que l'on mettroit dans le second Flanc des Fauffebrayes, ne pourroit tirer que par des Embrazures, ou par dessus le Parapet. De tirer par des Embrazures faites sur cette situation, cela est impossible à cause de leur trop grand biaisement, qui facilitera la ruine des Parapets. De mettre aussi l'Artillerie en telle maniere, qu'elle tire par dessus les Parapets sans être couverte, c'est l'exposer à la merci des Assiegeans ; en un mot, l'Artillerie du second Flanc des Fauffebrayes ne peut tirer qu'à la Contrescarpe opposée, & ne sçauroit ni flanquer la Bréche, ni même razer la Face des Bastions ; & cependant c'est dequoi il s'agit pour empêcher l'Assaillant de monter à l'Assaut, & de se rendre maître de la Bréche.

## FIGURE XXIII.

## DES CAVALIERS.

POUR moi, qui donne volontiers dans le sentiment de ceux qui croyent que l'on ne peut trop bien fortifier un corps de Place; je suis tout-à-fait opposé à ceux qui negligent les Cavaliers, & qui les rejettent, comme des défenses plus nuisibles aux Assiegez qu'aux Assiegeans.

Ceux qui les desaprouvent, disent, qu'il faut faire de trop grands frais pour les élever, & qu'étant trop retirez dans le Corps de la Place, on ne se peut servir utilement de leur Artillerie, sur tout lorsque l'Ennemi est proche de la Ville, puisque leur hauteur mê me la couvre; & enfin, que si l'Assiegeant a une fois gagné la hau teur du Bastion, il n'est plus possible à l'Assiegé de s'y retrancher, à cause que le Cavalier occupe la Gorge.

Et moi je dis tout au contraire, qu'il n'y a rien de si avanta geux à une Place, après les Flancs des Bastions, que l'usage des Cavaliers. Je dis des Cavaliers posez comme les nôtres.

Je les veux toûjours élever dans le milieu des Gorges des Bas tions; car de-là ils flanquent de leur Artillerie les Faces des Boule varts opposez; ils nettoyent les Fossez pleins d'eau; ils rompent les Galleries des Assiegeans; ils commandent dans les Traverses des Fossez secs; ils foudroyent sur les Angles saillans des Contrescarpes, où les Ennemis font leurs Contre-batteries; enfin ils enfilent les Tranchées, ou obligent les Ennemis d'en multiplier les Boyaux.

Pour conclusion, ils sont d'un si grand service en cét endroit pour la défense de la Têté des Bréches & des Retranchemens des Assiegez, que par leur moyen, comme d'un nouveau Fort, on peut faire ferme contre l'Assaillant, & l'empêcher de se rendre maître du Bastion, ou du moins, lui faire consommer beaucoup de temps, qui est le but des Fortifications. Leur Construction est dans la page suivante.

FIGURE XXIV.

FIGURE XXIV.

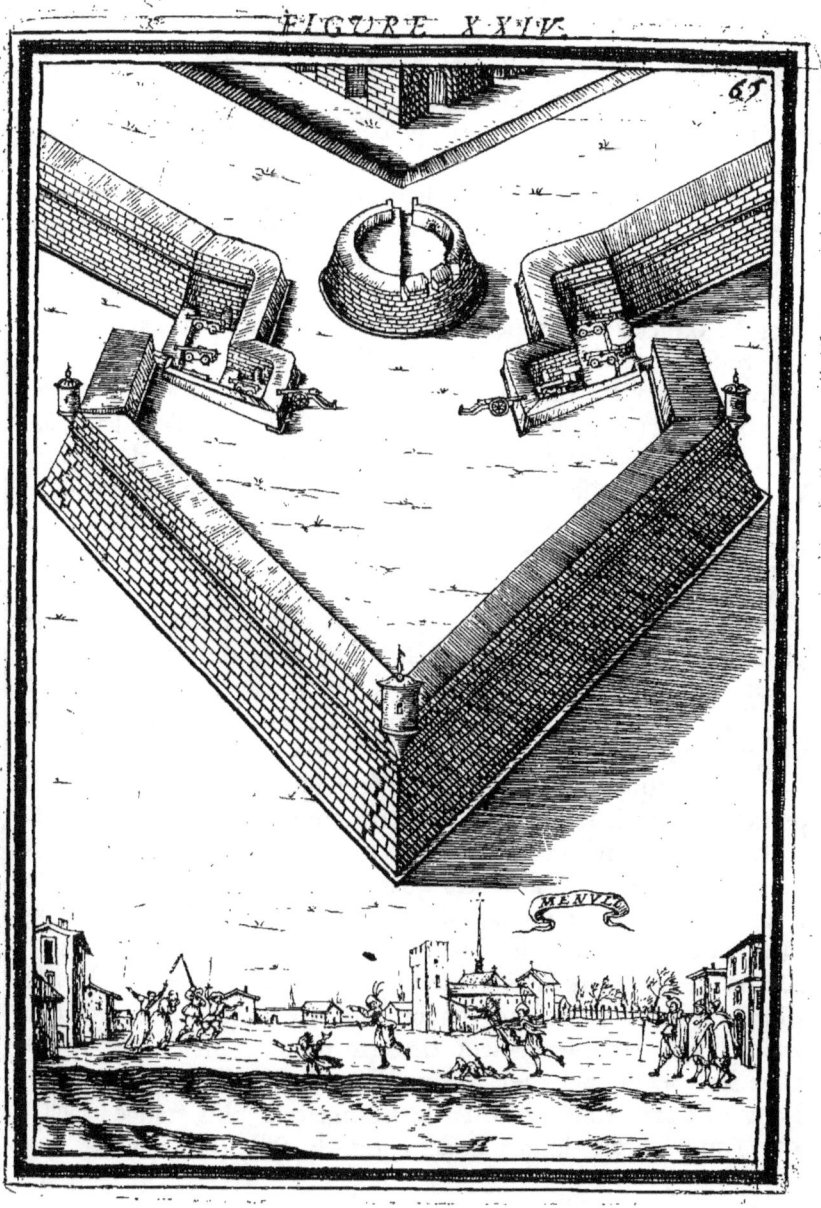

## LA CONSTRUCTION DES CAVALIERS.

POUR faire le Cavalier, on prolonge la ligne de Défenfe A B, jufqu'à ce qu'elle coupe la ligne du Centre D C. au point E. Puis on divife l'efpace D E. en deux parties égales en F. Du point F. comme Centre, & de la diftance de 14. toifes, on décrit une Circonference qui déterminera G H. pour la Baze du Cavalier.

Pour faire fon Talus, on fait rentrer de G. en L. 7. pieds. Au point L. on éleve la Perpendiculaire L M. que l'on détermine de deux toifes & demie, & l'on tire le Talus M G.

Pour le Parapet, on fait rentrer de L. en N. 3. toifes & demie. Au point N. on éleve la Perpendiculaire N O. que l'on détermine de 3. toifes, l'on joint O M. pour le Talus fuperieur du Parapet, & abaiffant une toife de O. en P. on a la hauteur interieure du Parapet du Cavalier; car M O P. eft tout le Parapet, & P. & R. le Terre-plain de l'Ouvrage élevé fur le niveau du Baftion de deux toifes.

On peut faire le Cavalier plus haut & plus bas que celui-ci, felon l'exigence du lieu, & felon la difette ou abondance des terres.

On obfervera que dans le Parapet de ce Cavalier on fait autant d'Embrazures que l'on y veut loger de Canons, pofant toûjours le Magazin du côté de l'Efcalier, qui eft vers le Corps de la Place.

On remarquera auffi que pour conftruire des Cavaliers dans de petites Gorges leur Centre fe mettra toûjours au même point F. mais que l'on laiffera au moins entre leur Circonference & le Parapet fuperieur des Cazemates quatre toifes de vuide, pour faciliter le paffage fur le Terre-plain du Baftion, le refte de la Gorge demeurera pour y faire le Cavalier, lui donnant fon Talus & fon Parapet felon les mefures précedentes. Les Cavaliers des grandes Gorges auront les mêmes regles & mefures que celui que nous avons fait au commencement de cette page, étant d'une grandeur affez raifonnable pour fervir aux Baftions faits fur les côtez du Polygone de 110. toifes, jufqu'à 120. qui eft la plus grande longueur que l'on pourroit donner à des côtez du Polygone regulier.

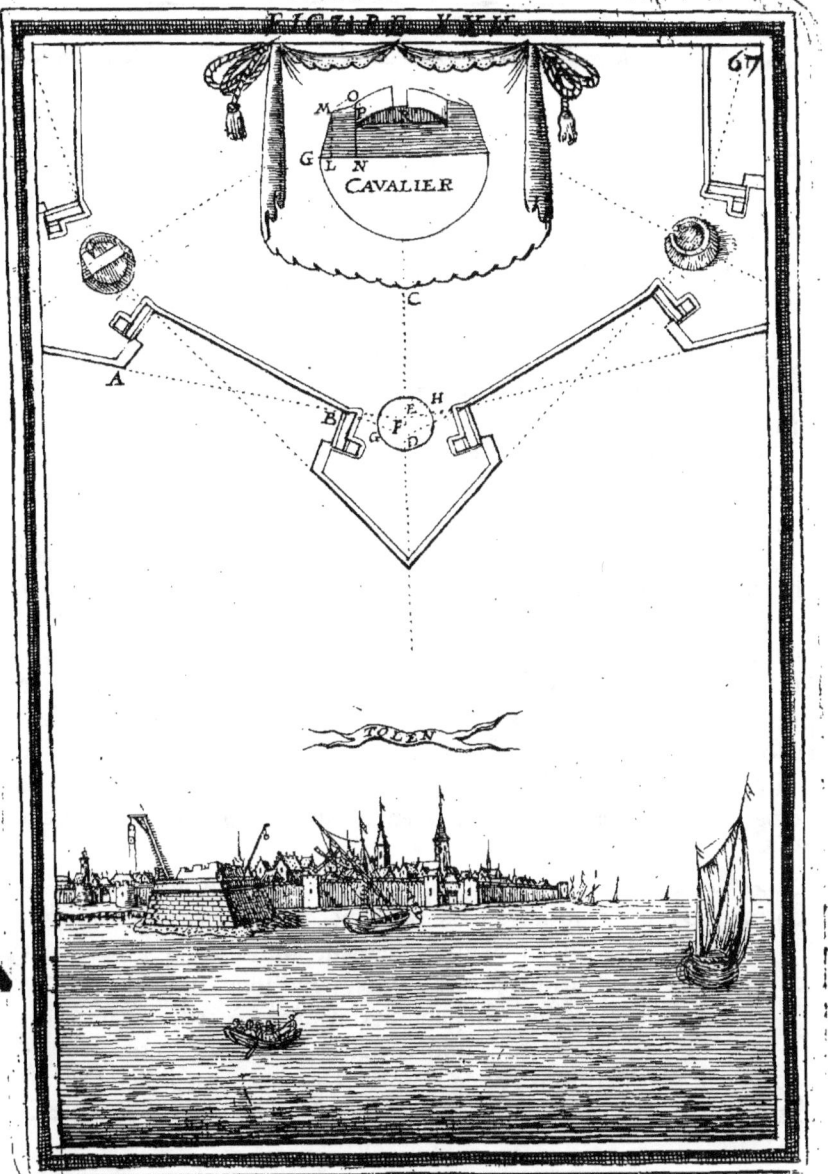

CAVALIER

TOLEN

## DES RETRANCHEMENS FAITS
### dans les Baſtions.

JE ne parle pas ici des Retranchemens generaux, qui ſont ceux que l'on fait à loiſir dans le Corps de la Place pour faire tête aux Aſſiegeans, aprés la perte du Baſtion ; Je parle des Retranchemens particuliers, qui ſe font à la haſte dans le Corps même du Baſtion, pour défendre les Bréches, & arréter l'impetuoſité des Aſſaillans. Mais de ces derniers Retranchemens il n'y en a point de meilleurs que ceux qui ſe font en Angle rentrant, & qui portent le Point Angulaire en dedans la Place, comme celui qui eſt marqué A.

Cette Maxime établie, tous les Retranchemens que l'on fera dans mes Baſtions ſe conſtruiront avec beaucoup plus d'avantage que dans les Baſtions vuides, parce que ceux-cy manquent de Terrain.

Je dis même, que la reſiſtance ſeroit foible derriere des Retranchemens que l'on feroit dans les Baſtions pleins, à moins qu'il n'y eût, comme dans les miens, des Cavaliers, qui par leur hauteur & leur diſpoſition découvrent & foudroyent la Tête des Bréches, & les Travaux que les Aſſiegeans peuvent faire dans le Baſtion. De plus, je puis faire conduire de mes Cazemates des Fourneaux dans la ſolidité du Rempart juſques ſous les Travaux des Aſſaillans, ce qui eſt tres-difficile à faire dans les Baſtions qui n'ont pas des Cazemates conſtruites comme les miennes ; ils ſont marquez des lettres B, & C.

Davantage, ſi l'on veut creuſer un Foſſé en Angle ſaillant ou rentrant D. pour joindre enſemble mes deux Cazemates retirées, on eſt aſſûré d'avoir un Retranchement auſſi fort que ceux que les Auteurs, qui pratiquent des doubles Baſtions, nous donnent.

Enfin, ſi la neceſſité obligeoit les Aſſiegez à ceder le Terrain, ils peuvent pour derniere reſſource faire une bonne retirade ſur la Gorge de mes Baſtions, & ce dernier Retranchement étant défendu du Cavalier, ménagera, peut-être, le ſalut de la Place : Figure E.

## DE L'AVANTAGE DES FAUSSEBRAYES.

TOUT ce qu'on peut dire à l'avantage des Fauſſebrayes, eſt contenu dans le ſecond Chapitre du premier Livre de DOGEN, & dans le 28. Chapitre du premier Livre de DE-VILLE. Ils concluent l'un & l'autre, que les Foſſez ſecs ſe peuvent paſſer de Fauſſebrayes, à cauſe que l'Aſſiegé peut faire beaucoup de Travaux dans le Foſſé ſec, qui le défendent mieux que ne feroit la Fauſſebraye; comme il ſe peut voir dans la Traverſe A. & le Scillon B.

Mais ils diſent, qu'aux Foſſez pleins d'eau, à cauſe que l'Aſſiegé n'y peut faire ni de Sorties, ni de Travaux, il eſt important d'y faire des Fauſſebrayes, marquées C. qui puiſſent tirer à fleur d'eau, & diſputer le paſſage du Foſſé, ce qui ne ſe peut faire commodément que de la Fauſſebraye, à cauſe que la hauteur du Rempart empêche que l'Aſſiegé voye le fonds du Foſſé; mais la Fauſſebraye qui s'approche du fonds du même Foſſé plus que le Rempart, ne peut être rompuë qu'avec peine, dans cette baſſe ſituation, par le Canon de l'Ennemi.

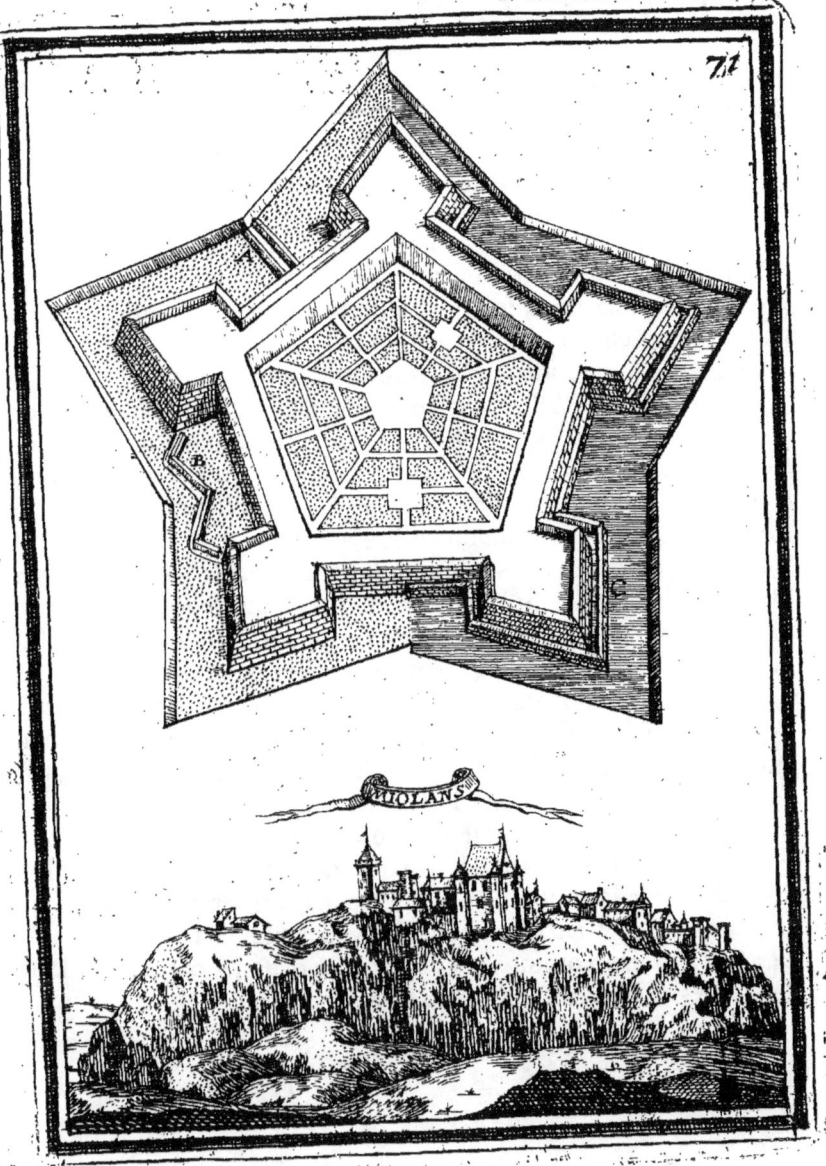

THOLANS

## DU DESAVANTAGE DES FAUSSEBRAYES.

IL resulte de ce que je viens de dire dans la page précedente, que les Partisans des Faussebrayes n'en veulent qu'aux Fossez pleins d'eau. Mais cela conclud aussi qu'il les faut revêtir de pierre ou de brique, autrement l'injure du temps, & les eaux même du Fossé, obligeront à relever frequemment les terres des Rempaars, dont les Talus s'éboulant, rempliroient la Faussebraye, ou donneroient moyen de monter de tous côtez. S'il y faut des reparations si frequentes, la dépense en est excessive ; s'il faut une Chemise, les frais sont encore plus grands : mais quand elles sont revetuës, voici encore un accident plus considerable.

La Batterie de l'Assiegeant ruine d'autant plus les Murailles, que ces mêmes Murailles sont hautes, & ayant moins de Talus que les terres, elles ne demandent qu'à tomber : Aussi les éclats & les démolitions comblent la Faussebraye, & en chassent les Soldats, qui sont contraints d'en abandonner la Défense.

Que si pour éviter ces deux fâcheux accidens, de la voir combler, ou de voir les Soldats qui la défendent exposez à ces éclats, on lui donne plus de largeur qu'à l'ordinaire, l'Assiegeant l'enfilera de revers fort aisément. Tellement qu'elles ne pourroient être supportables, qu'aux Places qui ne sont point revetuës ; & nous avons déja remarqué, qu'en ces lieux-là elles donnent plus de subjection qu'elles n'apportent d'avantages ; car de dire, qu'elles empêcheront l'Assiegeant de se loger sur la Contrescarpe, & de pousser ses Traverses, c'est supposer qu'il fasse un Siege sans Artillerie. Car s'il en a, il aura bientôt abattu le Parapet de la Faussebraye, pour haute ou basse qu'elle puisse être : tellement qu'il rendra bientôt inutile le Canon qui y seroit logé, & qui sans doute seroit mieux dans des Cazemates ; comme je l'ay montré dans les pages précedentes ; les lettres A B C. marquent les Exemples.

# CHAPITRE IV.

## DES

## FORTIFICATIONS

### *De* I. ERRARD *de Bar-le-Duc.*

OUS le nom d'ERRARD nous comprenons aussi son Neveu, qui a suivi la même Construction, & soûtenu les mêmes Maximes. Ils ont fait les Flancs de leurs Bastions perpendiculaires sur les Faces ; de sorte que l'Angle de l'Epaule étoit droit, & celui du Flanc fort aigu, ce qu'ils ne pratiquoient que jusqu'à l'Octogone ; car à l'Henneagone, & aux autres Figures au dessus, l'Angle du Flanc étoit droit. Mais afin que l'on ne nous accuse pas, en voulant combattre leur Methode, que nous nous forgions nous-mêmes des Monstres pour les détruire, nous rapporterons mot pour mot les termes de leur Construction, comme ils se trouvent dans leurs Exemplaires; au moins si l'on nous soupçonnoit d'en imposer du nôtre, on confrontera les uns avec les autres, & l'on remarquera que nous avons si bien tiré l'esprit de leurs Ecrits, que nous avons fait des Planches pour les Figures de leur Construction, que quelques-uns d'entr'eux ont negligé de nous donner.

## CONSTRUCTION DES PLACES
### Selon ERRARD.

### De la Construction de l'Hexagone.

ERRARD dans le Chapitre II. de son II. Livre commence la Construction de ses Places par l'Exemple d'un Hexagone. Et voici ses propres termes.

„ Soit proposé à fortifier un Hexagone, dautant que l'Hexa-
„ gone se divise en six Triangles équilateraux.

„ Soit sur A B. décrit le Triangle équilateral A B C. puis soit
„ fait l'Angle C A D. de 45. degrez : soit faite la ligne A E. égale
„ à la ligne B D. en aprés soit tirée B E. Soit divisé l'Angle EAD.
„ en deux également par la ligne A G. & soit prise D F. égale à
„ E G. & tirée la Courtine G F. comme aussi F H. perpendicu-
„ laire sur la ligne B E. Soit prise A I. égale à B H. & soit tirée
„ la ligne G I. perpendiculairement comme F H. Ainsi seront dé-
„ crits les deux Demi-bastions A I G. & F H B. Et pour plus fa-
„ cile intelligence, j'ay tracé à la Figure les deux Bastions entiers
„ M N A I G. & F H B L K. afin de faire connoître la Gorge du
„ Bastion M G. & F K.

„ Et dautant que la ligne du Flanc GI. ou F H. doit pour le moins
„ avoir seize toises, nous ferons l'Echelle selon cette quantité, &
„ trouverons toutes les mesures des lignes de la Fortification sur icel-
„ le proportionnée, selon la portée de l'Harquebuze.

„ Que si nous donnons dix-neuf toises un cinquéme à la ligne
„ du Flanc, nous aurons les mesures proportionnées, en sorte que la
„ ligne de Défense A F. aura cent vingt toises, qui est la portée du
„ Mousquet.

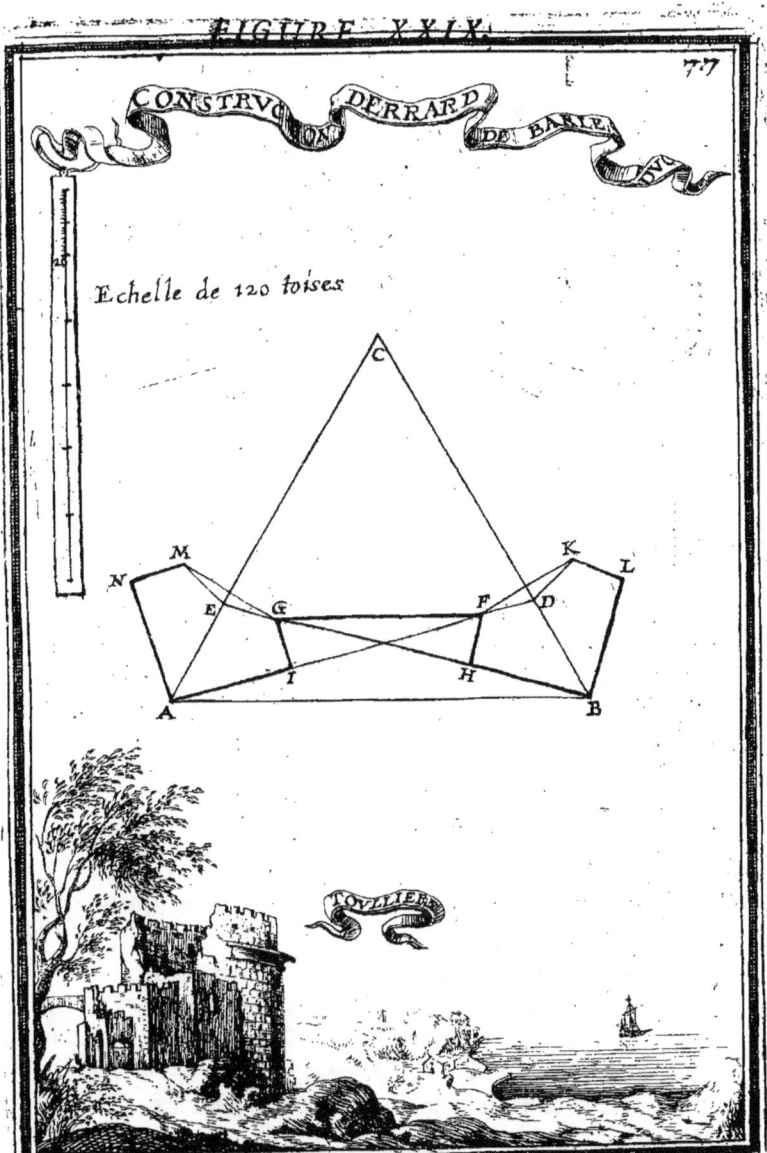

Echelle de 120 toises

## CONSTRUCTION DES PLACES
### Selon ERRARD.

### Demonstration de l'Hexagone.

POUR suivre la Methode de cét Auteur , & pour faire voir comme il s'énonce dans ses Demonstrations, voici celle qu'il donne dans le Chapitre III. de son second Livre, sur l'Exemple d'un Hexagone.

„ L'Hexagone a l'Angle du Centre de soixante degrez ; & est
„ la premiere Figure reguliere , qui peut être commodement for-
„ tifiée. Comme soit le côté de l'Hexagone B C. & soit fait l'An-
„ gle GBE. de quarante-cinq degrez d'ouverture, afin d'avoir l'An-
„ gle GBN. droit.

„ Soient tirées les lignes droites CKE. & BGL. égales, il est
„ évident que l'Angle flanquant BDC. aura cent-cinquante de-
„ grez d'ouverture ; *par la trente-deuxiéme proposition du premier*
„ *livre d'Euclide* (étant les Angles DBY. & DCY. égaux , &
„ chacun de quinze degrez. ) Aprés soit l'Angle GBE. coupé en
„ deux également, comme de la ligne BF. *par la neuviéme du pre-*
„ *mier d'Euclide.*

„ Puis soit tiré le Cercle du Centre F. qui touche seulement
„ les lignes BD. & BO. *par la quatriéme du quatriéme d'Euclide.*
„ Soit aussi tirée la Perpendiculaire FG. il sera manifeste que GFD.
„ sera de soixante degrez ( GDF. étant de trente : ) car les trois
„ Angles d'un Triangle rectiligne sont égaux à deux droits , *par*
„ *la trente-deuxiéme du premier d'Euclide.*

„ Or GF. est égale à FZ. le Triangle FGZ. sera donc équilate-
„ ral, & s'ensuivra que ZD. sera égal à ZG. (c'est-à-dire , à FZ.)
„ car l'Angle ZDG. est de trente degrez, comme ZGD.

„ Soit donc posée FG. de seize toises ; afin que cette épaisseur
„ soit suffisante de resister à une Batterie de douze Canons ; qui
„ est la moindre que doit avoir une Armée assaillante, ( comme
„ nous avons dit : ) FD. sera de trente-deux toises, & GD. d'en-
„ viron vingt-sept trois quarts. Et soit menée l'autre Perpendicu-
„ laire FH. égale à FG. & continuée la ligne droite GF. vers O.

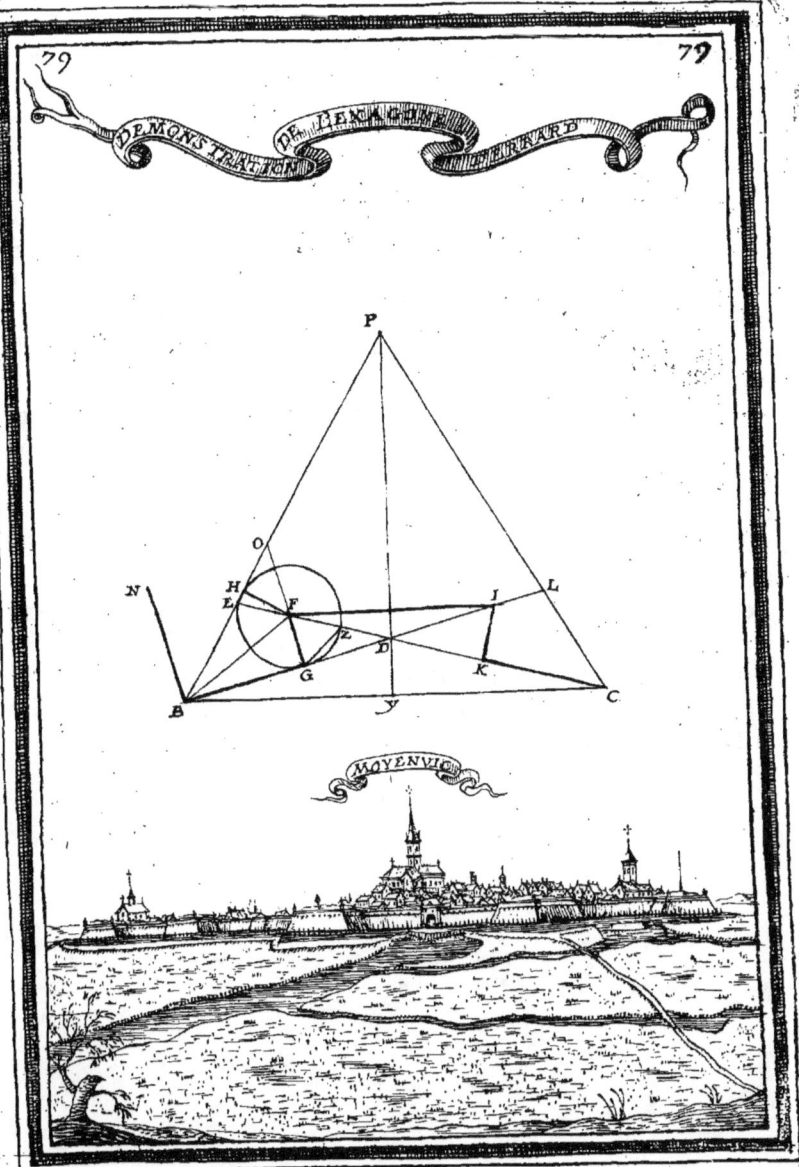

,, il eſt certain que F H. & H O. étant égales, F O. contiendra
,, vingt-deux toiſes deux tiers ; & la toute G O. (ou B G. que nous
,, appellerons *Pand*) trente-huit toiſes deux tiers, joints à G D.
,, vingt-ſept toiſes trois quarts, feront enſemble ſoixante-ſix toiſes
,, un tiers, & un douziéme de toiſe : tellement que la toute B I. (qui
,, ſera dite *Ligne de Défenſe*) fera nonante-huit toiſes & demie, &
,, F I. (qui s'appellera *Courtine*) de ſoixante-une toiſes deux tiers.

,, Or comme F I. eſt à I K. ainſi B D. eſt à D Y. B C. & F I.
,, étant paralleles ; il s'enſuivra donc de cette proportion, que B D.
,, contenant ſoixante-ſix toiſes un tiers, D Y. ſera de ſeize toiſes
,, & environ deux tiers : & par conſequent B Y. de ſoixante-quatre
,, toiſes un quart ; & la toute B C. de cent-vingt-huit & demie,
,, ce qu'il falloit demòntrer. Tellement que cette Fortification eſt
,, accomplie, ſuivant les quatre parties eſſentielles décrites cy-devant.

,, Sçavoir, que l'Angle flanqué G B N. eſt droit : les deux An-
,, gles flanquans G F I. & K I F. ( qui ſont ainſi tirez en Angles
,, droits, afin qu'une ſeule Batterie ne les puiſſe aiſément ruiner) ſe
,, défendent l'un l'autre : les lignes de Défenſe I B. & F C. n'exce-
,, dent cent toiſes : les Flancs F G. & K I. ſont d'épaiſſeur de ſeize
,, toiſes, (qui eſt une épaiſſeur ſuffiſante pour reſiſter à la violence
,, de la Batterie proportionnée à cette Place ; comme il ſera décrit
,, cy-aprés, ſuivant les poſitions permiſes.) Et la Gorge du Corps
,, flanquant de trente-deux toiſes ; & partant double au Flanc pour
,, reſiſter à la Batterie de deux côtez. Ce Corps flanquant ainſi for-
,, mé, s'appellera *Baſtion*.

FIGURE XXXI.

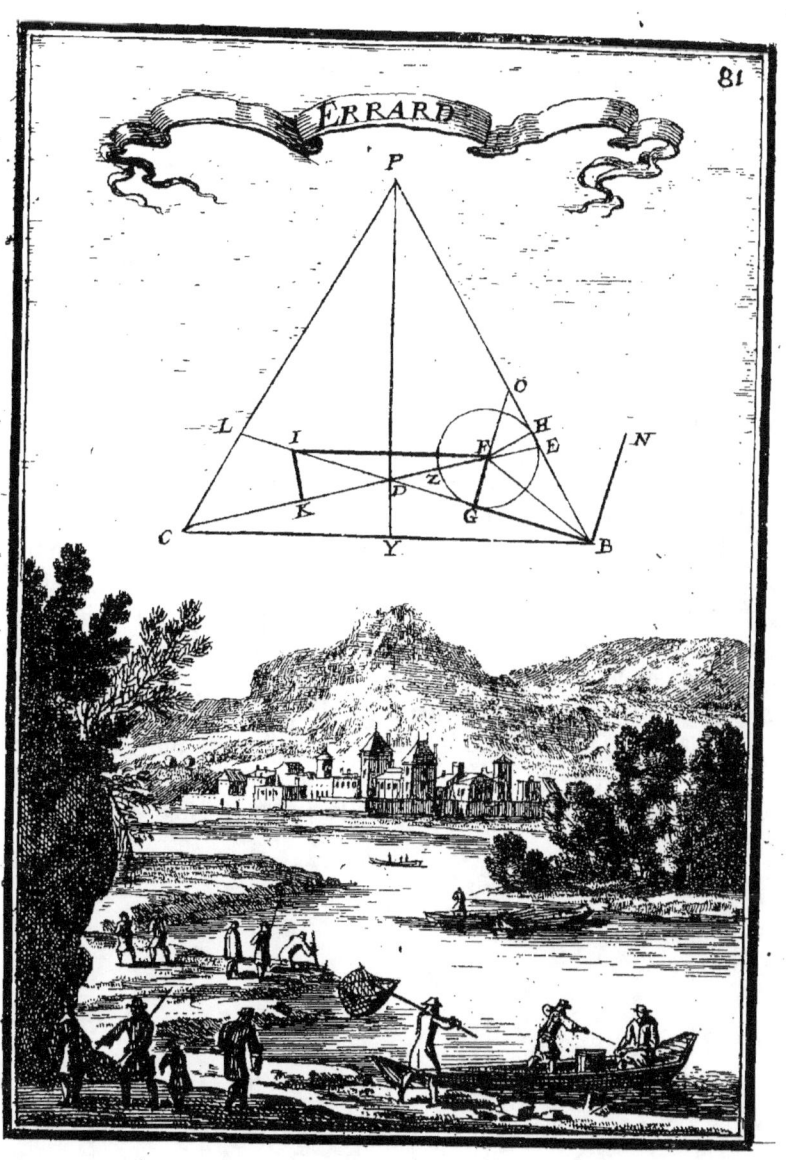

## CONSTRUCTION DES CAZEMATES
### & Orillons selon ERRARD.

DANS le Chapitre troisiéme, il donne à ses Cazemates & à ses Orillons, les mesures suivantes en ces termes.

,, La capacité du logis derriere le Flanc pour loger les piéces
,, (qu'on appelle *Cazemate*) me semble suffisante, en l'Hexagone, de
,, cinq toises de large, à prendre à la ligne de la Courtine, & de
,, cinq de longueur, pour loger les deux piéces d'Artillerie, & quel-
,, ques Harquebuziers & Mousquetaires : mais pour loger un Ca-
,, non, il la faut tenir de six toises & demie de longueur, & cette
,, longueur s'entend sans comprendre le Parapet du Flanc, lequel
,, tant de muraille que d'autre matiere doit toûjours être d'épais-
,, seur suffisante pour resister à la violence du Canon.

Pour l'Orillon, il dit dans le même Chapitre.

,, La longueur de l'Orillon quarré sera de quatre ou cinq toi-
,, ses : & pour le rond, autant que la convexité du Cercle se peut
,, étendre sur la ligne droite de l'Orillon quarré, qui est un corps
,, mediocre, qui par sa ruine ne pourra pas empêcher l'effet des
,, Flancs : & le tout en sorte que la ligne droite de l'Orillon, la-
,, quelle est opposée à la Courtine, soit parallele à la même Cour-
,, tine, afin qu'en quelque lieu que l'Assaillant se puisse mettre sur
,, la Contrescarpe, ne puisse découvrir que la moitié du Flanc, &
,, que le surplus caché serve & fasse un bon effet à l'heure de
,, l'Assaut.

## AVANTAGES DE LA CONSTRUCTION
## d'ERRARD de Bar-le-Duc.

CEux qui défendent l'opinion de cét Auteur se servent des raisons suivantes.

I. Qu'il donne plus de capacité à ses Bastions, y faisant les Flancs perpendiculaires sur la Défense, que s'il les disposoit d'une autre maniere, & sur tout quand ils ont des Orillons qui les rendent beaucoup plus propres pour les fonctions Militaires, que ceux des autres Constructions.

II. Que les Soldats qui combattent sur des Flancs inclinez comme les siens, battent de revers ceux qui voudroient venir à l'attaque des Portes, & qui selon lui sont toûjours dans le milieu des Courtines; joint que dans cette situation les Mousquetaires de ses Flancs sont moins découverts que dans les autres.

III. Que les mêmes Flancs de ses Bastions étant ainsi obliques, augmentent de beaucoup la grandeur de leurs Faces, ce qui donne lieu aux Assiegez d'opposer un plus grand front aux Ennemis, & ce qui ne se pourroit faire si avantageusement, les Flancs étant d'une autre maniere.

IV. Que l'Artillerie logée dans des Places-basses ou Cazemates faites dans des Flancs ainsi inclinez, est à couvert des Batteries assaillantes, qui ne la peuvent démonter sans de grandes difficultez, & sans perdre beaucoup de temps pour le peu de mire qu'elles leur donnent.

## DESAVANTAGE DE LA CONSTRUCTION

## d'ERRARD de Bar-le-Duc.

CEux qui condamnent les Conſtructions de cét Auteur, y font d'ordinaire les Objections ſuivantes.

1. Qu'il ne peut pas trouver dans un Foſſé de 12. ou 13. toiſes de large, ſur 2. ou 3. de profondeur, toute la terre neceſſaire pour faire un Rempart d'une raiſonnable hauteur. Ces terres ne ſuffiront pas à remplir ces larges Baſtions, ni même à élever des Cavaliers, ainſi qu'il les exige, à moins que ces Baſtions ne ſoient ou vuides, ou fort bas. Que s'ils ſont vuides, dés que la Bréche ſera faite, on ſera obligé de l'abandonner, faute d'avoir de quoi ſe retrancher; & s'ils ſont peu élevez, le moindre Commandement les foudroyera de tous côtez.

II. Que biaiſer ainſi les Flancs pour tirer plus de défenſe, & contribuer mieux à la ſureté des Portes & de la Courtine, qui eſt la partie de la Fortification la mieux défenduë par le voiſinage des Flancs, & abandonner par ce moyen les Contreſcarpes & les prochains Dehors qu'ils ne peuvent jamais bien défendre; c'eſt juſtement, diſent-ils, s'aſſurer du plus fort, & abandonner le plus foible, contre la Maxime de la Fortification.

III. Qu'encore qu'il ſuive une bonne maxime d'oppoſer la force contre la force, il ſe trompe toutefois quand il prend les grandes Faces pour les plus fortes, puiſque de toute l'Enceinte d'une Place elles ſont la partie la plus foible, n'étant flanquées & défenduës que d'un ſeul côté.

IV. Que les Cazemates qui ſe font dans les Flancs ainſi tournez, ont ce defaut, qu'elles ne peuvent loger que fort peu de Canon, ce qui les rend inutiles dans l'occaſion, principalement pour la facilité qu'il y a de ruiner les Merlons de ces ſortes de Cazemates, parce que leurs Pands exterieurs preſentent un Angle fort aigu du côté de la campagne.

## PARALLELE DE MA CONSTRUCTION,
### avec celle d'ERRARD.

I. DANS ma Conſtruction les Baſtions pleins ne ſont point ſujets au premier defaut de ceux d'ERRARD; car la ſolidité & maſſe des miens peut fournir toutes les terres neceſſaires pour faire des Retranchemens ; Et quand même les Retranchemens ſeroient gagnez, au moins ſeront-ils toûjours commandez de nôtre Cavalier, qui ſervira auſſi à battre ſur les Batteries & les autres Ouvrages que les Aſſiegeans pourront élever.

II. Les Flancs dans ma Conſtruction étant plus ouverts & plus grands que ceux de la ſienne, ont cét avantage, que non ſeulement ils défendent les Portes, les Courtines, les Flancs, les Faces & les Foſſez ; mais qu'ils flanquent & défendent encore les Contreſcarpes, le Glacis, & les prochains Dehors.

III. Ma Conſtruction donne les Faces de mes Baſtions beaucoup plus petites que les ſiennes; & comme les Faces ſont les parties les plus foibles de l'Enceinte d'une Place, les nôtres ſont moins ſujettes à ſon troiſiéme defaut, qui eſt de les faire grandes ; car à ces grandes Faces l'Aſſiegeant peut faire de notables Bréches, ce qui lui eſt tres-difficile dans les miennes. En effet, ſi la Bréche eſt faite à l'Angle flanqué, l'Aſſaillant y ſera vû des deux Flancs des Baſtions voiſins. Si elle eſt faite dans l'Epaule, le Flanc oppoſé la foudroyera de revers; Enfin, ſi elle ſe fait dans le milieu d'une petite Face, la Bréche doit être petite & aiſée à être défenduë par les Aſſiegez, ce qui n'arrive pas aux grandes Faces d'ERRARD.

IV. Les Canons cachez de mes Cazemates, toûjours diſpoſez pour la défenſe des Bréches, feront ſans doute d'une execution bien plus conſiderable que la piéce ſeule, dont il fait tant de cas, & qui n'eſt point ſuffiſante pour empêcher l'impetuoſité d'un Aſſaut general: mais il eſt manifeſte que l'Aſſaillant ſeroit rebuté, & contraint de ceder au feu continuel des piéces de mes Cazemates.

# CHAPITRE V.

## Des Fortifications de SAMUEL MAROLOIS Hollandois.

OUS donnons dans ce Chapitre les Regles & les mesures que MAROLOIS prescrit dans son Livre de Fortifications. Elles serviront à ceux qui veulent s'attacher à ses Methodes, & construire comme lui toutes sortes de Places, avec Calcul ou sans Calcul, avec des Faussebrayes, ou avec des Cazemates.

F iij

## CONSTRVCTION DES PLACES

### Selon MAROLOIS,

#### De l'Extraction des Angles.

VOICI les propres termes de cét Auteur au commencement de son premier Livre de la Fortification, où il a pour objet la Figure Quarrée.

„ Devant que venir à la particuliere instruction de la Fortifica-
„ tion traiterons briévement de la Calculation d'icelle; & pour ce
„ que les Angles ne font gueres changez par la diversité des des-
„ feins, il fera bon d'en baill'r une Regle generale, comme s'ensuit.

„ C'eft une chofe receuë de tous, que la Forterefle Quarrée n'eft
„ fi bonne que la Pentagonale, & ladite Pentagonale moins bonne
„ que l'Exagonale: & ainfi confecutivement. Si on recherche la
„ caufe de ceci, on remarquera qu'elle procede de la petitefle de
„ leurs Angles, ne pouvant endurer tel Corps de Baftion que les
„ Polygones fubfequens; de forte que la Forterefle Quarrée fera
„ pour cette caufe plus defectueufe que la Pentagonale, & cette-cy
„ plus vicieufe que l'Hexagonale, & ainfi des fuivantes, jufques au
„ Dodecagone, qui a l'Angle du Baftion droit, ce qui eft caufe
„ qu'on eft contraint de faire les Angles flanquez plus petits que
„ la raifon de bien bâtir ne requiert, les Flancs trop petits, la Gor-
„ ge trop étroite, & la ligne de Défenfe trop longue. Pour donc-
„ ques proportionnellement accroître les Angles de Forterefles felon
„ qu'augmente l'Angle de leur Polygone, nous prendrons la moi-
„ tié des Angles d'iceux, y ajoûterons 15. degrez, la fomme fera
„ l'Angle du Boulevert, lequel nous nommerons *Angle flanqué*;
„ & fi l'Angle flanqué eft fouftrait, l'Angle du Polygone reftera le
„ double de l'Angle flanquant interieur, lequel étant fouftrait de
„ 180. degrez, reftera l'Angle flanquant exterieur, ou de Tenaille;
„ & fi à l'Angle flanquant interieur eft ajoûté 90. degrez, la fom-
„ me fera l'Angle de l'Epaule.

„ Pour trouver l'Angle du Polygone, fera de la quantité des
„ Angles d'icelui fouftrait 2. le refte fe multipliera par 2. le pro-

„ duit fera la quantité des Angles droits, que contient tel Polygo-
„ ne, le tout comme demonftrent les caracteres cy-deſſous.

5 Angles d'un Pentagone
2
———
3
2
———
6
90 degrez

540 { 108 Angles du Pentagone
5 {

Ou ainſi.

$$360 \begin{cases} 108 \\ 72 \text{ degrez} \end{cases}$$
———

Angl. du Pent.  5  108 degrez

„ Et par la même regle feront les Angles des Polygones fub-
„ fequens, commençant depuis le Quarré juſques au Dodecagone.

| 4. | 5. | . | 6. | . | 7. | . | 8. | . | 9. | . | 10. | . | 11. | . | 12. | |
|---|---|---|---|---|---|---|---|---|---|---|---|---|---|---|---|---|
| 90. | 72. | . | 60. | . | $51\frac{5}{7}$. | | 45. | | 40. | . | 36. | . | $32\frac{8}{11}$. | | 30. | Ang. du Centr. |
| 90. | 108. | . | 120. | . | $128\frac{4}{7}$. | | 135. | . | 140. | . | 144. | . | $147\frac{3}{11}$. | | 150. | Ang. du Pol. |
| 45. | 54. | . | 60. | . | $64\frac{2}{7}$. | | $67\frac{1}{2}$. | | 70. | . | 72. | . | $73\frac{7}{11}$. | | 75. | moitié. |
| 15. | 15. | . | 15. | . | 15. | | 15. | . | 15. | . | 15. | . | 15. | . | 15. | |
| 60. | 69. | . | 75. | . | $79\frac{2}{7}$. | | $82\frac{1}{2}$. | | 85. | . | 87. | . | $88\frac{7}{11}$. | | 90. | Angl. flanq. |
| Reſt 30. | 39. | . | 45. | . | $49\frac{2}{7}$. | | $52\frac{1}{2}$. | | 55. | . | 57. | . | $58\frac{7}{11}$. | | 60. | dou. de l'Ang. |
| 180. | 180. | . | 180. | . | 180. | . | 180. | . | 180. | . | 180. | . | 180. | . | 180. | Flanq. inter. |
| 150. | 141. | . | 135. | . | $130\frac{5}{7}$. | | $127\frac{1}{2}$. | | 125. | . | 123. | . | $121\frac{4}{11}$. | | 120. | Angl. flanq. |
| 15. | $19\frac{1}{2}$. | | $22\frac{1}{2}$. | . | $24\frac{9}{14}$. | | $26\frac{1}{4}$. | | $27\frac{1}{2}$. | . | $28\frac{1}{2}$. | . | $29\frac{7}{22}$. | . | 30. | Angl. flanq. |
| 90. | 90. | . | 90. | . | 90. | . | 90. | . | 90. | . | 90. | . | 90. | . | 90. | interieur. |
| 105. | $109\frac{1}{2}$. | | $112\frac{1}{2}$. | . | $114\frac{9}{14}$. | | $116\frac{1}{4}$. | | $117\frac{1}{2}$. | . | $128\frac{1}{2}$. | . | $119\frac{7}{22}$. | . | 120. | Ang. de l'Eſp. |

„ Et comme l'Angle flanqué du Dodecagone eſt droit, lequel
„ eſt baſtant de reſiſter à la Batterie, qui ſe fait auſſi toûjours à

## Suite de l'Extraction des Angles des Figures selon MAROLOIS.

» l'Angle droit, pour ébranler tant plus la Face du Boulevert : on
» fortifiera les Polygones qui font au deffus d'icelui de l'Angle
» droit, afin que la ligne de Défenfe forte plus avant de la Cour-
» tine, pour par ainfi avoir plus de feu ; mais les Polygones qui
» font au deffous du Dodecagone, feront fortifiez fuivant la table
» précedente, & le Calcul qui s'en fera ci-aprés.

» On augmente quelquefois tant les Angles des Bouleverts, que
» l'Octogone a l'Angle droict, & ceux qui font au deffus toûjours
» droits, & au deffous amoindriffans, jufques au Quarré, qui a
» l'Angle du Boulevert feulement de 60, degrez. Suivant quoi les
» Bouleverts font quelque peu plus amples, les Gorges & Flancs
» plus grands qu'és précedens, mais les fecond Flancs plus petits,
» Or pour trouver chaque Angle, on fera comme s'enfuit.

| 4 | . | 5 | . | 6 | . | 7 | . | 8 | |
|---|---|---|---|---|---|---|---|---|---|
| 90 | . | 108 | . | 120 | . | $128\frac{4}{7}$ | . | 135 | Angle du Polygone |
| 60 | . | 72 | . | 80 | . | $85\frac{3}{7}$ | . | 90 | Angle flanqué |
| 90 | . | 72 | . | 80 | . | $51\frac{3}{7}$ | . | 45 | Ang. du Centr. ajoûté |
| 150 | . | 144 | . | 140 | . | $137\frac{1}{7}$ | . | 135 | An. flanc. ext. ou de ten. |
| 30 | . | 36 | . | 40 | . | $42\frac{6}{7}$ | . | 45 | doub. de l'Ang. flan. int. |
| 15 | . | 18 | . | 20 | . | $21\frac{3}{7}$ | . | $22\frac{1}{2}$ | Ang. flanquant inter. |
| 90 | . | 90 | . | 90 | . | 90 | . | 90 | l'Ang. du Flan. eft touf. dr. |
| 105 | . | 108 | . | 110 | . | $111\frac{3}{7}$ | . | $112\frac{1}{2}$ | Angle de l'Epaule. |

($\frac{1}{2}$) ($\frac{3}{2}$)

» De même fe pourroient faire l'Angle flanqué du Decagone,
» auffi droit.

## CONSTRVCTION DES PLACES
### *selon* MAROLOIS.

ON remarquera qu'aprés que cét Auteur a établi les Regles qu'il juge neceſſaires pour trouver les Angles de ſes Places, il ajoûte ceci.

» *Notez* devant que paſſer outre, que nous nous ſervirons en
» la ſupputation ſuivante de la dîme, laquelle donne bien quelque
» imperfection; mais puiſque la choſe ne requiert ſi grande exacti-
» tude, & que même les Tables des Sinus Tangentes & Secantes
» ſont imparfaites, il m'a ſemblé bon de me ſervir d'icelles, com-
» me s'enſuit.

De plus, on remarquera, que MAROLOIS calcule toutes les Figures depuis le Quarré juſques au Dodecagone, faiſant ſur chaque Polygone trois ou quatre divers deſſeins. Mais pour ſatisfaire ici les curieux, nous nous contenterons de rapporter l'Exemple du Quarré qu'il donne dans ſa premiere Queſtion, & celui de l'Hexagone qu'il explique dans ſa onziéme Queſtion, afin que les ayant calculées ſur ſes Regles & ſur ſes propres termes, on en puiſſe faire les deſſeins, comme il eſt enſeigné dans les pages qui ſuivent.

## CONSTRVCTION DES PLACES

### *selon* MAROLOIS.

*Du Calcul des Lignes, servans à la Construction de ses Figures.*

*Sur l'Exemple d'un Quarré.*

LA premiere Construction de MAROLOIS faite avec le Calcul, est sur l'Exemple d'un Quarré, qu'il commence en ces termes.

,, Soit fait sur un Quarré (duquel le côté est N O. contenant 35.
,, parties) une Fortification de quatre Bouleverts, la ligne de Gor-
,, ge, contenant 7. de même parties, D I. la Courtine 21. & F I.
,, qui est le Flanc, fait 5. & de l'Angle du Flanc se tire la ligne
,, de Défense par l'Angle de l'Epaule, pour avoir la Face.  On de-
,, mande combien feront les Angles, & chaque partie de telle For-
,, teresse, lorsque la ligne de Défense sera 600. pieds , duquel la
,, longueur est en la Planche posée en la Geometrie , entre les fueil-
,, les 120. & 103. marquée par le caractere 1. divisée en 12. parties
,, dont chacune fait un Poûce, & chaque Poûce en dix parties éga-
,, les , & est le même pied duquel les 12. font une verge, laquelle
,, son Excellence use en toutes ses Fortifications.

*Remarque.* Pour soulager le Lecteur, de fueilleter la Geometrie de Marolois, & pour lui épargner la peine de chercher le pied
dont cét Auteur se sert pour mesurer ses Places, j'ay dessigné dans
la page présente la quatriéme partie de ce pied , avec autant de
justesse qu'il m'a été possible.  Ainsi prenant cette partie quatre
fois, on aura le pied entier.

## FIGURE XXIII.

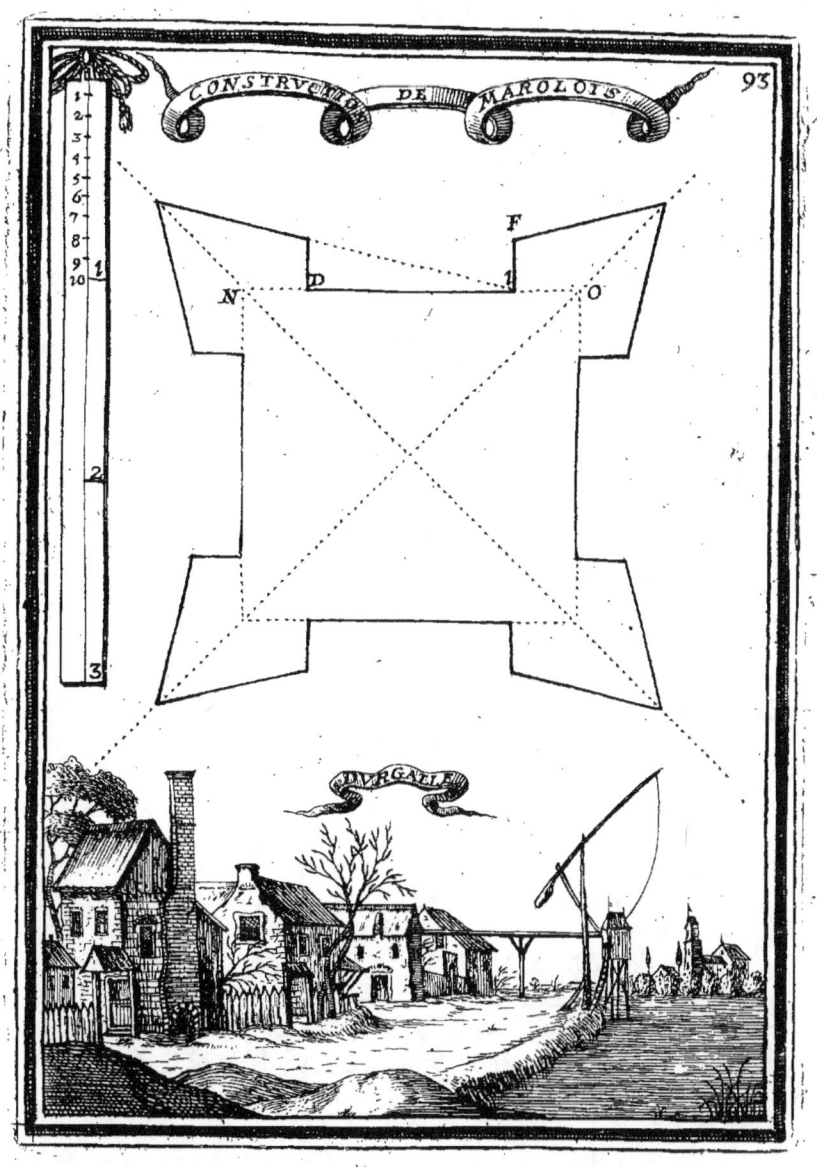

## CONSTRVCTION DES PLACES
### selon MAROLOIS.

#### Du Calcul des Lignes d'une Figure Quarrée.

##### L'Angle N I B. ou D I C.

|  |  |  |
|---|---|---|
| Sinus total | | 100000 |
| multiplié par C D | | 5 |
| donne produit | | 500000 |
| qui étant divisé par D I. l'Angle | | 21 |

DIC. vient 23810. tangente de D I C. — 13-23-34
son double 26-47-8. souftrait de l'Angle du Polygone qui eft ici 90. degrez, reftera pour

ZBC. l'Angle Z B C. — 63-12-52
pour ce que les Angles N I B. N B I. font enfemble autant que l'Angle A N I. Demi-angle du
Polygone par la 32. du 1. & lefdites 26. 47. 8.
fouftrait toûjours de 180. degrez reftera l'Angle

CLF. flanquant C L F. — 53-12-52
Et les fufdites 13--23--34. cinquiéme en l'ordre
ajoûtez à 90. degrez viendra l'Angle de l'Epau-

DCB. le D C B. — 103-23-34

##### Trouver N I.

|  |  |  |
|---|---|---|
| Sinus de l'Angle N B I. | | 52409 |
| multiplié par B I. | | 600 |
| donne produit | | 31445400 |
| qui étant divifé par le Sinus de l'Angle B N I. | | 70711 |
| NI. donne quotient pour N I. | | 444703 |

##### N B.

|  |  |  |
|---|---|---|
| Sinus de l'Angle N I B. | | 23162 |
| multiplié par B I. | | 600 |
| donne produit | | 13897200 |
| qui étant divifé par le Sinus de l'Angle B N I. | | 70711 |
| BN. donne quotient pour B N. | | 196535 |

##### D I. N D. D C.

| DI. | NI. | | DI. |
|---|---|---|---|
| ND. | 28 ——— 444703 — { 21 ——— 333527 | | DI. |
| DC. | { 7 ——— 111176 | | ND. |
| | { 5 ——— 79411 | | DC. |

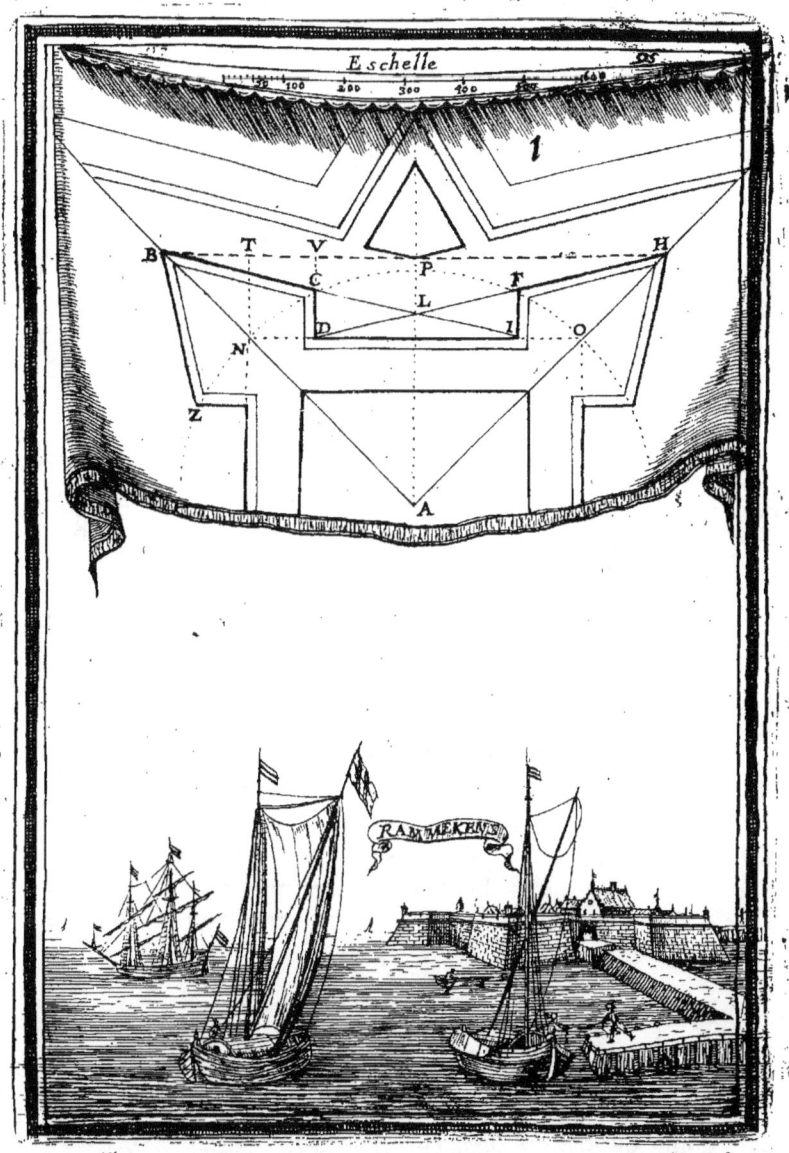

*Suite du Calcul des Lignes d'une Figure Quarrée,*
*selon* MAROLOIS.

## C I.

| | | |
|---|---|---|
| D I | | 333527 |
| multiplié par fecante de l'Angle D I C. | | 102796 |
| donne produit | 34285241492 | |
| qui divife par Sinus total | | 100000 |
| C I. vient pour C I. | | 342852 |
| C B. & par ainfi fera C B. | | 257148 |
| la moitié de C I. | | 171426 |
| B L. ajoûté à C B. donne fomme pour B L. | | 428574 |
| multiplié par le Sinus de l'Angle B L P. complement de l'Angle L B P. | | 97281 |
| donne produit | 41692107294 | |
| qui divifé par le Sinus total | | 100000 |
| B P. vient pour B P. | | 416921 |
| autant fera P H. | | 416921 |
| B H. & toute là B H. fera | | 833842 |

## N T.

| | | |
|---|---|---|
| Le Sinus de l'Angle N B T. 45. | | 70711 |
| multiplié par B N. | | 196535 |
| donne produit | 13897186385 | |
| qui divifé par le Sinus de l'Angle droit B T N. | | 100000 |
| N T. donne quotient pour N T. | | 138972 |
| autant fait D V. & puifque D C. fait | | 79411 |
| C V. s'enfuit que C V. fait | | 59561 |
| & dautant que N D. fait | | 111176 |
| B V. il faut que B V. fasse | | 250148 |

## A B.

| | | |
|---|---|---|
| Secante de l'Angle P A C. 45. | | 141421 |
| multiplié par B P. | | 416911 |
| donne produit | 58959970531 | |
| divifé par Sinus total | | 100000 |
| A B. donne quotient pour A B. | | 589600 |
| duquel fouftrait B N. | | 196535 |
| A N. refte A N. | | 393065 |

*FIGURE XXV.*

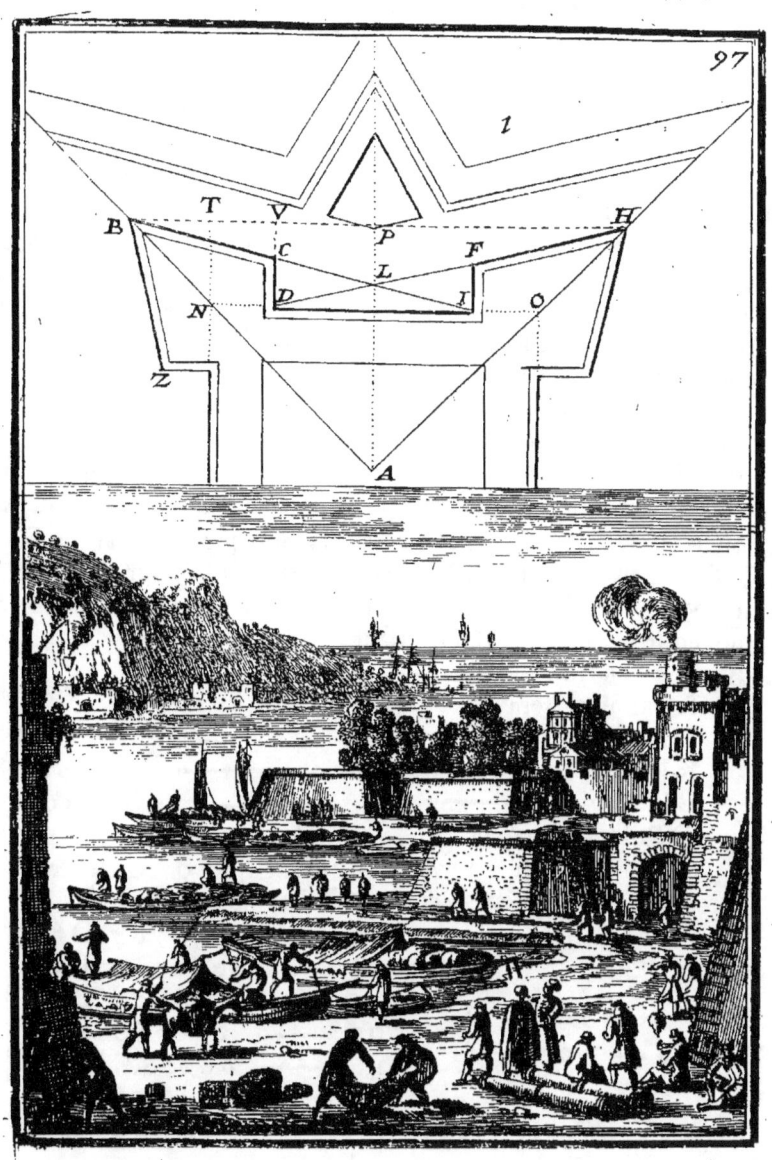

## CONSTRVCTION DES PLACES
### *selon* MAROLOIS.

#### Calcul des lignes d'un Hexagone.

CEt Exemple eſt tiré de la onziéme Queſtion de ſes Fortifications, où il donne ce Calcul en ces propres Termes.

„ En l'Hexagone cy joint eſt la Face D C. en raiſon ſubſeſqui-
„ altere à la Courtine. On demande, quand les Angles des Bou-
„ leverts ſont diſtans 70. Verges, combien feront les Faces, Cour-
„ tines, & autres lignes, lorſque la raiſon de la Face au Flanc eſt
„ comme 5. à 2. & l'Angle flanqué de 75. degrez, ſuivant le Calcul
„ qui en a été fait par cy-devant.

„ *Conſtruction.* Puiſque l'Angle du Boulevert fait 75. degrez, ſi
„ on le ſouſtrait de l'Angle du Polygone qui eſt 120. degrez, reſ-
„ tera le double de l'Angle flanquant interieur qui ſera $22\frac{1}{2}$ degrez
„ ſon complement eſt $67\frac{1}{2}$ degrez, & puiſque la raiſon de D C.
„ à B H. eſt comme 3. à 2. en poſant D C. pour Sinus total
„ 100000. le D F. ſera 92388, & B H. ſera 150000. & par meſme
„ moyen ſe trouvera, C B. en diſant;

C B. 5 —— 100000 — 2 — 40000 C B.

& par ainſi ſera

| | | |
|---|---|---|
| D F. | —————— —————— —————— | 92388 |
| K P. | —————— —————— | 92388 |
| B H. | —————— | 150000 |
| D P. ſera doncques | —————— | 334776 |

„ qui fait auſſi 70. verges, ſuivant quoi on cherchera tou-
„ tes les longueurs, comme il s'enſuit

DP.    DP.

334776 — 70

| | |
|---|---|
| 92388 —— | 1931787 D F. |
| 100000 —— | 2090950 D C. |
| 150000 —— | 3136425 B H. |
| 40000 —— | 836380 B C. |
| 38268 —— | 800164 F C. |
| 45188 —— | 944858 D E. |
| —— | 986929 A B. ou E F. |

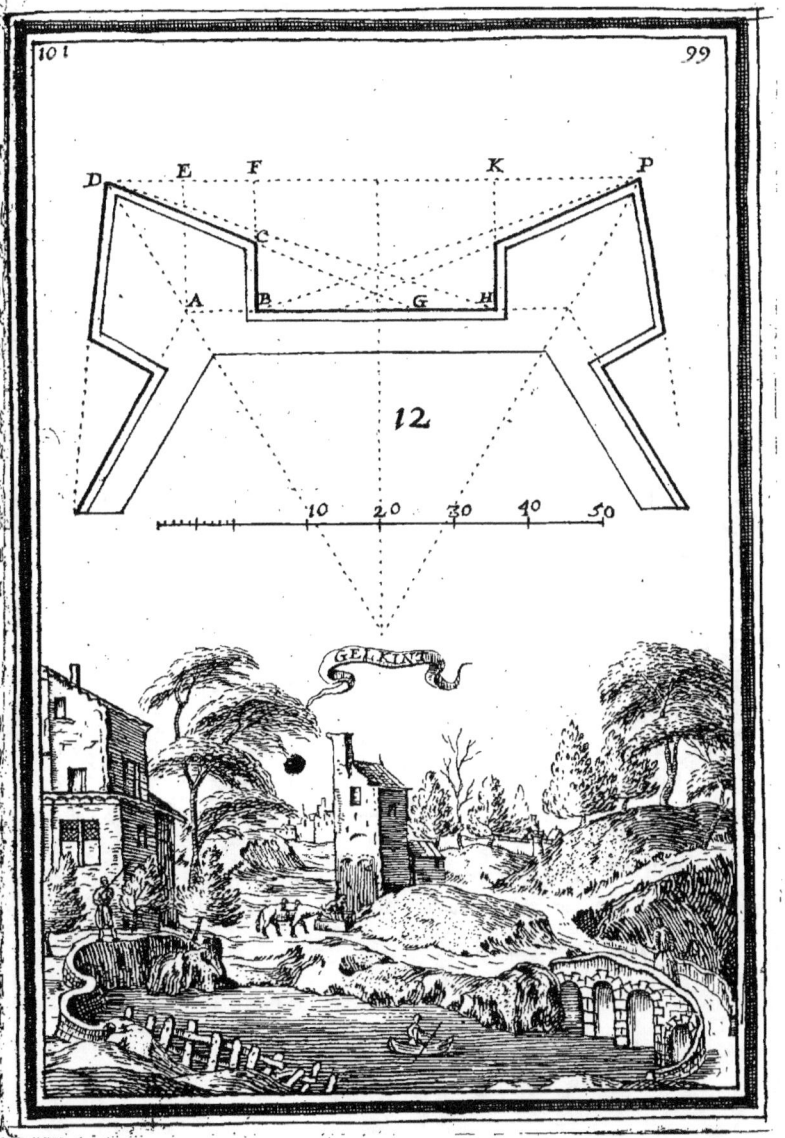

*Suite du Calcul des Lignes d'un Hexagone.*

## Selon MAROLOIS.

### B G.

|  | | |
|---|---|---|
| Tangente de l'Angle B C G. $67\frac{1}{2}$ | | 241421 |
| multiplié par B C. | | 836380 |
| donne produit | | 201919695980 |
| qui divisé par Sinus total | | 100000 |
| B G. donne quotient pour B G. | | 2019196 |

### C G.

|  | | |
|---|---|---|
| Secante de l'Angle B C G. $67\frac{1}{2}$ | | 261313 |
| multiplié par B C. | | 836380 |
| donne produit | | 218556966940 |
| qui divisé par Sinus total | | 100000 |
| C G. donne quotient pour C G. | | 2185569 |
| & puisque D C. fait | | 2090950 |
| D G. toute la D G. fera | | 4276519 |

### D K.

|  | | |
|---|---|---|
| D F. fait | | 1931787 |
| F K. ou B H. font égal | | 3136425 |
| D K. la somme pour D K. est | | 5068212 |
| B C. fait | | 836380 |
| F C. fait | | 800164 |
| H K. la somme pour H K. | | 1636544 |
| les Quarrez $\{$ H K. | | 2678276263936 |
| D K. | | 2568677 2876944 |
| la somme est | | 28365049140880 |
| D H. dont la R. est pour D H. | | 5325884 |

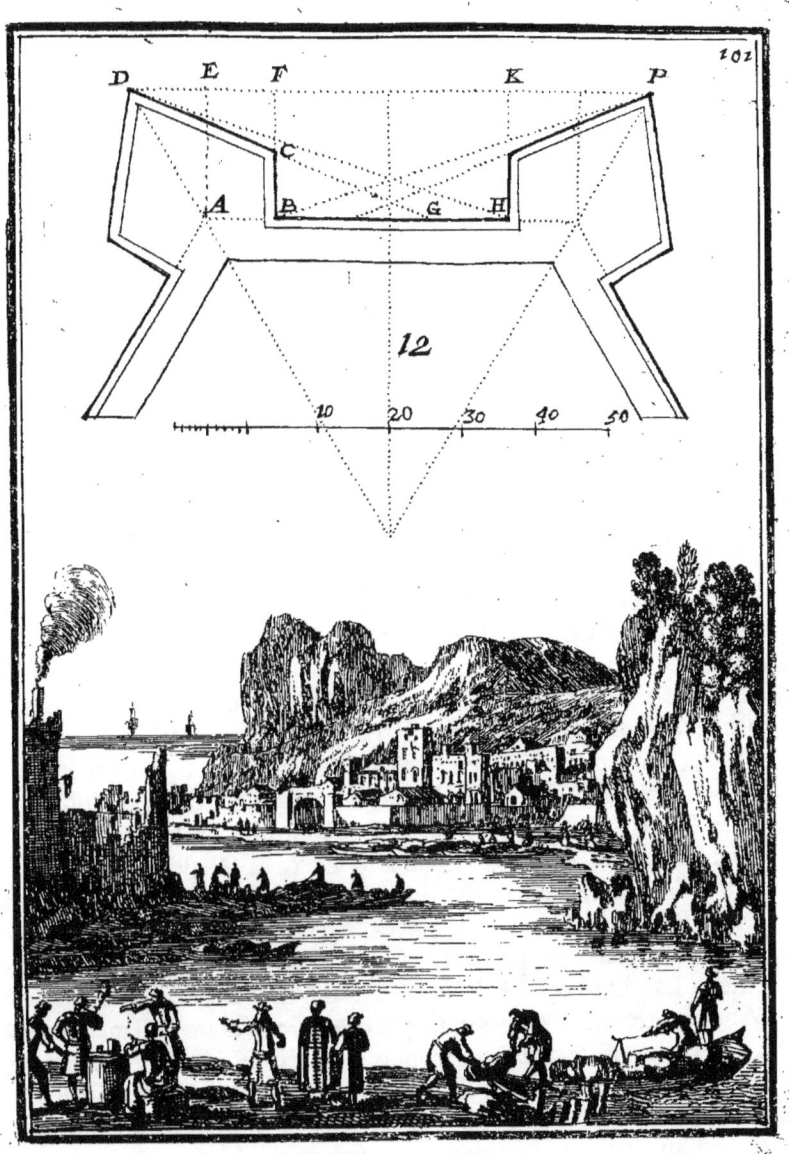

## CONSTRVCTION DES PLACES.

### Selon MAROLOIS.

#### Methode de décrire le dessein d'une Forteresse Hexagonale.

JE donne ici l'Exemple de l'Hexagone, que MAROLOIS a mis à la fin de son Calcul, pour montrer à décrire succinctement le dessein d'une Forteresse Hexagonale. Et voici ses Termes.

» Soit donné à fortifier un Hexagone duquel la Face A C. fait » 24. verges, & l'Angle flanqué 80. degrez : Suivant quoi l'Angle » flanquant interieur sera 20. degrez, & l'exterieur sera 140. de- » grez, & soit la Courtine de 32. verges, qui donne la raison de la » Face à la Courtine, comme 3. à 4.

» Pour ce faire, se ménera la ligne occulte infinie A B. & par » l'aide d'un Instrument Graduaire, se fera l'Angle C A D. de 20. » degrez (de 20. parce que l'Angle flanquant interieur, lequel lui » est toûjours égal, fait ici 20. degrez) par le moyen de la ligne » infinie A C. sur laquelle se posera la longueur de la Face de 24. » verges, comme de A. en C. duquel point C. étant ménée la » Perpendiculaire C D. sur la ligne A B. se posera de D. la longueur » de la Courtine qui est ici 32. verges, comme de D. en E. Fina- » lement la distance de E B. égale à A D. & la Perpendiculaire E F. » égale à la distance de C D. donc ménant la ligne F B. qui sera » l'autre Face, de sorte que toutes les parties de la raison donnée » seront décrites. Et pour trouver la Courtine, se feront premie- » rement les Angles G A B. G B A. de 60. degrez (dautant que » l'Angle entier du Polygone fait 120. degrez) donc faisant l'Angle » A K H, de 35. degrez, qui coupe A G. en H. Centre du Boule- » vert, & comme les Gorges, lorsqu'on y veut faire des Cazema- » tes, ou au Boulevert élever des Cavaliers, ont besoin de plus d'é- » tenduë qu'autrement ; nous supposerons qu'il soit requis d'y bâ- » tir des Cazemates, & à cette fin ferons l'Angle H K A. qui au- » trement peut-être de 40. degrez, seulement de 35. suivant quoi

FIGURE XXVIII.

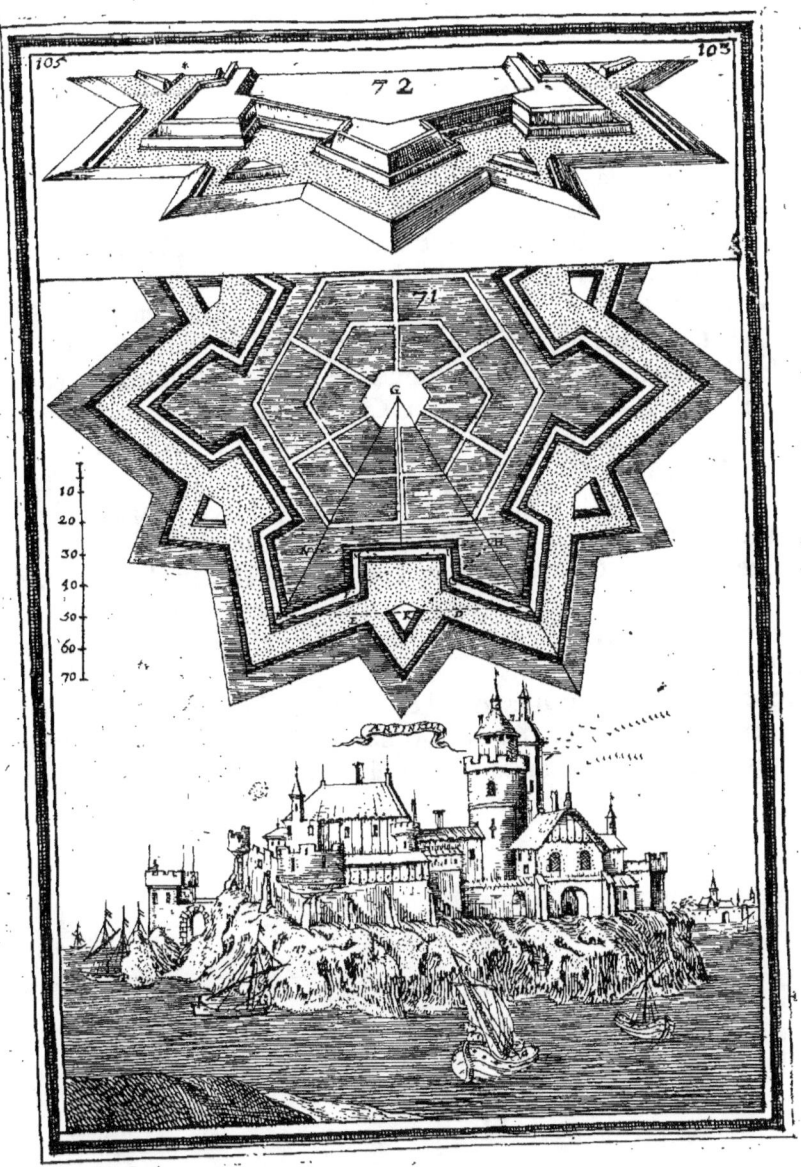

*Suite de la methode de décrire le deſſein d'une Forteresse Hexagonale.*

## Selon MAROLOIS.

» la Gorge ou Flanc ſera preſque comme 4. à 3. quelque peu plus
» par le moyen de la ligne H K. coupante la ligne Diagonale A G.
» en H. duquel point H. étant ménée la ligne H N. parallele à
» A B. on aura le Polygone interieur ; ſur lequel étant ménées les
» lignes C I. & F M. en prolongeant les lignes D C. en I. & E F.
» en M. ſeront par ainſi décrites toutes les parties eſſentielles de la-
» dite Forteresse. Et pour continuer le même deſſein tout à l'en-
» tour, ſe fera du Centre G. un Cercle occulte, de la diſtance
» G B. & ſe poſeront ſur la Circonference occulte la diſtance A B.
» laquelle étant la 6. partie de ladite Figure Hexagonale, contien-
» dra ladite Circonference juſtement encore 5. telles parties, qui fi-
» nalement viendroit à finir en A. de même ſe fera le Centre oc-
» culte du même Centre G. & de la diſtance G N. ſur la Circonfe-
» rence duquel ſe poſera la ligne du Polygone interieur H N. qui
» pour les mêmes cauſes entreront en icelle cinq fois, finiſſant en
» H. Puis des Anglés des Polygones ſe poſeront A D. & s'éleve-
» ront les Perpendiculaires d'icelles diſtances juſques au Polygone
» interieur, deſquelles étans marquez les Flancs C I. F M. & mé-
» nées les Faces, on aura ce qui eſt de beſoin.

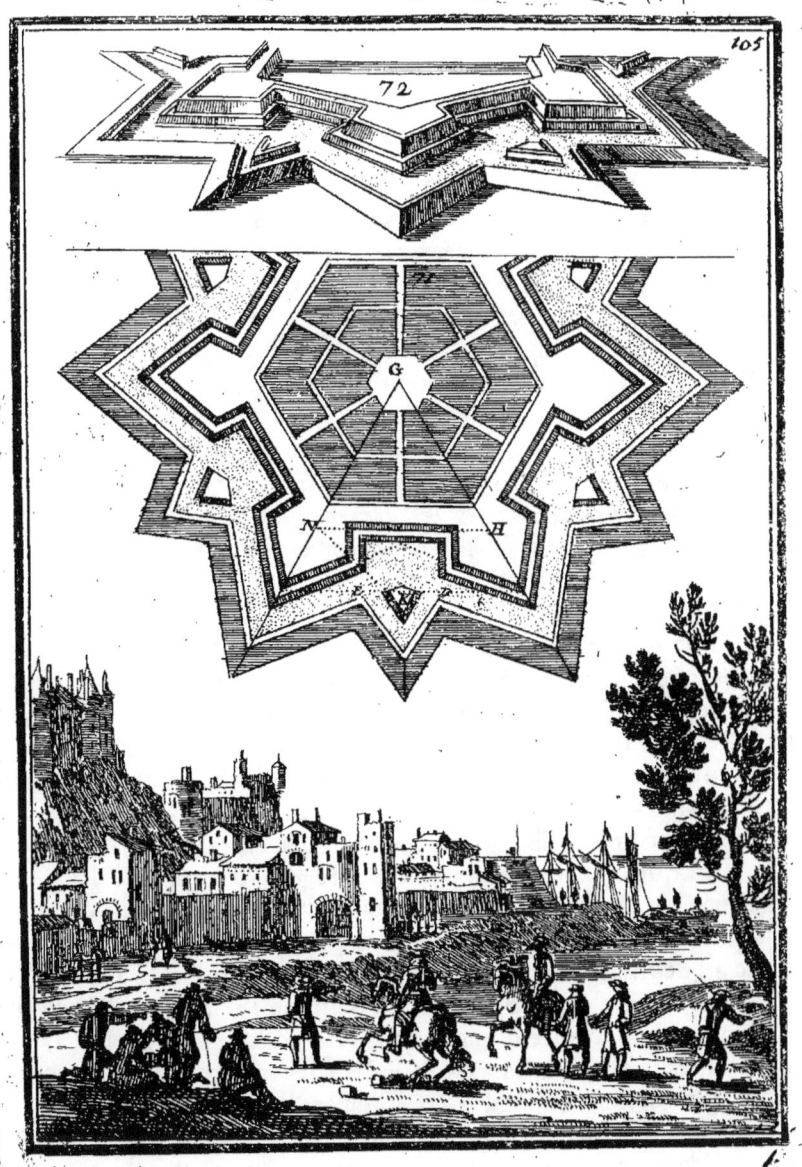

## CONSTRVCTION DES CAZEMATES

### selon MAROLOIS.

CEt Auteur, qui balance entre les Fauffebrayes & les Cazemates, dit, en parlant des Cazemates, dans la fin de fon livre des Fortifications: *J'ay été quelquefois d'intention de n'en toucher, combien que je les eftimerois beaucoup, en cas qu'on les pût bâtir de telle forte qu'elles ne puiffent être embouchées ni démonter les pièces d'icelle, ce qui n'a été fait jufqu'à prefent que je fçache.*

Et plus bas, enfuite d'un long difcours, il dit : *Au cas qu'on les puiffe autrement preferver qu'elles n'ont été jufques à prefent, je les voudrois approuver ; mais comme je me fuis avifé d'un expedient, lequel je n'oferois neanmoins du tout approuver, n'eft que premierement l'experience & les gens confumez en l'Art Militaire, ne l'ayent trouvé bon. Je poferai donc ici feulement pour avis, és Figures 169. & 170. puis il continuë leur Conftruction en ces termes.*

» En la Figure 169. *a b.* eft l'extremité de l'Epaule, le double de
» *p a.* emboucheure de la Cazemate; & comme *b p* fait 150. pieds,
» *p a.* fera 50. pieds; *p t.* égal à *p a.* fera auffi 50. pieds; *t v.* eft de 36.
» pieds; de *a.* fe ménera une ligne en *v.* pour tant mieux découvrir
» le bord exterieur du Foffé, & contiendra ladite *t v.* trois Canon-
» niers, qui fe vouteront depuis *e d.* jufqu'à *t v.* avec les degrez,
» comme démontre la Figure 170. marquée entre *t v.* & *e d.* de tel-
» le forte que la premiere voute du côté *e d.* foit proche de la fu-
» perficie de l'eau, en augmentant ou hauffant lefdites voutes de
» plus en plus, jufqu'à ce que la derniere voute vers *t v.* foit éle-
» vée au deffus la fuperficie *l f g k.* qui eft le Plan de la Cazemate,
» quelques trois pieds ou environ; comme *t e.* & *d v.* eft environ,
» 20. pieds, on avancera tant qu'il fera poffible, le Parapet *t f.* &
» *v g.* fuivant que les Canons & le lieu le voudront fouffrir, pour
» tant plus donner de folidité au Parapet de ladite Cazemate. Puis
» s'élevera au deffus de la baffe *f g e d.* ledit Parapet, tellement que
» du dedans *f g.* il foit revêtu d'un mur, pour n'être fujet à être
» renverfé, de telle hauteur que les ennemis ne puiffent remarquer.

## FIGURE XXX.

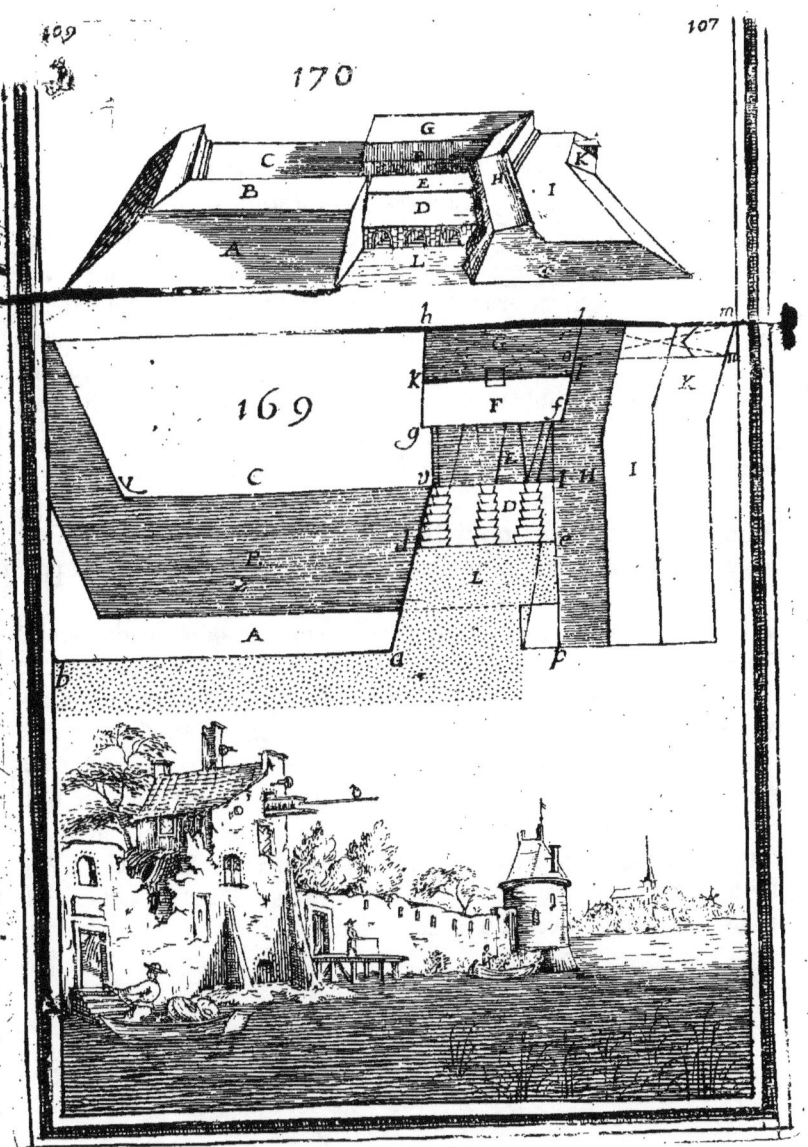

*Suite de la Conſtruction des Cazemates.*

## *Selon* MAROLOIS.

„ la partie ſuperieure de la voute *h i k l.* & bien jointe, tant à la
„ muraille qu'à l'Orillon ; & le dehors de bonne terre, le plus qu'il
„ ſera poſſible, de Glacis, pour être tant moins ſujet à être renver-
„ ſé au Foſſé : & par ainſi ſeront les ennemis aſſaillans retardez de
„ beaucoup. Car par ce moyen ſeroient contraints de ruiner l'E-
„ paule, & de le renverſer au Foſſé, en l'eſpace *p a e d.* qui ſera ren-
„ du à cette cauſe le plus profond que faire ſe pourra, afin que les
„ embouchûres 45. ne ſoient legerement bouchées. La Place décou-
„ verte *l k f g.* eſt d'environ 20. pieds, & la voute *i h l k* auſſi de 20.
„ pieds de largeur. La ligne *h i.* eſt d'environ quelque 54. pieds, la
„ colomne *x.* ſe fait au milieu de *l k.* pour faire les voutes croiſées,
„ parce que la diſtance *l* k. eſt trop grande pour y faire une ſimple
„ voute, laquelle ſervira pour bâtir ſur icelle le Parapet de la Place
„ ſuperieure, pour tant plus gagner de place en la Gorge, & pour
„ loger à ſec les Canonniers & leurs Munitions.

„ L'entrée en la Cazemate ſe fera à l'endroit *m n.* au deſſous du
„ Rempart, & voutée depuis *m.* en *i.* & *n.* en *o.* large de quelque
„ 10. ou 12. pieds, ou environ, afin qu'on y puiſſe tant plus com-
„ modement méner l'Artillerie, & tout ce qu'on aura beſoin en la
„ Cazemate, haute ſelon la neceſſité. L'Orillon *a v y b.* eſt entiere-
„ ment maſſif, afin qu'il ſoit de plus grande reſiſtance. Et pour
„ tant mieux faire entendre nôtre intention, nous avons ajouté la-
„ dite Figure 170. qui eſt le relief en perſpective, auquel ſe void
„ le Parapet de la Fauſſebraye, embraſûres, & autres choſes, qui
„ nous ont ſemblé neceſſaires de declarer.

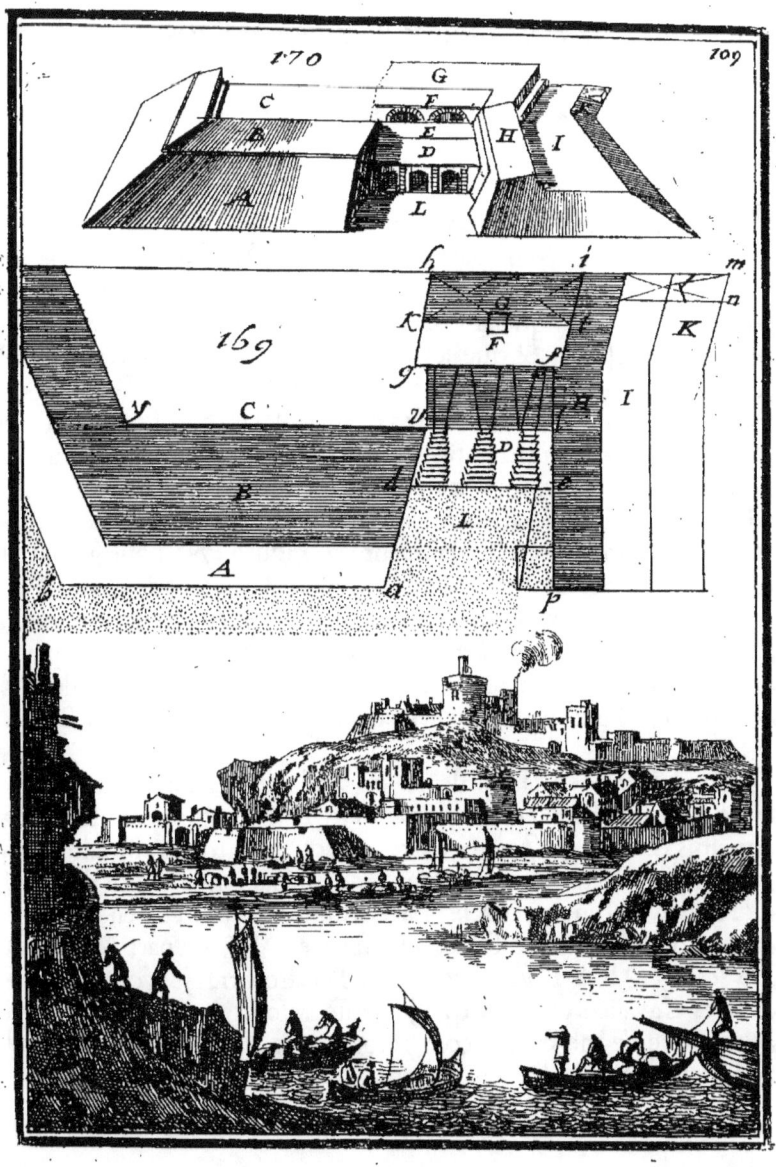

## DES FAVSSEBRAYES

## De MAROLOIS.

MAROLOIS à la fin de ses Cazemates donne la Construction de ses Faussebrayes en ces termes.

„ La Forteresse étant garnie de bonnes Faussebrayes, tant aux
„ Bouleverts, qu'aux Courtines, larges selon nos desseins prece-
„ dens; je voudrois que la Cazemate se fit comme nous venons de
„ décrire à present, & que les Courtines fussent autant retirées au
„ dedans que porte la largeur de la Faussebraye avec son Parapet;
„ à sçavoir, que les Faussebrayes des Bouleverts se finissent au de-
„ hors les lignes fondamentales A B. & les semblables; & au con-
„ traire qu'és Courtines lesdites Faussebrayes se finissent au dedans
„ de la même ligne fondamentale C D. tellement que l'espace I F G.
„ soit accommodé comme represente la Figure 171. pour y pouvoir
„ placer deux piéces d'Artillerie, qui ne feront petit effet, & se-
„ ront par ce moyen les Cazemates mieux preservées qu'autrement,
„ parce qu'on n'aura tant à craindre les bricoles, dautant que le
„ Flanc C E. servira d'arrest & de couverture à icelles, tellement
„ qu'au lieu d'une Epaule, elles en auront deux; à sçavoir B P. &
„ C E.

„ La descente en la Faussebraye, qui est à l'entour du Boule-
„ vert, se doit faire en M. sortant en Y. & comme on fait quel-
„ quefois des sorties secretes entre a P. on pourroit aussi faire l'en-
„ trée de la Cazemate en cét endroit, ménant une voute de M. en
„ Y. à sçavoir au bas de la Cazemate. Les entrées en la Fausse-
„ braye de la Courtine se doivent faire en VV. de part & d'autre;
„ les lettres Q R S T V. representent l'endroit où je voudrois met-
„ tre les Cavaliers, en cas que je prisse resolution d'en faire; mais
„ comme je ne me puis encore resoudre de ce point, je n'en dirai
„ à present autre chose.

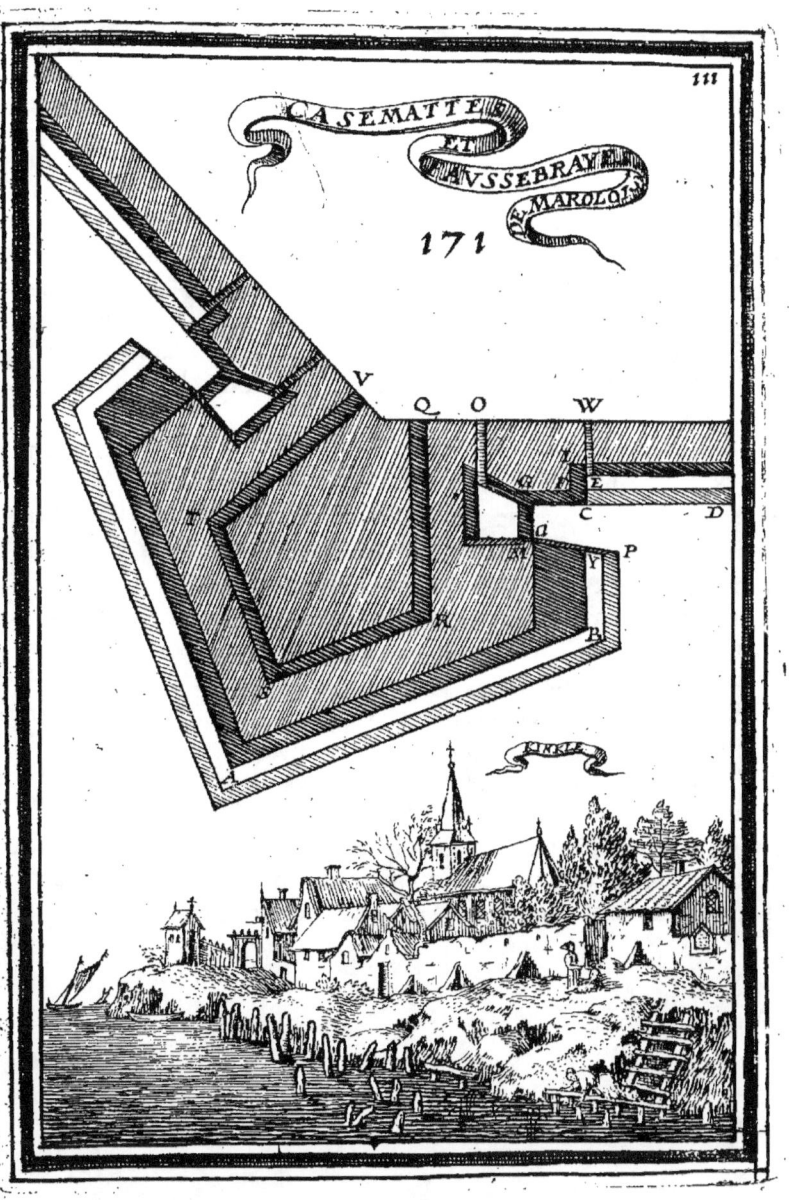

## AVANTAGE DE LA CONSTRVCTION
## de MAROLOIS.

CEUX qui s'intereſſent dans les ſentimens de MAROLOIS, donnent à ſa Conſtruction les Avantages ſuivans.

I. Que ſa maniere eſt aiſée pour les ſupputations avec la dîme, parce que c'eſt une Methode plus courte que les Tables des Sinus tangentes & ſecantes, qui ſont imparfaites, & qu'elle eſt auſſi tres-commode pour meſurer toutes les parties d'une Place, avec ſon Echelle d'un pied, diviſée en douze parties, dont chacune fait un poûce, étant diviſé en dix parties égales.

II. Que ſa ſeconde Methode de conſtruire les Places ſans Geometrie & ſans calcul, eſt auſſi juſte que ſi ſa Conſtruction étoit ſupputée; & c'eſt un avantage qui lui eſt particulier, par le moyen duquel il rend cette Science facile & commode à ceux qui ignorent la Geometrie, & l'uſage des Sinus tangentes & ſecantes.

III. Que ſes avis pour faire des Cazemates d'une maniere que leurs Canons, leurs Merlons & leurs Embraſures ſoient à couvert des Batteries des Aſſaillans, par des voutes élevées au devant, eſt ſans difficulté un moyen avantageux pour ceux qui ſe veulent ſervir de Place-baſſe, ou Cazemate dans les Flancs.

IV. Qu'en faiſant rentrer les Fauſſebrayes dans ſa Courtine, il a une eſpece d'épaulement favorable pour empêcher les bricoles de l'Artillerie des Aſſiegeans, & un eſpace commode pour mettre deux piéces de Canons qui de ce lieu éminent, peuvent razer & battre tres-utilement tout le long des Faces des Foſſez & des Contreſcarpes.

## DESAVANTAGE DE LA CONSTRVCTION
## de MAROLOIS.

CEux qui font difficulté de foufcrire aux regles des Conftructions de cét Auteur, difent:

I. Que fa maniere de fupputer avec la dîme ne lui eft pas fort avantageufe, puifque lui même dans fes écrits confeffe, qu'elle n'eft pas des plus juftes, joint auffi que fa methode de calculer fur le rapport d'une Figure déja faite, avec une Echelle d'une grandeur précife, eft un embaras beaucoup plus ennuieux, que s'il fe fervoit du Calcul ordinaire.

II. Que fa feconde methode ne laiffe pas d'avoir befoin de la Geometrie, puifque ceux qui enfuivent les Regles font obligez à l'Extraction de plufieurs Angles, & à la connoiffance de quantité de lignes tres-embaraffantes, pour ceux qui n'ont aucune connoiffance des Elemens de Geometrie.

III. Qu'élever au devant des Cazemates des jambes de force, ou piles de pierre, pour foûtenir des voutes ou des Arceaux, qui couvrent les Canons, les Merlons & les Embrazures de l'Artillerie des Affaillans, c'eft retomber dans les defauts des anciennes Cazemates, qui étoient difpofées prefque de même maniere.

IV. Que faire rentrer les Fauffebrayes dans le Rempart pour éviter les bricoles, & avoir un Epaulement pour y placer du Canon, c'eft une dépenfe peu avantageufe pour ceux de la Place, puifque l'Affaillant de fes Batteries, fimples ou croifées, peut fort aifément renverfer cette folidité, & en démonter l'Artillerie, avant même qu'il fe foit venu loger fur les Contrefcarpes.

## PARALLELE DE MA CONSTRVCTION
### avec celle de MAROLOIS.

I. NOTRE methode de calculer avec les Regles les plus ufi=
tées de la Geometrie, fans fuppofer d'autres mefures que
les ordinaires, peut être aifément entenduë de ceux qui ont tant
foit peu de connoiffance de l'ufage des Triangles rectilignes ; & de
la pratique des Logarithmes ou Sinus naturels. Mais dans celle de
cét Auteur, il faut être parfaitement intelligent, non feulement
dans la Trigonometrie, mais auffi dans toutes fortes d'Analogie.

II. Nôtre methode pour décrire les Figures que nous avons expliquée dans la premiere Partie de cét Ouvrage, eft bien plus avantageufe à ceux qui n'ont pas les principes de la Geometrie, que
n'eft la methode de cét Auteur, qui fuppofe pour defigner fes Figures une connoiffance des Angles & de la longueur des lignes, qui
appartiennent au Calcul.

III. Nos Cazemates font bien dégagées d'une autre maniere
que ne font celles de cét Auteur, qui fait les fiennes trop petites,
& trop fujettes à être ruinées des Affiegeans, lorfque leurs Batteries font élevées fur les Glacis ou les Contrefcarpes : car l'Affiegeant
peut de-là rendre ces Cazemates inutiles, en tirant dans les Piles
qui couvrent leurs Canonnieres : Mais les nôtres étant découvertes
& plus retirées, font à l'abri de cette incommodité.

IV. Nos Cavaliers, que les Affaillans ne peuvent rendre entierement inutiles, pour être conftruits en des lieux où ils confervent
toûjours leurs terres, font bien plus affurez pour la défenfe, que
ne font les Epaulemens de la Courtine de cét Auteur : car l'Affiegeant renverfera ces Epaulemens dans le Foffé, quand bon lui fem-
blera, fans que les Affiegez les puiffent reparer, comme l'on peut
faire nos Cavaliers.

# CHAPITRE VI.

### Des Fortifications de SIMON STEVIN Flamand.

 TEVIN qui a passé à bon droit pour un des plus Sça-vans de son siecle, & qui a traité de la Fortification, en tres-habile homme, n'a jamais voulu recevoir l'Angle droit ni l'aigu pour la pointe de ses Bastions. Mais cet-te maxime & toutes les autres qu'il a affectées, vont être encore plus clairement reconnuës dans sa Construction, que nous allons donner selon ses propres termes.

H ij

## CONSTRVCTION D'VN HEXAGONE

### selon STEVIN.

STEVIN dans le Chapitre second de son livre de la Fortification, donne la Construction de ses Places sur l'Exemple d'un Hexagone, avertissant que châque côté de l'Hexagone, sur lequel se figurent les Bastions, doit être long de 1000 pieds de Delft (qui est presque égal au nôtre.) Et c'est la longueur qu'il donne à son Echelle. Cela supposé il construit ainsi ses figures.

» 1. Or pour faire un pourtrait selon les mesures susdites, & pour
» avoir premierement de l'Hexangle ; je prens avec le compas sur
» l'Echelle 1000. pieds pour un côté, & parce qu'il est égal au De-
» mi-diametre de son Cercle circonscriptible, par la 15. Proposi-
» tion du quatriéme livre d'Euclide, j'en tire sur le Centre A. un
» Cercle occulte B C D E F G. lequel je partis avec la même distance
» du compas en six parties égales, és points B. C. D. E. F. G.
» & tire des lignes de point à autre: ce qui me donne l'Hexangle
» requis.

» 2. Je mets le compas sur 180. pieds, pour la longueur, de-
» puis chaque Angle de l'Hexangle jusques au côté exterieur du
» Merlon de la moyenne Place, & marque ladite distance depuis B.
» jusques à H. d'un côté, & depuis B. jusques à I. d'autre côté:
» puis de C. à K. & de G. à L. & ainsi des autres.

» 3. Pour avoir la largeur du Flanc avec l'épaisseur de son Oril-
» lon, je tire H M. longue de 140. pieds en Angle droit sur B C.
» & de même sorte je tire I N. en Angle droit sur B G. & K O.
» en Angle droit sur C B. faisant le même des autres lieux sem-
» blables.

» 4. Je tire H P. 30. pieds, pour la largeur du Flanc, sur le cô-
» té exterieur du Merlon de la moyenne Place : signant aussi 30.
» pieds de K. à L. & ainsi de toutes autres semblables lignes.

*Suite de la Construction d'un Hexagone.*

## Selon STEVIN.

» 5. Je signe H R. de 20. pieds en la ligne G B. pour l'épaisseur
» du même Merlon, & tire R S. parallele à H P. faisant de même
» à tous les autres lieux semblables. Puis je mets le point T. au
» milieu de H R. & semblable point prés de K. en V. & prés de L.
» en X. Puis je tire depuis A. par le point C. une ligne infinie :
» pareillement des lignes infinies par tous les autres points sembla-
» bles. Puis du point T. je tire une autre ligne par le point O.
» touchant l'infinie A C. en Y. Semblablement la ligne depuis le
» point V. par le point M. touchant l'infinie A B. en Z. puis la
» ligne Z X. Et si en l'œuvre on n'a point failli, la ligne Z X.
» passera par ce point N. Le même se fera aussi à tous autres lieux
» semblables.

» 6. Pour avoir la largeur du grand Fossé, je tire la ligne H M.
» plus avant jusques à *a.* si bien que M *a.* fait 120. pieds : je tire
» aprés une ligne du point Q. par le point *a.* jusques à ce qu'elle
» touche l'infinie A B. au point *b.* Aprés je prens la longueur B *b.*
» & la marque de C. à *c.* à sçavoir en l'infinie A C. & tire la ligne
» P *c.* coupant Q *b.* en *d.* ce qui étant ainsi, les deux lignes *c d.* &
» *d b.* signifient les rayes d'icelui côté de la Forteresse, & selon la
» même maniere on tirera toutes les autres rayes, & le Fossé sera
» large depuis M. jusques à *a.* de 20. pieds, selon le requis.

» 7. Pour figurer le Chemin-couvert, je tire une ligne infinie de
» A. par *d.* & par tous les autres endroits semblables. Puis je signe
» depuis *d.* jusques à *c.* la longueur de 20. pieds, pour la largeur
» du Chemin-couvert, là où il est le plus étroit, & tire la ligne de
» Q. par *e.* jusques à ce qu'elle touche l'infinie A B. en *f.* puis je
» prens avec le compas la longueur *bf.* & la marque depuis *c.* jus-
» ques à *g.* à sçavoir en l'infinie A C. & tire la ligne *g e.* desorte
» que les deux lignes *g e.* & *e f.* signifient le Parapet du Chemin-
» couvert d'icelui côté de la Forteresse : & ce qui est compris en-
» tre icelui Parapet, & les extremitez du rais *e d.* *d b.* signifie le

H iij

*Suite de la Conſtruction d'un Hexagone*

*Selon* STEVIN.

„ Chemin-couvert , lequel ſera de même figure aux autres lieux
„ à l'entour de la Fortereſſe.

„ 8. Pour avoir le Contre-foſſé, je marque le point *h.* au milieu
„ de M *a.* par lequel je tire V *i.* (ou pour dire encore plus propre-
„ ment , ladite ligne ſera tirée vers P. depuis un point qui eſt diſ-
„ tant de V. vers O. d'un pied, à ſçavoir au milieu du plus étroit
„ de la canonniere , lequel eſt declaré au précedent article) coupant
„ A *e.* en K. & touchant A F. en *i.* Puis des deux côtez de cette
„ ligne K *i.* je tire deux paralleles finiſſantes en A *e.* & A*f.* telle-
„ ment que depuis la ligne K *i.* juſques à chaque ligne qui eſt tirée
„ joignant icelle , on trouve l'eſpace de 10. pieds , leſquels étans
„ comptez auſſi en la ligne A *e.* ou M *a.* font enſemble, pour la
„ largeur du Contre-foſſé au coin , qui eſt à l'oppoſite du milieu
„ de la grande Courtine 20. pieds , comme il a été mis cy-devant.
„ Or comme cette partie de Contre-foſſé eſt deſignée ici , ainſi s'a-
„ chevera tout le reſte, qui eſt à l'entour de la Forterreſſe.

„ 9. Pour avoir la longueur de l'Orillon de 100. pieds, je mar-
„ que depuis le point P. en la ligne P *e.* 100. pieds , comme P*l.*
„ Puis je tire la ligne *l m.* parallele à P M. à ſçavoir le point *m.* en
„ la ligne M V. & le trapeſe *m* M P *l.* eſt le Parapet requis.

## FIGURE XXXIII.

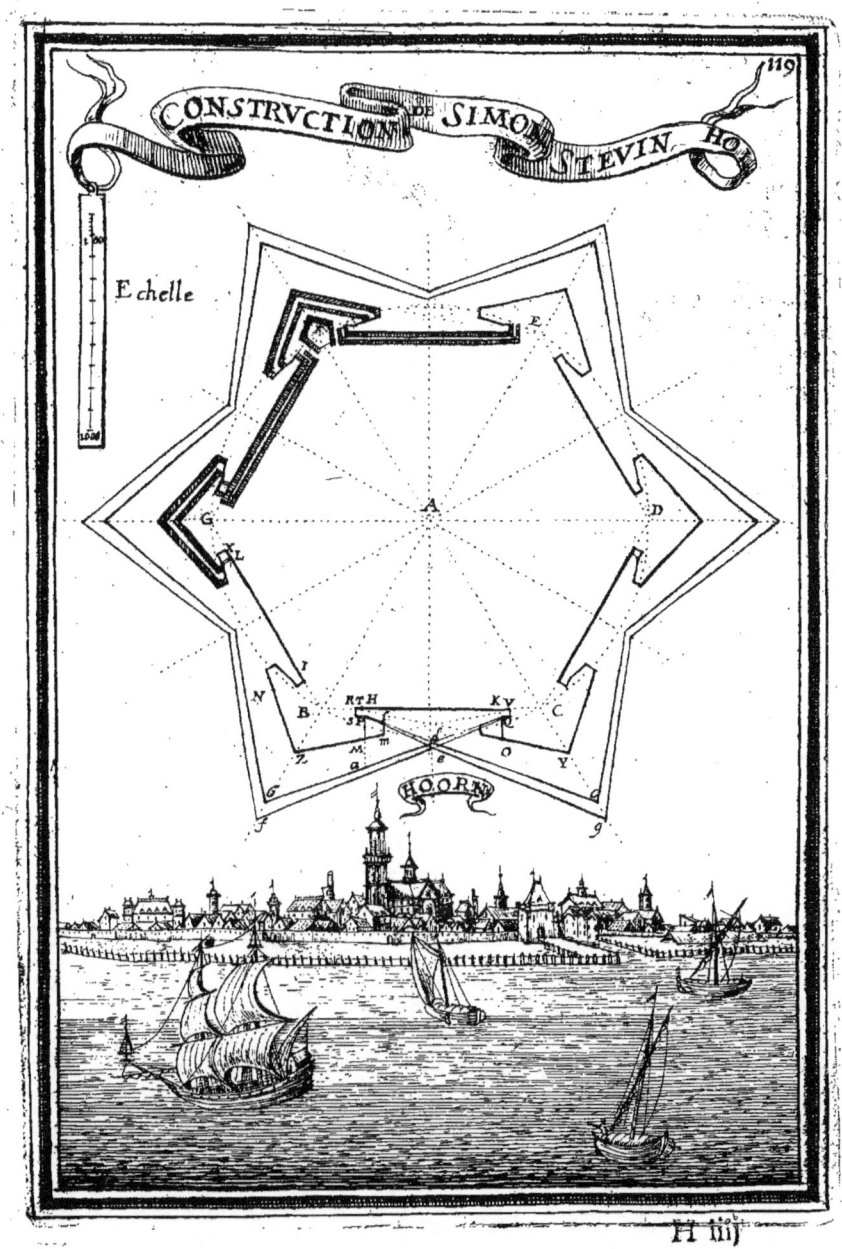

CONSTRVCTION DE SIMON STEVIN HO

Echelle

HOORN

## HEXAGONE ACHEVE'

### Selon STEVIN.

CETTE Planche qui represente l'Hexagone cy-devant fortifié, servira à faire remarquer la double Enceinte ou la seconde hauteur, que STEVIN donne à ses Places; & quoique dans son Livre il n'ait donné qu'un côté de cét Hexagone, j'ay bien voulu l'achever ici, afin de donner la commodité de reconnoître plus facilement la grandeur & la disposition de ses Cavaliers, situez & élevez dans le milieu de ses Bastions.

## FIGURE XXXIV.

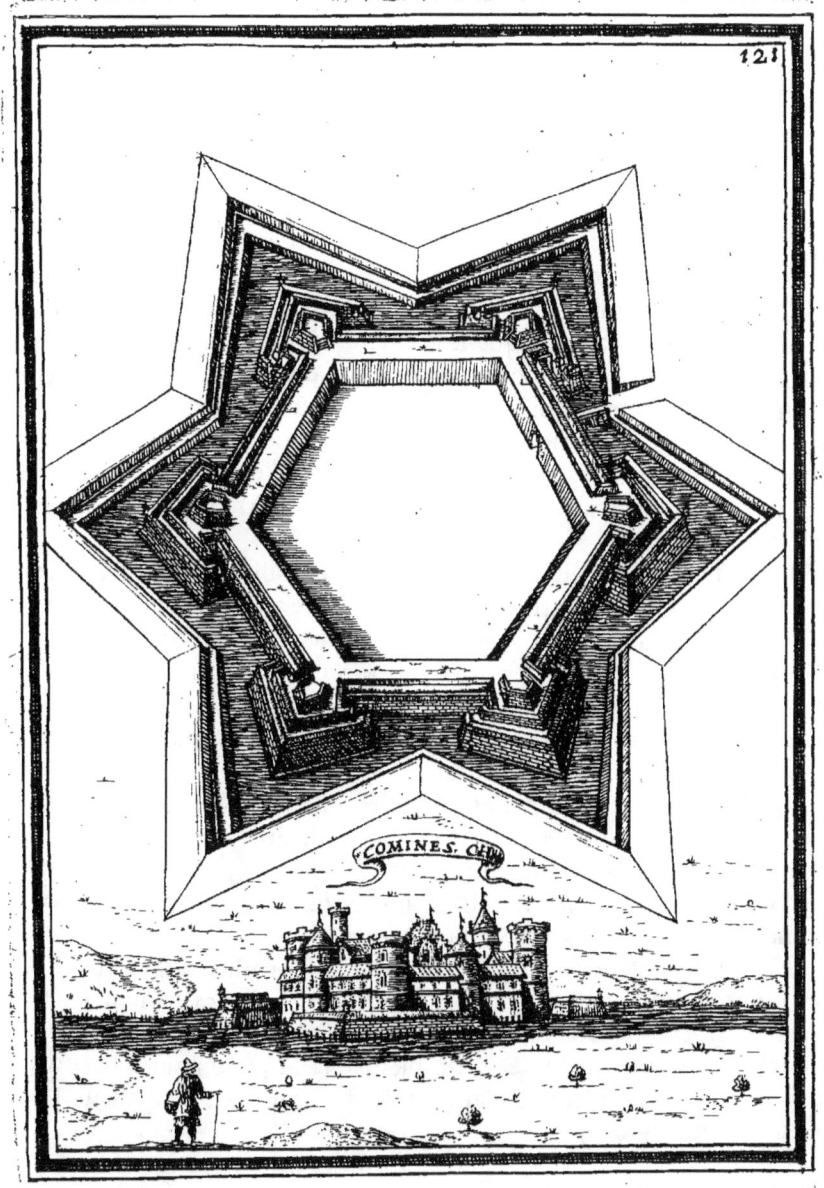

COMINES. CH

## AVANTAGES DES CONSTRVCTIONS
## de STEVIN.

CEUX qui s'attachent aux Maximes du Docte STEVIN, apportent en faveur de sa Construction les Argumens suivans.

I. Que ses Bastions, ayant toûjours leur Angle flanqué obtus, rendent sa Fortification beaucoup plus forte, & bien plus capable de resister aux Batteries, que si le même Angle étoit aigu ou droit, puisqu'un boulet qui donneroit dans la Face, à 20. pas au dessous d'un Angle flanqué, qui seroit droit, feroit une Bréche à la pointe de 14. pieds, comme la Geometrie le demontre. Ce qui seroit encore beaucoup plus considerable, si l'Angle étoit aigu, & ce qui ne pourra jamais arriver aux Bastions dont les Angles flanquez sont obtus.

II. Que par ses doubles Parapets & Cavaliers il oblige l'Assiegeant à des dépenses extraordinaires, dans le doublement des Batteries qu'il sera obligé d'élever, pour ruiner les défences de la Place, ne le pouvant avec des Batteries simples, puisque ceux de dedans rétabliroient fort facilement les Bréches, & autres débris de leurs Remparts & Parapets, soit ceux d'enhaut, tandis qu'il battroit ceux d'enbas, ou le contraire.

III. Que ses Cazemates couvertes fort avantageusement de leurs Orillons, qui sont tirez en ligne droite, sur la largeur ou alignement des Contrescarpes, sont fort peu exposées aux Batteries assaillantes, à cause de leur grand enfoncement, qui découvre & nettoye jusques sur les Contrescarpes.

IV. Que faisant son Fossé & son Coridor plus larges vis-à-vis les pointes des Bastions que par tout ailleurs, il écarte non seulement l'Assiegeant du voisinage de la Place : mais l'engage pour franchir ces Fossez, ou secs, ou pleins d'eau, à de grands hazards, & à une perte considerable d'argent & de temps, qui est la seule fin de la Fortification.

## DESAVANTAGES DES CONSTRVCTIONS
### *de* STEVIN.

CEux qui n'applaudissent pas à ses Constructions, disent:
I. Qu'en faisant les Angles flanquez de ses Bastions extrémement obtus, il arrive que pour éviter un mal, il tombe dans un autre, bien plus considerable, par le peu de défense que les Flancs lui donnent, à raison de leur petitesse, causée par la trop grande ouverture de l'Angle flanqué.

II. Que sa methode de fortifier est d'une dépense excessive, pour les grands frais des materiaux de sa premiere & seconde Enceinte; cette dépense est inévitable dans l'élevation de ses Cavaliers, qui sont d'ailleurs inutiles par leur prodigieuse hauteur, & par leur disposition, qui ôte aux Assiegez le moyen de se défendre. Leur hauteur est même commode aux Assiegeans, qui en sont à couvert dés qu'ils sont postez sur la Contrescarpe.

III. Que ses Cazemates étant faites dans de petits Flancs, dont elles n'occupent pas la troisiéme partie, il arrive que leurs Canons ne peuvent être de grand effet pour commander dans les Bréches: parce qu'elles ne sçauroient être flanquées de coups fichans, à cause que les Angles flanquez des Bastions sont trop obtus.

IV. Qu'encore que ses Fossez & ses Chemins-couverts soient plus larges devant la pointe des Bastions, que par tout ailleurs, & que l'Artillerie des Cazemates les nettoye entierement; il sera toûjours facile à l'Assiegeant de s'en rendre maître, parce qu'il peut rompre les défenses des Flancs opposez, en dressant sur la Contrescarpe une Batterie, dont le front peut être de plus de 20. toises, qui serviront beaucoup à combler ses Fossez, en ruinant les murailles des Bastions, dont ces larges Fossez ne découvrent que trop le pied, & les fondemens.

## PARALLELE DE NOSTRE CONSTRVCTION
### Avec celle de STEVIN.

I. COMME il eſt certain que les deux extremitez du peu ou du trop d'ouverture des Angles flanquez ſont d'une importance conſiderable, nous pouvons legitimement conclure, que la pointe de nos Baſtions étant formée d'un Angle moins obtus que celle de STEVIN elle eſt par conſequent défenduë avec bien plus de feu. Ce grand feu eſt tiré de la grandeur de nos Flancs, qui ſont plus grands d'un tiers que les ſiens.

II. Nos Cavaliers élevez dans la Gorge des Baſtions de nôtre Conſtruction défendent avec bien plus d'avantage les Retranchemens de leurs Baſtions, flanquent mieux les Faces, & le Foſſé des Baſtions oppoſez, que ne font pas les Cavaliers de STEVIN, qui pour être bâtis dans le milieu de ſes Baſtions, & élevez exceſſivement, ne peuvent ni razer les Faces, ni flanquer les Retranchemens. Même ils empêchent de conſtruire des Retirades dans les Baſtions, où ils ſont élevez; Et ſa ſeconde Enceinte ne ſert qu'à favoriſer l'effet des mines de l'Aſſiegeant.

III. Nos Cazemates, qui occupent la moitié de leurs Flancs, qui ſont preſque d'un tiers plus grands que ceux de ſa Conſtruction, ont cet avantage, qu'avec leurs Canons retirez elles nettoyent les Foſſez, & font de notables fracas dans les Bréches, ce que deux ou trois piéces ne peuvent faire dans ſes Cazemates, qui ſont toutes en vûë aux Aſſiegeans.

IV. Nos Foſſez couvrent bien mieux le pied de leurs murailles que ceux de ſa methode, qui pour être trop larges à leurs Angles ſaillans, donnent trop de facilité à l'Ennemi de faire des Batteries ſur les Contreſcarpes, pour ruiner de-là les Baſtions & les Cazemates qui leur ſont trop expoſez par ſa Conſtruction.

# CHAPITRE VII.

## Des Fortifications d'ADAM FRITACH Polonois.

Ous ne donnons pas feulement dans ce Traité les Regles que FRITACH a prefcrites pour l'Extraction des Angles, & pour le Calcul des lignes neceffaires à la Conftruction de fes Places; mais nous donnons auffi fur de pareils Exemples, fes methodes pour deffigner fes Forterefles fur le papier, avec Calcul, ou fans Calcul, & les moyens de les tracer en campagne avec les Cordeaux & les Piquets, fuivant fes propres termes.

## CONSTRUCTION DES PLACES

## Selon FRITACH.

FRITACH qui donne la Construction de ses Places en deux manieres, avec Calcul & sans Calcul, expose dans les premiers chapitres de son livre des Fortifications des Places Regulieres, les termes dont on se sert en la Fortification, & dans le chapitre V. les moyens d'avoir les Angles necessaires au Calcul de ces Places, en ces termes.

### De l'Extraction des Angles.

» NOUS avons ici deux sortes d'Angles à considerer : quel-
» ques-uns appartiennent aux Figures Geometriques Regulie-
» res, & quelques autres sont faits d'autres lignes qui appartiennent
» à la Fortification.

» Les Angles des Figures regulieres Geometriques sont deux,
» 1. l'Angle du Centre. 2. l'Angle de la Circonference, ou du Po-
» lygone.

» Les Angles de Fortification sont, 1. l'Angle flanqué, 2. l'Angle
» flanquant interieur, 3. l'Angle flanquant exterieur, ou l'Angle
» de Tenaille. 4. l'Angle de l'Epaule.

» Nous trouverons tous ces Angles en ce Chapitre, & montre-
» rons comment on les cherche par l'aide des Regles des Proposi-
» tions suivantes, & du Calcul.

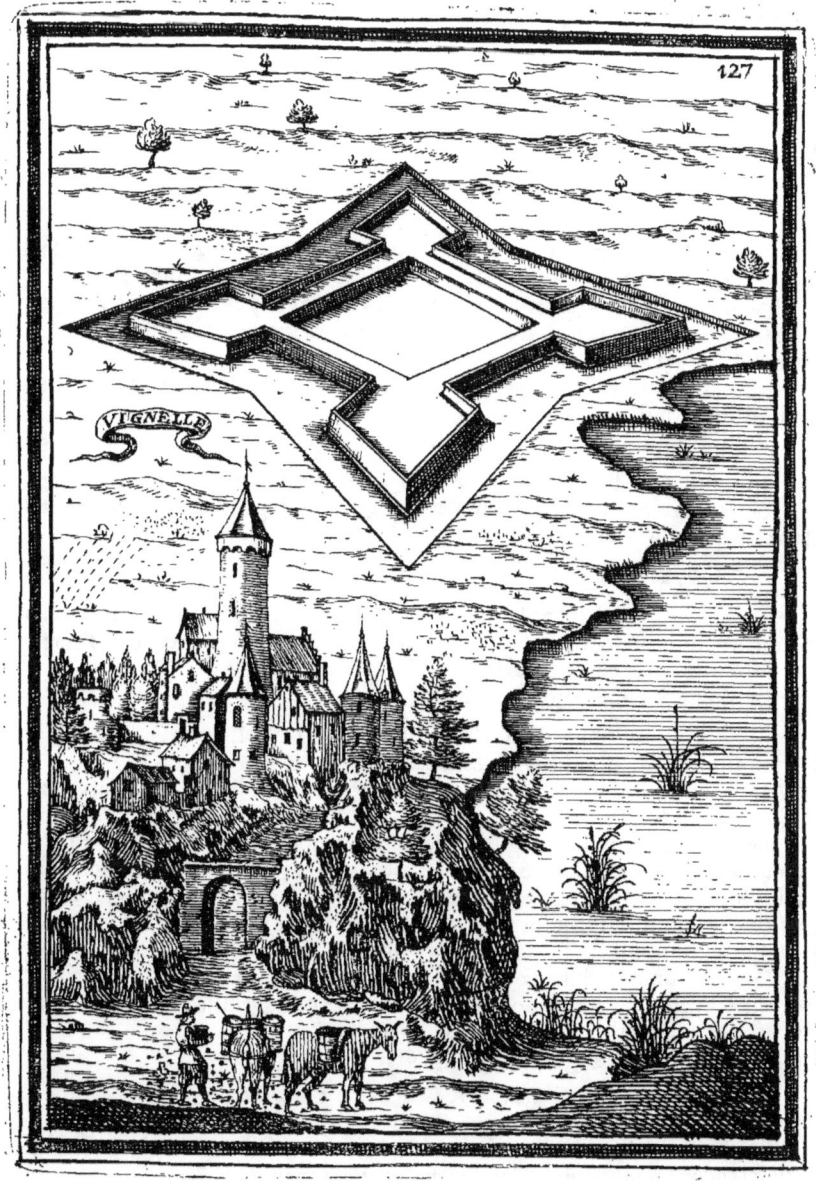

## CONSTRUCTION DES PLACES
## selon FRITACH.

### De l'extraction des Angles.

#### LA PREMIERE PROPOSITION.

K L O. *Pour trouver l'Angle du Centre de chaque Figure.*

" *Reigle.* Divisez la Circonference entiere en 360. degrez par les nombres
" des côtez de chaque Figure, & vous aurez l'Angle du Centre K L O.

" *Pratique.* En un Quarré y a quatre côtez, c'est pourquoi je divise 360.
" degrez par le nombre 4. d'où procedent 90. degrez pour l'Angle du Cen-
" tre K L O. en un Quarré.

" *Nota.* En observant de même pour les autres Figures de 5. 6. 7. &c. on
" aura leurs Angles du Centre.

#### LA II. PROPOSITION.

A K T. *Pour trouver l'Angle de la Circonference,*

" *Reigle.* Cét Angle est le complement de 180. degrez de l'Angle mainte-
" nant trouvé, soustrayez donc l'Angle du Centre de chaque Figure de 180.
" degrez, & vous aurez l'Angle de la Circonference, ou l'Angle du Polygone
" requis. A K T.

" *Prat.* Au Quarré l'Angle du Centre trouvé fait 90. degrez ; je soustrais
" donc 90. degrez de 180. degrez, & le reste étant 90. degrez sera l'Angle
" de la Circonference au Quarré A K T.

" De même en une Figure de 5. 6. 7. &c.

#### LA III. PROPOSITION.

C H R. *Pour trouver l'Angle flanqué, & le mettre en son lieu.*

*Nota.* Cét Auteur donne plusieurs manieres pour avoir cét Angle, mais celle qui suit est sa plus usitée.

" *Reigle,* Ayant divisé l'Angle de la Circonference en deux parties égales,
" ajoûtez à la moitié une neufiéme partie du Demi-cercle ; ou de 180. degr.
" à sçavoir, 20. degrez en chaque Figure, jusques à neuf Angles inclus. (car
" en toutes Figures il faut prendre l'Angle de 90. degrez) alors aurez l'Angle
" flanqué.

" *Prat.* En un Angle de la Circonference est de 90. degrez, à la moitié du-
" quel à sçavoir 45. j'ajoute 20. la neufiéme partie du Demi-cercle viennent 65.
" degrez pour l'Angle flanqué C H R. du Quarré.

" De même en une Figure de 5. 6. 7. &c.

#### LA IV. PROPOSITION.

C F A. *Pour trouver l'Angle flanquant interieur.*

" *Reigle.* Soustrayez le Demi-angle du Boulevart du Demi-angle de la Cir-
" conference, alors viendra l'Angle flanquant interieur C F A.

" *Prat.* Au Quarré le Demi-angle du Boulevart est de 32. degrez 30. min.
" & le Demi-angle de la Circonference est de 45. degrez, desquels 32. degrez

FIGURE XXXVI.

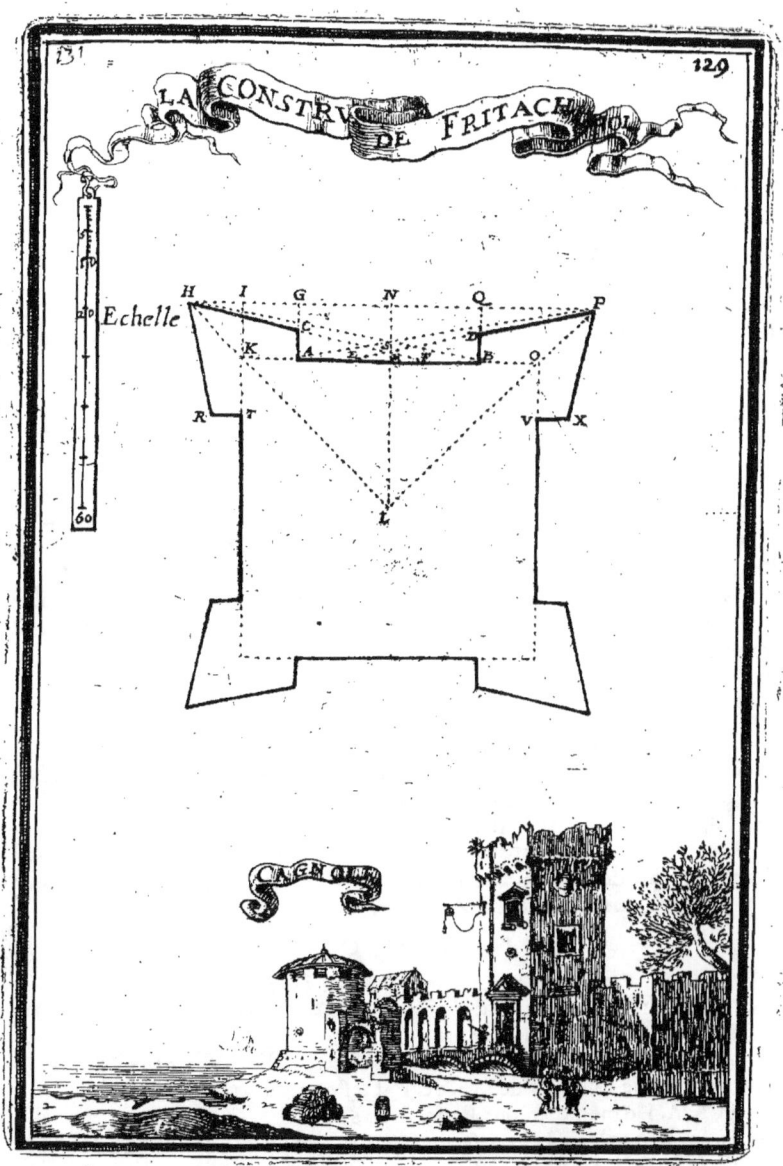

## Suite de l'Extraction des Angles

## selon FRITACH.

» 30. min. étant ôté, demeureront 12. degrez 30. min. pour l'Angle flan-
» quant interieur C F A.
» De même en une Figure de 5. 6. 7. &c.

### LA V. PROPOSITION.
A C F. *Pour trouver l'Angle de la ligne de Défense flanquante,*
*& du Flanc.*
» *Regle.* Le Complement de 90. degrez de l'Angle maintenant trouvé est
» l'Angle de la ligne de Défense flanquante & du Flanc. Souftrayez donc
» l'Angle trouvé de 90. degrez & aurez l'Angle A C F.
» *Prat.* L'Angle flanquant interieur du Quarré est de 12. degrez 30. minut.
» lefquels étant fouftraits de 90. degrez, resteront 77. degrez 30. minutes pour
» l'Angle defiré du Quarré. De même en une Figure de 5. 6. 7. &c.

### LA VI. PROPOSITION.
C S D. *Pour trouver l'Angle flanquant exterieur, ou l'Angle de Tenaille.*
» *Regle.* Prenez le double de l'Angle de la ligne de Défense flanquante & du
» Flanc maintenant trouvé, qui fera la fomme de l'Angle C S D.
» *Prat.* Au Quarré l'Angle de la ligne de Défense flanquante & du Flanc fe
» trouve de 77. degrez & 30. minut. le double duquel fait 155. degrez pour la
» fomme de l'Angle defiré.
» De même en une Figure de 5. 6. 7. &c.

### LA VII. PROPOSITION.
A G H. *Pour trouver l'Angle de l'Epaule.*
» *Regle.* Cét Angle étant le complement de l'Angle de la ligne de Défense
» flanquante & du Flanc, faifant tous deux 180. degr. faut ôter l'Angle A C F.
» de 180. degrez, & le refte fera l'Angle defiré A C H.
» *Prat.* Au Quarré est trouvé l'Angle A C F. de 77. degr. 30. min. lequel
» étant fouftrait de 180. degr. resteront 102. degr. 30. min. pour l'Angle requis
» A C H. du Quarré. De même en une Figure de 5. 6. 7. &c.

### LA VIII. PROPOSITION.
H K A. *Pour trouver l'Angle de la ligne capitale, & de la Gorge.*
» *Regle.* Souftrayez le Demi-angle de la Circonference de chaque Figure
» de 180. degr. le refte fera le defiré
» *Prat.* Au Quarré l'Angle de la circonference divifé en deux, est de 45.
» degr. lefquels je fouftrais de 180. degr. il refte 135. degr. ce qui est l'Angle de-
» firé H K A. De même en une figure de 5. 6. 7.
» *Notez.* L'Angle de la Face & du Flanc prolongé H C G. est égal à l'Angle
» A C F. G H C. l'Angle de la Face & du Polygone exterieur, est égal à l'An-
» gle C F H. H K I. l'Angle de la ligne capitale, & de la diftance des Poly-
» gones est égal au Demi-angle du centre K L M.

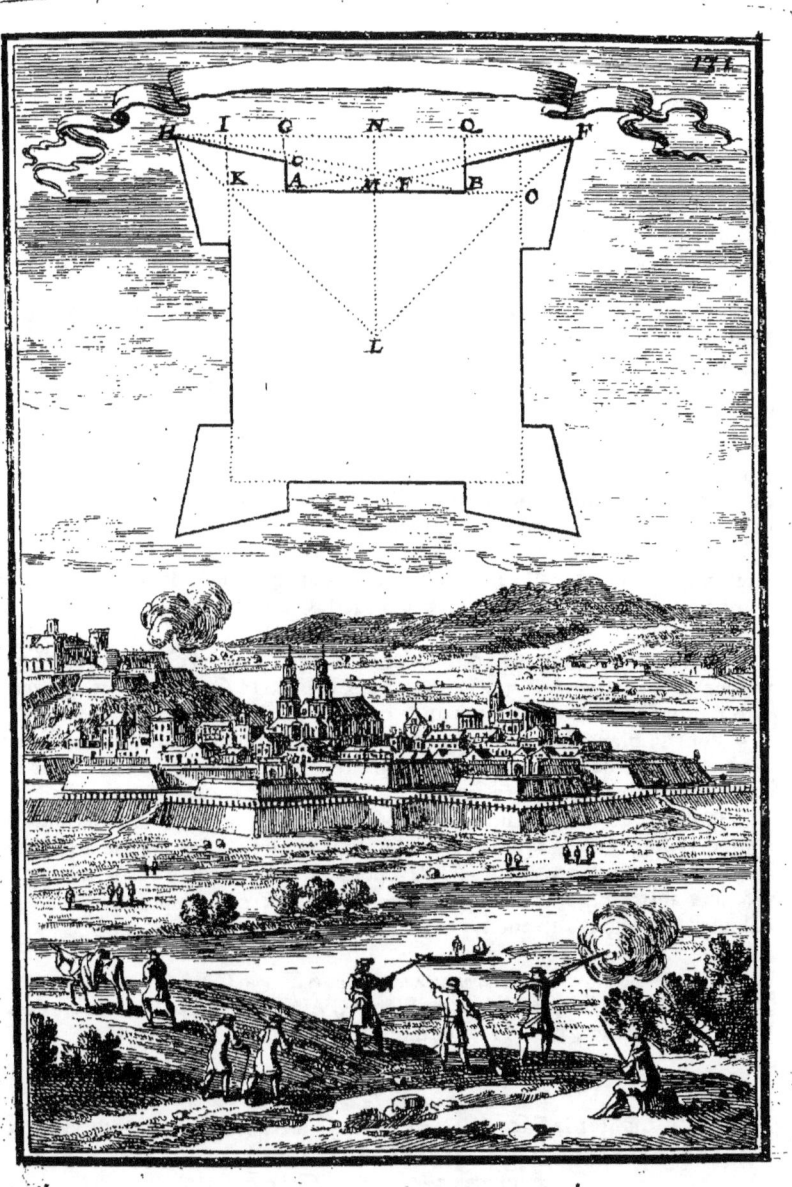

## CONSTRVCTION DES PLACES

### selon FRITACH.

#### Du Calcul des lignes.

CET Auteur dans le Chapitre V I. de son premier Livre de la Fortification des Places regulieres, dit : Que quelques Ingenieurs divisent les Places ou Forteresses en trois diverses façons ; sçavoir, en grand Royal, en moyen Royal, & en petit Royal.

Par le grand Royal ils entendent une Forteresse en laquelle la ligne de Défense est toûjours de 60. verges, ou de 120. toises, portée ordinaire du mousquet.

Sous le moyen Royal ils entendent une Forteresse, en laquelle la ligne de Défense ne va jamais jusques à 60. verges.

Enfin ils appellent le petit Royal une Forteresse, en laquelle les Angles flanquez sont éloignez de 60. verges; & que toutes les autres Forteresses, qui sont plus petites que le petit Royal, sont appellées generalement Forts, cela étant supposé, voici ce qu'il ajoûte.

" Nous prendrons ici en main la piéce principale, & compterons les lignes " selon le grand Royal, il faut en cét Ouvrage que quelques lignes soient " connuës, sans la connoissance desquelles on ne peut rien effectuer avec " l'Angle seul.

" Partant nous prenons pour connuës deux façons en chacun grand Royal, " pour la Courtine A B. 36. verges, pour la Face H C. 24. verges, afin qu'elle " soit proportionnée à la Courtine, comme deux à trois.

" Pour le Flanc A C. en la premiere façon, il ajoûte 2. au nombre de la Fi- " gure, & il a le Flanc comme au Quarré, il ajoûte 2. à 4. pour avoir 6. & " toûjours de même pour les autres Figures, 5. 6. 7. 8. 9. 10. jusques à 11. où ils " supposent que leurs Flancs sont toûjours de 12. verges. A la seconde ma- " niere il suppose au Quarré le Flanc de 8. verges, au Pentagone de 9. verges, " à l'Hexagone de 10. verges, à l'Heptagone de 11. verges, & à l'Octogone, " & aux autres Figures, toûjours de 12. verges ; & cela supposé, il donne pour calculer les Regles suivantes.

### I.
#### Pour trouver la ligne A F. & C F.
" Regle. Au Triangle C A F. le Flanc C A. étant pris pour le radius, A F. sera la tangente, & C F. la secante de l'Angle A C F.

### II.
#### Pour trouver la longueur A F.
" Regle. Ajoûtez la Face H C. à C F. qui est trouvée, alors vous vient H F.

### III.
#### Pour trouver le second Flanc F B.
" Regle. Soustrayez de la Courtine A B. la trouvée A F. il vous restera F B.

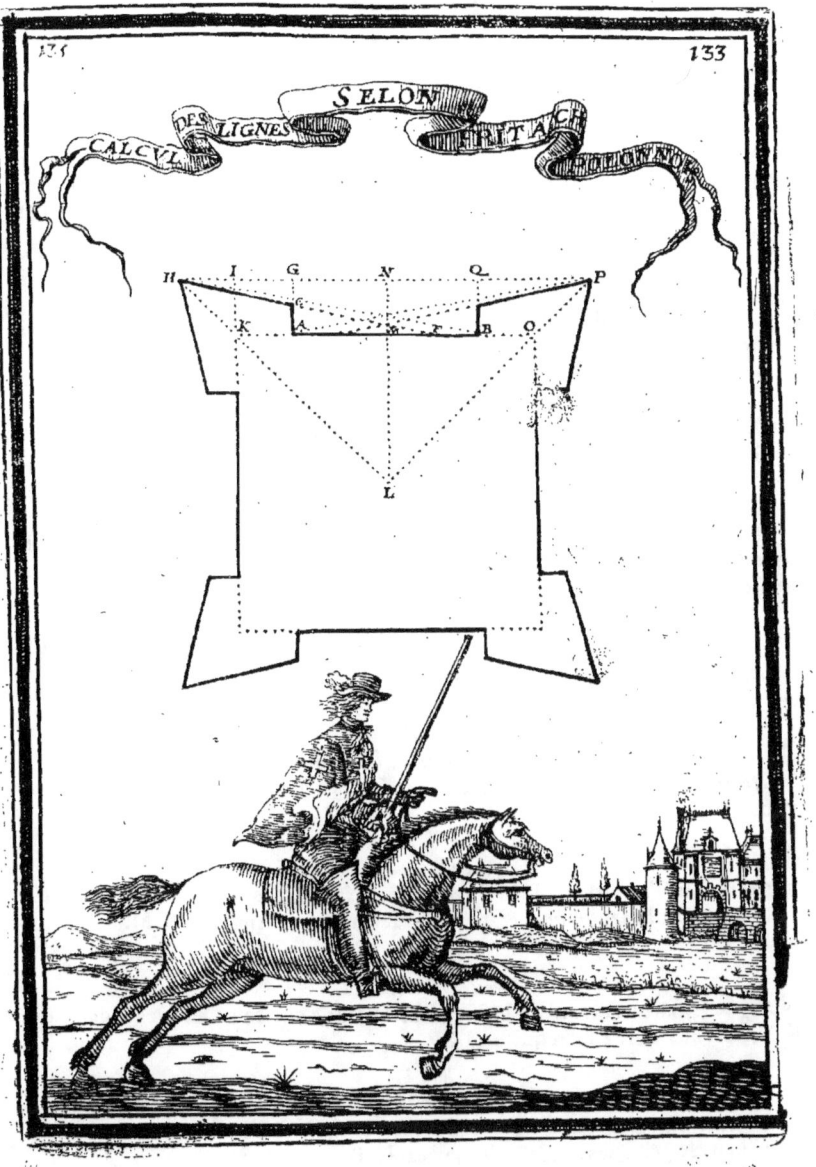

*Suite des Angles du Calcul des Lignes*

## selon FRITACH.

### IV.
*Pour trouver la longueur* H C. & G C.

» *Regle.* Au Triangle H G C. le Sinus de l'Angle H G C. qui est droit, don-
» ne H C. partant le sinus de l'Angle H C G. donnera H G. & le sinus de l'An-
» gle G H C. donnera la longueur G C.

### V.
*Pour trouver la longueur* H P.

» *Regle.* Au double de la trouvée H G. ajoûtez la courtine A B. & aurez la
» longueur H P.

### VI.
*Pour trouver la longueur* G A. & I K.

» *Regle.* Ajoûtez la trouvée G C. à C A. & aurez G A. ou I K. étant égale
» à G A.

### VII.
*Pour trouver la longueur* H K.

» *Regl.* Au Triangle H I K. que I K. soit le radius (qui est de même longueur
» que G A.) alors H I. sera la tangente, & H K. la secante de l'Angle H K I.
» qui est de même grandeur que K L M.

### VIII.
*Pour trouver la longueur* G I. ou la Gorge K A.

» *Regle.* Soustrayez la trouvée H I. de H G. demeurera I G. ou K A. qui
» est de semblable longueur.

### X.
*Pour trouver le côté de la Figure* K O.

» *Regle.* Prenez le double de la Gorge K A. & y ajoûtez la Courtine A B. &
» vous viendra K O.

### X.
*Pour trouver la longueur* M L. & K L.

» *Regle.* Au Triangle K L M. la moitié de la Figure K M. sera le Radius,
» M I. donnera la tangente, & K L. la secante de l'Angle L K M.

### XI.
*Pour trouver* H L.

» *Regle.* Ajoûtez la trouvée H K. étant la ligne capitale au Demi-diametre
» K L. & vous aurez la requise H L.

### XII.
*Pour trouver la longueur* H B.

» *Regle.* Ajoûtez les deux Quarrez H Q. & Q B. de la somme, tirez la ra-
» cine quarrée, & vous aurez la longueur H B.

» Et ce sont ici les regles par lesquelles on trouve les lignes d'une Place.

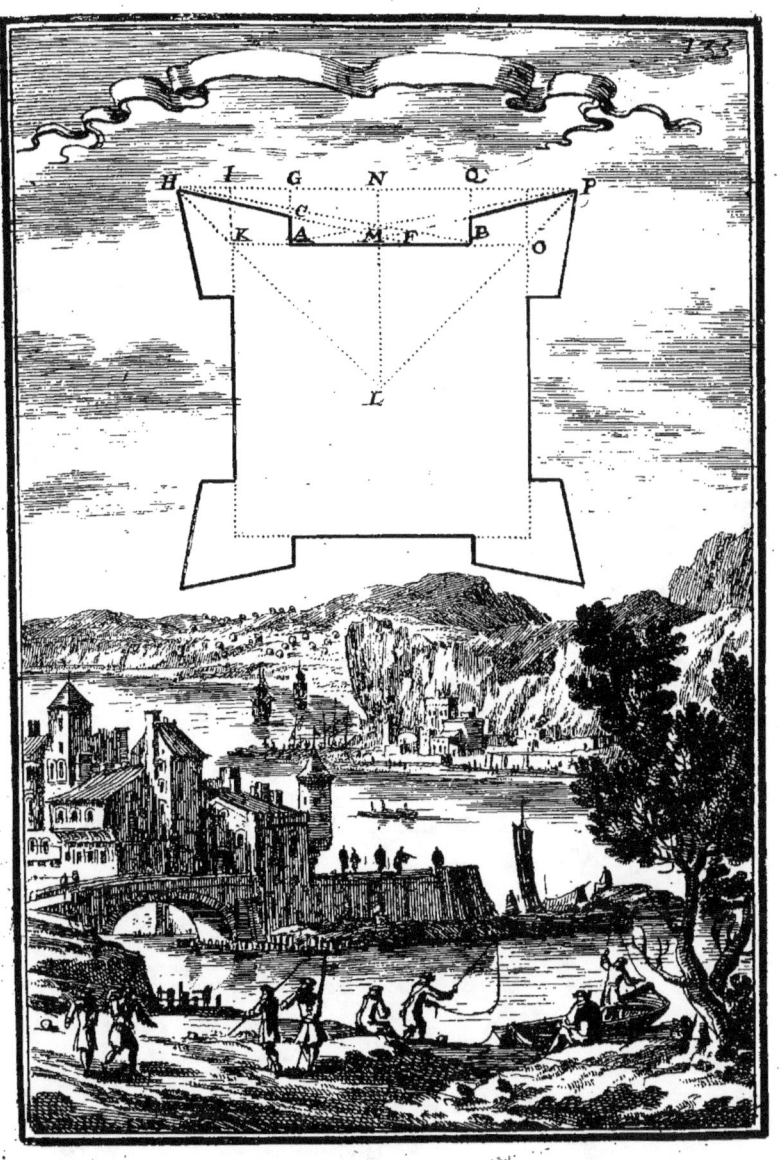

## CONSTRVCTION DES PLACES
### selon FRITACH.
#### Exemple du Calcul des lignes.

FRITACH aprés avoir donné en XII. Regles les moyens qu'il faut tenir pour trouver les lignes ; il prend ensuite, pour venir à la pratique, l'Exemple d'un Quarré de la premiere façon ; (c'est-à-dire, celui dont le Flanc est de 6. verges) & ajoûte ceci.

#### Pratique.

» En la premiere façon tous les Angles sont assez connus par les huit propositions qui en ont traitez ci-devant.

» L'Angle du Centre K L O. 90. degrez.

» L'Angle de la Circonference A K T. 90. degrez.

» L'Angle flanqué C H R. 65. degrez.

» L'Angle flanquant interieur C A F. & G H C. 12. degrez 30. min.

» L'Angle du Flanc, & de la ligne de Défense flanquante, semblable à l'Angle H C G. 77. degrez 30. min.

» Les lignes sont aussi connuës.

» La Courtine A B. 36. verges.

» La Face H C. 24. verges.

» Le Flanc A C. 6. verges.

### I.
#### Pour trouver A F. & C F.

C A. Radius donné C A. que donne la Tangente de l'Angle A C F. 77. degrez 30. minutes.

100000        6 (o)            451071
                                 6 (o)

                          A E. 2706426 (s)

C A. Radius    C A.    La Secante de l'Angle A C F. 77. deg. 30. min.
100000        6 (o)                  462023
                                       6 (o)

                          C F. 2772138 (s)

### II.
#### Pour trouver H F.
C F.        2772138 (s)
H C.        24        (o)
H F.        517213 8 (s)

### III.
#### Pour trouver F B.
A B. la Courtine 3600000 (o)
A F.              2706426 (s)
F B.                893574 (s)

## FIGURE XL.

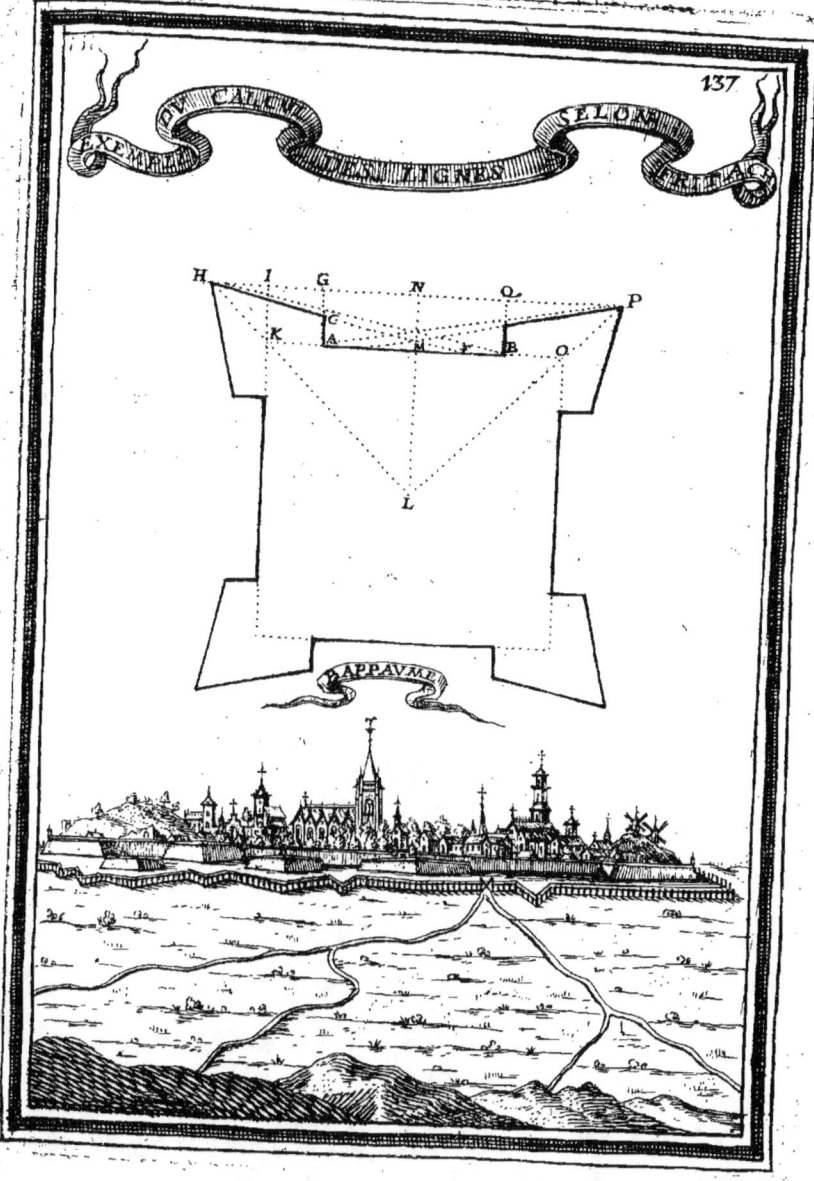

*Suite de l'Exemple du Calcul des Lignes*

*selon* FRITACH.

### IV.

*Pour trouver* H C. & G C.

Sinus de l'Ang. H G C. 90. d. H G, Sinus de l'Ang. H C G. 77. deg. 30. m.

| | | |
|---|---|---|
| 100000 | 24 (0) | 97630 |
| | | 24 |

390520
195260

H G. 2343120 (s)

Sinus de l'Ang. H G C. 90. d. H C. Sinus de l'Ang. G H C. 12. deg. 30. m.

| | | |
|---|---|---|
| 100000 | 24 (0) | 21644 |
| | | 24 |

86576
43288

G C. 519456 (s)

### V.

*Pour trouver* H P.

H G.       2343120 (s)
                    2

HG. doublé 4 6 8 6 2 4 0 (s)
A B.          3 6

H P.       8 2 8 6 2 4 0 (s)

### VI.

*Pour trouver* G A. ou I K.

G C.       519456 (s)
C A.          6            (0)

G A. ou I K. 1119456 (s)

### VII.

*Pour trouver,* H I. & H K.

Radius I K. donne. I K. combien la Tangente de l'Ang. H K I. 45. deg.

| | | |
|---|---|---|
| 100000 | 1119456 (s) | 100000 |
| | 100000 | |

H I. 1119456100000

*Suite de l'Exemple du Calcul dés lignes*
*felon* FRITACH.

Radius I K. donne I K. combien la Secante de l'Angle H K I. 45. degrez.
100000        1119456 (5)            141421
                141421

$$
\begin{array}{r}
1|119456 \\
22|38912 \\
447|7824 \\
1119|456 \\
44778|24 \\
111945|6
\end{array}
$$

H K. 1583146 1 (5)

VIII.

*Pour trouver* I G. & I K.

H G.        2343120 (5)
H I.        1119456 (5)

I G. ou K A. 1223664 (5)

IX.

*Pour trouver* K O.

K A.        1223664 (5)
                    2

K A. doublé 2447328 (5)
                36

K O.        6047328 (5)

X.

*Pour trouver* M L. & K L.

K M. Radius    K M.        la Tangente de l'Angle L K M. 45. degrez.
100000        3023664 (5)            100000
                100000

M L. 3023664|00000.

K M. Radius    K M.        la Secante de l'Angle L K M. 45. degrez.
100000        3023664 (5)        141421
                141421

$$
\begin{array}{r}
30|23664 \\
60 4|7328 \\
1209 4|656 \\
30236|64 \\
1209465|6 \\
3023664|
\end{array}
$$

K L.    4276096 1 (5)

## Suite de l'Exemple du Calcul des Lignes
## selon FRITACH.

### XI.

#### Pour trouver HL.

| | |
|---|---|
| H K. | 1583146 (5) |
| K L. | 4276096 (5) |

5859242 (5)

### XII.

#### Pour trouver HB.

Q B. ou GA. 1119456 (5)

1119456 (5)

6716736
5597280
4477824
10075104
1119456
1119456
1119456

□ Q B. 1253181735936 (10)

H Q. 59431200 (5)

59431200 (5)
118862400
594312
1782936
2377248
5348808
2971560

□ H Q. 35320675334400 (10)
□ Q B. 1253181735936 (10)

36573857070336 (10) les deux Quarrez

H B. 6041716321 (5) [ensemble.

" Par ainſi toutes les lignes appartenant à la Fortification ſont ici trou-
" vées, leſquelles on calcule de la même façon en toutes autres Figures,
" pour faire de leurs ſommes une Table.

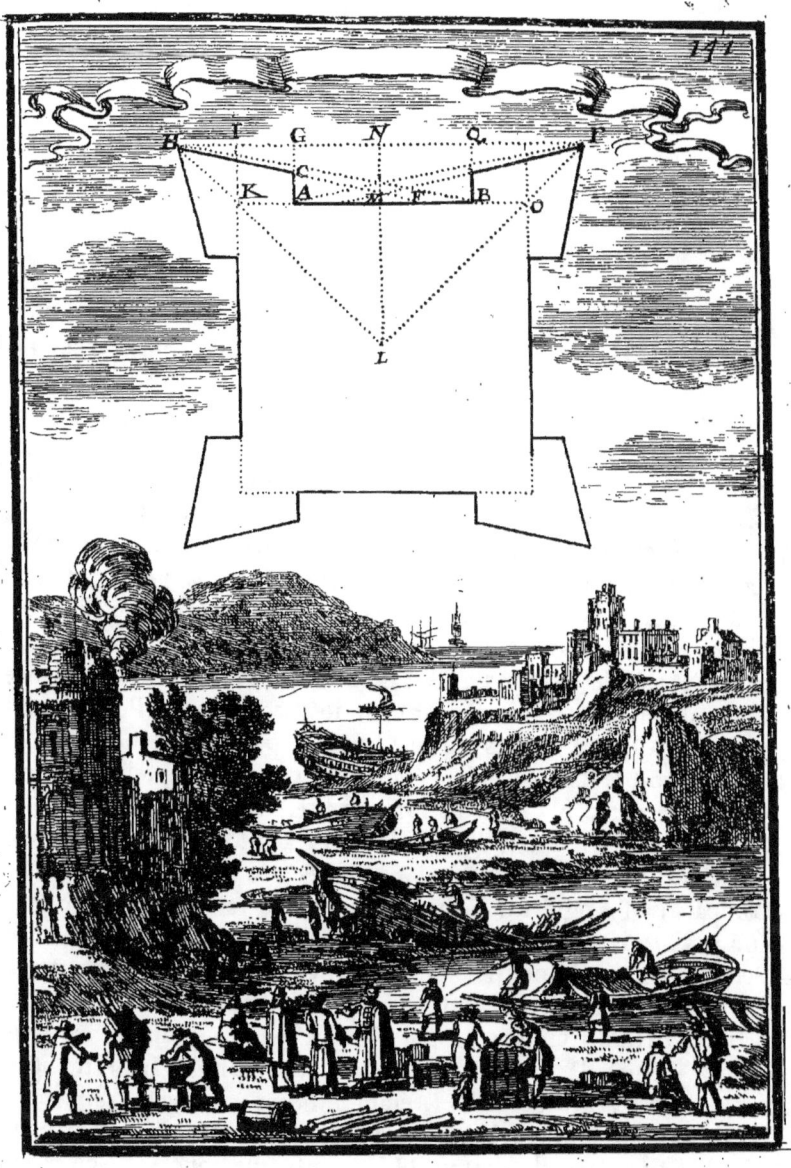

## CONSTRVCTION DES PLACES

### selon FRITACH.

#### Du projet d'une Forteresse sur le Papier, selon les Tables calculées.

APRÈS que FRITACH à montré à calculer & trouver la valeur des Angles, & les longueurs des lignes qui servent à la Construction des Forteresses ; il montre ensuite dans le Chap. XV. les moyens d'en faire avec le Calcul le projet sur le papier, & se servant de l'Exemple du Quarré, ci-devant supputé, que nous donnons ici avec quelque explication, pour l'intelligence du Lecteur.

» Je prens donc, dit-il, dans les Tables susdites ( c'est-à-dire,
» dans la somme des Calculs) le Demi-diametre de la Figure quar-
» rée, étant marqué des lettres K L. & faisant 42. verg. 7. pieds,
» & 6. poûces ; laquelle longueur je mesure sur l'Echelle (cette E-
» chelle est une ligne d'une grandeur à volonté, divisée en 60.
» verges) avec le Compas, & fait avec la même ouverture une
» Circonference occulte, sur laquelle je mets pour le Polygone in-
» terieur K O. 68. verges, 4. pieds, & 7. poûces, comme montre
» la Table ou le Calcul. Cela étant fait quatre fois, tellement que
» les quatre côtez K O. G F. F B. & B K. occupent sans reste la
» Circonference ; je prens de la Table ou Calcul pour la Demi-gorge
» K A. 12. verges, 2. pieds, 4. poûces, & mettant un pied du
» compas sur l'Angle du Polygone en K. je fais avec l'autre pied
» sur le côté K O. la marque A. laquelle coupera la Gorge : une
» Perpendiculaire étant tirée de ce point, & 6. verges marquées là
» dessus, vous donneront le Flanc A C. de même une autre ligne
» droite, tirée du Centre L. par l'Angle du Polygone K. & pro-
» longée jusqu'à P. vous montrera la ligne capitale, sur cette ligne
» occulte de K. jusques en H. étant mises 15. verges, 18. pieds,
» & 3. poûces, laquelle longueur vous trouverez en la Table ou
» Calcul, marquée des lettres H K. ainsi une ligne tirée de H. en
» C. achevera la Face ; & en faisant cela à l'entour de toute la Fi-
» gure, alors le pourtrait sera parfait.

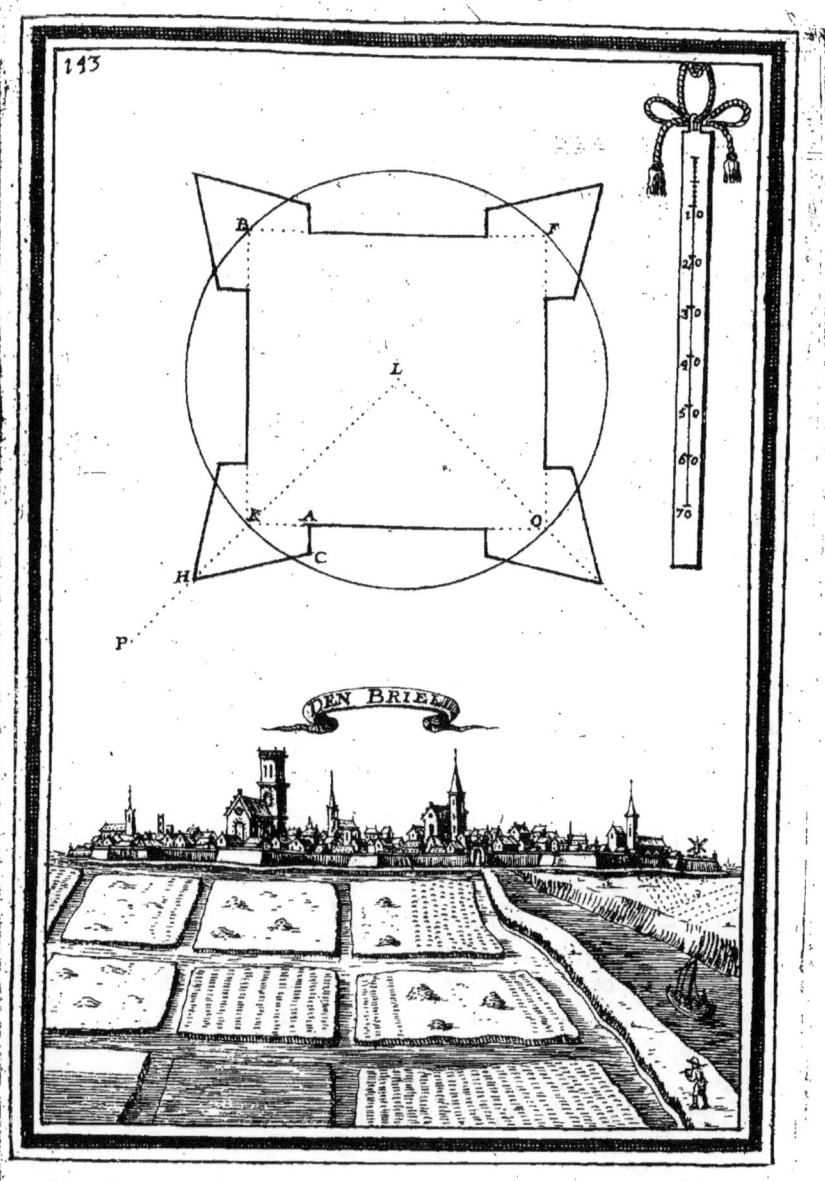

DEN BRIEL

## CONSTRVCTION DES PLACES

### *selon* FRITACH.

#### *Pour fortifier une Figure sans Calcul.*

FRITACH dans le Chapitre XVIII. de son premier livre de la Fortification donne les moyens de fortifier les Places sans Calcul, sous plusieurs Exemples, entre lesquels nous choisirons comme lui le Quarré, auquel il donne à ses côtez 10. verges de longueur, ou 120. pieds de Rhin. Lequel nombre de 10. verges on peut augmenter à volonté, si l'on veut faire la Place plus grande, & cela supposé, il entre ainsi en Construction.

   „ On pourtrait premierement sur le papier le Quarré A B D C,
„ le plus grand que faire se peut, puis l'on fait une mesure ou
„ Echelle selon un côté dudit Quarré, qui a été donné de 10. ver-
„ ges, laquelle on doit départir en dix parties égales, tellement que
„ chaque partie contienne une verge, dont une départie derechef
„ en 12. parties sera 12. pieds du païs de Rhin, & chaque partie
„ $\frac{1}{12}$ de la verge, comme nous la representons ici : puis après on
„ tire au travers de A. & de D. comme aussi au travers de C. & de
„ B. la Diagonale, laquelle s'étend au dedans de A B. & de CD.
„ Départissez un côté du Fort en cinq parties égales, comme ici
„ A G. G M. M N. N H. H B. la $\frac{1}{5}$ est la Gorge A G. & H B. les
„ autres $\frac{3}{5}$ des côtez G M. M N. & N H. font la Courtine, du
„ côté entier prenez $\frac{2}{3}$ comme ici A M. pour la ligne capitale E A.
„ où K B. Une quatriéme partie de la Courtine, divisée en quatre
„ parties égales, comme ici G O. O P. P Q. Q H. donnera les Flancs
„ G F. ou H I. mis perpendiculairement sur G & H. De même
„ A B. étant divisée en deux parties égales en P. la longueur A P.
„ ou P B. sera la Face E F. ou I K. ce que faisant en cette sorte de
„ tous les côtez, le Fort sera pourtrait.

*FIGVRE XLIII.*

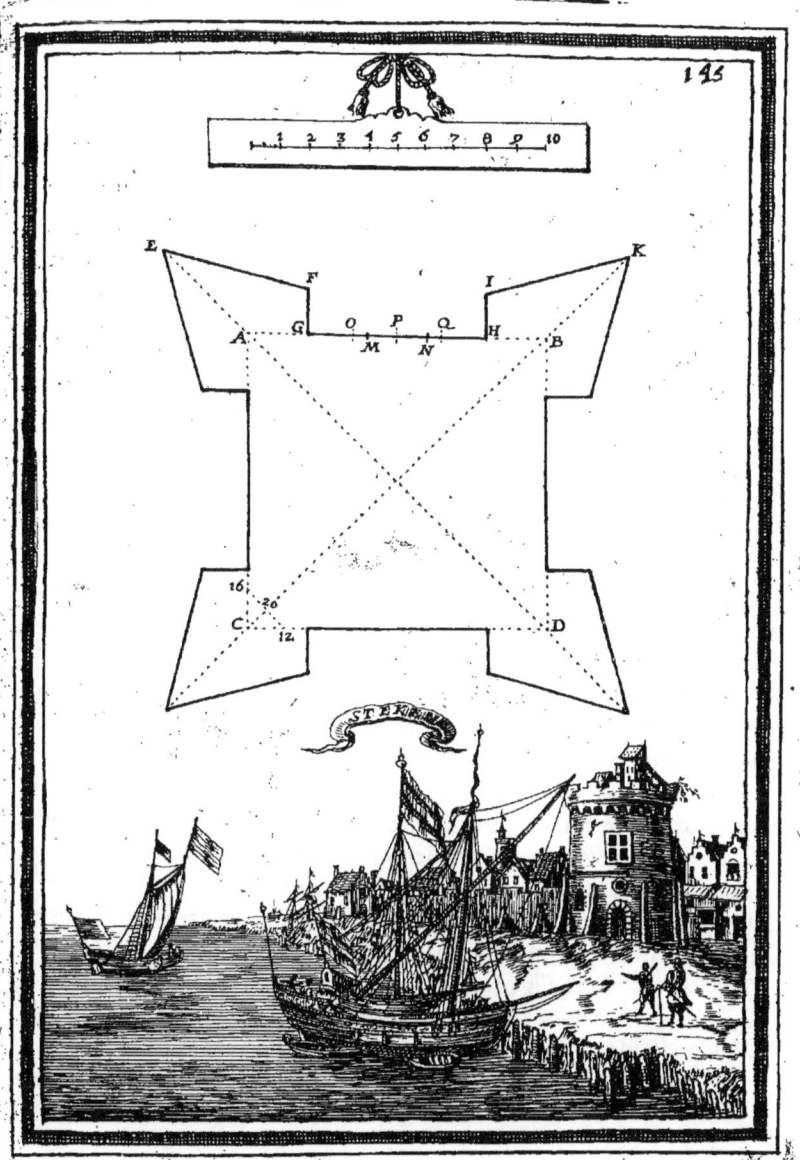

## CONSTRVCTION DES PLACES
### selon FRITACH.

*Maniere de tracer les Figures sur le Terrain,
lorsqu'on en peut avoir le Centre.*

SUR la fin du Chapitre XVIII. de son premier Livre, il donne
les moyens de tracer en campagne toutes sortes de Forts, & de
Forteresses sur l'Exemple d'un Quarré, en ces termes:

„ Ce Fort se mettra en campagne en deux façons ; premierement,
„ quand on peut avoir le Centre, l'on prend la longueur du Demi-
„ diametre avec un cordeau, & on plante un bâton au Centre,
„ comme en la Figure D. puis après on lie le cordeau au bâton, &
„ on mesure ladite longueur sur la campagne, au lieu où il y doit
„ avoir un Boulevart, comme ici de D. vers A. & en A. on met
„ un bâton. Aussi faut-il mesurer la longueur du côté de la Figure
„ avec un cordeau, l'attachant au bâton A. & tirant ensemble les
„ deux cordeaux, à sçavoir, le Demi-diametre & le côté du Poly-
„ gone interieur, tellement qu'ils se touchent, comme ici en B.
„ ainsi est un côté de la Figure bien marqué, lequel il faut creu-
„ ser aussi-tôt avec une bêche suivant le cordeau ( ce qui se fait à
„ tous les côtez) & planter un bâton en B. Puis l'on prend la lon-
„ gueur du côté du Polygone interieur de A B, laquelle on attache
„ au bâton B. & on conjoint derechef ledit côté du Polygone inte-
„ rieur, & le Demi-diametre, qui se touchent ensemble en F. &
„ monstrent le bout de l'autre B F. où il faut mettre un bâton, &
„ ainsi continuer au troisiéme, quatriéme, & dernier côté; telle-
„ ment que voilà la Figure faite, laquelle on veut fortifier.

„ La page suivante montre comme l'on peut fortifier, lorsque le
„ Centre est incommodé.

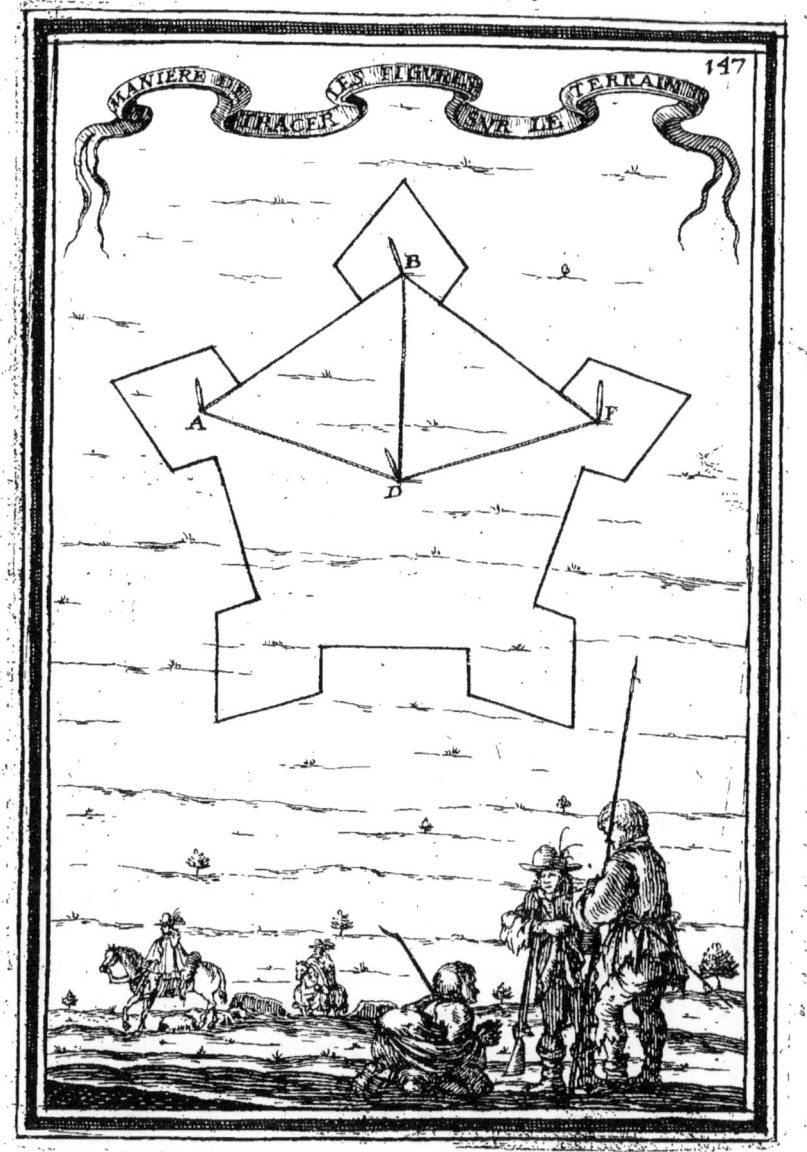

## CONSTRVCTION DES PLACES

### selon FRITACH.

#### Maniere de tracer les Figures sur le Terrain, le Centre en étant incommodé.

CET Auteur dans le Chapitre ci-devant cité, parlant de la maniere qu'il faut faire pour fortifier les Places, desquelles on ne peut avoir le Centre, dit :

,, Mais quand à cause de quelques incommoditez l'on ne peut
,, avoir le Centre, il se faut tenir à la maniere suivante ; choisissez
,, un lieu, où le Fort doit avoir un Boulevart, & plantez un bâton
,, en ce lieu-là, comme ici en B. & prenez la longueur de deux
,, Gorges B S. & B E. & la longueur de la conjonction des Flancs
,, S E. de cette ligne & des deux Gorges fermez le Triangle B S E.
,, & plantez un bâton en E. & S. puis prolongez en ligne droite les
,, lignes B E. & B S. de la longueur des côtez du Fort, comme il est
,, marqué en la Figure de B. jusques à F. & de B. jusques à A.
,, pour avoir les deux côtez du Fort ; il faut aussi planter un bâton
,, au bout d'icelles deux lignes en A. & F. faites de même en marquant les autres côtez, & ainsi la Figure qui doit être fortifiée,
,, sera achevée, à laquelle on doit marquer les Gorges, les Flancs, &
,, les Faces : ce qui se peut faire de même comme on a fait au précedent Fort quarré, en prenant la Face au double, & mettant ses
,, bouts sur les deux bouts des Flancs, comme en I. & K. dont le
,, milieu donne l'Angle flanqué, & I R. & R K. sont les Faces : on
,, peut tenir la même procedure és autres Boulevarts.

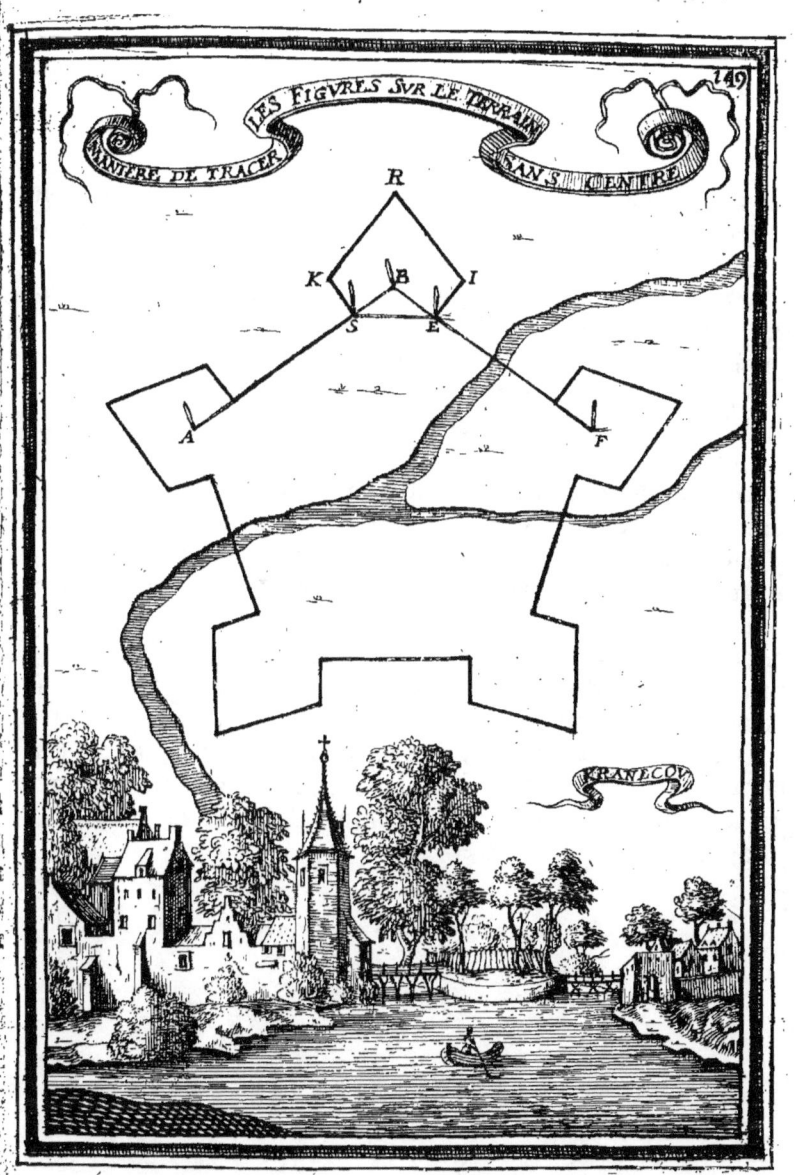

## DES CAVALIERS

### selon FRITACH.

FRITACH dans le Chapitre IX. de son troisiéme Livre de la
Fortification, parlant de l'usage & de la construction des Cavaliers
ajoûte ceci.

,, Les Cavaliers sont des Boulevarts élevez, ou fort hautes Batte-
,, ries, mis au dessus des Boulevarts, desquels on se sert contre
,, l'ennemi, qui se loge aux lieux qui sont à l'entour de la Forteresse,
,, afin que la Forteresse ne soit si tôt commandée par les hauts lieux
,, du dehors, & que l'on ait aussi une défense convenable, quand
,, l'ennemi s'y campe.

,, Les Cavaliers ne sont pas bâtis d'autre maniere que les Boule-
,, varts, & les Remparts des Villes; ils different seulement à cause
,, de leur baze, qui a pour son fondement les Boulevarts, & les Bou-
,, levarts ont pour leur baze la plate-campagne. Les Boulevarts sont
,, aussi plus grands que les Cavaliers, dautant qu'ils servent pour
,, fondement aux Cavaliers. Leur lieu est le milieu des Boulevarts,
,, entre le Parapet desquels & les Cavaliers est laissé un espace, pour
,, n'empêcher pas l'usage du Parapet.

,, Leur hauteur est diverse, & s'accommode selon la hauteur des
,, montagnes, ausquelles ils sont opposez, ils sont au surplus tirez
,, paralleles aux Faces & Epaules; comme il se voit en la 142 Fi-
,, gure, en C. & D.

## FIGURE XLVI.

fig 142

## DES PLATE-FORMES

### *selon* FRITACH.

APRES que FRITACH a donné la construction de ses Cavaliers, il dit parlant des Plate-formes :

» On éleve aussi des Batteries au dessus des Courtines, lesquelles
» opposées aux montagnes s'acquierent un autre nom, & sont ap-
» pellées *Plate-formes*, dautant qu'elles sont mises sur une ligne
» droite, au long de la Courtine.

» Leur hauteur & grandeur excede celle des Batteries ordinaires,
» & se rapporte à la hauteur des montagnes : leur longueur n'est
» pas toûjours la même, mais bien diverse, selon la quantité du
» Canon, qui doit être planté dessus. Leur lieu est au milieu de
» la Courtine, & par tout où il est necessaire : on laisse toutefois
» quelque espace entre la Plate-forme, & le Parapet de la Courtine.

» Il n'est pas besoin que l'on étende les Plate-formes au dehors de
» la Courtine, comme on fait des autres Boulevarts, dautant que
» cela augmente grandement les dépens & travail, à cause de la hau-
» teur qui doit premierement être égale à celle de la Courtine, ou-
» tre celle-là qu'on y doit encore ajoûter, à cause de la hauteur des
» montagnes, à laquelle les Plate-formes veulent être égales ; tout
» cela est évité quand on les met au dessus de la Courtine, & on
» n'est pas contraint de faire une autre hauteur, hormis celle-là
» qui doit égaler les montagnes ; dautant que l'on a la hauteur de
» la Courtine pour avantage ; de sorte que les dépens sont amoin-
» dris, & épargnez en partie, & l'on a neanmoins executé son in-
» tention ; l'autre raison, laquelle empêche de n'étendre les Plate-
» formes au dehors de la Courtine, est que les Plate-formes éten-
» duës au dehors de la Courtine, ôtent la défense aux Epaules plus
» proches, combien que les Plate-formes pourroient suppléer cette
» faute de leurs côtez ; mais elles ne sont pas faites à cette fin, &
» sont aussi trop hautes ; de sorte qu'il les faut employer à ce à quoi
» elles sont ordonnées.

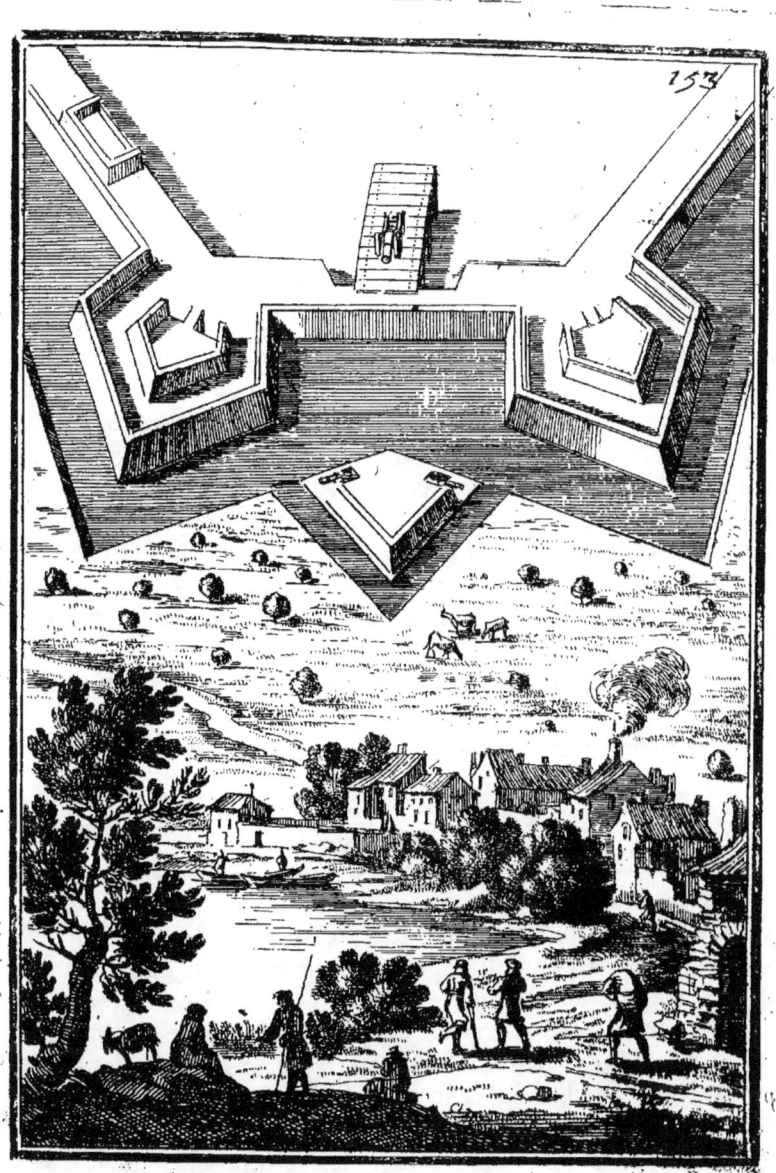

## DES FAVSSEBRAYES

### *felon* FRITACH.

VE R s la fin du Chapître I X. du premier Livre de cét Auteur, il dit parlant de l'ufage des Fauffebrayes ou du chemin
des Rondes:

» Et puifque depuis quelques années paffées s'eſt découuert cette
» incommodité, que l'ennemi s'étant approché de la Ville, avoit
» le Rempart pour une couuerture, & que le Rempart même n'é-
» toit pas en fa défenfe convenable, on s'eft avifé d'un autre reme-
» de; c'eſt qu'on a élevé un petit Rempart au pied du grand Rem-
» part, étant nommé la *Fauffebraye*, duquel on peut flanquer pa-
» rallele à l'horizon, ce Flanc étant beaucoup plus fort qu'autre-
» ment, & duquel on peut faire un tres-grand dommage à l'ennemi.

» Cette Fauffebraye ou fa proportion eft tout-à-fait femblable à
» celle du Parapet, tellement qu'au Quarré eft retenuë la même hau-
» teur, épaiffeur, le même banc & talud, fans en changer quelque
» chofe. Auffi eft-elle tirée parallele aux Courtines, Flancs & Fa-
» ces. Le Chemin entre le Rempart & la Fauffebraye en une fi-
» gure de

| I V. | V. | V I. | V I I. | V I I I. | I X. | X. |

Angles, fera large de

| 15. | 18. | 20. | 24. | 24. | 24. | 24. pieds. |

» Plufieurs font differens d'opinion, fçavoir fi la Fauffebraye doit
» être plus haute avec un Parapet, ou un peu plus baffe fans Pa-
» rapet? Quelques-uns mettent en avant l'opinion de *Barleduc*, la-
» quelle on peut lire au Chap. 9. du premier Livre de fa Fortifica-
» tion, à fçavoir; Que tous les ouvrages de la Fortification, qui
» font les plus proches du centre de la Forterefle, doivent être
» plus haut élevez, que ceux qui font éloignez du centre, & ce
» pour ce fujet, afin que les Ouvrages les plus proches dudit Cen-
» tre puiffent flanquer & défendre les plus éloignez. Or eft-il que

155

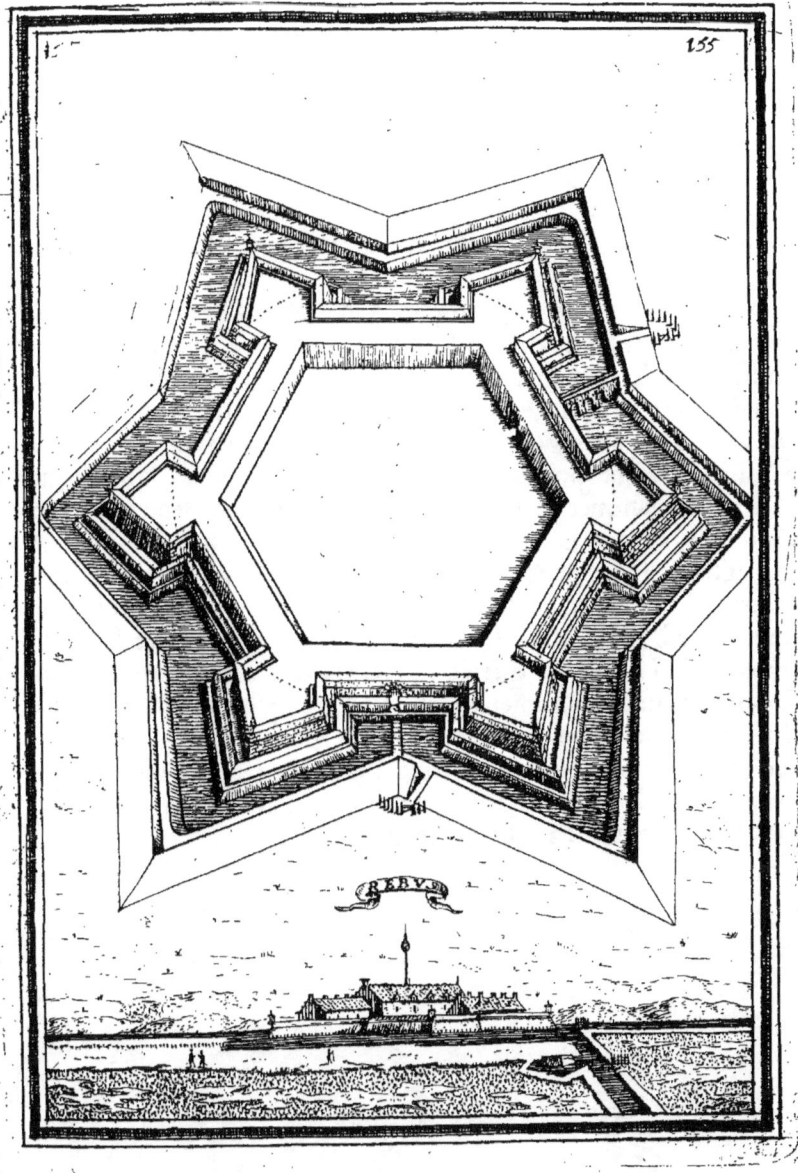

REBVS

## Suite de la Fauſſebraye

## ſelon FRITACH.

„ la Fauſſebraye ayant la même hauteur que le Chemin-couvert,
„ ne peut défendre les autres Ouvrages exterieurs, qui ſont devant
„ la Fortereſſe, à ſcavoir les Ravelins, Ouvrages à corne, Ouvra-
„ ges couronnés, & Demi-lunes, le Profil deſquels Ouvrages eſt
„ ſemblable à celui du Rempart, & par ainſi plus hauts que la Fauſ-
„ ſebraye.

„ Mais dautant que la plus-grande partie des Praticiens és Païs-
„ bas ne bâtiſſent point de Fauſſebraye à ce ſujet, que d'icelles l'on
„ puiſſe défendre les autres Ouvrages exterieurs, eu égard que le
„ grand Rempart eſt tellement bâti & ordonné qu'il peut défendre
„ tous les Ouvrages dont il a été fait mention en ſon lieu. Voici
„ le principal ſujet pourquoi elle eſt bâtie; à ſçavoir, que d'icelle
„ l'on puiſſe flanquer le Foſſé, dont il importe grandement en une
„ Fortereſſe; ce que ne peut effectuer le grand Rempart, à cauſe de
„ ſa hauteur, ſi ne peut-il auſſi être plus bas pour certaines autres
„ raiſons. Mais ladite Fauſſebraye étant plus élevée, il faudroit auſſi
„ que le Foſſé fût fruſtré de ſa vûë, & ainſi demeureroit ſans dé-
„ fenſe. D'où il appert que ce n'eſt pas ſans conſideration qu'on
„ la fait ſi baſſe, & combien qu'elle eſt faite, principalement à cauſe
„ du Foſſé, elle apporte neanmoins du profit, comme il eſt ci-deſ-
„ ſus fait mention, à ſçavoir, que d'icelle l'on peut tirer ſur l'en-
„ nemi, parallele à l'horizon, ce qui s'entendra quand il n'y a
„ point de Corridor en une Fortereſſe.

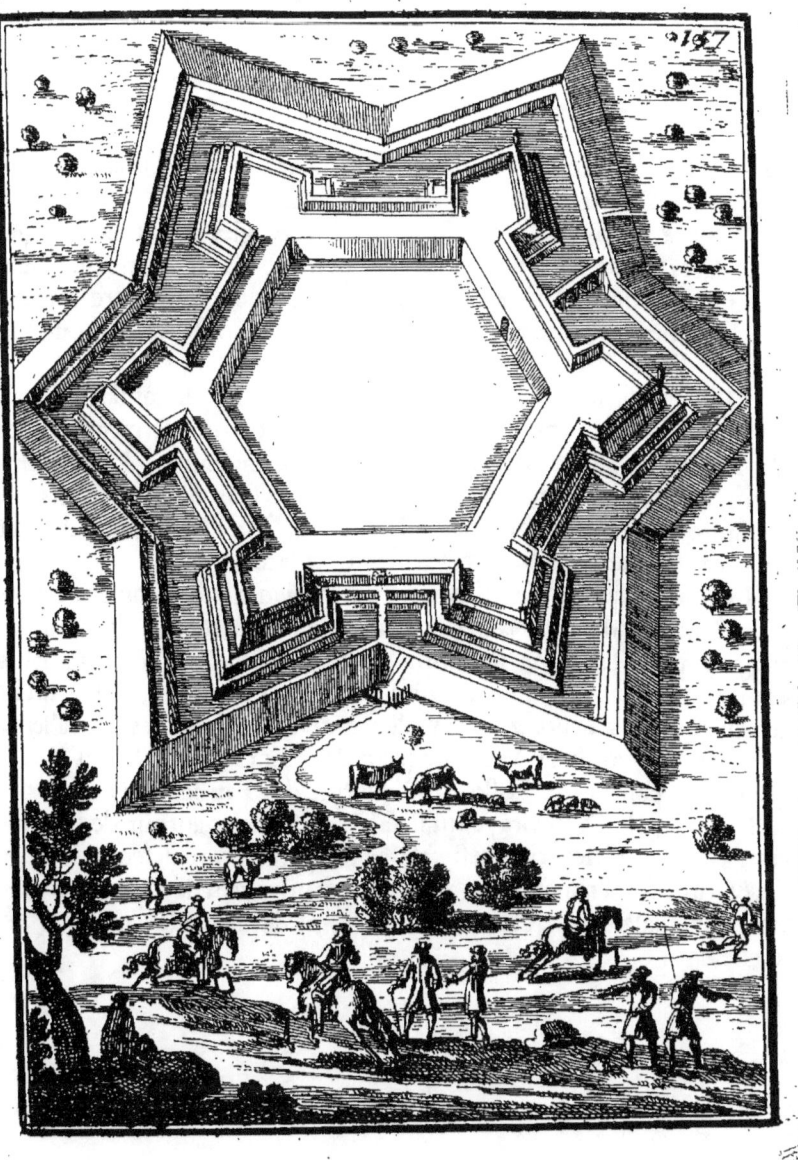

## AVANTAGE DES CONSTRVCTIONS
### de FRITACH.

CEux qui souscrivent aux sentimens de cét Auteur donnent à ses Constructions les Avantages suivans.

I. Que sa Methode de supputer les Angles & toutes les lignes des Places, grandes, moyennes, ou petites, est tres-curieuse, puis-qu'en donnant seulement la resolution ou calcul de quatre Rectangles, on peut aisément venir à la juste connoissance de toutes les parties d'une Place.

II. Que sa seconde Methode de fortifier les Places sans Calcul, est fort commode, principalement pour ceux, qui seroient obligez de se fortifier, sans avoir auprés d'eux des Ingenieurs & des instrumens necessaires à leurs pratiques, puisque sans aucun secours, le moindre homme de guerre n'est que trop intelligent pour dessiner & tracer parfaitement toutes sortes de Places.

III. Qu'élevant des Cavaliers au milieu de ses Boulevarts, & garnissant de Mousquetaires le Flanc de ses Bastions, il a tous les moyens possibles pour incommoder les Assiegeans, soit dans leurs campemens, ou dans la conduite de leurs Tranchées, parce qu'ils seront toûjours exposez à la violence de l'Artillerie des Cavaliers, & au grand feu de la Mousqueterie des Flancs, s'ils veulent entreprendre le passage du Fossé, ou l'attaque des Faussebrayes.

IV. Que la Faussebraye qu'il fait regner tout autour de ses Places, avec peu d'élevation, est tres-avantageuse pour défendre le Fossé, & tirer sur l'ennemi, en razant & foudroyant le Rez-de-chaussée, principalement quand il n'y a point de Corridor en une Forteresse.

## DESAVANTAGE DES CONSTRUCTIONS
## de FRITACH.

CEUX qui font difficulté d'approuver les Regles de cét Auteur touchant ses Constructions, disent :

I. Que sa Methode de calculer est trop embarassante pour des personnes qui ignorent la Trigonometrie : car on ne peut calculer ses Figures, ainsi qu'il le dit dans ses Regles, sans une parfaite intelligence de l'usage des Sinus, Tangentes, Secantes, même de la Racine Quarrée, qui sont les plus delicates parties de la Trigonometrie.

II. Que sa seconde Methode de fortifier ses Places sans Calcul n'est point si facile, que toutes sortes de personnes soient capables d'y travailler sans connoissance de l'usage des instrumens, puisqu'il y faut sçavoir construire des Echelles, & diviser des Cercles, pour tracer ses Figures, qui se font sur autant de diverses regles, que les Forts ou Forteresses peuvent changer de Polygone.

III. Que l'usage des Cavaliers élevez dans les Bastions est fort incommode, principalement quand ils sont élevez comme les siens, qui par leur disposition empêchent aux Assiegez l'avantage de se pouvoir retrancher, & lorsqu'ils sont une fois pris, contribuent beaucoup à la perte de la Place, parce que les Assaillans peuvent s'en servir pour foudroyer dans la Place.

IV. Que les Faussebrayes, dont il se sert pour la défense de ses Fossez, soit qu'elles soient beaucoup élevées, ou qu'elles le soient peu, apportent plus de dépense que de service, puisqu'il est fort facile à l'Assiegeant, lorsqu'il s'est logé sur les Corridors, de les ruiner de ses Batteries, principalement si ces Faussebrayes sont peu élevées, comme celles de cét Auteur : car pour peu que leur Parapet, ou celui du Bastion, vienne à s'ébouler, il n'est que trop suffisant pour les rendre inutiles.

## AVANTAGE DV PARALLELE
### de nôtre Construction sur celle de FRITACH.

I. NOSTRE Methode qui est fondée sur des principes fort peu differens des siens, est bien moins embarassante pour ceux qui sont peu versez en Geometrie, puisque la sienne exige pour le Calcul de ses Angles & de ses lignes beaucoup plus de regles que la nôtre, qui se met aisément en pratique, avec l'aide seule de l'addition, & soustraction, & par le secours des Logarithmes; mais dans sa maniere, il faut être parfaitement consommé dans l'usage des multiplications, des divisions, & de la racine quarrée.

II. Les Methodes que nous enseignons dans nôtre premier volume, pour dessiner toutes sortes de Places sans calcul, soit sur le papier, ou en campagne, sont sans difficulté beaucoup plus familieres à ceux qui n'ont point d'étude, que les siennes, qui sont toutes fondées sur des Regles differentes : Mais pour nous dans nôtre premier volume, nous les donnons toutes d'une même maniere, étant fort aisé ensuite de faire ces Places plus ou moins grandes, en diminuant ou augmentant leur proportion dans leurs principes.

III. Nos Cavaliers sont bien mieux disposez que les siens, qu'il éleve dans le milieu de ses Boulevarts, où ils empêchent l'usage des Retranchemens, & par leur perte peuvent causer celle de la Place, ce qui n'arrive pas à ceux que nous élevons dans les Gorges, où ils flanquent & défendent jusqu'à l'extremité, sans empêcher l'usage des Retranchemens dans le Corps du Bastion.

IV. Nos Cazemates & nos Canons cachez flanquent avec bien plus d'avantage les Fossez & le Pan des Bastions opposez, que ne fait pas la Mousqueterie des Faces & des Flancs des Faussebrayes, de qui les coups, pour être trop éloignez, sont trop foibles pour empêcher que l'Assiegeant, étant couvert de Mantelets, ne comble le Fossé, ne le franchise, & ne se rende maître de la Faussebraye, & ensuite du Bastion.

CHAPITRE

# CHAPITRE VIII.

*Des Constructions des Places selon* DOGEN
*Hollandois.*

 ET Auteur a composé un si gros volume sur la Forti-
fication, que beaucoup de gens l'en ont trouvé ennuyeux;
sur tout ses citations continuelles sur l'Histoire ancienne,
ont épuisé la patience de ceux qui l'ont voulu lire: Mais
comme il ne laisse pas d'avoir quelque reputation; nous avons bien
voulu rapporter ici ses principaux principes, pour sa premiere; sa
seconde; & sa troisiéme maniere de fortifier.

Tome II.                                      L

## CONSTRUCTION DES PLACES
### selon DOGEN.

#### Angles du Polygone à fortifier.

DOGEN dans le Chapitre VI. de son premier Livre de la Fortification Reguliere, donne la Construction de ses Places, en ces termes.

„ I. *Problême*. Pour trouver ARL. L'ANGLE DU CEN-
„ TRE de chaque Polygone des Figures XXXVII. XXXVIII.
„ XXXIX. XL. XLI. &c. Le Cercle divisé par le nombre des
„ côtez du Polygone donné, montrera l'Angle du Centre que l'on
„ veut trouver. Par exemple, le Cercle entier divisé par quatre
„ donnera au Quarré l'Angle du Centre de 90. degrez en la Figure
„ XXXVII. ainsi du reste.

IV. V. VI. VII. VIII. IX. X. Polygon.

L'Angle du Centre A R L.    360 { 90. l'Angle du Centre de la Figure Quarrée.  4

90. 72. 60. 51. 25. 43. 45. 40. 36.

„ II. *Problême*. Pour trouver L'ANGLE DE LA CIRCON-
„ FERENCE OAL.
„ L'Angle du Centre A R L. soustrait du Demi-cercle, restera
„ l'Angle de la Circonference. Ainsi, l'Angle du Centre du Penta-
„ gone contient de 72. degrez, si vous les soustrayez du Demi-cer-
„ cle, resteront pour l'Angle de la Circonference du Pentagone 108.
„ degrez.

IV. V. VI. VII. VIII. IX. X. Polygon.

L'Angle de la Circonference O A L.    180 { Le Demi-cercle.  72 { l'Angle du Centre. l'Angle de la Circonference.

90. 108. 120. 128. 34. 16. 135. 140. 144.   108

## FIGURE L.

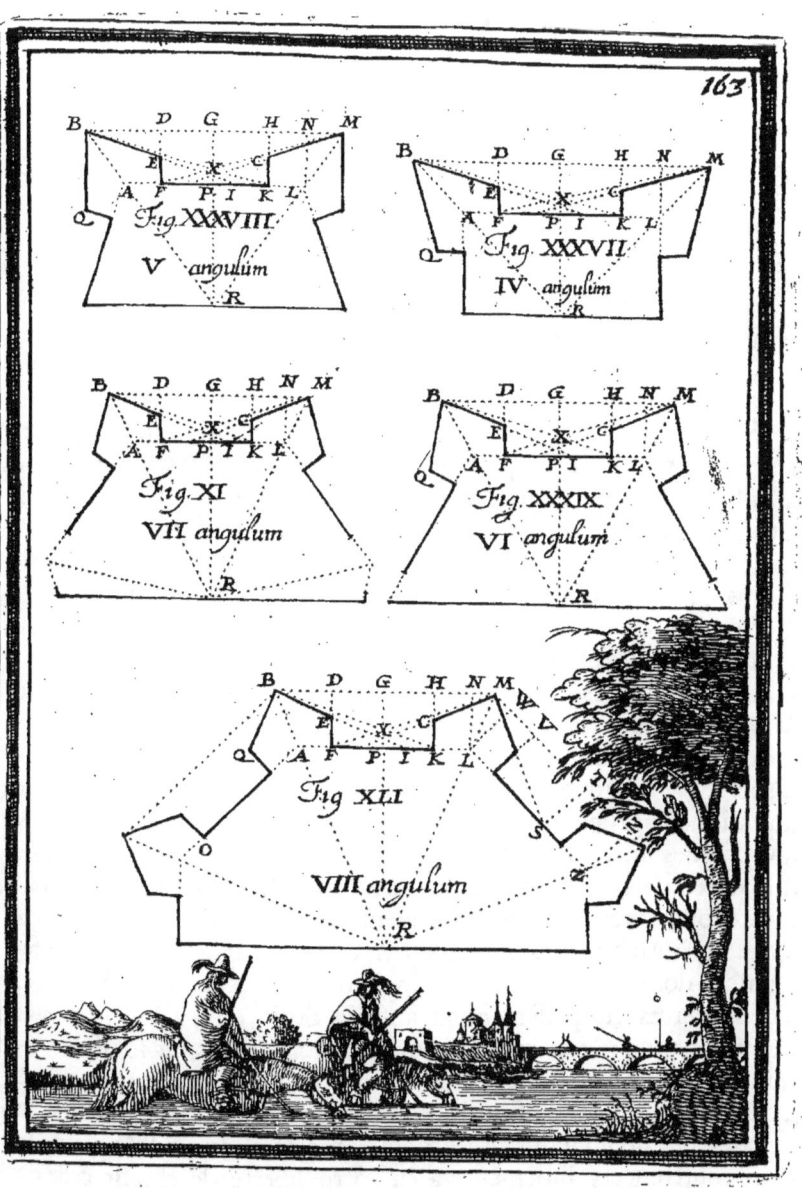

Fig. XXXVIII.
V angulum

Fig. XXXVII.
IV angulum

Fig. XI
VII angulum

Fig. XXXIX
VI angulum

Fig. XLI
VIII angulum

*Suite du Calcul des Angles*

## de DOGEN.

*Angles de la Forteresse.*

„ III. *Probleme.* Pour trouver L'ANGLE DU BASTION
„ QBE.
„ La recherche du vrai moyen d'établir cét Angle a excité entre
„ les Architectes opiniâtres divers partis, dont la controverse n'est
„ pas encore déterminée. Il y en a, qui ajoûtant toûjours 30. de-
„ grez au tiers de l'Angle de la Circonference, trouvent l'Angle du
„ Bastion, qui ne reüssit jamais droit : quelques autres le veulent
„ toûjours droit, & n'improuvent pas celui qui est obtus. Mais les
„ Architectes & les régles mêmes de l'art condamnent l'opinion de
„ ceux-ci : car le Quarré & le Pentagone n'admettent jamais le
„ droit : or quant à ce qui est de lui donner le premier lieu dans
„ l'Hexagone, c'est ce qui ne se peut executer que difficilement,
„ & mal à-propos. Quelques-uns ajoûtant toûjours 25. degrez au
„ Demi-angle de la Circonference, établissent par ce moyen l'Angle
„ du Bastion, tant qu'il se trouve droit : lequel ils retiennent aux
„ suivans Polygones sans addition : Mais ce moyen les oblige de
„ pratiquer plusieurs choses qui sont contraires à la X. Maxime.
„ Quelques autres ajoûtent toûjours à la moitié du susdit Angle de
„ la Circonference 15. degrez ; autres 20. jusques à ce qu'il se trou-
„ ve droit, aprés quoi ils ne peuvent souffrir qu'on passe plus ou-
„ tre. D'autres prennent deux tierces de l'Angle de la Circonfe-
„ rence, dont ils composent l'Angle du Bastion, pourvû que ces
„ deux tierces ne passent point aussi le droit, qui selon leur avis
„ doit être tenu comme une borne inviolable, & ne souffrent ja-
„ mais qu'on l'outrepasse. Mais puisqu'il est vrai que sans préjudice
„ de la bonne structure de la Fortification, l'Angle du Bastion se
„ peut & se doit étendre, à proportion que s'accroît l'Angle de la
„ Circonference ; il démeurera en vôtre liberté de choisir celle de
„ ces manieres qui vous semblera la meilleure.

## *Suite du Calcul des Angles*

## *de* DOGEN.

„En effet, je ne m'arrête point aux préceptes d'une speculation
„qui n'est soûtenuë de l'experience ; mais on peut hardiment se te-
„nir à l'imitation de ceux de qui l'industrie s'est plus exercée à
„dresser des Fortifications effectives, qu'à tracer des lignes sur le
„papier & dans le cabinet ; C'est à faire à l'usage & à l'ennemi qui
„assiege & qui employe ses efforts contre une Place, de reconnoî-
„tre & de bien juger de la force & des avantages de sa Fortifi-
„cation.

„ Les plus approuvées de toutes ces manieres sont, pour exem-
„ple, ces trois-ci.

„ La premiere qui ajoûte xv. degrez à la moitié de l'Angle de la
„Circonference, pour établir l'Angle du Bastion.

„ La seconde qui le compose de deux tierces parties de l'Angle
„de la Circonference.

„ La troisiéme qui ajoûte toûjours xx. degrez à la moitié de
„l'Angle de la Circonference. Si tu le trouve bon, Lecteur, j'en
„ferai la supputation pour ta commodité.

„ Cherche donc ainsi l'Angle du Bastion en la premiere maniere.
„Ajoûte 15. degrez à la moitié de l'Angle de la Circonference.
„Cela mis ensemble, s'il n'outrepasse point le droit, ce sera l'An-
„gle du Bastion que tu desire ; s'il excede, ou s'il est égal, (com-
„me il est égal au Dodecagone, & passé cela il excede) alors il fau-
„dra prendre l'Angle du Bastion droit, ou bien de x c. degrez.

*En la premiere maniere de fortifier.*
.IV. V. VI. VII. VIII. IX. X. XI. XII.

*L'Angle du Bastion* Q B E.

60. 69. 75. 79. 17. 8. 82. 30. 85. 87. 88. 38. 11. 90.

144. l'Ang. de la Circonference.
———— aux.
72. sa moitié.
15. degrez.

87. degr. l'Angle du Bastion aux.

L iij

## Suite du Calcul des Angles
## de DOGEN.

„ En la feconde maniere les deux tierces parties de l'Angle de la
„ Circonference font celui du Baftion, quand elles font au deffous
„ du droit.

*En la feconde maniere.*

IV. V. VI. VII. VIII. Polygon.

L'*Angle du Baftion* QBE.

60. 72. 80. 85:42:51. 90. deg. à l'infini.

$$\begin{cases} 128.34.17. \text{l'Ang. de} \\ \text{la Circonf. au VII.} \\ 3. \text{———} \\ 42.51.25. \text{Son tiers.} \\ 2. \\ 85:42:50. \text{l'Angl. du} \\ \text{Baftion au VII.} \end{cases}$$

„ En la troifiéme maniere on ajoûtera xx. degr. à la moitié de
„ l'Angle de la Circonference.

*En la troifiéme maniere.*

IV. V. VI. VII. VIII. IX. Polyg.

L'*Angle du Baftion* QBE.

65. 74. 80. 84:17:9. 87:30. 90.

$$\begin{cases} 135. \text{l'Ang. de la Circonf.} \\ 2. \qquad \text{au VIII.} \\ 67:30. \text{la moitié} \\ 20. \\ 87:30. \text{l'Ang. du Baft.} \\ \text{en l'Octang.} \end{cases}$$

„ IV. *Probleme.* Pour trouver L'ANGLE DU FLANC & DE
„ LA FACE BEF.

„ Il faut ajoûter au quart du Cercle de la demie difference des
„ Angles du Baftion & de la Circonference, car l'exterieur BEF
„ que l'on defire, eft égal à EDB. & DBE. interieurs.

*En la premiere maniere.*

IV. V. VI. VII. VIII. IX. X.

L'*Angle de la Face & du Flanc* FEB.

105.109:30.12:30.114:38:34.116:15.117:30.118:30.

$$\begin{cases} 135. \text{l'Ang. de la} \\ \text{Circonfer.} \\ 82:30. \text{l'Angle} \\ \text{du Baftion.} \\ 52:30. \text{la Differ.} \\ 2 \\ 26:15. \text{la Demfe.} \\ 90. \\ 116:15. \text{en l'O-} \\ \text{cto. fuivant la} \\ 1. \text{maniere.} \end{cases}$$

## FIGURE LI.

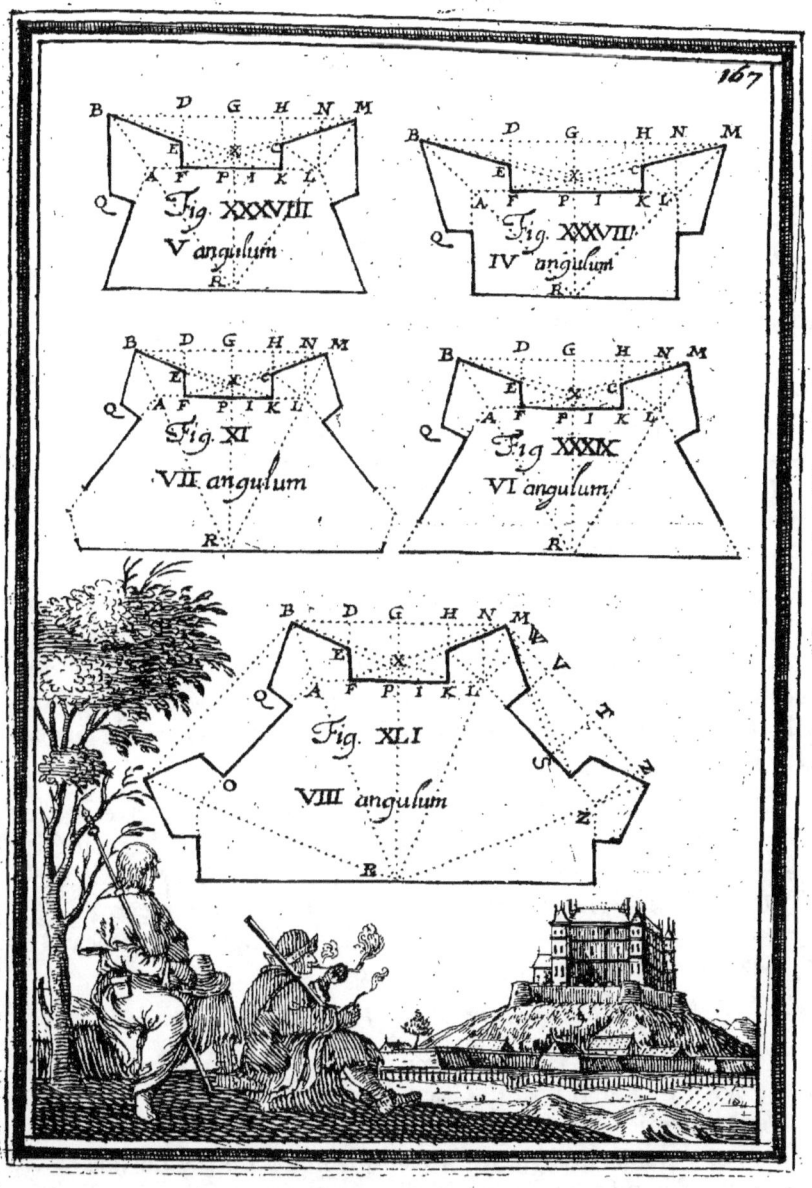

*Suite du Calcul des Angles*

## de DOGEN.

### En la Seconde maniere.

IV.   V.   VI.   VII.   VIII.   IX.   X.

*L'Angle de la Face & du Flanc* FEB.

105.   108.   110.   111: 25: 43.   112: 30.   115.   117.

### En la Troisième.

IV.   V.   VI.   VII.   VIII.   IX.   X.

*L'Angle de la Face & du Flanc* FEB.

102: 30.   107.   110.   112: 8: 34.   113: 45.   115.   117.

» V. *Probleme.* Pour trouver L'ANGLE DE LA CAPITALE ET DE LA GORGE BAF.

» C'est le complément à deux Angles droits, du Demi-angle de » la Circonference. Il faut donc soustraire la moitié de l'Angle de » la Circonference, du Demi-cercle, & ce qui restera sera pour BAF. qui est l'Angle de la Capitale & de la Gorge.

### En toute maniere.

IV. V. VI. VII.   VIII.   IX.   X.    180. le Demi-cercle.

                                   46. 17. 8. la moitié de

*L'Angle de la Capit. & de la Gorge* BAF.    l'Angl. de la Cir-conference.

135. 126. 120. 115: 42: 52. 112: 30. 110. 108.    115: 42: 52. dans le VII.

*L'Angle de la Courtine & du Flanc est toûjours droit.*

» VI. *Probleme.* Pour trouver L'ANGLE DE LA FLAN-QUANTE ET DE LA COURTINE.

» La Demie difference des Angles de la Circonference & du » Bastion, donne l'Angle de la Flanquante & de la Courtine. Ou » ce qui est le même: Toute la difference des Angles du Bastion » & de Circonference, partie par moitié donne celui que nous

## Suite du Calcul des Angles de DOGEN.

„ cherchons. Car l'interieur R A L. eſt égal aux exterieurs A B I.
„ & B I F. Ainſi quand le premier & l'un ou l'autre ſont rencon-
„ trez , on ne peut pas ignorer le troiſiéme.

*En la premiere maniere.*

IV. V. VI. VII. VIII. IX. X { 135. Angl. de la Circonf.
82: 30. du Baſtion en
———— l'Octang.
52: 30. leur difference.
2 ————
26: 15. l'Ang. de la Courtine & la Flanqu.
en la 1. maniere.

*L'Angle de la Flanq. & de la Court.* BIF.

15. 19:30. 22:30. 24:38 $\frac{4}{7}$. 26:15. 27 $\frac{1}{2}$. 28 $\frac{1}{2}$.

*En la ſeconde.*

IV. V. VI. VII. VIII. IX. X.

*L'Angle flanquant interieur* B I F.

15. 18. 20. 21:15:43. 22: 30. 25. 27.

*En la troiſiéme.*

IV. V. VI. VII. VIII. IX. X. { 60. de la Cir- partie
confer. par
moitié
40. du Baſtion. dans
———— l'Hexagone.
20. l'Angle de la Flanqu.
& la Courtine en
la 3. maniere.

*L'Angle flanquant interieur* B I F.

12:30. 17. 20. 22:8:34. 23: 45. 25. 27.

„ V I I. *Probleme.* Pour trouver l'Angle du F L A N C & de la
„ F L A N Q U A N T E.

„ Le complement à un droit de l'Angle de la Courtine & de la
„ Flanquante donne l'Angle que nous cherchons : car le Triangle
„ F E I. a un Angle droit.

*En la premiere maniere.*

IV. V. VI. VII. VIII. IX. X. { 90.
26: 15. L'Angl. de la
———— Flanquante , &
Courtine en
l'Octang.
63: 45. l'Angle de la
Flanquante & du Flanc
en la 1. maniere.

*L'Angle de la Flanquante & du Flanc* FEI.

75. 70:30. 67:30. 65:21:26. 63:45. 62 $\frac{1}{2}$. 61 $\frac{1}{2}$.

*Suite du Calcul des Angles,*

## de DOGEN.

*En la Seconde.*

IV. V. VI. VII. VIII. IX. X.

*L'Angle de la Flanquante & du Flanc* FEI.

75. 72. 70. 68:34:17. 67:30. 65. 63. deg.

*En la Troisième.*

IV. V. VI. VII. VIII. IX. X.

*L'Angle de la Flanquante & du Flanc* FEI.

77: 30. 73. 70. 67:71:26. 65:15.65. 63. deg.

90.
17. l'Ang. de la Flanquante,& de la Courtine au V.
73. l'Angl de la Flanquante & du Flanc au Pentag. en la 3. maniere.

» VIII. *Probleme.* Pour trouver L'ANGLE DE TENAILLE
» BXM.
» L'Angle de la Flanquante & du Flanc doublé est égal à BXM.
» qui est l'Angle de Tenaille que nous cherchons. Les Angles du
» Centre & du Bastion le composent aussi : car FEI & GXB.
» sont égaux alternativement. Pareillement l'exterieur GXB. est
» égal aux interieurs XRB. & RBX. & partant MXB. tout en-
» tier, est égal à QBE. & ARL. tous entiers.

*En la première maniere.*

IV. V. VI. VII. VIII. IX. X.

*L'Angle de Tenaille* BXM.

150.141.135.130:43:52.127:30. 125.123.

65. 21 : 26. l'Angle de la
2. Flanquante &
du Flanc.

130:43:52. l'Angle de Te-
naille en l'Heptag.
suivant la 1.maniere.

*En la Seconde.*

IV. V. VI. VII. VIII. IX. X.

*L'Angle flanquant* BXM.

150. 144. 140. 137: 8: 34. 135. 130. 126.

## Suite du Calcul des Angles
## de DOGEN.

### En la Troisiéme.
### IV. V. VI. VII. VIII. IX. X.

L'Angle de Tenaille B X M.

155. 146. 140. 135:42:52. 132:30. 130.126.

» Il reste encore d'autres Angles en petit nombre, desquels l'u-
» sage est necessaire; mais ils ne sont point differens en quantité
» de ceux que nous avons trouvez; ce qu'un Geometre experimenté
» pourra connoître sans difficulté: j'en donnerai les exemples sui-
» vans en faveur de ceux-là, qui n'ont pas tant d'experience.

l'Angl. $\begin{cases} BED, \\ EBD. \\ NLM. \end{cases}$ est égal à l'Ang. $\begin{cases} FEI. \\ BIF. \\ LRP. \end{cases}$ comme $\begin{cases} \text{vertigal.} \\ \text{alterne.} \\ \text{posé de même.} \end{cases}$

» Enfin, il est necessaire de remarquer, que l'Angle C L K. qui
» forme le Flanc, est toûjours de XL. degrez en la premiere, & en
» la seconde maniere de fortifier, nous en traiterons au suivant
» Chapitre; mais en la troisiéme maniere, cét Angle est du tout
» inutile, & n'a point de quantité qui soit assûrée. Comme aussi
» ne sont necessaires pour le Calcul, sinon en ces deux seules pre-
» mieres manieres, l'Angle de la Capitale & du Forme-flanc M L C.
» & celui de la Face du Forme-flanc L C M.

» I X. Probleme. Pour trouver L'ANGLE DE LA CAPITALE
» ET DU FORME-FLANC CLM. dans le Triangle C M L.

» Joignez à l'Angle Forme-flanc la moitié de l'Angle de la Cir-
» conference, ce qui restera du Demi-cercle sera l'Angle M L C.
» que vous desirez.

*Suite du Calcul des Angles*

## de DOGEN.

*En l'une & en l'autre maniere.*

IV. V. VI. VII. VIII. IX. X.

L'Angle de la Capitale & du Forme-
Flanc C L M.

95. 86. 80. 75: 42: 51: 72: 30. 70. 68.

- 40. Forme-flanc.
- 70. Demi-angle de
  —— la Circonference
- 110.
- 180.
- 110. Demi-cercle.
- 70. Pour le I X.

„ X. *Probleme.* Pour trouver L'ANGLE DE LA FACE ET
„ DU FORME-FLANC MCL.

„ Prenez la moitié de l'Angle du Baftion, & la joignez à l'Angle
„ de la Capitale & du Forme-flanc: pour complement du Demi-
„ cercle, vous trouverez l'Angle que vous cherchez, à-fçavoir ce-
„ lui de la Capitale & du Forme-flanc.

*En la premiere maniere.*

IV. V. VI. VII. VIII. IX. X.

L'Angle qui eft compris entre la Face & le
Forme-flanc M C L.

55. 59: 30. 62: 30: 64: 38: 35. 66: 15. 67: 30. 68: 30.

- 72: 30. l'Angl. op-
  pofé à la Face.
- 41: 15. le Demi-an-
  gle du Baftion.
  —— Pour VIII.
- 113: 45.
- 180.
- 113: 45.
- 66: 15. En la 1. ma-
  niere.

*En la feconde maniere.*

IV. V. VI. VII. VIII. IX. X.

L'Angle de la Face & du Forme-
flanc M L C.

55. 58. 60. 61: 25: 43. 62: 30. 65. 67.

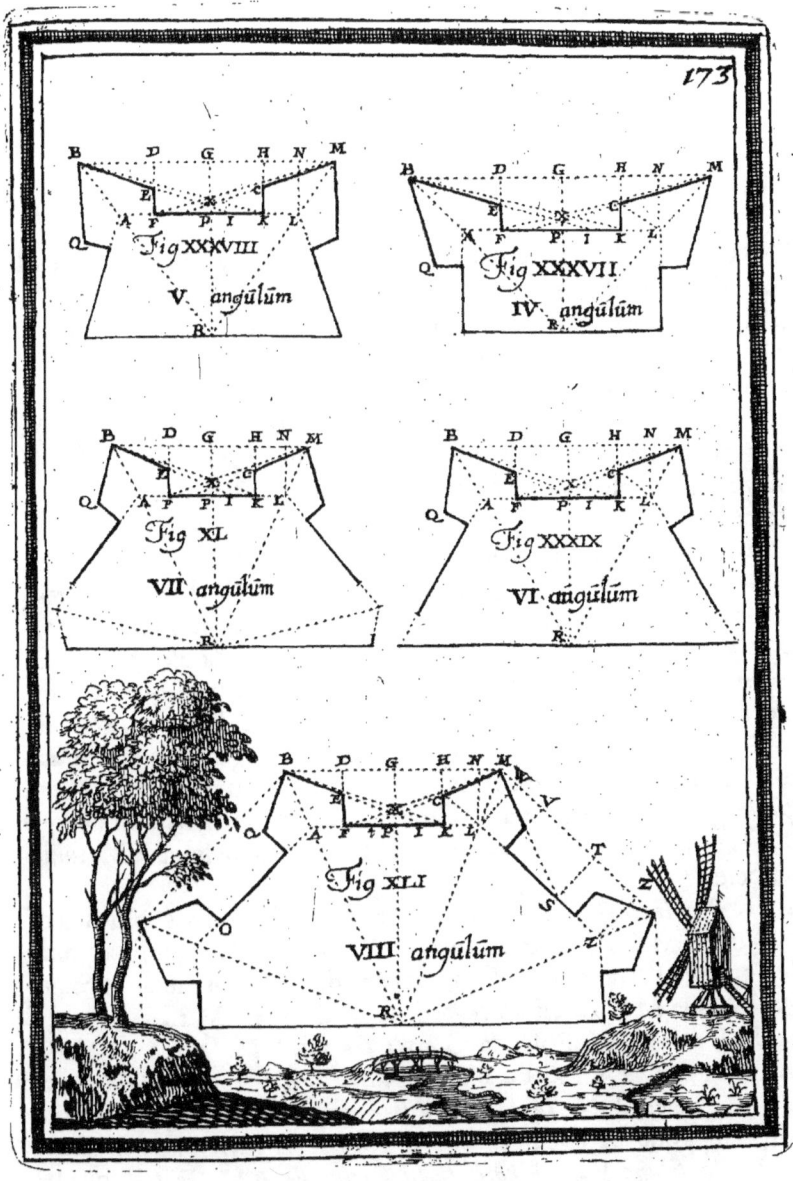

Fig XXXVIII
V angulum

Fig XXXVII
IV angulum

Fig XL
VII angulum

Fig XXXIX
VI angulum

Fig XLI
VIII angulum

## CONSTRUCTION DES PLACES

### selon DOGEN.

### Du Calcul des Lignes.

DOGEN dans le Chap. VII. de son premier livre de la Fortification Reguliere, parlant de la maniere de trouver avec le calcul des Lignes Ichnographiques, qui servent à dessiner & tracer sur le papier, ou à la campagne, les Figures ou Villes, sur les Exemples marquez XXXVII. XXXVIII. XXXIX. XL. & XLI.

» Nous avons, dit-il, dit au précedent Chapitre, que toute l'Ichnographie est composée d'*Angles* dont nous avons parlé; & de » *Lignes*, qui est ce que nous reste à traiter, & à examiner par le » calcul.

» I. *Probleme*. Posée la FACE ET LES ANGLES DU TRI-» ANGLE BED. des Figures XXXVII. XXXVIII. & suivantes: » pour trouver B D. la *Surface du Bastion*: ED. le *Flanc prolon-» gé*: B M. la *distance des Bastions*; ou le *côté du Polygone exte-» rieur*; nous posons nôtre calcul comme s'ensuit: tel que se com-» porte le Sinus total; ou le Sinus de l'Angle BDE. au regard de » BE. tel est le Sinus de l'Angle BED. au regard de la *Surface* » BD. & de même le Sinus de l'Angle EBD. au regard du *Flanc* » *prolongé* ED. Ajoûtez à la Courtine le double BD. c'est-à-dire, » BD. & HM. avec DH. ou FK. pour avoir la ligne BM. toute » entiere.

» II. *Probleme*. Posée la FACE ET LES ANGLES DU TRI-» ANGLE MCL. pour trouver la *Capitale* ML. Ainsi: comme » le Sinus de l'Angle MLC. au regard de MC. de même le Sinus » de l'Angle MCL. est au regard de la *Capitale* ML.

» III. *Probleme*. Posée la CAPITALE LM. ET LES AN-» GLES DU TRIANGLE LNM. pour trouver *la distance » des Polygones* LN. *la Demie-difference* NM. de laquelle le côté » du Polygone exterieur excede le côté de la Forteresse: *la Gorge* » KL. *le Flanc* FE. *le côté de la Forteresse* AL. Faites, que tel

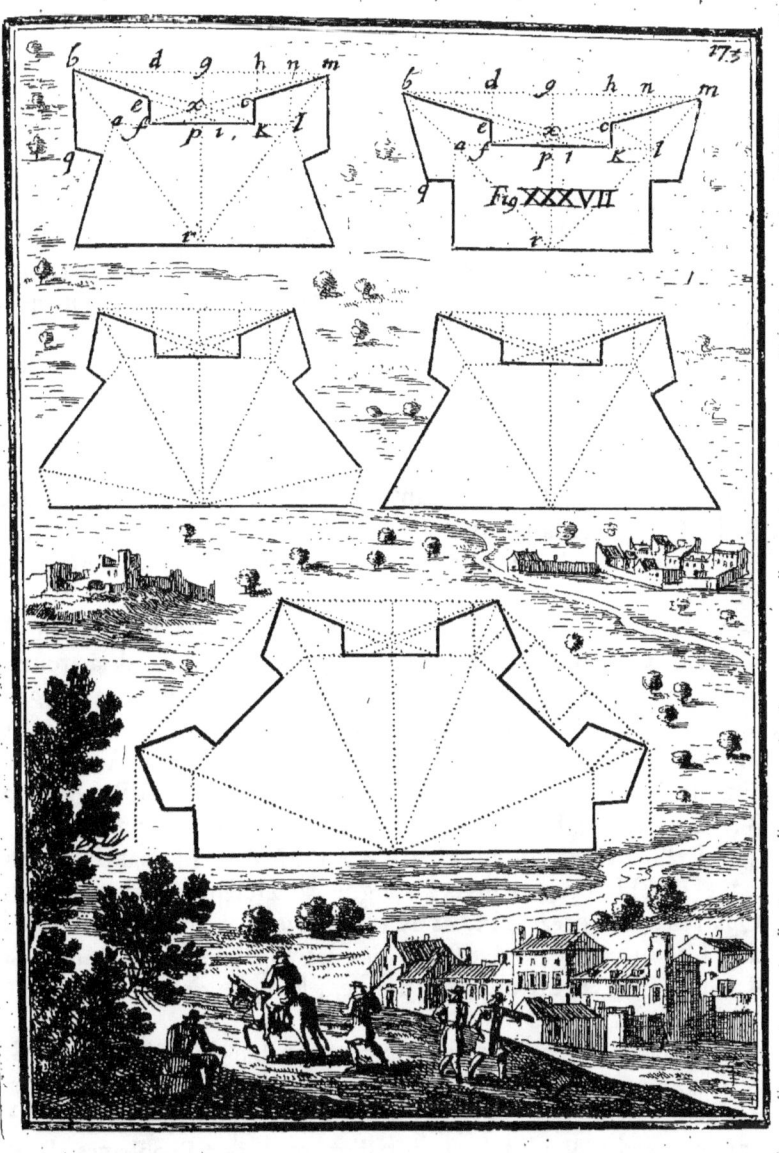

## Suite du Calcul des Lignes
## de DOGEN.

,, qu'est le Sinus total, ou le Sinus de l'Angle L N M. à l'égard de
,, L M. le Sinus de l'Angle N M L. soit de même à l'égard de la
,, distance des Polygones L N. de même encore le Sinus de l'Angle
,, N L M. à l'égard de N M. La trouvée M N. souftraite de la ci-
,, devant trouvée M H. reste la Gorge K L. souftrayez mainte-
,, nant E D. de L N. restera le Flanc E F. le double de N M. souf-
,, trait de M B. ci-dessus trouvé, laissera A L. qui est le côté de la
,, Forteresse que nous cherchons.

,, I V. *Problème.* Pose le FLANC ET LES ANGLES DU
,, TRIANGLE E I F. pour trouver *le complement de la Cour-*
,, *tine I F. la partie libre de la Razante I E. la Razante même I B.*
,, *le Flanc de la Courtine I K.* Pris le Sinus total F E. reüssira la
,, Tangente F I. & E I. la Secante de l'Angle F E I. de la Razante
,, & du Flanc. A la trouvée I E. ajoûtez la Face E B. il en sortira
,, la Razante B I. I F. souftraite de F K. laissera I K. le Flanc de la
,, Courtine.

,, V. *Problème.* Posez les ANGLES DU TRIANGLE A R P.
,, ET LE CÔTÉ A P. (qui est la moitié de A L. déja trouvé)
,, pour trouver le *Demi-diametre de la Forteresse A R. la Perpen-*
,, *diculaire sur le côté de la Forteresse R P. la distance du Bastion*
,, *au Centre de la Forteresse B R.* pris le Sinus total A P. sera la
,, Secante R A. & R P. la Tangente de l'Angle P A R. Ajoûtez
,, B A. à R A. c'est la B R. toute entiere que nous cherchons.

,, V I. *Problème.* Posez les CÔTEZ B H. & K H. DU TRIAN-
,, GLE B K H. pour trouver la ligne de Défense *Fichante.* Les
,, Quarrez des Côtez B H. & K H. peuvent autant que le Quarré
,, de l'Hypothenuse. Ajoûtez donc les Quarrez B H. & K H. la
,, Racine Quarrée du produit donnera la ligne desirée défendante
,, fichante B K.

,, En faveur de celui qui est moins capable de raisonnement &
,, de Geometrie, il ne sera peut-être pas mal à propos d'examiner
,, par le calcul toutes les lignes de nôtre Forteresse, pour servir à
,, une plus claire & plus facile intelligence de nos Problemes. Pour
,, cét effet nous nous proposerons de supputer les nombres de *l'Or-*
,, *donnance d'un Hexagone* & se trouveront en la Figure XXXIX.

*Suite.*

## Suite du Calcul des Lignes

## de DOGEN.

,, LES LIGNES & LES ANGLES préſuppoſez.

|  |  |
|---|---|
| | Q B E. *du Baſtion* 75. deg. |
| | O A L. *de la Circonfer.* 120. deg. |
| F K. *la Courtine* 36 ⎫ *verges* | |
| B E. *la Face* 24 ⎭ | C L K. *Forme-flanc* 40. deg. |

Ces Angles poſez ceux
qui ſuivent le ſont auſſi
par même moyen.

A R L. 60. degr. l'Angle *du Centre.*

F E I. ⎫ 67 : 30 ⎧ l'Angle *de la Flanquante & du Flanc*, qui ſont
B E D ⎭ ⎩ égaux comme verticaux.

E I F. ⎫ 22 : 30 ⎧ l'Angle *de la Flanquante & de la Courtine*, lui
D B E ⎭ ⎩ étant égal comme ſon alterne.

M L C. 80. degrez, l'Angle *de la Capitale, & du Forme-flanc.*
M L C. 62 : 30 l'Angle *de la Face & du Forme-flanc.*

,, *La Pratique du I. Probleme.* Pour trouver B D. D E. B M.
,, de la Figure XXXIX.

,, Tel qu'eſt le ſinus total B E. —— au regard de B E. —— tel eſt
,, le ſinus de l'Angle B E D. de 67 : 30. —— au regard de B D.

100000 —— 24 (0 —— 92387 (5 —— 2217 (2 B D.

$$\begin{array}{r} 2 \quad \text{doublée} \\ \hline 4434 \quad \& \\ 36 \quad \text{la Courtine} \\ \hline \text{donnent} \\ 80.34 \text{ (2 M B.} \end{array}$$

,, Tel que le ſinus total B E. eſt à l'égard de —— B E. le ſinus
,, de l'Angle D B E. de 22 : 30 —— eſt de même à l'égard de —— D E.

100000 —— 24 —— 38268 (5 —— 918 (2.

Tome II.                                               M

*Suite du Calcul des Lignes*

## de DOGEN.

» *La Pratique du II. Probleme.* Pour trouver L M.

» Tel que le finus L M C. de 80. deg. eſt à l'égard de MC
» le finus M C L. de 62 : 30 — eſt de même à l'égard de — ML.

$$98480. \quad\quad 24 \quad\quad 88701(5 \quad\quad 2161(2$$

» *La Pratique du III. Probleme.* Pour trouver E F. K L. N L,
» A L. N M.

» Tel qu'eſt le Sinus total LM. — à l'égard de LM. — le Si-
» nus N M L. de 60. degrez eſt de même — à l'égard de N L.

$$100000 \quad\quad 2161(2 \quad\quad 86602 \quad\quad 1872(2$$

» Tel qu'eſt le Sinus total L M. — à l'égard de LM. le Si-
» nus N L M. de 30. degrez eſt de même à l'égard de — NM.

$$100000 \quad\quad 21612 \quad\quad 50000 \quad\quad 10. 82 (2$$

M B. 80. 34    N M. 1081 (2    H M. 2217. (2
Doublée N M. 21. 62          2          N M. 1081

A L. 58. 72 (2          2162          K L. 1136 (2 la Gorge
                                      N L. 1872
                                      D E. 918

le Flanc 9 5 4 E F.

» *La Pratique du IV. Probleme.* Pour trouver FI. EI. BI.
» K I.

» Ainſi qu'eſt le Sinus total E F. — à l'égard de E F. — la tan-
» gente F E I. de 67 : 30 eſt de même — à l'égard de FI.

$$100000 \quad\quad 954(2 \quad\quad 241421(5 \quad\quad 2303(2$$

» Comme le Sinus total E F. eſt à l'égard — de E F. — de
» même la ſecante F E I. de 67 : 30 — eſt à l'égard de E I.

$$100000 \quad\quad 954(2 \quad\quad 261312(5 \quad\quad 2492(2 EI.$$

36.          FK.                    24      EB.
23.03 ( 2 FI.
                                    48.92 (2 IB.
12.97 (2 IK.

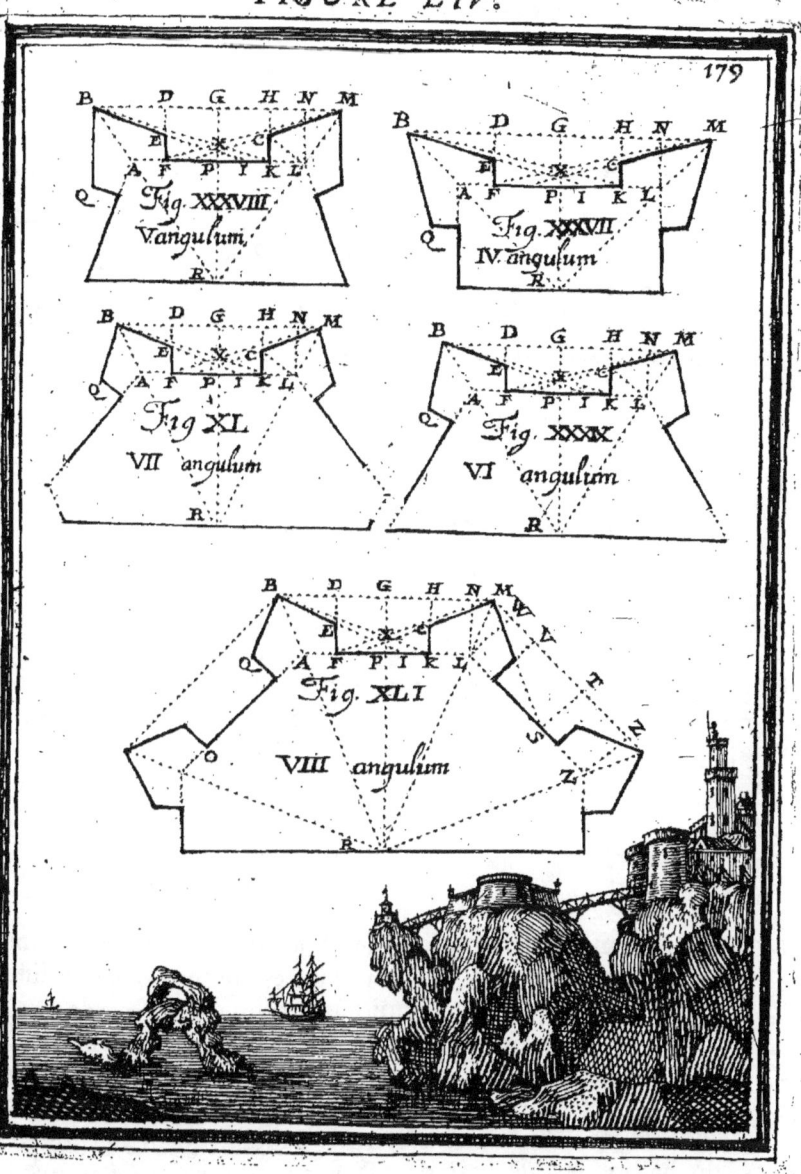

179

Fig. XXXVIII
V angulum

Fig. XXXVII
IV. angulum

Fig. XL
VII angulum

Fig. XXXIX
VI angulum

Fig. XLI
VIII angulum

*Suite du Calcul des Lignes*

## de DOGEN.

» *La Pratique du V. Probleme.* Pour trouver R P. A R. B R.

» Comme le Sinus total A P. eſt à l'égard —— de A P. —— la
» tangente P A R. de 60. degrez eſt de même —— à l'égard de P R.

100000 —— 2936 (2 —— 173205 (5 —— 5805

» Comme le Sinus total A P. eſt au regard de —— A P. la ſe-
» cante de 60. degrez eſt de même à l'égard de —— A R.

5827. A R.

100000 —— 2936 (2 —— 200000 —— 5872.   2161. B A.

8033. B R.

» *La Pratique du V I. Probleme.* Pour trouver B K.

8034. B M.

Ligne F D. ou K N. 18. 71 (2   B H. 58. 17 (2    2217. M H.
      18. 71 (2      58. 17

5817. B H.

Le Quarré K N. 3500641   B H. 33837489. Quarré.

K N.   3500641. Quarré.

B K. 3713318 | 130. Quarré.

B K.   6| 1| 1| 0. Ligne.

» Avec même diſpoſition de Problemes, & ſuivant le même
» ordre de ſupputation, ſeront produites toutes les lignes differen-
» tes, ſur les ſuppoſitions qui ſont propres à la *ſeconde maniere*,
» & diverſes de la *premiere*, pour être recuëillies en Tables à l'uſage
» de chaque Polygone. Il faut ici brevement remarquer, que la
» diverſité du Calcul procede de celle des Angles du Baſtion en
» l'une & en l'autre maniere, mais dautant qu'au Quarré l'Angle
» du Baſtion eſt de même en toutes les deux: cela fait que leurs
» lignes auſſi ſe trouvent pareilles. De la même façon, parce qu'à
» l'Angle de la Circonference du Dodecangle ſe trouvent toûjours

## Suite du Calcul des Lignes

## de DOGEN.

»150. degrez , (duquel les deux tierces parties excedent le droit
»en forte que l'Angle du Baſtion doit être pris droit en la ſeconde
»maniere, qui eſt auſſi ſa même quantité au Dodécangle ſelon la
»premiere maniere) c'eſt ce qui fait que non ſeulement toutes les
»lignes au Dodecangle de l'une & de l'autre maniere ſont égales
»comme dépendantes de mêmes préſuppoſitions ; mais elles con-
»viennent auſſi à tous les autres Polygones qui ſurpaſſent le Dode-
»cangle. De façon que la même Table que nous avons dreſſée
»pour la ſeconde maniere, ſervira juſques à l'Undecangle incluſi-
»vement : Quant aux autres, on pourra s'aider tant en l'une qu'en
»l'autre maniere indifferemment de la Table aſſignée à la premiere.
»Mais pour celles qui ſont mitoyennes, au deſſous du Dodecan-
»gle & deſſus du Quadrangle, entre les deux, ſuivant la diverſité
»de leurs ſuppoſitions, on ſe ſervira de diverſes & differentes Ta-
»bles. Or je croi, que ce que j'ai dit, ſuffit aſſez pour l'inſtruction
»d'une perſonne intelligente, ſans qu'il ſoit davantage beſoin de
»perdre le temps en d'autres ſupputations, ſur les poſitions de la
»ſeconde maniere : Celui-là ſans doute ſeroit bien mal à droit qui
»n'auroit pas la capacité de l'entreprendre de lui-même , & d'y
»reüſſir, aprés avoir compris les choſes que j'ay dites , & ſur
»l'exemple de la premiere maniere qu'il a devant ſes yeux comme
»un modelle.

»Que ſi nous prenons l'Angle du Baſtion de la quantité aſſi-
»gnée en la *troiſiéme maniere*, retenant la Face de 24. verges & la
»Courtine de 36. & donnant au Flanc, au

IV. V. VI. VII. VIII. IX. X.

*Polygone ,*

6. 7. 8. 9. 10. 11. 12. verges à l'infini.

»tous les autres Angles , ſuivant ce que nous les avons détermi-
»nez, ne laiſſeront pas de conſerver une convenable proportion ,

M iij

*Suite du Calcul des Lignes*

## de DOGEN.

„ & produiront enfin la ligne de défence fichante de 60. verges, ou
„ quelque peu plus grande: comme auffi toutes les autres lignes de
„ la Fortification ne laifferont pas de reüffir affez heureufement,
„ fans que nous foyons obligez de faire préjudice à nulle maxime
„ d'Architecture, qui fort de confideration.

„ Je donnerai cét avis en paffant, que pour trouver en cette
„ maniere avec le calcul les Angles & les Lignes des Fortifications
„ qui paffent le Dodécangle, il ne faudra donner à leurs Flancs que
„ 12. verges feulement, & prendre garde que nul Flanc du Poly-
„ gone ne furpaffe cette quantité; autrement les autres parties de
„ la Forterefle en feroient incommodées, au préjudice de nos Maxi-
„ mes. En faveur de ceux qui ont moins d'expérience je propoferai
„ les Problemes qui fuivent pour la facilité du calcul.

FIGURE LV.

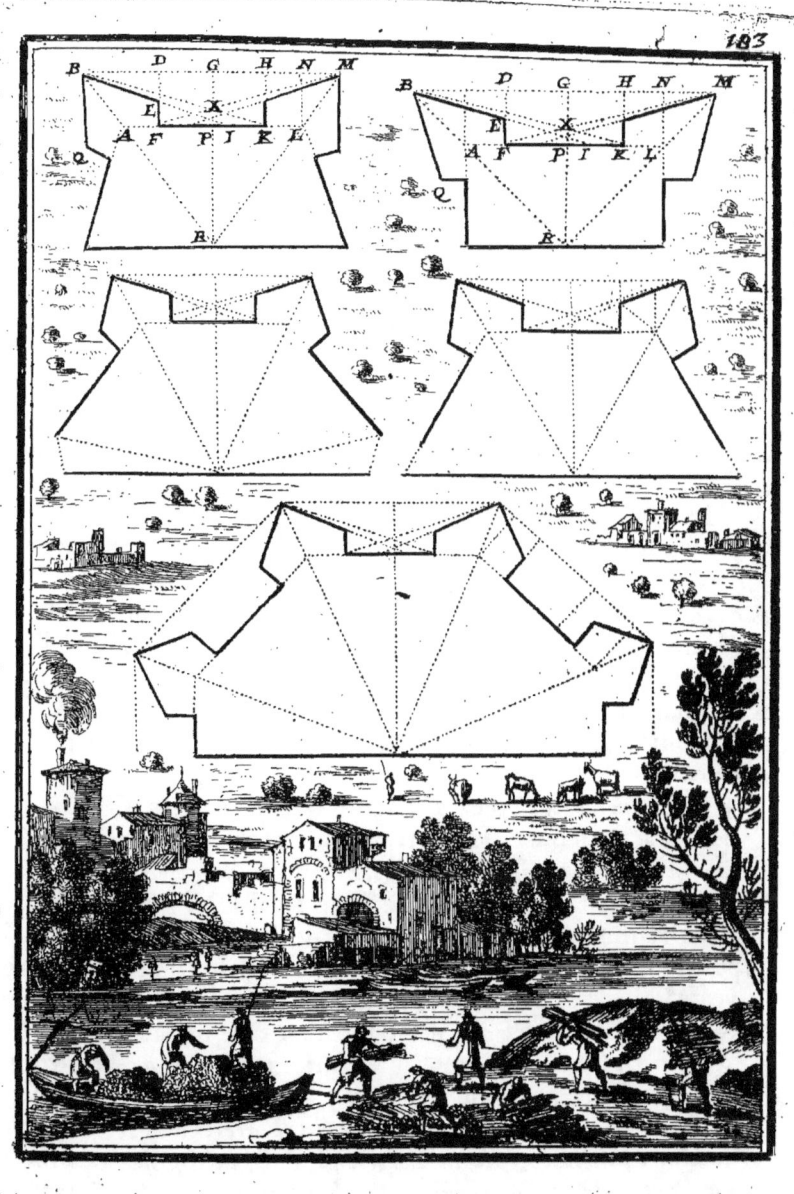

## Suite du Calcul des Lignes

## de DOGEN.

„ I. *Probléme.* Posez le Flanc et les Angles du
„ Triangle FEI. des Figures XLII. XLIII. XLIV.
„ XLV. & XLVI. pour trouver le *Complement de la Courtine* FI.
„ le *reſidu de la Flanquante* EI. *la Flanquante* elle même BL *le*
„ *Flanc de la Courtine* IK. Prenez pour le Sinus total EF. & reüſ-
„ ſira la Tangente IF. & EI. la Secante de l'Angle de la Flan-
„ quante & du Flanc FEI. BE. ajoûtée à la trouvée EI. compoſe
„ BI. FI. ſouſtraite de FK. laiſſe IK.

„ II. *Probléme.* Poſez la Face et les Angles du
„ Triangle BED. pour trouver *la Surface* BD. *le prolon-*
„ *gement du Flanc* ED. *la diſtance des Baſtions* BM. *la diſtance*
„ *des Polygones* DF. Faites, que le Sinus de l'Angle BED. à
„ l'égard de BD. ſoit comme le Sinus de l'Angle BDE. à l'égard
„ de BE. & que le Sinus de l'Angle DBE. à l'égard de DE. ſoit
„ de même : BD. double, ajoûté à la Courtine FK. donne BM.
„ la trouvée ED. avec le Flanc EF. compoſe FD. qui eſt la Diſ-
„ tance des Polygones.

„ III. *Probléme.* Poſez les Angles et le Côté LN.
„ du Triangle LNM. pour trouver *la Capitale* LM. *la*
„ *Demie-difference des Polygones* MN. *la Gorge* KL. *le côté de la*
„ *Forte reſſe* AL. Prenez pour le Sinus total LN. MN. la Tangen-
„ te en reüſſira ; & LM. la Secante de l'Angle NLM. de qui la
„ poſition eſt pareille à celle de l'Angle PRL. ſouſtrayez la trou-
„ vée MN. de HM. reſte KL. Ajoûtez maintenant le double de
„ KL. à la Courtine FK. il en ſortira le côté de la Forte reſſe LA.

„ IV. *Probléme.* Poſez les Angles avec le Côté
„ AP. (qui eſt la moitié de AL.) du Triangle PAR.
„ pour trouver *le Demi-diametre de la Forte reſſe* AR. *la Perpen-*
„ *diculaire ſur le côté de la Forte reſſe* RP. *la diſtance du Baſtion*
„ *au Centre de la Forte reſſe* BR. Le Sinus total AP. étant po-
„ ſé, PR. ſera Tangente & AR. Secante de l'Angle RAP.

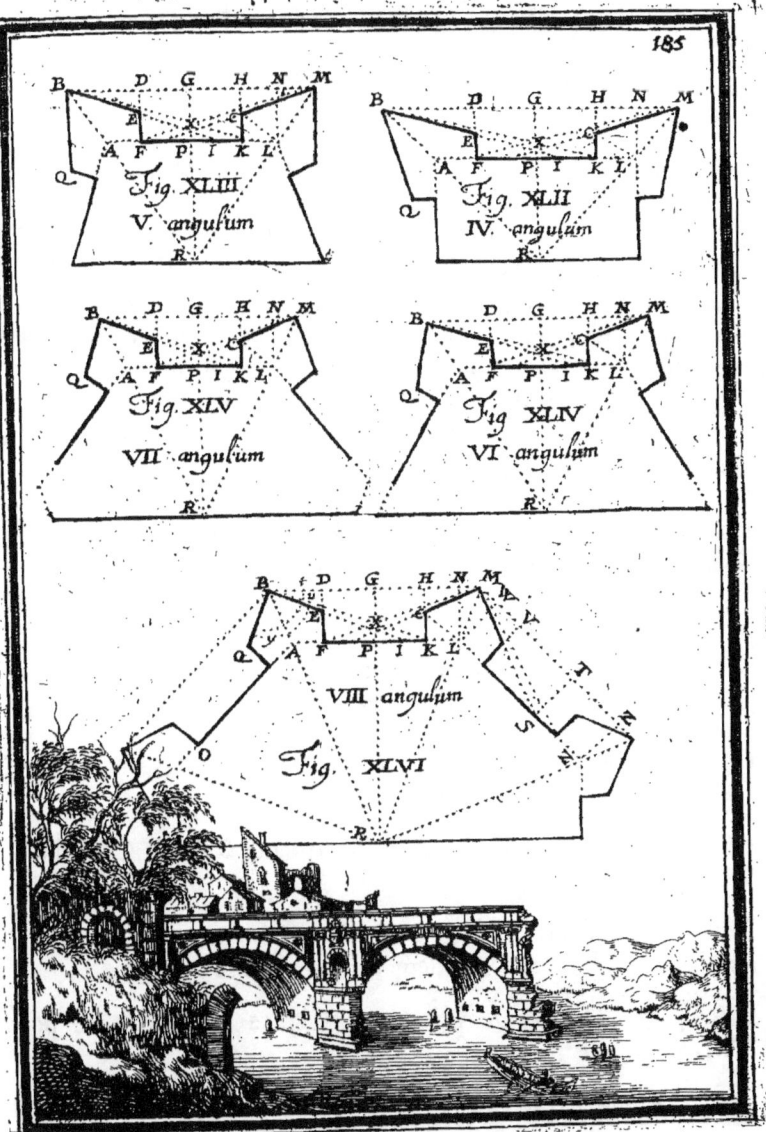

185

Fig. XLIII
V. angulum

Fig. XLII
IV. angulum

Fig. XLV
VII angulum

Fig. XLIV
VI angulum

VIII angulum

Fig. XLVI

*Suite du Calcul des Lignes*

## de DOGEN.

,, A B. jointe à A R. fait B R. qui eſt la diſtance du Baſtion, au
,, Centre de la Fortereſſe.

,, V. *Probleme.* Pour trouver LA LIGNE FICHANTE KB.
,, La Racine Quarrée, de la ſomme des deux Quarrez B H. &
,, H K. donnera la Ligne fichante B K que vous deſirez.

,, La pratique des précedens Problemes pour trouver les lignes de
,, la Fortification ſexangulaire, ſuivant la *troiſiéme maniere*, en la
,, Fig. X L I V. Toutes les autres Fortereſſes multangulaires peu-
,, vent être calculées ſur le modelle de celle-ci, en y obſervant les
,, changemens qui ſont neceſſaires.

| LES LIGNES | & | LES ANGLES ſuppoſez. |
|---|---|---|
| F K. la Courtine 36 } | | Q B E. du Baſtion 80 } |
| B E. la Face 24 } verges. | | O A L. de la Circonf. 120 } degr. |
| F E. le Flanc 8 } | | |

,, Ces Angles ſuppoſez donnent aiſément le moyen de trouver
,, les ſuivans, qui ſont neceſſaires pour le Calcul.

F E I. } 70. degr. l'Angle de la Flanquante & du Flanc.
B E D. } Le vertical du précedent.

E I F. } 20. degr. l'Angle de la Flanquante & de la Courtine.
E B D. } Son vertical.

R L A. } 60. degr. le Demi-angle de la Circonference.
L M N. } Egal au précedent, comme poſé de même.

P R L. } 30. degr. le Demi-angle du Centre, égaux comme poſez
N L M. } de même.

,, La pratique du I. *Probleme.* Pour trouver F I. E I. B I. I K.

,, Comme le Sinus total E F. à l'égard de E F. ——— de même la
,, Tangente F E I. de 70. degr. ——— à l'égard de F I.

100000 ——— 8 (0 ——— 274747 (5 ——— 21979 (3 F I.

## Suite du Calcul des Lignes

## de DOGEN.

„ Comme le Sinus total E F. ———— à l'égard de E F. ———— de
„ même la Secante F E I. de 70. deg. ———— à l'égard de E I.
100000 ———— 8 (0 ———— 292380 (5 ———— 23. 39 (2 E I.

B E. 24

B I. 47. 39 (2

F K. 36
F I. 21. 979 (3

1 K. 14. 021 (3

„ La pratique du II. Probleme. Pour trouver D E. B M. F D.
„ Comme le Sinus total B E. est au regard --- de B E. --- le Si-
„ nus B E D. de 70. degr. est de même au regard ——— de B D.
100000 ———— 24 ——— 33969 (5 ———— 22. 55 (2 B D.

2

45. 10
F K. 36

B M. 81. 10.

„ Ainsi que le Sinus B D E. est au regard --- de B E. --- le Sinus.
„ D B E. de 20. degr. est de même ————— au regard de D E.
100000 ———— 24 ———— 34202 ——— 8. 21 (2
F E. 8.

F D 16. 21 (2 ou N L.

„ La pratique du III. Probleme. Pour trouver L M. M N. A F.
„ A L. A P.
„ Comme le Sinus total L N. est au regard -- de L N.-- la Tangente
„ N L M. de 30. degr. est de même au regard———— de M N.
100000 ———— 1620 (2 —— 57735 (5 ——— 9. 3588435 (7
„ Comme le Sinus total L N. est à l'égard --- de N L. --- la Secante
„ N L M. de 30. deg. est de même à l'égard ———— de M L.
100000 ———— 1620 (2 ——— 115470 ——— 18. 7176870 (7

*Suite du Calcul des Lignes*

*de* D O G E N.

| | |
|---|---|
| H M. 22. 55 (2 | A F. 13. 20.(2 |
| M N. 9. 35 (2 | 2 |
| | ——————— |
| K L. ou A F. 13. 20 (2 | 26. 40 |
| | F K. 36. |
| | ——————— |
| | A L. 62. 40 (2 |
| | ——————— |
| | A P. 31. 20 (2 |

„ *La pratique du IV. Probleme.* Pour trouver A R. R P; B R.

„ Comme le Sinus total A P. eſt à l'égard --- de A P. --- de même
„ la Tangente R A P. de 60. degr. eſt à l'égard ————— de R P.
100000 ————31. 2 (1——— 1 7 3 2 05 ————— 5 4 0 3 9 9 6 0
„ Comme le Sinus total A P. eſt au regard --- de A P. --- de même
„ la Secante R A P. de 60. deg. eſt au regard ————— de A R.
100000 — 31. 2 (1—— 200000 ————— 62. 4 (1
B A. 18. 7 (1
————————
A R. 81. 1 (1

„ *La pratique du V. Probleme.* Pour trouver B K.

| Ligne H K. 16. 21 (2 | B H. 58. 55 (2 *Ligne.* |
|---|---|
| 16. 21 (2 | 58. 55 (2 |
| ——————— | ——————— |
| H K. 2 6 2. 7 6 4 1 Quarré. | B H. 3 4 2 8. 1 0 2 5 (4 Quarré. |
| | H K. 2 6 2. 7 6 4 1 (4 Quarré. |
| | ——————————— |
| | B K. 36\|90 \|86\|66. (4 |
| | ——————————— |
| | B K. 6\| 0.\| 7\| 5.\| (4 Ligne. |

„ Il m'a ſemblé qu'il étoit à-propos de repreſenter ce calcul de
„ l'Hexagone regulier, pour faire voir à l'œil quelle difference il y
„ a entre celui-ci & les autres que j'ay ci-deſſus rapportez : il vous
„ ſera facile de rapporter les Lignes & les Angles de ces trois ma-
„ nieres, les examinant ſous la conduite de nos regles, pour en choi-
„ ſir celle qui ſe trouvera la plus convenable à vôtre intention.

FIGVRE. LVII.

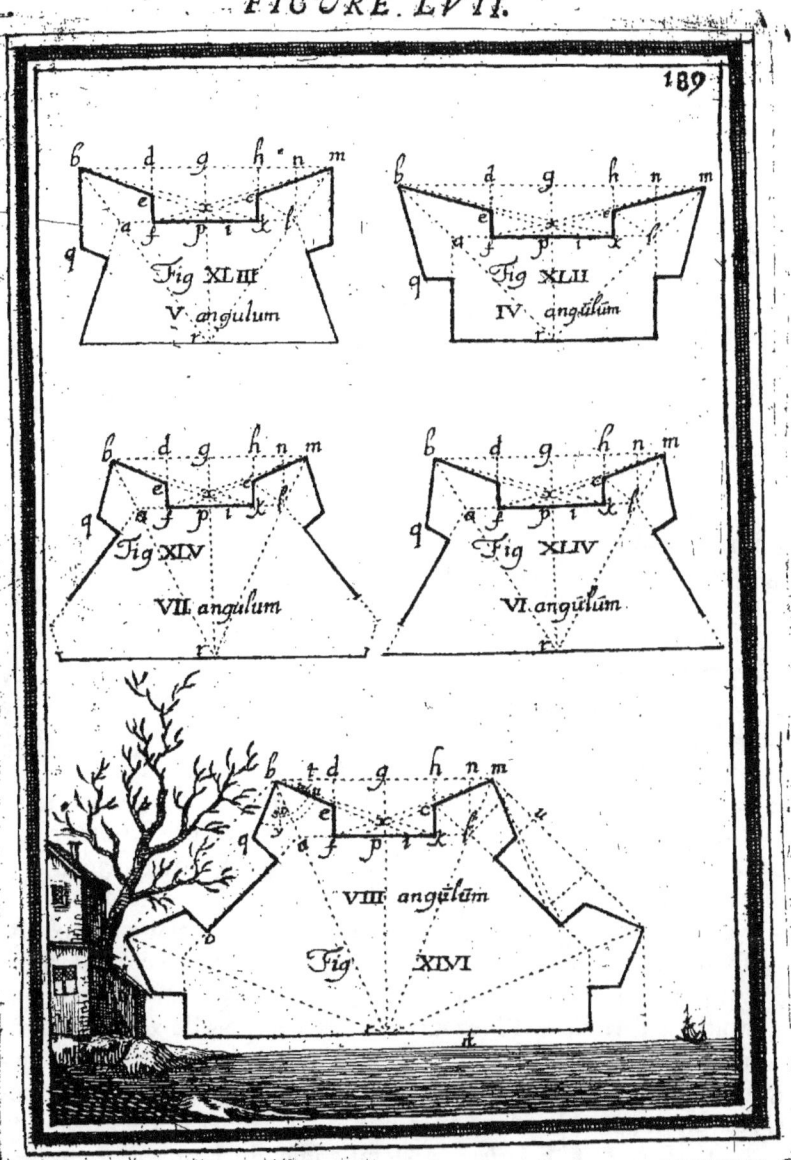

## CONSTRUCTION DES PLACES

### selon DOGEN.

*De la maniere de tracer sur le papier le dessein*
*d'une Place Reguliere, sans calcul.*

DOGEN dans le Chap. XVIII. de son premier Livre de sa
Fortification Reguliere, après avoir enseigné l'utilité qu'il y
a de sçavoir tracer sur le papier le dessein d'une Place, dit:
,, Construisons maintenant des murs de papier, suivant la pre-
,, miere maniere *de fortifier*, que de *dessiner*; Du Centre C. par le
,, Demi-diametre C A. de la Fig. LXVIII. tel quel vous vou-
,, drez soit fait le Cercle E B A. & puis soit à plaisir tiré le Diame-
,, tre E A. du point E. soit appliqué au Cercle E B. le côté du Po-
,, lygone à fortifier, (nous le supposerons ici Hexagone) l'Angle
,, C E B. sera la moitié *de l'Angle de la Circonference* de la For-
,, teresse reguliere: auquel, suivant *la premiere maniere de forti-*
,, *fier*, se devront ajoûter x v. deg. afin que l'Angle du Bastion en
,, réüssisse. Il faudra donc ficher l'une des jambes du compas en E.
,, & de l'autre décrire par le Demi-diametre E G. pris à nôtre choix
,, l'Arc G D. qui coupera le côté E B. au point F: de F. en D. par
,, le Demi-diametre E G. qui le soûtiendra, soit déterminé l'Arc
,, F D. de l x. degrez, celui-ci étant deux fois parti en deux, ou
,, divisé en quatre parties égales, sera F H. la premiere quatriéme
,, partie: ainsi comprendra l'Arc G H. décrit au Centre E. la
,, moitié de l'Angle de l'Hexagone à fortifier, plus de x v. deg. quan-
,, tité requise *pour l'Angle du Bastion* tout entier; en nôtre pre-
,, miere maniere. Partant de G. & H. à toute ouverture du com-
,, pas, on coupera les Arcs au point I. par lequel on fera passer la
,, droite E I. & C E I. sera le Demi-angle du Bastion. Prenez en
,, la droite E I. la partie E K. de telle longueur qu'il vous plaira,
,, (neanmoins ensuivant la forme & le dessein de la Forteresse que
,, l'on desire fortifier, plus grande, ou plus petite, elle sera faite

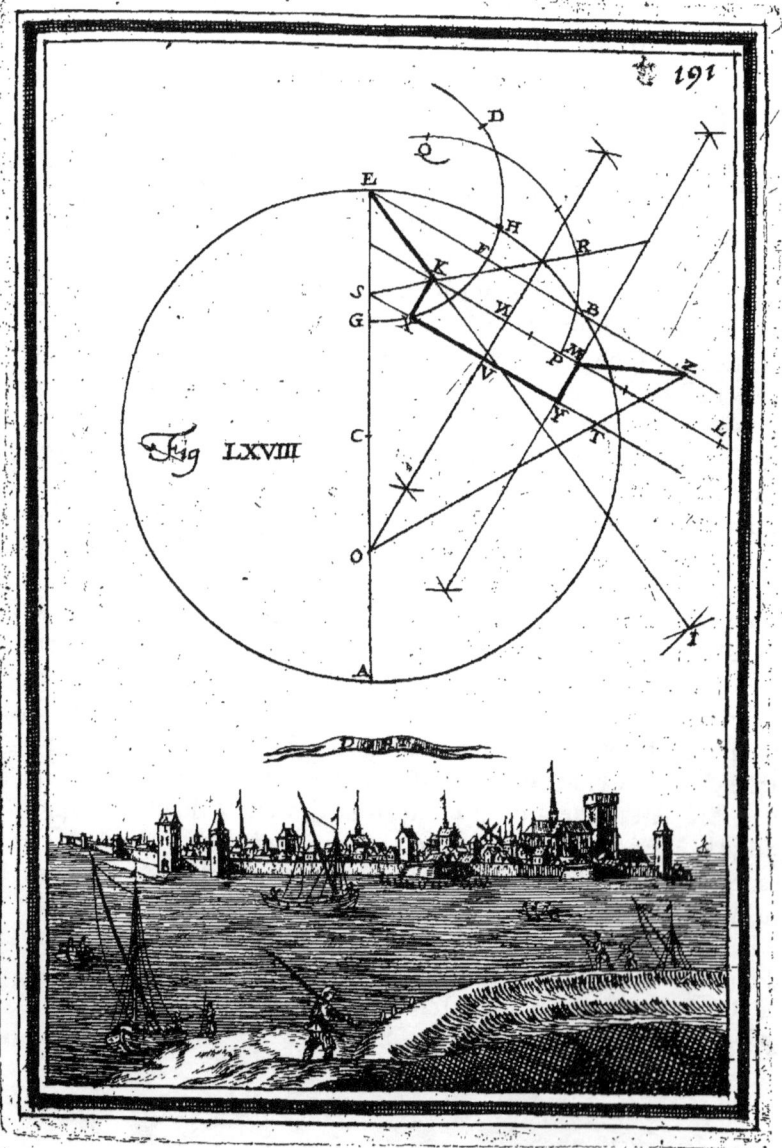

Fig LXVIII

*Suite de la maniere de tracer sur le papier le deſſein*
*d'une Place Reguliere , ſans calcul,*
*de* DOGEN.

,, plus longüe , où moindre à proportion ; d'autant que cette ligne
,, E K. eſt *la Face de la Fortereſſe dont ſe fait le deſſein)* par le point
,, K. conduiſez la ligne K L. parallele à la ligne E B. & en cette paral-
,, lele la Face E K. trois fois poſée, de K. parviendra au point L.
,, ſera K L. ligne triple à la Face E K. partant demi-coupée en M.
,, ſera K M. ſa ſeſquialtere : & ſe comportera la ligne M K. au re-
,, gard de la ligne E K. comme *la Courtine à la Face.* Soit M K.
,, derechef également partagée en deux ; tirant du point de la ſec-
,, tion N. une Perpendiculaire ſur la ligne K M. laquelle prolongée
,, rencontrera la ligne E A. au point O. ce ſera le Centre de la For-
,, tereſſe dont ſe fait la deſcription. Enfin , au Centre K. par tel
,, Diametre que l'on voudra K P. au deſſus de la ligne K L. ſoit
,, fait l'Arc P Q. auquel le Demi-diametre K P. ſoit deux fois tranſ-
,, porté de P. en Q. & ſera le contenu de l'Arc tout entier P Q.
,, deux fois L X. degrez : celui-ci diviſé en trois parties égales ; par
,, le terme R. & le point K. de là premiere troiſiéme partie , con-
,, tenant X L. degr. faites paſſer la droite R K. laquelle continuée ;
,, rencontre la ligne E A. au point S. duquel ſoit tirée la ligne S T.
,, parallele avec K M. ou E B. ainſi l'Angle K S X. à raiſon des pa-
,, ralleles S T. & K M. eſt poſé de même à R K P. qui eſt meſuré
,, de l'Arc R P. & ſera de X L. degrez, qui eſt la quantité requiſe
,, pour le *Forme-flanc en nôtre premiere maniere* de fortifier. Ti-
,, rant la Parallele S T. elle coupera la Perpendiculaire N O. en V:
,, de V. en T. ſoit miſe la ligne S V. & puis enfin des points K. &
,, M. tombent les Perpendiculaires K X. & M Y. ce ſeront *les*
,, *Flancs* de nôtre Fortereſſe. Ainſi vous avez avec le Compas &
,, la Regle toutes les Lignes Ichnographiques & primitives d'une
,, *Forterеſſe Hexagone.*

FIGURE LIX.

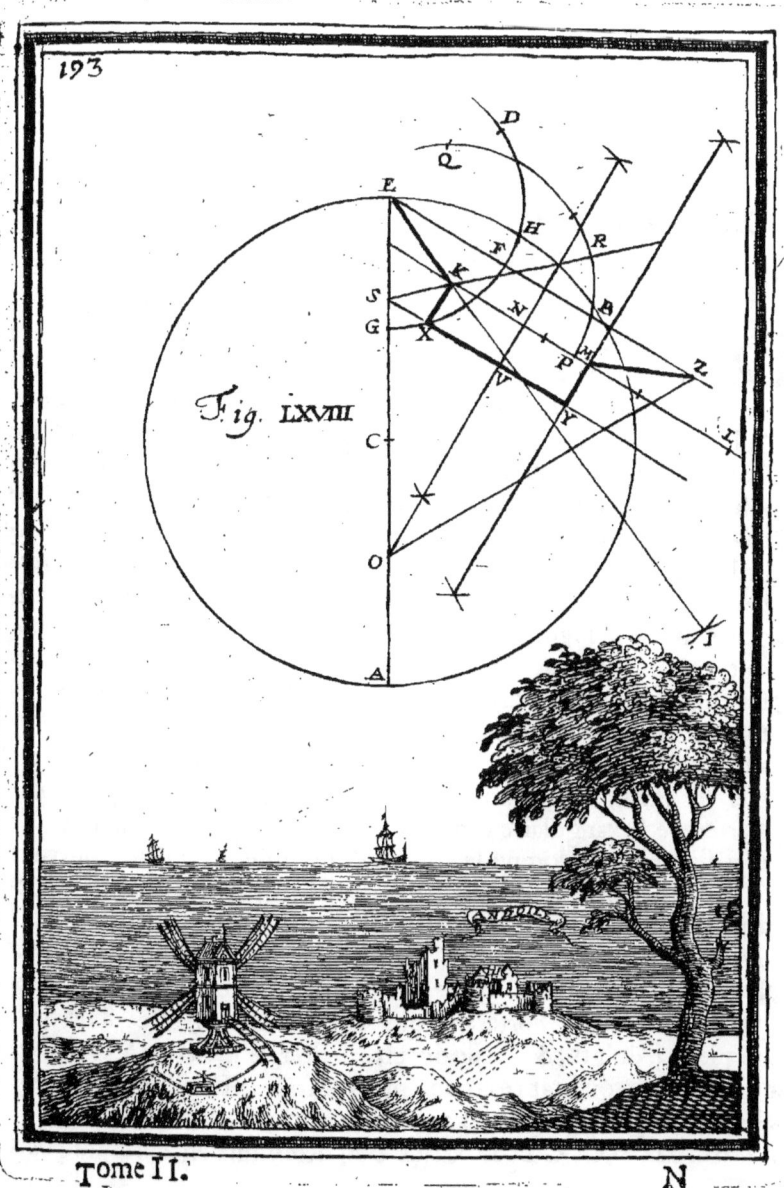

Fig. LXVIII

---

*CONSTRVCTION DES PLACES*

*selon* DOGEN.

*De la maniere de deſſiner toutes ſortes de Fortereſſes par le moyen des Tables.*

DOGEN environ les deux tiers du Chapitre XVIII. du livre premier de ſa Fortification Reguliere, touchant l'uſage de deſ-ſiner toutes ſortes de Fortereſſes, par le moyen des Tables, dit:

„ Pour tranſporter des Tables ſur le papier, les Fortereſſes que
„ l'on veut décrire, on y procedera de cette façon. Premierement,
„ il faudra curieuſement établir *la meſure* avant toutes choſes. Or
„ eſt-il qu'il *ſera en la liberté* de celui qui fait le deſſein, de choi-
„ ſir la meſure de la Fortereſſe qui doit être conſtruite, ou *ne le ſera*
„ *pas*. Si la choſe *eſt en ſon pouvoir*, qu'il tire promptement la li-
„ gne A B. de la Figure LXXXIV. en cette ligne, depuis A. juſ-
„ ques en C. il marquera avec le compas dix petites particules éga-
„ les; en poſant après diverſes fois ces dites dix parties, priſes en-
„ ſemble en la ſuſdite A B. de C. en H. I. K. L. &c. Et par ce
„ moyen il aura un Rayon ou une Echelle indeterminée pour re-
„ gler ſes meſures. Suppoſons qu'on deſire mettre ſur le papier une
„ Fortereſſe Sexangulaire conſtruite ſuivant la premiere maniere de
„ fortifier. La Colomne ſervant à l'Hexagone, qui ſe voit en la
„ Table de la premiere maniere de Conſtruction, donne à la ſtruc-
„ ture de cette Fortereſſe, repréſentée en la Figure LXXVII. le
„ *Demi-diametre* O S. de 58. 73 (2. Il faudra donc prendre avec
„ le compas de l'Echelle poſée A B. de la Figure LXXVIII. ſer-
„ vant à meſurer la Fortereſſe que l'on veut conſtruire 58. verges,
„ 7. pieds, 3. doigts; & à telle ouverture décrire le Cercle ST ABCD,
„ dont la Circonferance comprenne ſix fois le Demi-diametre OS.
„ il y aura place pour tout autant de côtez de la Fortereſſe, ST.
„ T A. AB. BC. CD. D S, que l'on détermine en après du point

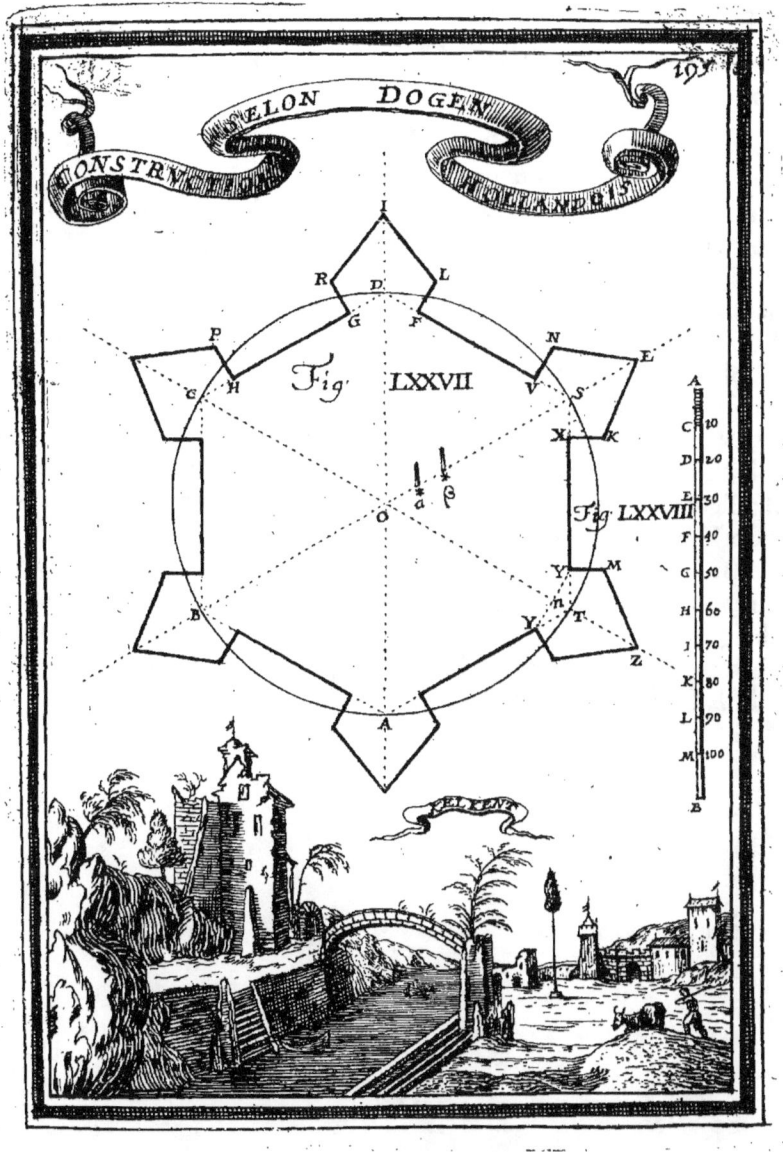

*Suite de la maniere de deſſiner toutes ſortes de Fortereſſes par le moyen des Tables,*

## ſelon DOGEN.

» S. tant devers **T.** que devers **D.** par le même compas celles qui
» ſont égales à la longueur de la Gorge de 11. 36 (2. ſelon les
» Tables; & qui feront S X. & S V. des points **X.** & **V.** ſortent les
» normales X K. & V N. chacune deſquelles ſoit égalée au Flanc de
» la Table de 9. 54 (2. Le Demi-diametre O S. prolongé en E.
» de ſorte que S E. contienne 21. 61 (2. parties de l'Echelle
» LXXVIII. ſervant à meſurer : c'eſt la meſure aſſignée par les
» Tables à la Capitale Sexangulaire. (ici le compas même vous
» fera connoître la faute du Graveur ci-deſſus remarquée) E. avec
» N. & K. joints enſemble , reüſſiront les Faces E K. & E N. de
» longueur chacune de XXIV. verges, ſi le compas ne ſe abuſe
» d'ailleurs : & de cette façon ſera parfait & accompli tout le Baſ-
» tion V N E K X. Par même moyen inſtituant l'operation de T.
» A. B. C. D. qui ſont les extremitez de chacun des côtez, vous
» aurez enfin la deſcription de la Fortereſſe Sexangulaire , toûjours
» deſignée par l'enceinte ou longueur exterieure & horizontale du
» Rempart, par ces lignes Ichnographiques , P H. H G. G R. R I.
» I L. L F. F V. V N. N E. E K. K X. &c.

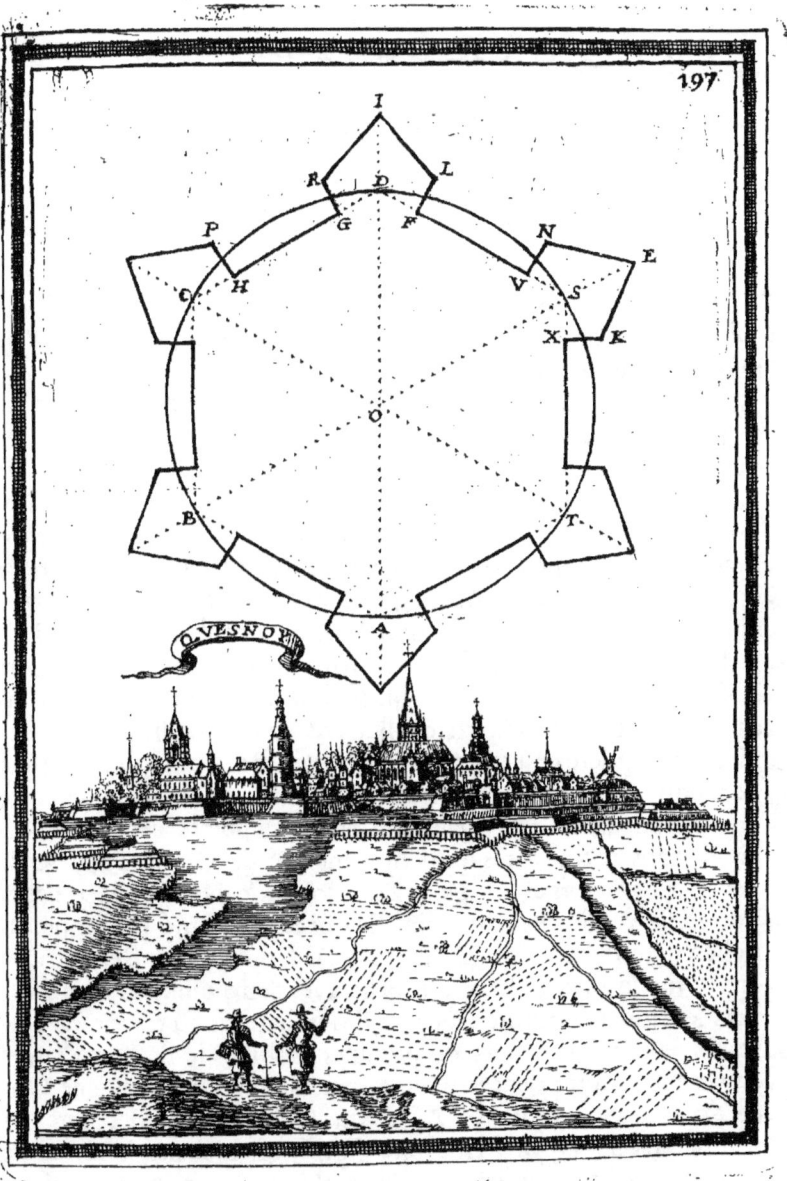

## CONSTRVCTION DES PLACES

### selon DOGEN.

#### Pour tracer une Forteresse à la Campagne.

D OGEN dans le Chap. XIX. de son livre premier de la Fortification Reguliere, touchant les moyens de tracer une Forteresse à la campagne, dit:

» Aprés que nous avons couché le dessein de nôtre œuvre *sur* » *le papier*, il reste maintenant de tracer *à la campagne* pour les » ouvriers, la Forteresse même. Il faudra donc que l'Architecte aye » par devers soi l'original dressé sur les regles du précedant Chap. » pour le representer, & que toutes les Lignes & Angles y soient » exactement compris: & qu'il ait en outre *un Cercle Geometrique* » bien partagé en degrez & scrupules, & *une chaîne d'arpanteur*, » divisée en verges, pieds, & doits. Ainsi meublé, de O. qui est » le Centre de la Forteresse à construire présupposé en la Figure » LXXVII. il tirera devers E. (où se doit établir le Bastion, en cas » que la nature de l'assiette du lieu, & que le dessein de l'Inge- » nieur le requiere en cét endroit) le rayon de la mire O E. marqué » & rendu visible par les perches F S **, afin que la chaîne se puisse » étendre mieux & plus également entre les points extrémes O. & » E. de tous côtez: aprés qu'il aura mesuré de O. en la ligne O E. » devers E. 58. verges, 7. pieds & 3. doits, le Demi-diametre de la » Forteresse tombera sur le point S. qui sera designé par un piquet » fiché en terre en cét endroit. De-là l'instrument Geometrique » arrété sur le Centre O. on tournera ses deux pinnules immobiles » vers le piquet S. jusques à ce qu'il transparoisse au travers de tou- » tes les deux: les cursoirs ou pinnules mobiles de l'instrument, se » doivent ici écarter de ces fixes, concourantes avec la ligne O S. » de 60. degrez, (qui est l'Angle du Centre de toute Figure qui » se doit tracer) & puis en droite ligne, ou bien par le rayon de » la mire qui passe par les pinnules mobiles, on plantera à discre- » tion le piquet u. ou Z. & soit derechef mesuré en la ligne O Z.

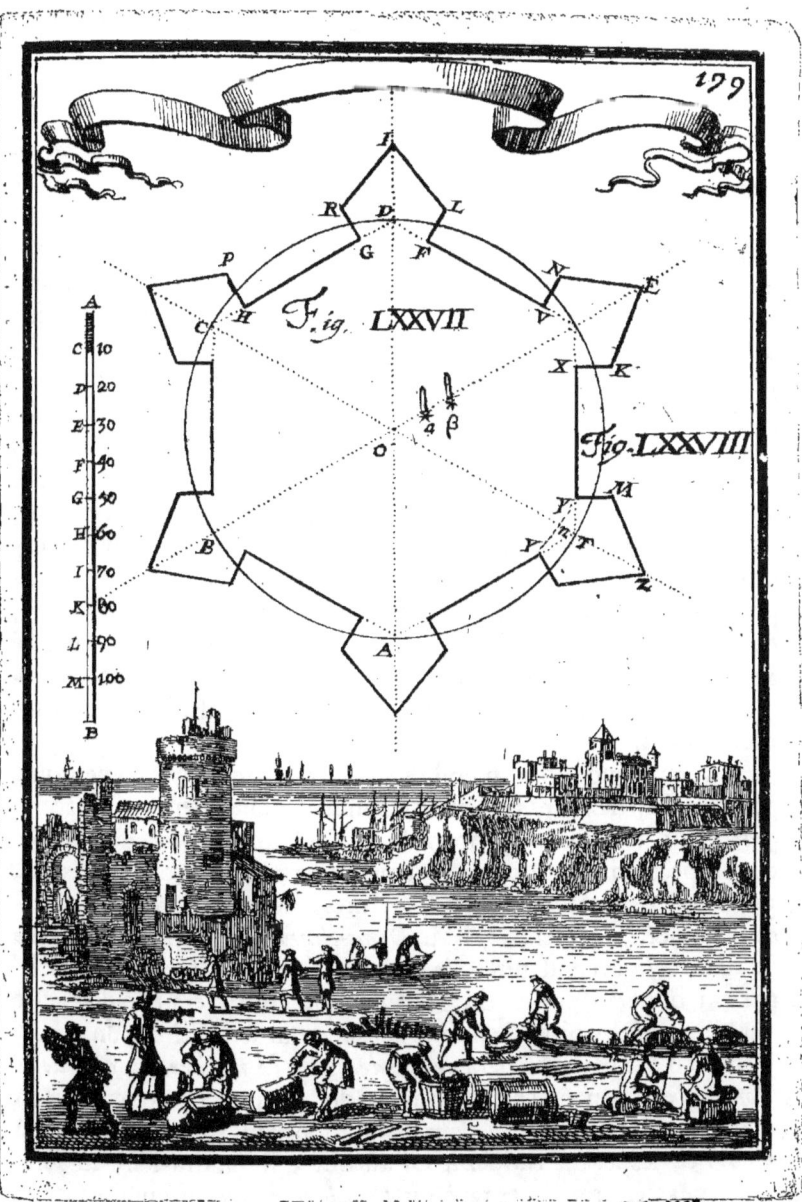

*Suite de la maniere de tracer une Forteresse*
*à la campagne,*

*selon* DOGEN.

„ le Demi-diametre de la Forteresse 58. 73 (2. qui de O. se termi-
„ nera au point T. sur lequel il faudra dresser une perche pour le
„ marquer : & par ce moyen vous aurez déja un côté de la Forte-
„ resse sexangulaire S T. exactement égal, en le mesurant à la verge,
„ à son Demi-diametre O T. si ce n'étoit que l'on eût mal à pro-
„ pos trop étendu l'Angle S O T. à quoi il faudra prendre garde,
„ ou le corriger : Les autres côtez T A. A B. B C. seront trouvez
„ par semblable moyen. Au reste on attachera un cordeau sur les
„ piquets T. & S. & le tendant, on tracera le *premier & principal*
„ *rayon ou sçillon* de la Forteresse, à la largeur d'un demi-pied, ou
„ environ, designant tout autour exactement les côtez de la Ville.
„ Mais s'il y avoit crainte que le cordeau T S. pour être trop long,
„ ne fût cause de quelque erreur, ce sera le soin des Pionniers d'ob-
„ server d'autres points dans le milieu de la ligne T S. y posons
„ pour marque les piquets X. & Y. d'espace en espace à discretion,
„ & tenant le cordeau bien tendu, premierement il sera attaché
„ au piquet X. & de celui-ci en Y. ainsi de suite : afin que ce pre-
„ mier rayon & seillon forme-ville reüssisse bien droit, & ne gau-
„ chisse point.

„ Arrivant que nous n'eussions pas d'instrument Geometrique,
„ nous ne laisserons pas d'executer nôtre dessein en cette façon :
„ ( en quoi neanmoins il nous faudra conduire avec une grande
„ circonspection, cette maniere étant sujette à beaucoup d'erreurs,
„ principalement aux grandes structures) nous prendrons deux cor-
„ deaux, dont l'un sera égal au *Demi-diametre*, l'autre au *côté de*
„ *la Forteresse* à construire : le cordeau du *Demi-diametre*, attaché
„ par un bout au piquet du Centre établi en O. sera tiré de l'autre
„ vers le point S. qui est l'endroit destiné pour le Bastion : un piquet
„ planté en S. on y attachera *le cordeau de la mesure du côté de la*
„ *Forteresse* : l'un & l'autre bien tendu (à quoi devront prêter la
„ main quelques aides * * dans les stations du milieu du cordeau
„ O S.) & les ayant traînez tout autour, il faudra faire en sorte
„ que les extremitez libres tant du *Demi-diametre* autour du Centre

Suite de la maniere de tracer une Forterefſe
à la campagne,

ſelon DOGEN.

,, O. que du *côté*, autour de S. concourent en T ; là on plantera un
,, piquet , & ce ſera *le côté de la Ville* S T. que l'on marquera d'u-
,, ne trace ou ſeillon de demi-pied de largeur. On attachera dere-
,, chef *le cordeau du côté* à T. & on le rendra , juſques à ce qu'il
,, ſe rencontre en A. avec *le cordeau du Demi-diametre* O A. ainſi
,, ſera T A. le ſecond côté du deſſein de la Forterefſe. La maniere
,, de trouver les autres côtez, juſques à ce que vous ayez accompli
,, tout le Cercle , eſt tout d'une ſorte en tous les Polygones, em-
,, ployant ſeulement autant de cordeaux qu'il en eſt requis , ſuivant
,, la quantité de leurs Demi-diametres & des côtez qu'ils doivent
,, avoir.
   ,, En cas qu'il arrivât qu'on ne pût avoir aucune ſtation dans le
,, Centre de la Ville, à cauſe de quelques bâtimens, ou d'autres em-
,, pêchemens ſemblables, on y procedera de cette façon : De S. qui
,, eſt l'endroit deſigné pour le Baſtion , on tirera en T. qui eſt à
,, peu prés le lieu qui doit couvrir un autre Baſtion, le côté S T. de
,, la longueur qui eſt requiſe : on plantera un piquet en T. pour le
,, remarquer. Le Cercle Geometrique fiché en S. on formera *l'An-*
,, *gle de la Circonference* de la Forterefſe (ici de 120. degrez) ainſi
,, comme les pinnules immobiles de l'inſtrument le piquet T. de
,, même les mobiles montreront la ligne S D. par le moyen de la-
,, quelle avec T S. ſera fait *l'Angle* de la Circonference T S D. de
,, 120. degrez. En la ligne infinie S D. ſera meſuré le côté de la For-
,, terefſe qui ſe terminera en D. & par cette même operation on
,, trouvera le reſte : la diſquiſition de l'un reſſemblant entierement
,, à l'autre.
   ,, Les côtez T S. S D. D C. C B. & B A. ayant été établis de la
,, ſorte ; ſi en fichant l'Inſtrument Geometrique en A. on vient à
,, former avec B A. l'Angle de 120. degrez, ayant exactement le
,, piquet T. au rayon de la mire ſortant de A. toutes choſes ſeront
,, en bon état, & tous les Angles bien établis. Que ſi ledit rayon
,, de la mire , ſortant de A. pour la conformation *de l'Angle de la*
,, *Circonference,* ne tombe pas ſur le point T, mais deſſus, ou

*Suite de la maniere de tracer une Forteresse
à la campagne,*

*selon* D O G E N.

» deſſous icelui , alors attendu que nous n'avons pas exactement
» rempli le Cercle, il faudra tenir pour conſtant , que nous aurons
» failli de quelque côté en la conformation des Angles : ainſi en rei-
» terant l'operation nous en corrigerons la faute : en quoi il ſera
» tres-à-propos de bien arréter les côtez de la Fortereſſe, tous en-
» ſemble, marquez par les piquets, A B C D S T. avant que l'on
» commence ſeulement de creuſer le ſeillon du premier.
　» Nous avons donc *les côtez* de la Ville , viſibles par le ſeillon
» ou rayon de campagne d'un demi-pied de largeur ; maintenant de
» chacun Angle de Circonference, par exemple de T. en Y. & Y.
» on contera les Gorges. T Y. on fichera l'inſtrument en Y. de telle
» façon , que par ſes pinnules immobiles de part & d'autre on ap-
» perçoive d'un côté le piquet T. de l'autre le piquet S. & que les
» curſoirs & mobiles s'écartent des immobiles par le quadrant du
» Cercle : & en la ligne ou rayon de la mire que les pinnules, con-
» ſtituées de la ſorte, forment, on contera le Flanc Y M. de juſte
» longueur : lui donnant auſſi une trace pour le ſeparer de l'autre
» fonds. On aura *la Capitale* en prolongeant le Demi-diametre de
» la Ville, ce qui ſe peut aiſément faire, ſuppoſé le Centre ; mais
» en cas que le Centre ne ſoit pas donné, on prolongera le Demi-
» diametre par une ligne qui coupe en deux l'Angle de la Circon-
» ference. L'Angle ſera coupé en deux , ou par le moyen du Cer-
» cle Geometrique, ou en ſorte qui ſuit : la Y Y. tirée au deſſous des
» deux Gorges, eſt partagée en deux en *n.* puis on pouſſe de ni-
» veau l'infinie de *n.* par T. pour être contée & finie en Z. ſuivant
» la quantité qui eſt requiſe à la Capitale : Z. le terme du conte :
» joint avec M. donne *la Face* , que l'on remarquera & diſcernera
» de la campagne auſſi par la Foſſette Z M. & par ce moyen ſeront
» repreſentées aux yeux des ouvriers les traces de toutes *les lignes*
*Iſhnographiques* Z M Y X K E. &c.

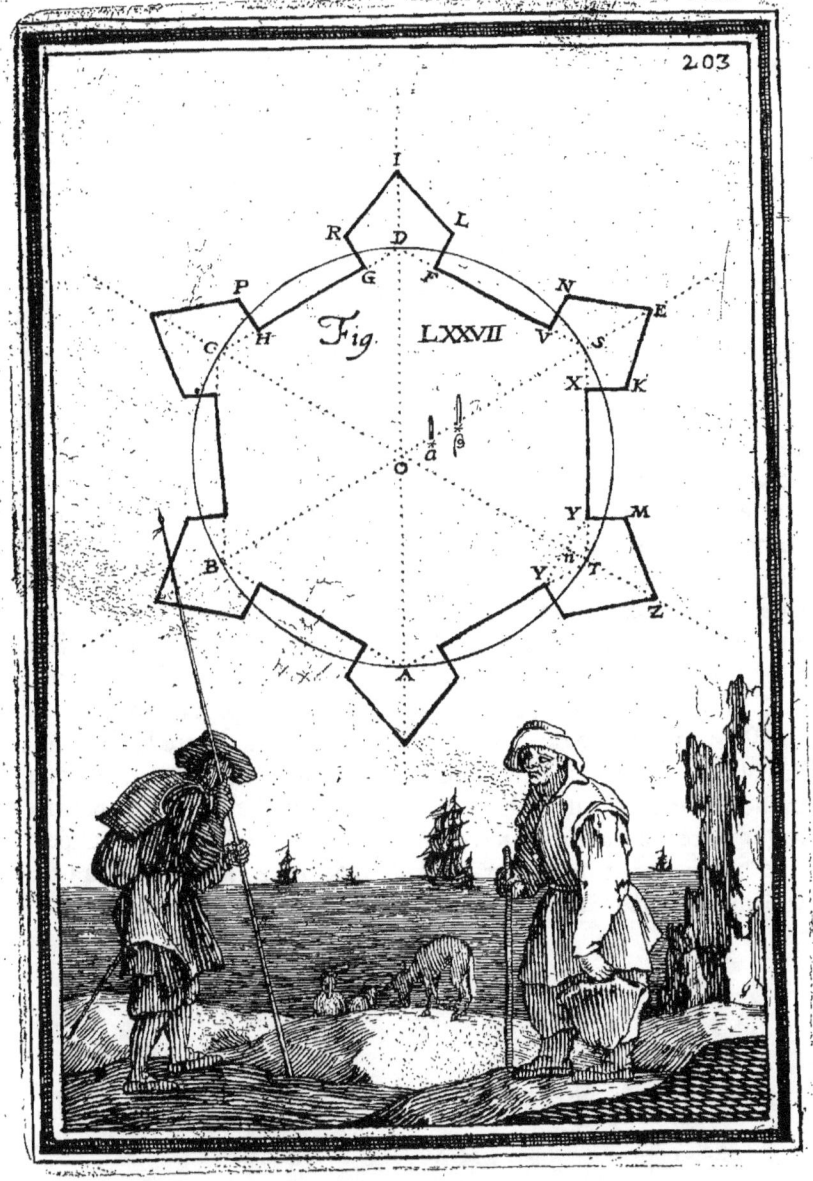

## AVANTAGES DE LA CONSTRVCTION
### de DOGEN.

CEux qui s'attachent aux Maximes de cét Auteur, donnent à ses Constructions les Avantages suivans.

I. Que sa Methode est facile à être reduite en pratique par les Regles de ses Problemes, qui montrent à calculer tous les Angles & les lignes d'une Place, pour pouvoir ensuite la dessiner & tracer sur le Terrain, conformément aux regles & aux demonstrations de la Geometrie.

II. Qu'élevans des Contre-murs ou Faussebrayes au pied & tout autour des Remparts, il empêche par ce moyen que l'Assaillant s'étant logé sur les Contrescarpes, ne fasse de son Artillerie, posée sur le Glacis, ébouler les terres du Rempart dans le Fossé, pour le combler, & se faciliter le passage de l'un, & la montée de l'autre.

III. Que l'usage de son second Flanc fort étenduë sur la Courtine, est fort commode pour la défense des Faces & du Fossé, qui en sont tres-avantageusement flanquez, par le grand feu qu'il en tire, qui aprés celui du premier Flanc, est la défense la plus usitée, & la plus forte pour être la plus proche, & la plus oblique.

IV. Que l'usage de la Mousqueterie pour défendre les Bréches, le Fossé & le Pan des Bastions, est beaucoup meilleur, & coûte beaucoup moins que celui du Canon, dont l'effet ne fait pas une si grande execution que feroit une grêle de mousquetade, qui peut fort aisément nettoyer tout le Fossé, & faite quitter prise à l'Assaillant, quand même il seroit sur la montée de la Bréche.

## DESAVANTAGES DE LA CONSTRVCTION
## de DOGEN.

CEux qui s'éloignent des Maximes de cét Auteur, difent :
I. Que fes Problemes pour être trop longs & trop difficiles, rebutent la plûpart de ceux qui ne font pas des mieux entendus dans la connoiffance de la Geometrie, où les exemples & les
operations qu'il donne, demandent trop de fpeculation pour des perfonnes que lui-même fuppofe ne poffeder cette Science, que foi-
blement.

II. Que fes Fauffebrayes font plus de parade que de fervice,
puifqu'il eft fort aifé à l'Affaillant de les rendre inutiles, foit en les
comblant au pied des Epaules par la violence de fes Batteries, croifées contre cét Angle, ou renverfant les défenfes du grand Flanc
fur celui de fes Fauffebrayes.

III. Que l'ufage de fon fecond Flanc eft une défenfe plus dom-
mageable à une Place, qu'utile à fa défenfe, puifque la raifon &
l'experience font voir, que plus un Baftion a de fecond Flanc, plus
le Flanc en devient petit, la Face grande, & l'Angle flanqué aigu,
qui font les defauts d'une bonne Conftruction, & pretendre que
du fecond Flanc on empêche l'Affaillant de franchir le Foffé, & de
fe loger dans la Bréche ; c'eft une pretention frivole, attendu que
la moindre Traverfe, Gallerie, ou Epaulement ne fera que trop capable de mettre l'Affiegeant à couvert, quand il n'y a que de la
Moufqueterie pour nettoyer le Foffé.

IV. Que fi les frais de l'Artillerie font plus grands que ceux
du Moufquet, auffi le fervice qu'on en tire eft en échange incomparablement plus confiderable, puifqu'un feul coup de Canon chargé à Cartouche, eft capable de nettoyer le Foffé, d'y renverfer les
Traverfes, les Galleries, & les autres Epaulemens de l'Affaillant,
même de foudroyer dans la Bréche, & de contraindre l'Affiegeant
d'en déloger, de quelques Mantelets qu'il fe puiffe couvrir, ce que
ne peut faire la Moufqueterie.

## AVANTAGE DV PARALLELE

### de nôtre Construction sur celle de DOGEN.

I. POur peu qu'on ait d'intelligence de la Geometrie, il est aisé de supputer les lignes & les Angles de nôtre maniere de fortifier : mais il est évident que la Methode de DOGEN demande, non seulement une profonde connoissance de la Trigonometrie, mais encore celle de la Racine Quarrée.

II. Nos Cavaliers, Cazemates, & Canons cachez découvrent dans les Bréches, nettoyent les Fossez, razent les Faces, battent & foudroyent les Batteries assaillantes, & ont encore cét avantage, qu'étans de plus grands effets, ils sont aussi de moindre dépense, que ne sont les Faussebrayes, dont les frais excessifs répondent mal au peu de service qu'on en tire.

III. Le feu de l'Artillerie de nos Cavaliers, chargée de Cartouches, & l'horrible fracas de celle des Cazemates, principalement des Canons cachez qui fichent dans les Bréches, sans que l'Assaillant les puisse démonter, font sans difficulté des défenses bien plus vigoureuses & plus assûrées que celles qu'on tire de la simple Mousquetterie des premiers & seconds Flancs, dont les coups, pour être trop éloignez de l'Ennemi, deviennent trop foibles, & ne sçauroient l'empêcher de se loger dans le Fossé, d'y faire des Traverses, de pousser des Galleries, de conduire ses Mines, & enfin de se loger sur les ruines de la Bréche.

IV. Nos Places qui se servent du Mousquet pour leur défense ont cét avantage, qu'avec la même épargne elles peuvent non seulement se servir en tous temps de la grêle de leur Mousquetterie, mais encore vomir d'effroyables torrens de feu, tant des Cavaliers, que des Canons cachez de nos Cazemates, sans qu'ils apportent aucun empêchement aux Mousquetaires, ce qu'on ne peut faire dans les Places qui sont sans Cazemates, ou comme l'on est obligé de mettre l'Artillerie sur le Rempart, elle se trouve bien-tôt à découvert, pour être trop exposée aux Batteries de l'Assiegeant.

# CHAPITRE IX.

*Construction des Fortifications du Capitaine* FRANÇOIS DE MARCHI, *Bolon-nois & Gentilhomme Romain.*

 ET Auteur qui s'eſt particulierement attaché à la Conſtruction & à l'uſage des Cazemates, nous en a donné pluſieurs deſſeins dans un livre Italien, intitulé, *Della Architettura Militare,* imprimé l'année 1599. à Breſce, Ville de l'Etat de Veniſe. Il y donne cent-ſoixante & une Planches, conceuës ſur des deſſeins differens : il proteſte qu'il les a tous inventez, & que pluſieurs perſonnes particulieres lui en ont volé pluſieurs projets.

Pour épargner aux curieux la peine de recouvrer ce livre, qui eſt un gros *in folio,* & tres-rare, je rapporterai dans ce Chapitre quelques-uns de ſes Plans, & citerai les pages d'où je les ay tirez.

## EXPLICATION DES PRINCIPALES MESVRES
### & Parties du second deſſein
## du C. P. DE MARCHI.

AVANT que nous entrions dans l'explication des deſſeins de cét Auteur, il eſt neceſſaire que l'on ſçache qu'il ſe ſert de deux ſortes de Meſures, ſçavoir, du Palme Romain, de la Canne Romaine, &c.

Le Palme Romain eſt une étenduë qui répond à huit poûces & cinq lignes de nos Meſures Françoiſes.

La Canne Romaine, qui eſt de la longueur de dix palmes romains, répond à ſix de nos pieds de Roi, onze poûces & quatre lignes, ou à une toiſe & près d'un pied.

Pour donner raiſon du rapport qui eſt entre les differentes parties du ſecond deſſein ou Hexagone de cét Auteur, je me ſervirai du côté de ſon Polygone interieur AB. comme d'une Echelle diviſée en 16. parties égales, dont dix ſont employées pour la Courtine CD.

La Demi-gorge AC. occupe trois dixiémes de la Courtine CD.

La Capitale AE. occupe cinq parties, ou la moitié de la Courtine.

La ligne de Défenſe razante EF. tombe ſur la quatriéme partie de la Courtine, & comprend douze des parties dont la Courtine en contient dix.

La Face FG. avec ſon Orillon G. eſt longue de ſept dixiémes de la Courtine.

La largeur de la Cazemate CI. entre la Courtine & l'Orillon eſt d'une neufiéme partie de la Courtine.

L'Enfoncement de la Cazemate KL. ſans y comprendre l'épaiſſeur de ſon Parapet eſt d'une onziéme de la Courtine.

La largeur de la Cazemate LM. dans le corps du Baſtion eſt d'une ſixiéme partie de la Courtine.

La largeur de l'Orillon quarté NG. eſt de la huitiéme partie de la Courtine.

L'épaiſſeur du Parapet, des Courtines, des Cazemates & des Foſſez, eſt d'une trente-ſixiéme partie de la Courtine.

La largeur du Foſſé EO. devant l'extremité de la Face du Baſtion eſt de la cinquiéme partie de la Courtine.

La largeur du Foſſé PQ. depuis la Courtine juſqu'à l'Angle rentrant de la Contreſcarpe, ou de la Gorge du Ravelin, eſt de la quatriéme partie de la Courtine.

### FIGURE LXIV.

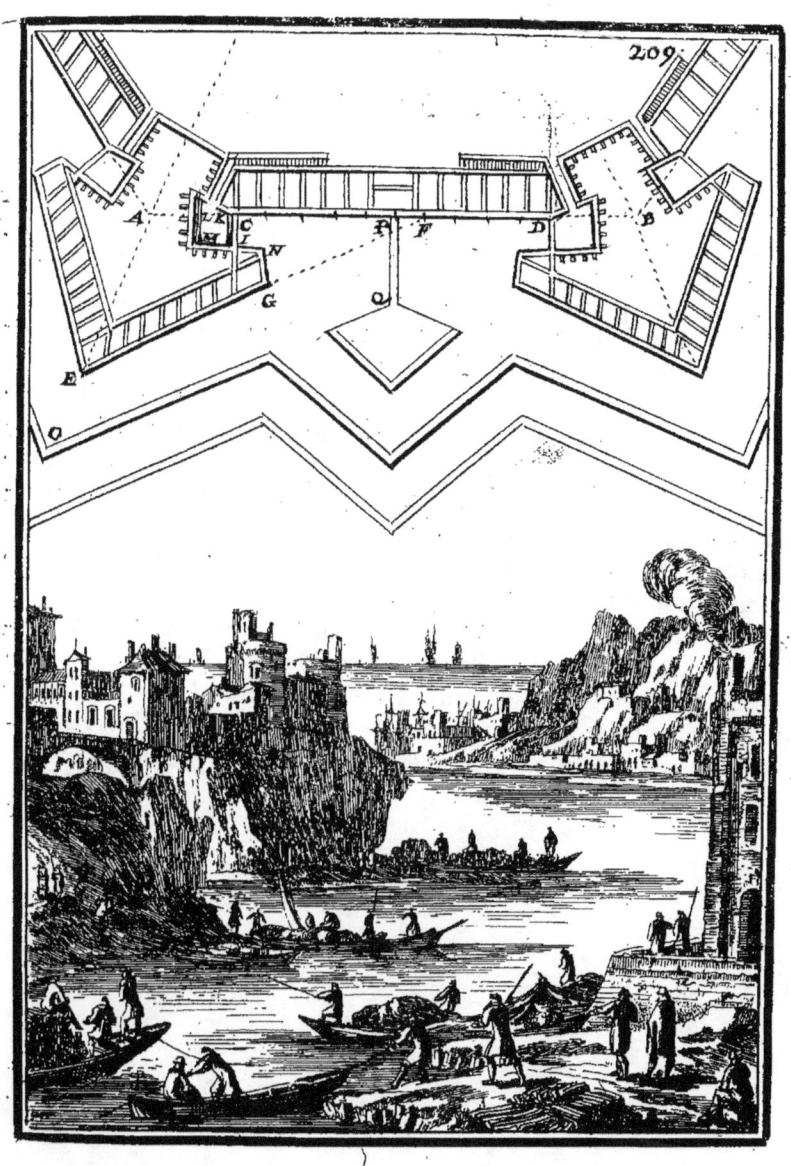

## REPRESENTATION DV TROISIEME DESSEIN
### du C. P. DE MARCHI.

CET Auteur dans son troisiéme dessein represente un Hexagone, fortifié de Cazemates, avec des Orillons ronds, & devant l'entrée de chaque Gorge des Bastions il éleve un Cavalier, qu'il croit tres-propre pour faire une bonne défence; de plus, il veut que son Fossé soit large, creux & plein d'eau, comme étant une tres-bonne maniere de fortifier.

Pour mesurer les parties de son dessein, il fait une Echelle sur l'étenduë comprise depuis l'Angle flanqué d'un Bastion, jusqu'au milieu d'une Courtine : Cette étenduë AB. qui est representée dans le Plan de la Tenaille de la Place par la ligne CD. est divisée à cent Cannes Romaines, qui répondent à peu prés à 115. de nos toises, dont on a fait l'Echelle EF. de pareille longueur, pour en faire le rapport sur nos mesures Françoises.

Pour mieux faire concevoir les desseins & les pensées de cét Auteur, j'ay representé avec élevation ou Ortographie au bas de la Planche presente & des suivantes, les desseins des Tenailles de ses Places, sur le même trait qu'il nous les a donné dans ses Plans Ichnographiques, qui sont aussi representez au haut de nos Planches.

## REPRESENTATION DV QVATORZIEME DESSEIN
## du G. P. DE MARCHI.

CE Capitaine, aprés avoir proposé dans onze desseins differens plusieurs Places fortifiées de Bastions tant à Cazemates que sans Cazemates, & dont les Courtines forment des lignes droites, passe ensuite à son douziéme dessein, où il represente comme on peut fortifier les Places avec des Cazemates, en faisant leurs Courtines en Angle rentrant. Pour autoriser davantage sa pensée, il en donne plusieurs Exemples dans les desseins 12. 14. 18. &c. des pages 56. 58. 62. &c.

Dans l'Estampe de la page opposée je donne une Tenaille de son douziéme dessein page 58. où l'on remarquera que l'Echelle A B. qu'il forme de l'étenduë de C D. qui est la moitié de son Polygone exterieur C E. est de 120. Cannes, ce qui répond à peu prés à 138. de nos toises, representez par l'Echelle F G. qui est de la même longueur que celle de A B.

Cét Auteur dit qu'il fait sa Courtine en Angle rentrant, afin que quand ses Plateformes & Cavaliers & les Flancs de ses Bastions seront ruinez une partie du côté de l'Angle rentrant de la muraille, défende l'autre côté qui lui est opposé.

Pour moi, je m'étonnerois qu'un homme aussi habile que le Capitaine DE MARCHI eût avancé cette proposition, si pour l'excuser je ne songeois qu'il y a prés de cent ans qu'il a écrit, & qu'une infinité de sieges & d'experiences nous ont donné des lumieres qu'il ne pouvoit pas avoir.

Mais aujourd'hui la plûpart encore des Ingenieurs du cabinet persistent dans cette erreur, qui étoit un defaut de son siecle; car le service effectif nous a fait connoître, que la partie exterieure des Angles rentrans est toûjours mal défenduë, & que l'épaisseur du Parapet qui regne derriere ces Angles, empêche de voir & de défendre le pied exterieur de la muraille; de sorte qu'une Courtine formée par des Angles morts, retranche du terrain de la Place, & laisse un logement asssûré à l'Assiegeant, comme je l'ay plus amplement expliqué dans mon premier Livre, en parlant des têtes des Ouvrages à Tenailles, & dans la page 14. de ce Volume.

FIGURE LXVI.

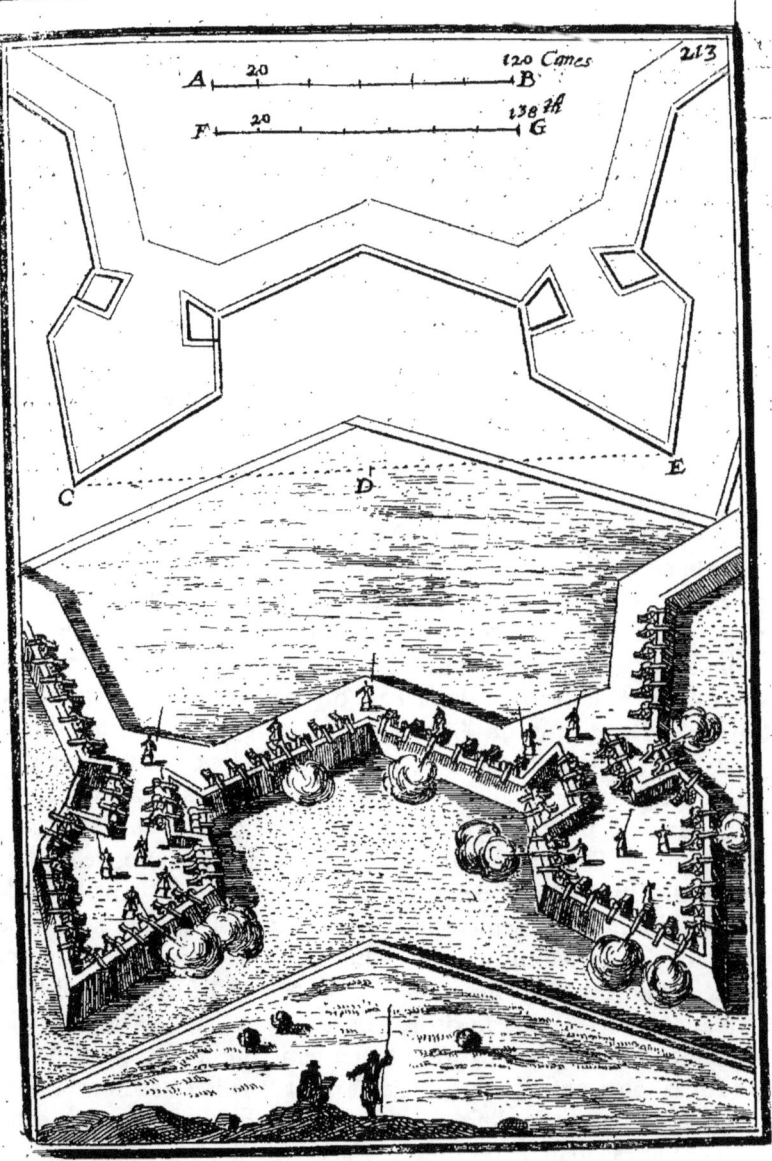

## REPRESENTATION DV DIX-HVITIEME
### *deſſein du* C.P. DE MARCHI.

DE ce que j'ay dit dans les pages précedentes il eſt aiſé de con-jecturer, que je ne ſuis point pour les Courtines faites en An-gle rentrant, ſi ce n'eſt par l'effet du hazard dans quelque Place Irreguliere, où l'on eſt obligé de ſuivre l'alignement de la Figure bizarre du terrain.

Auſſi je ne repreſente ici qu'en faveur des curieux une Tenaille du Decagone de la dixhuitiéme Figure ou deſſein du Capitaine DE MARCHI.

On y remarquera, que l'Auteur couvre l'Angle rentrant de la Courtine d'une Plateforme, d'où les Faces de ſes Baſtions commen-cent à tirer leur défence. Dans ſon deſſein il éleve vingt Cavaliers, dix ſur le Rempart au milieu des Courtines, & les dix autres vis-à-vis la Gorge des Baſtions du côté de la Place, contre un mur qui ſert d'une nouvelle Enceinte à la même Place.

Il y a neuf à dix ans que feu Mr. le Comte Tot, Ambaſſadeur de Suede en France, me communiqua quelques Plans, qu'il avoit fait deſſiner ſelon les maximes de cét Auteur, & s'imaginant avoir fait une grande découverte en faveur de la Fortification, il me van-toit ſur toutes choſes le ſecours d'une longue Batterie, dreſſée dans le Foſſé ſelon l'alignement de la Face du Baſtion, qui eſt continuée juſqu'à la Plate-forme de l'Angle rentrant de la Courtine. Il pre-tendoit que l'Artillerie de la Courtine étant logée plus haut que celle de cette Batterie baſſe, tireroit pardeſſus, & en ſeconderoit l'effet: Mais je lui fis concevoir, que les Bombes des Aſſiegeans deſoleroient les Officiers deſtinez au ſervice de cette nouvelle Bat-terie; que la multiplicité des Embrazures neceſſaires à tant d'Artil-lerie affoibliſſoit extrémement les Parapets de la Place, & la privant du ſecours de la Mouſquererie, lui ôtoit ſa principale défence. J'ajoûtai, que ces Batteries, élevées l'une ſur l'autre, étant tôû-jours expoſées à l'Artillerie de l'Aſſiegeant, il ruinera bien-tôt le revétiſſement de la plus haute, & en fera tomber les éclats & les terres ſur la plus baſſe; ce qui étant joint à l'effet des Bombes n'y mettra pas ſeulement le deſordre parmi les Officiers qui ont la con-duite des piéces, mais enſevelira le Canon même, & rendra inutile la dépenſe exceſſive de ces Batteries baſſes. Le Comte ſe rendit à mes raiſons après les avoir bien conteſtées.

## REPRESENTATION DV CENT-DOVZIEME

### *deſſein du* C.P. DE MARCHI.

CE Capitaine dans le cent & douzième de ſes deſſeins repreſente un Pentagone ſans Cazemates, ayant les Flancs des Baſtions diviſez chacun en deux parties égales.

La première partie du Flanc du côté de la Courtine fait vers le dedans de la Gorge du Baſtion une manière de Demi-cercle marqué A. Et l'autre partie du Flanc eſt auſſi diſpoſée en manière de Demi-cercle par dehors l'Angle de l'Epaule du Baſtion marqué B.

Le Terre-plain de ces deux Demi-cercles eſt d'une même hauteur que le Terre-plain du Baſtion, & leur Parapet a la même épaiſſeur & la même hauteur que le Parapet de la Place.

Le Parapet du Demi-cercle marqué A. eſt coupé de pluſieurs Embrazures, où ce Capitaine loge pluſieurs piéces de Canon, pour s'en ſervir comme d'une Place haute ou Cazemate élevée: Et l'avance de l'Epaule ou Demi-cercle B. ſert d'Orillon à cette Batterie.

Pour défendre avec plus de ſureté l'approche des murailles de ſon Pentagone, il y fait deux Foſſez, qui ſont ſeparez l'un de l'autre par un Scillon ou une manière de Chemin-couvert.

Il veut que le Foſſé qui eſt le plus proche de la Place, ſoit ſec, afin de s'y pouvoir retrancher & combattre en cas de beſoin ; & il deſire que le Foſſé du côté de la campagne ſoit plein d'eau, afin de découvrir par où les Aſſiegeans feront leurs Attaques.

On peut remarquer ces Foſſez dans le Plan Ichnographique & dans l'Ortographique que j'ay deſſinez dans cette planche, où le Foſſé marqué C. eſt ſec, & celui de D. eſt plein d'eau.

## Representation du cent & vingt-cinquiéme deſſein du C. P. DE MARCHI.

CET Auteur repreſente dans ce deſſein la Tenaille d'un Hexa-gone, dont les Baſtions tirent leur défence du milieu de la Courtine.

Sur le Terre-plain du Rempart depuis la Gorge du Baſtion juſ-qu'au talus interieur du même Rempart, ce Capitaine éleve un Cavalier marqué A. où il loge quantité d'Artillerie pour battre dans le Baſtion qui eſt devant lui, & le long des Faces des Baſtions qui lui ſont oppoſées.

Au devant de ce Cavalier dans les terres du Baſtion il creuſe un Foſſé marqué C. qu'il pretend être d'une grande utilité aux Aſ-ſiegez, pour arréter la vigueur des Aſſiegeans, qui auroient gagné par le moyen de quelque Bréche le deſſus de la Face du Baſtion.

Les Flancs de ſes Baſtions ſont faits comme ceux du cent-dou-ziéme deſſein, que j'ay repreſenté dans la page précedente, c'eſt à dire que chaque Flanc eſt diviſé en deux parties égales, & que la partie qui eſt plus proche de la Courtine fait la figure d'un Demi-cercle, dont la convexité regarde la Gorge du Baſtion. Il y met une Batterie, qui fait l'office d'une Cazemate élevée, & l'autre partie du Flanc eſt arondie au dehors de l'Angle de l'Epaule du Baſtion, pour ſervir d'Orillon à cette maniere de Cazemate élevée.

## Representation du cent & quarante-cinquiéme deſſein du C. P. DE MARCHI.

CET Auteur commence dans le cent-vingt-ſeptiéme de ſes deſ-ſeins à parler de certains Ouvrages, qu'il éleve dans le Foſſé de la Place, vis-à-vis l'Angle flanqué d'un Baſtion; il nomme ces Ouvrages du nom general de *Pontone*, & les Ingenieurs modernes les ont nommez *Contregardes*: toutefois quand ces Ouvrages ſont partagez en pluſieurs piéces, il appelle particulierement *Pontoni* ceux qui ſont préciſement conſtruits devant l'Angle flanqué du Baſtion, comme eſt le marqué A. & donne le nom d'*Aloni* à ceux, qui ſont devant les Faces des Baſtions comme les marquez B.

Il affecte auſſi quelquefois de faire des Cazemates dans ces Ou-vrages détachez, pour y loger quelques piéces en batterie, comme il ſe peut remarquer dans le 127. & dans le 144. de ſes deſſeins.

Mais dans la reflexion qu'il fait ſur le cent-quarante-cinquiéme deſſein, dont nous repreſentons ici la Tenaille avec élevation, il dit que le Baſtion doit toûjours être d'une troiſiéme partie plus élevé que la Contregarde, & que cette Contregarde pour être bien faite doit couvrir un peu plus que la Face du Baſtion.

Il ajoûte que la diſtance compriſe entre le Baſtion & la Contre-garde doit être à peu prés de l'étenduë que les trois piéces de Ca-non occupent à la Cazemate, afin qu'elles puiſſent nettoyer & dé-fendre tout le Foſſé qui ſe rencontre entre le Baſtion & la Contre-garde.

Ceux qui ſeront curieux de voir pluſieurs de ces Contregardes avec leur élevation, n'ont qu'à regarder le Plan de la Ville d'Elvas dans la page 319. du premier tome de cét Ouvrage.

## AVANTAGES DES CONSTRVCTIONS

### du Capitaine DE MARCHI, Italien.

CEux qui fe plaifent à lire les penfées de cét Auteur, lui donnent les Avantages fuivans, & difent :

I. Que par le grand nombre des deffeins qu'il a donné dans fon livre fur toutes les manieres de fortifier les Places, les Ingenieurs peuvent trouver des deffeins tout faits & propres à convenir au Terrain des Places qu'ils ont à fortifier.

II. Que les raifonnemens que cét Auteur fait fur chacun de fes deffeins font de grands avantages pour les Ingenieurs qui font venus aprés lui, & qui s'en peuvent fervir comme d'un devis, pour regler le détail & l'ordonnance des parties d'une Place fortifiée ou à fortifier.

III. Que l'ufage de plufieurs Batteries ou Cazemates retirées dans les Flancs, avec un Cavalier devant la Gorge de fes Baftions, feparé du même Baftion par un Foffé qui regne d'une Cazemate à l'autre, eft un avis dont on lui eft tres-obligé.

IV. Que l'invention de fes Contregardes eft d'une grande utilité pour empêcher l'Efcalade & la furprife des Baftions, & pour ôter la facilité aux Affiegeans d'y attacher le mineur.

## DESAVANTAGES DES CONSTRVCTIONS
### du C. P. DE MARCHI.

CEUX qui ne donnent pas dans le fentiment de cét Auteur, lui font d'ordinaire les objections fuivantes.

I. Que le grand nombre des deffeins qu'il a donnez touchant les diverfes manieres de fortifier les Places, n'eft pas d'un fi grand avantage que l'on s'imagine, puifqu'il ne donne ni ne fuit aucune regle fixe, fur laquelle on puiffe fe déterminer, ayant le defaut de certains fçavans, qui fuppofent que l'on entende tout ce qu'ils écrivent. Car dans la plûpart de fes deffeins il a negligé de marquer la valeur des Echelles qu'il y donne, & qui font prefque toutes de differentes longueurs & de diffemblables mefures.

II. Quant au raifonnement qu'il fait fur ces deffeins, on objecte que d'abord cela femble être quelque chofe de fort utile; mais que dans le fond, comme ils ne s'étendent prefque tous que fur des Places Regulieres, les Ingenieurs n'en peuvent tirer aucun avantage confiderable, puifque ces raifonnemens font affectez à des deffeins particuliers; deforte qu'entre mille deffeins nouveaux que l'on propofera, à peine en trouvera-t'on un feul qui convienne avec un des fiens.

III. Que la multiplicité de fes Cazemates, Cavaliers & Batteries demande trop d'Artilleries, de Munitions, & d'Officiers : Ce qui doit particulierement faire rejetter les Courtines qui forment des Angles rentrans, à caufe des grandes ruines qu'elles auront caufé dans leur Conftruction par la démolition des maifons de la Ville, fans que la Place en tire beaucoup d'utilité, puifqu'un Affiegeant en ruine les défences dés les premiers jours du fiege.

IV. Que fes Contregardes ne fe peuvent pas faire fur toutes fortes de terrain fans des dépenfes exceffives, & qu'elles demandent une garde trop nombreufe, qui même peut être facilement coupée par un Affiegeant, qui feignant d'attaquer ces Ouvrages par la tête, les ira furprendre par la Gorge, principalement fi leur Foffé eft fec, comme il le fuppofe à la plûpart de ces fortes de Travaux. Ils ajoûtent qu'on doit faire peu d'état des Cazemates qu'il met aux extremitez de ces Contregardes pour nettoyer le Foffé, & empêcher l'Affiegeant de monter à l'Affaut : car un General qui fçait la guerre, ne manquera pas d'infulter & de fe rendre maître de cét Ouvrage, & de l'Artillerie qu'il y trouvera tout à-propos pour pointer contre la Ville; ce qui lui épargnera la peine & les longueurs d'en faire venir de fon camp.

## AVANTAGE DE MA CONSTRUCTION
### *fur celle du* C. P. DE MARCHI.

I. MA methode qui donne par les mêmes regles & par les mêmes exemples le moyen de fortifier toutes fortes de Places Regulieres fur le pied d'une même Echelle, & qui met en état de défence toutes fortes de Poftes, quelque irregularité qu'ils puiffent avoir, eft une facilité qu'on ne trouve point dans le livre de cét Auteur.

II. Que les raifonnemens que je fais fur les definitions & les ufages de tout ce qui appartient à l'Art de fortifier, font plus intelligibles & plus neceffaires aux Ingenieurs, que les explications qu'il donne dans fon livre fur le fujet de fes deffeins, parce qu'elles ne font le plus fouvent que la redite des pages precedentes.

III. Que fes Courtines en Angles rentrans retranchent trop du terrain de la Ville où l'on fe pourroit fortifier; mais que les nôtres faites en lignes droites, peuvent être aifément enfilées & nettoyées d'un feul coup de Moufquet ou du Canon logé dans une Cazemate: ce qui ne fe peut faire aux Courtines formées par deux lignes qui fe coupent pour former un circuit exceffif, dont la dépenfe eft grande, & profitable feulement à l'Ingenieur, & à ceux qui demandent des Garnifons nombreufes, pour le fafte plûtôt que pour la neceffité. Joint que nos Cazemates accompagnées de leurs Canons cachez & de leurs Cavaliers de figure ronde, qui laiffent le paffage libre pour aller de la Ville dans le Baftion, & du Baftion à la Ville, font dans leur conftruction de bien moins de dépenfe que les fiennes, qui apportent beaucoup d'embaras & bien moins de fervice.

V. Que l'ufage des Demi-lunes que j'affecte pour couvrir l'Angle flanqué d'un Baftion, eft d'un auffi grand fecours que fes Contregardes, mais d'une dépenfe bien moindre dans leur élevation, & d'une garde bien plus petite pour leur défence.

CHAPITRE

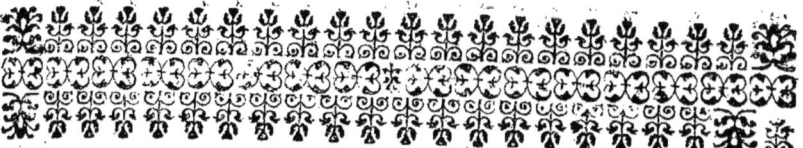

# CHAPITRE X.

*De l'Ordre Renforcé.*

UOIQUE cette maniere de fortifier, que l'on appelle *Renforcé*, soit attribuée à divers Auteurs Italiens & particulierement au Capitaine DE MARCHI, Gantil-homme Romain, je me contenterai de la donner dans les termes que l'a rapporté le R. P. P. BOURDIN, dans son Livre des Fortifications.

Tome II.                                                   P

## CONSTRVCTION DES PLACES

### selon l'Ordre Renforcé.

LE Pere BOURDIN sur la fin de son Livre des Fortifications,
donne la Construction de l'Ordre Renforcé en ces Termes :
" Le Cercle étant fait, & dans le Cercle la Figure ou le Polygone
" & les lignes outre-passantes, tirées du Centre par les pointes des
" Angles, un des côtez de la Figure V V. est divisé en huit parties
" égales, desquelles une est donnée de part & d'autre, pour la Gor-
" ge V T. restent six, desquelles deux sont prises de part & d'autre
" T S. & A L. pour les petites Courtines, & les deux qui restent
" sont baillées pour la Courtine inferieure C H. S C. & L H. sont
" les Arriere-flancs, tirez à plomb des points S. & L. & pris égaux
" à la Gorge. V T. T S. L T. sont les petites Courtines, l'une droite,
" & l'autre gauche T T. la grande Courtine, T I. le Flanc ordinaire
" élevé à plomb du point T. & pris de la grandeur de la Gorge I O.
" le Pan ou la Face du Bastion faite par la petite ligne de défense
" C O. conduite du Flanc interieur C. par les Extremitez des Flancs
" L I.

" Le trait de la Face de la Figure étant fait, l'Echelle se prepare
" de la sorte, la petite ligne de défense C O. est prise à l'écart, & di-
" visée en 150. ou 140. toises, ou si l'on se veut servir du Flanc
" pour regler l'Echelle, le Flanc est divisé en 22. parties égales pour
" les six Angles, sept Angles, huit Angles, & pour le neufiéme
" Angle, & les autres au dessus en 24.

" La pointe du Bastion pourra être droite ou aiguë, à discretion,
" dans les Places à plusieurs Bastions, si on les veut droites.

## FIGURE LXXI.

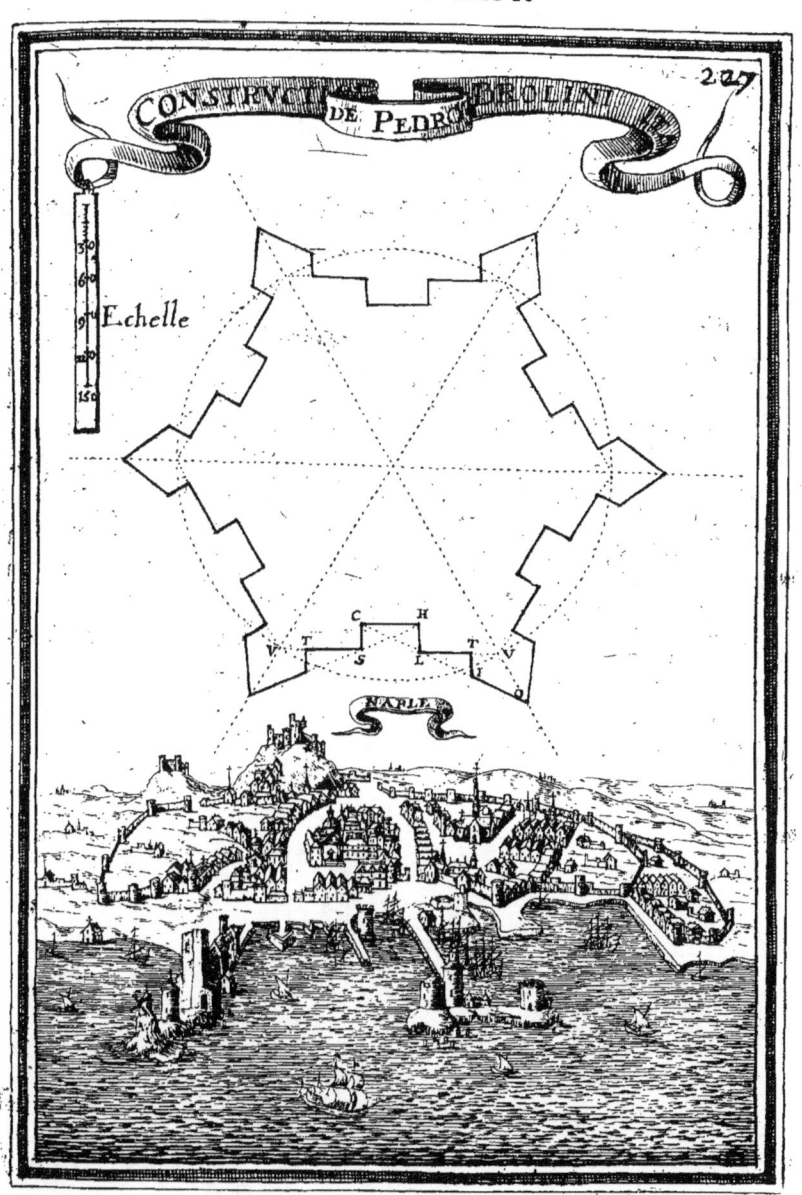

Echelle

CONSTRVCT DE PEDRO FERRINI

NAPLES

# CONSTRVCTION DES FORTIFICATIONS

## selon l'Ordre Renforcé.

LEs Auteurs de cette Methode ne se servent point de supputations Geometriques pour trouver la valeur des Angles, & la longueur des lignes de leurs Figures.

Ils se contentent de mesurer les Angles avec des Demi-cercles, quand leurs Figures sont faites, & ils mesurent leur ligne avec des Echelles prises sur la longueur de la petite ligne de défense, sur lesquelles ils font les rapports des autres lignes pour en trouver la valeur précise.

Nous passerons aux avantages que ce R. Pere a écrit dans son Livre en faveur de cette Construction ; & ensuite nous rapporterons les objections de ceux qui condamnent cette methode : Enfin nous finirons ce Chapitre par le Parallele de nôtre Construction avec celle de cét Auteur. Cependant voici une Figure qui represente l'élevation d'un corps de Place selon cette maniere de fortifier.

## FIGURE LXXII.

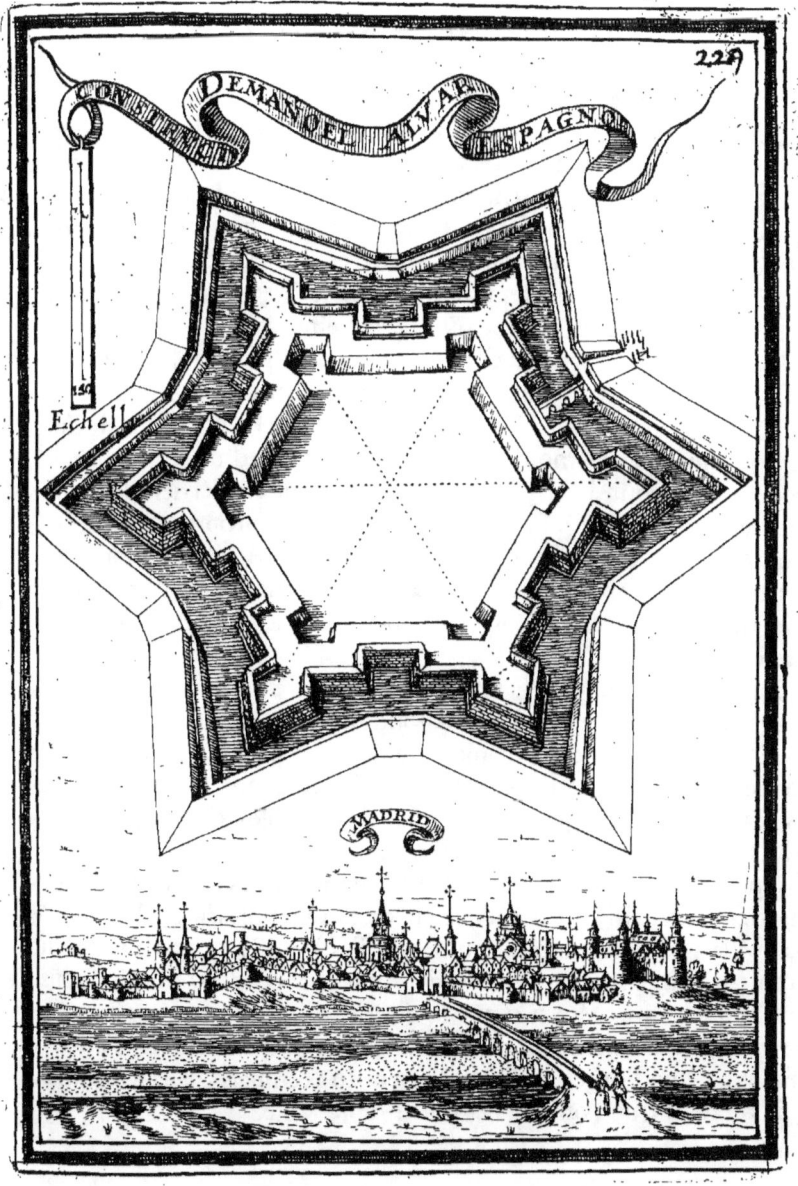

## *Remarque sur l'Ordre Renforcé.*

LE Capitaine DE MARCHI, dont j'ay cité l'Architecture Militaire, & rapporté les Constructions dans le Chapitre précedent, a donné au public, après les pages 66. 68. 78. &c. de son Livre, plusieurs desseins qui approchent fort de l'Ordre Renforcé, & même il est probable que ceux qui depuis peu nous ont donné cét Ordre, en avoient pris les premieres pensées chez cét Auteur. Quoi qu'il en soit, je represente dans le Plan qui est ici, les Tenailles de Place de ses 22. 24. & 34. desseins.

Cét Auteur, qui se declare ouvertement pour les Cazemates, s'est étudié à les multiplier le plus qu'il a pû, comme on le peut remarquer dans les trois Tenailles A B C. C D E. & E F G. dessinées sur son vingt-deuxième dessein qui est le Plan d'un Octogone. Il pretend que tout le terrain du Rempart qui est derriere les Courtines enfoncées B. D. F. est une Plate-forme propre à défendre la grande largeur du Fossé qui regne devant les Angles rentrans de la Contrescarpe, tandis que dans la même Tenaille de Place l'Artillerie des Cazemates H. I. K. L. fera feu contre les Assiegeans dans le reste du Fossé.

La Tenaille G. M. N. represente celle d'un côté de son vingt-quatriéme Plan qui est un Hexagone, où il avance sur la Courtine une Plate-forme faite en maniere de Bastion plat. Il pretend que le feu de la Mousqueterie de cette Plate-forme, qui flanque les Faces des Bastions, étant joint avec celui des doubles Cazemates de ses Flancs, sera une tres-bonne défence.

Quant à la Tenaille O P Q qui est dessinée sur celle de son trente-quatriéme dessein, il dit qu'elle est de l'invention du celebre *Gio da san Gallo*, qui la proposa au Pape Paul III. quand on voulut commencer à fortifier la ville de Rome avec dix-huit Bastions. Le Capitaine DE MARCHI la soutient excellente pour fortifier une grande Place, à cause de ses doubles Cazemates & du Cavalier, qu'il veut que l'on éleve sur le milieu du Rempart de la Courtine, où il pretend que l'on fasse la porte de la Ville.

## FIGURE LXXIII.

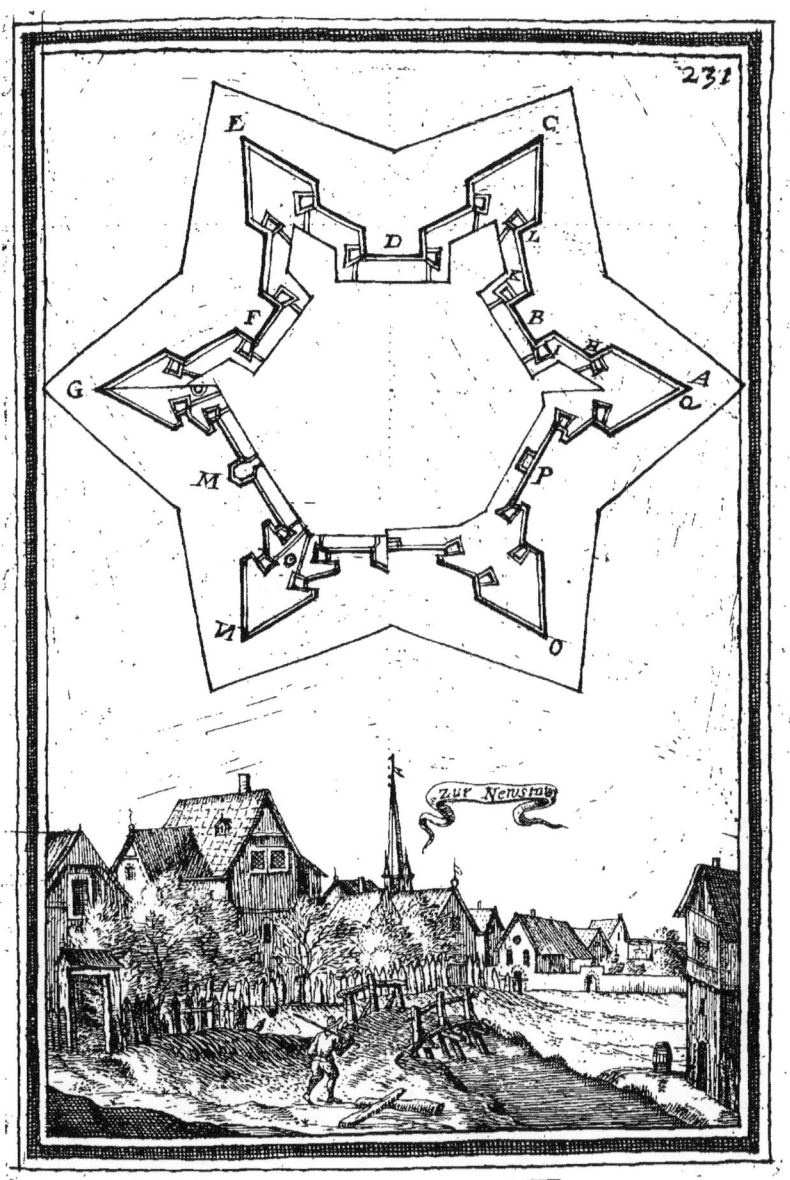

## AVANTAGE DE LA FORTIFICATION

### selon l'Ordre Renforcé.

VOici les propres termes du P. BOURDIN sur les Avantages de cét Ordre Renforcé.

„ I. Il rend la Place plus capable, ou enferme plus de terrain,
„ avec pareil nombre de Bastions ; ensorte que son Neuf-angle est
„ aussi capable que l'Onzangle des autres Ordres (ou Constructions.)

„ I I. Il a les défences plus commodes & plus assûrées, tant à
„ raison des Flancs bas, ou Places-basses qui sont doublez, que
„ pour les Flancs ordinaires, qui sont hors de la portée du Mous-
„ quet de l'Ennemi, tellement qu'il a les commoditez de deux lignes
„ de défense, longue & courte, sans neanmoins en recevoir les in-
„ commoditez.

„ I I I. Toutes les parties de la Place sont également flanquées
„ & les Pans des Bastions, qui dans les autres ordres ne sont défen-
„ duës que d'une seule Batterie, le sont ici de deux ; en sorte qu'il
„ a les avantages de la Faussebraye, sans les desavantages.

„ I V. Il fournit le moyen d'avoir de beaux dehors & bien flan-
„ quez, & au dedans des Cavaliers, des Retranchemens, & d'autres
„ Ouvrages.

## DESAVANTAGE DE LA FORTIFICATION

### selon l'Ordre Renforcé.

CEUX qui rejettent cette Methode la combattent de la forte.
I. Que ce n'est pas un avantage fort particulier à cette Construction, d'enfermer plus de terrain avec neuf Bastions, que d'autres n'en enferment avec onze, puisque la ligne de défense, selon
cette methode, y est extraordinairement grande, & passe les communes, qui ne font que de 100. ou 120. toises, tout au plus, la petite y étant de 150. & la grande de 200. & plus.

II. Que les Flancs de cette Construction étant doubles, font
aussi de double dépense, quoi qu'ils n'apportent aucun avantage
particulier, puisqu'une seule traverse suffit pour mettre l'Assaillant
à couvert de ces fortes de Flancs : le plus éloigné de ces mêmes
Flancs est de nul effet pour défendre les Bréches avec la Mousqueterie, parce qu'il ne la peut flanquer. Et pour le Canon, l'Assaillant le rendra inutile dans ses Cazemates, parce qu'il est trop en
vûë des Contrescarpes opposées.

III. Que toutes les parties qu'il dit être flanquées de deux défenses, ne le font veritablement que d'une seule : car pour les deux
petites Batteries qui flanquent les Faces de ses Bastions, elles peuvent être aisément ruinées par celles de l'Assiegeant, logé sur la
Contrescarpe.

IV. Que les dehors faits sur la Contrescarpe de cette forte de
Construction, doivent être fort petits, si l'on veut se servir des doubles Flancs pour leur défence, ou extrémement grands, & par consequent faciles à être foudroyez de la campagne, si l'on en veut
couvrir toute la Courtine ; ce qui est le principal usage des Dehors.

## PARALLELE DE NOSTRE CONSTRVCTION

### avec celle de l'Ordre Renforcé.

I. NÔTRE Conſtruction, qui ne donne pas ſes Baſtions & ſes Angles flanquez ſi foibles ni ſi aigus que cette Methode, enferme toutefois bien plus de terrain ſur une même grandeur de Circonference que cette maniere, qui fait rentrer ſon Rempart dans l'enceinte de la Place.

II. Nôtre Conſtruction faite ſur une meſure pareille à celle de cette Methode, a cét avantage, qu'un de nos Flancs eſt preſque égal à deux de ceux-ci, & que nos Canons cachez ſont bien mieux à couvert des Batteries de l'Ennemi, que ceux que l'on mettra dans des Cazemates conſtruites dans les Flancs de cette Fortification, d'où les Mouſquetaires ne peuvent tirer juſqu'à l'Angle flanqué du Baſtion oppoſé, pour en être trop éloigné, ce qui ne ſe rencontre point dans nôtre maniere.

III. Que l'on peut avec bien plus de juſtice dire, que toutes les parties d'une Place fortifiée à nôtre maniere ſont également & doublement flanquées, que ne ſont les parties de cette Methode, où il n'y a que les Pans du Baſtion oppoſé à ces Flancs qui peuvent être défendus de ces deux Batteries: Mais dans la nôtre les Courtines, les Flancs, les Faces, & les Foſſez ſont toûjours également ſous les défences de la grande Cazemate & des Canons cachez, qui ne peuvent être ruinez comme les leurs.

IV. Que les Ouvrages exterieurs que l'on élevera ſur nos Contreſcarpes, comme Ravelins, Demi-lunes, &c. ſeront, ſans difficulté, bien mieux proportionnez aux Maximes de cette Science, qui condamnent les petits Ouvrages, & rejettent ceux qui ſont trop grands; les uns pour être incapables des fonctions Militaires, & les autres pour être trop faciles à être foudroyez des Ennemis.

# CHAPITRE XI.

*Des Constructions de* PIERRE SARDI,
*Italien.*

 E Livre de cét Auteur porte pour tître CORONA,
&c. Nous avons traduit & abregé la Construction de
ses Places & de ses Cazemates , qu'il donne dans son
second Livre : & la voici dans toute la justesse de ses
Exemples.

## CONSTRUCTION DES PLACES

### selon SARDI.

#### De la Construction d'un Hexagone.

CET Auteur oblige d'abord de faire une Circonference de la grandeur de la Place qu'on veut faire, & de diviser cette Circonference en autant de parties qu'on souhaite de côtez, comme pour l'Hexagone; il la divise en six parties égales, pour avoir les six côtez du Polygone. Il suppose que son Echelle, qui se divise en 800. pieds Geometriques, soit de la longueur d'un des côtez du Polygone, & après cela il entre ainsi en pratique.

» On prend sur l'Echelle cent-cinquante pieds, & portant une » pointe du compas au point A. qui est l'Angle du Polygone, on » détermine à droit & à gauche, sur les deux côtez A E. & A B. les » points des Demi-gorges G H, & à ces points G. & H. on fait » tomber des Perpendiculaires que l'on détermine de la grandeur » des Demi-gorges en V. & X. pour avoir la longueur des Flancs. » G V. & H X. Ensuite pour avoir les Faces & l'Angle flanqué, » on divise la Courtine G M. en 8. parties égales, & de la plus pro- » chaine de M. comme N. on tire une ligne par le sommet du Flanc, » jusqu'à ce qu'elle coupe la ligne du Centre prolongée au point P. » & ainsi on a la ligne de défense razante N P. & la Face V P. & si » on joint X P. on aura le Bastion & l'Angle flanqué requis. Pra- » tiquant le même par tout, la Figure se trouvera achevée.

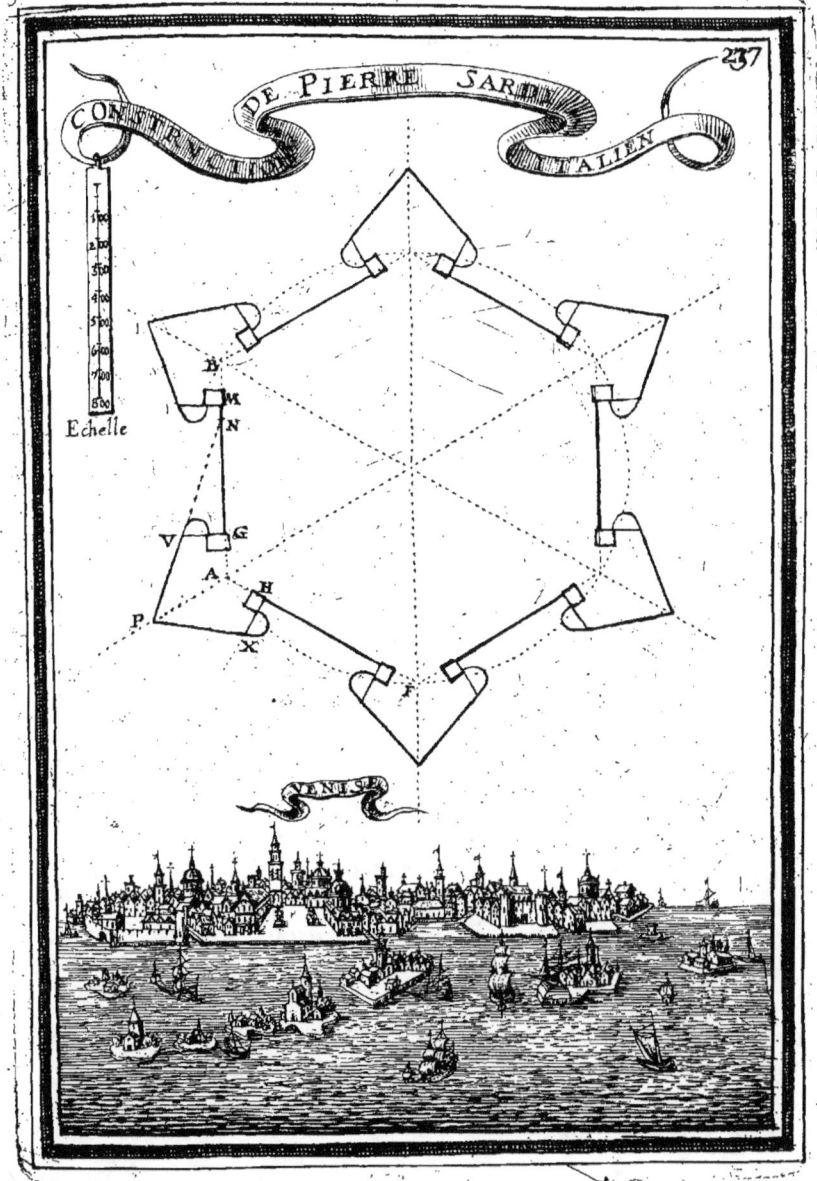

Echelle

DE PIERRE SARI...

VENISE

## CONSTRUCTION DES PLACES

### felon SARDI.

#### Des Cazemates & des Orillons.

AU deſſous de la ſeconde Figure du ſecond Livre de la pratique de cét Architecte, l'on trouve les Regles & les meſures qu'il faut obſerver pour faire des Cazemates & des Orillons, que nous avons traduits, & mis en abregé, en ces termes.

„ Pour la Cazemate, on diviſe le Flanc G V. en trois parties éga-
„ les, afin d'en prendre une pour avoir le front G Q. ou bien on
„ prend ſur l'Echelle 50. pieds, troiſiéme partie de 150. qui eſt la
„ longueur du Flanc pour donner cette même grandeur à G Q.
„ Puis de la même meſure de 50. pieds on fait la ligne O D. paral-
„ lele à G Q. cette ligne O D. eſt l'enfoncement de la Cazemate,
„ que l'on fait quarrée ſur le côté G Q avec cette remarque, que
„ pour mieux ſe ſervir du Canon, on l'élargit à droit & à gauche
„ du côté de l'Orillon & du Rempart en mettant de Q. en C. 10.
„ pieds, & 15. de G. en L. comme auſſi 15. deg. de D. en T. & 20.
„ de D. en E. & uniſſant L T E C. on a la juſte capacité de la Place
„ baſſe, ou Cazemate.

Quant à l'Orillon, il le fait ou rond, ou quarré.

Pour le Quarré, il porte ſur la ligne de défenſe razânte de V. en R. 50. pieds, & tirant de Q. en S. milieu de la Face oppoſée I R. une ligne droite, il meſure de Q. en Y. cinquante autres pieds ; de ſorte qu'en joignant Y. & R. d'une ligne droite, il a l'Orillon quarré.

Pour faire le Rond, il fait du point Y. & de la diſtance Y Q. ou de 50. pieds, un Arc vers le Flanc ; puis du point R. & de la diſtance R V. ou de 50. pieds, il fait un ſecond Arc vers le Flanc, & de leur interſection C. & de la diſtance C Y. il fait l'Arc Y R. qui forme l'Orillon rond.

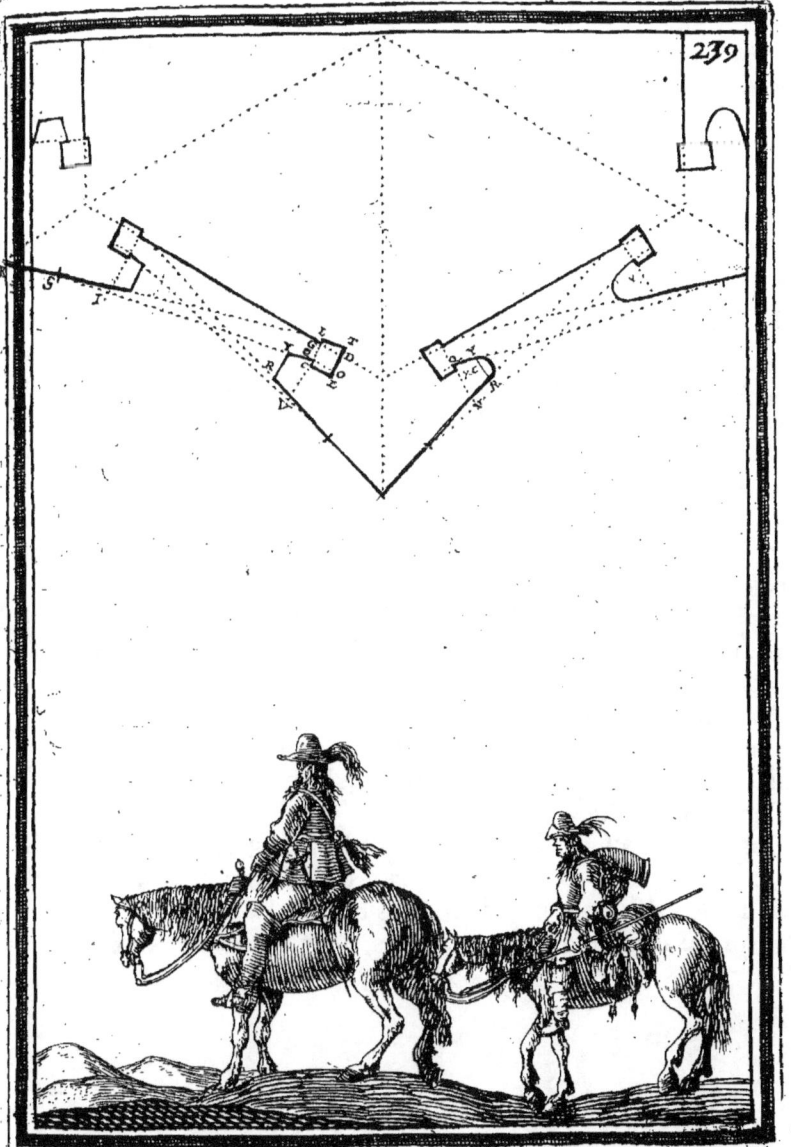

## CONSTRUCTION DES PLACES
### *selon* SARDI.

#### *Des Cavaliers.*

SARDI aprés avoir fourni à chaque Place-baſſe trois piéces de Canon, & preſcrit la même quantité pour les Parapets retirez de ſes Flancs, qu'il appelle *Parapet de la Place haute*, ajoûte, que cette quantité de Canons eſt neceſſaire à une Place Royale, afin d'empêcher, par un feu continuel, l'Aſſaillant de ſe loger ſur les ruines de leurs Bréches. En ſuite il donne le lieu & les meſures qu'il faut obſerver pour la Conſtruction de ſes Cavaliers, qu'il pratique ainſi.

Il bâtit ſes Cavaliers juſtement au milieu des Courtines, & fait leurs Faces paralleles au Parapet du Rempart de la diſtance de 30. pieds.

Il donne au talud de leurs murailles 8. pieds, & 15. à leur épaiſſeur : de maniere que la muraille du Cavalier avec ſon talud eſt de 25. pieds.

La groſſeur ou l'épaiſſeur de ſes Cavaliers, ſans conter la ſolidité des murailles, eſt de 50. pieds, & y ajoûtant celle des murailles, cela fera 89. pieds, remarquant que la muraille de derriere n'a qu'un pied de talud.

Le Front des Cavaliers, qui eſt toûjours égal, eſt de 180. pieds, & le derriere de 250. pieds. Il place d'ordinaire 7. piéces d'Artillerie ſur leur Terre-plain, dont trois battent la campagne, & les autres quatre dans les Baſtions voiſins, deux de chaque côté.

FIGURE LXXVI.

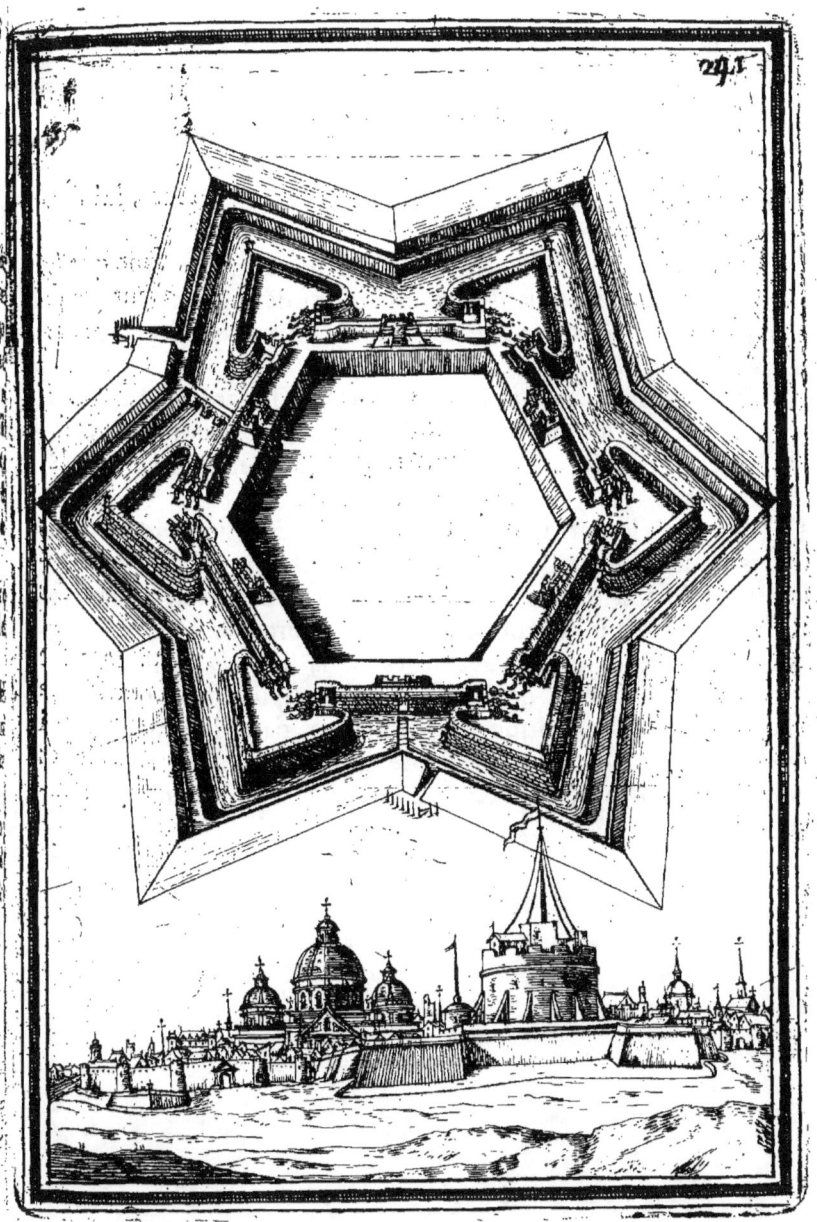

## AVANTAGE DE LA CONSTRUCTION

### selon SARDI.

CEux qui reçoivent la Construction de cét Auteur, lui donnent les Avantages suivans.

I. Que ses Bastions ayant leur Angle flanqué aigu, font que les Faces d'un même côté de la Place se peuvent défendre avantageusement l'une l'autre, & tenir lieu de Flanc, en cas que leurs Cazemates & leurs Flancs fussent rompus.

II. Qu'en faisant ses Courtines petites, à l'égard des Faces, il approche plus prés ses défences, pour les mieux flanquer; le feu de ses Flancs se ramasse, & se joint mieux par ce moyen avec celui des Courtines.

III. Qu'en élevant sur le milieu de ses Courtines de puissans Cavaliers, sur lesquels il place sept piéces, il incommode merveilleusement l'Assaillant dans son Campement, dans l'ouverture des Tranchées, & dans la continuation de ses Approches.

IV. Qu'il tire de grands avantages de la Batterie qu'il met sur le derriere de la hauteur de sa Cazemate, où il loge sa meilleure Artillerie, & dont il pratique les embrazures dans le Parapet qui couvre la Gorge du Bastion; parceque de ce lieu avantageux, il bat dans les Fossez, flanque la Bréche, & empêche l'Assiegeant de monter à l'Assaut.

## DESAVANTAGE DE LA CONSTRUCTION
### felon SARDI.

CEux qui negligent cette Conftruction, y oppofent les difficultez fuivantes.

I. Que c'eft faire fond fur une méchante maxime, de vouloir
l'Angle flanqué aigu, afin que les Faces d'un même côté de Place fe
puiffent défendre reciproquement les unes les autres, aprés la perte
de leurs Flancs, & de leurs Cazemates; cette défenfe eft très-inu-
tile: car il eft évident que fi l'Affaillant a pû rompre des Flancs, &
ruiner des Cazemates couvertes d'Orillons, il pourra bien plus aifément ruiner le Parapet des Faces, qui lui font tout-à-fait en vûë,
& entierement expofez.

II. Qu'en faifant les Courtines moindres que l'ordinaire, les
Flancs deviennent fort petits, & les Faces extrémement grandes, ce
qui eft oppofé aux Maximes de la Fortification, qui veut le contraire, afin que des grands Flancs on tire plus de feu pour défendre
plus avantageufement les Faces & les Foffez oppofez, à quoi le voifinage des Flancs, pour proche qu'il puiffe être, eft inutile, puifqu'ils ne flanquent pas tous deux d'un même côté.

III. Qu'il eft affez difficile de trouver par tout des terres fuffi-
fantes pour élever de fi puiffans Cavaliers; même qu'il eft affez
rare de rencontrer par tout des Magazins garnis de tant de Munitions, & de tant d'Artillerie qu'il en exige. Sur tout, la hauteur de
fes Cavaliers ne fert qu'à découvrir & battre de loin, fans incommoder beaucoup l'Ennemi, qui fçaura s'en couvrir par les Valons,
les Rideaux, & les autres avantages de terrain.

IV. Que la feconde Batterie, qui eft la plus élevée de celles
qu'il deftine pour la défenfe des Foffez & des Bréches, fera facilement ruinée des Affiegeans, pour être tout-à-fait en vûë, & expo-
fée à leurs Batteries: fur tout quand ils voudront fe rendre Maîtres des Faces, pour y faire Mine, Bréche, & monter à l'Affaut.

## PARALLELE DE MA CONSTRVCTION

### avec celle de SARDI.

I. LEs Faces de mes Baſtions ſont plus avantageuſement défen-duës par les Canons cachez, que les ſiennes par les défenſes tirées du Parapet des Faces; puiſque les Aſſiegeans ont accoûtumé de ruiner ces Parapets par leur premiere Batterie, joint que quand ils demeureroient en leur état, toutes ſes défenſes n'étant que fichan-tes, ſeroient de peu d'effet, pour la trop grande diſtance qui ſe ren-contre entre les deux Angles flanquez.

II. C'eſt une choſe aſſûrée, que le peu d'étenduë de ſes Cour-tines, & le voiſinage de ſes Flancs, à l'égard de ſes longues Faces, ne contribuent en rien à la bonté d'une Fortification; puiſque les Faces ſont également défenduës par les Flancs, proche ou loin, quand la défenſe n'excede pas la portée du Mouſquet; il eſt donc beaucoup plus juſte de faire les Faces petites & les Courtines gran-des, comme nous faiſons, afin de ſuivre ponctuellement les maxi-mes de la Fortification, qui les exigent ainſi.

III. Outre que nos Cavaliers élevez dans la Gorge de nos Baſ-tions découvrent la campagne, qu'ils battent les Contreſcarpes, & nettoyent les Foſſez, ils razent de plus le long des Faces, & peu-vent fort aiſément rompre les Galleries, & foudroyer dans les Tra-verſes, ce que ne peuvent faire ces Cavaliers, élevez ſur le milieu de ſes Courtines, quoi qu'ils ſoient entierement oppoſez aux Batte-ries des Aſſaillans.

IV. Nos Cavaliers & les Canons cachez, qui fichent dans les Bréches, ſans craindre les Batteries aſſaillantes, ont ſans difficulté des avantages que n'ont pas ceux de ſa ſeconde Batterie, qui ne ſont couverts que d'un ſimple Parapet, qui peut être aiſément démoli, & renverſé dans la Place-baſſe; & c'eſt pour cela que nous préferons nos Canons cachez à cette Batterie, dont nous pourrions même nous ſervir, ſi nous croyons qu'il y eût de l'avantage.

# CHAPITRE XII.

## Des Constructions des Fortifications du Chevalier ANTOINE DE VILLE François.

**N**OUS rapporterons dans les pages suivantes les regles, les mesures & les demonstrations que ce Chevalier donne pour la Construction de ses Places, tant de celles qui se font sans calcul, que de celles qu'il a supputées: Et afin de ne rien omettre de ce qu'il établit pour la perfection d'un Corps de Place, nous exposons ensuite les diverses manieres de faire des Cazemates aux Flancs, & d'élever sur les Bastions & sur les Courtines des Cavaliers & des Plate-formes.

## CONSTRVCTION DES PLACES
### *selon* DE VILLE.

DANS le Chapitre VIII. de sa premiere partie, ce Chevalier commence la Conftruction de ses Places sans calcul, en ces termes :

,, L'Hexagone eft la premiere Figure qu'on peut fortifier, le
,, Baftion demeurant Angle droit : c'eft pourquoi nous commence-
,, rons par celle-là, de laquelle ayant donné la methode, on s'en fer-
,, vira en même façon pour toutes les autres Figures regulieres.

,, On conftruira premierement une Figure reguliere, c'eft-à-dire,
,, ayant les côtez & les Angles égaux d'autant de côtez qu'on vou-
,, dra que la Figure ait de Baftions : ce qui se fera, décrivant un
,, Cercle auffi grand qu'on voudra, & le divifant en tant de parties
,, qu'on veut avoir de côtez à la Figure ; comme sera demonftré
,, après, & tirant du point d'une divifion à l'autre des lignes.

,, Dans cette Figure nous avons mis un Hexagone, auquel ayant
,, montré comme il faut faire un Baftion, on fera de même sur
,, tous les autres Angles : soient les côtez R H. H L. d'un Hexa-
,, gone, & l'Angle du côté K H L. sur lequel il faut faire un
,, Baftion.

,, On divifera l'un des côtez H L. en trois parties égales, & cha-
,, cune d'icelles en deux, qui soit H F. d'un côté, & H Q. de l'au-
,, tre, chacune la fixiéme partie de tout, son côté H R. ou H L.
,, qui feront les Demi-gorges des Baftions : & sur les points Q. &
,, F. soient élevez perpendiculairement les Flancs M Q. E F. égaux
,, aux Demi-gorges, d'une extremité du Flanc à l'autre soit menée
,, M E. soit prolongé le Demi-diametre S H. paffant par l'Angle
,, de la Figure autant qu'on voudra : & soit I A. égal à I E. après
,, soit menée A E. & A M. qui feront le Baftion Q M A E F. Rec-
,, tangle, & prendra autant de défense de la Courtine qu'il se peut,
,, laquelle on connoîtra où elle commence, si on prolonge les Faces
,, A E. A M. jufques à ce qu'elles rencontrent icelle Courtine en B.
,, & K. la ligne de défense sera A C.

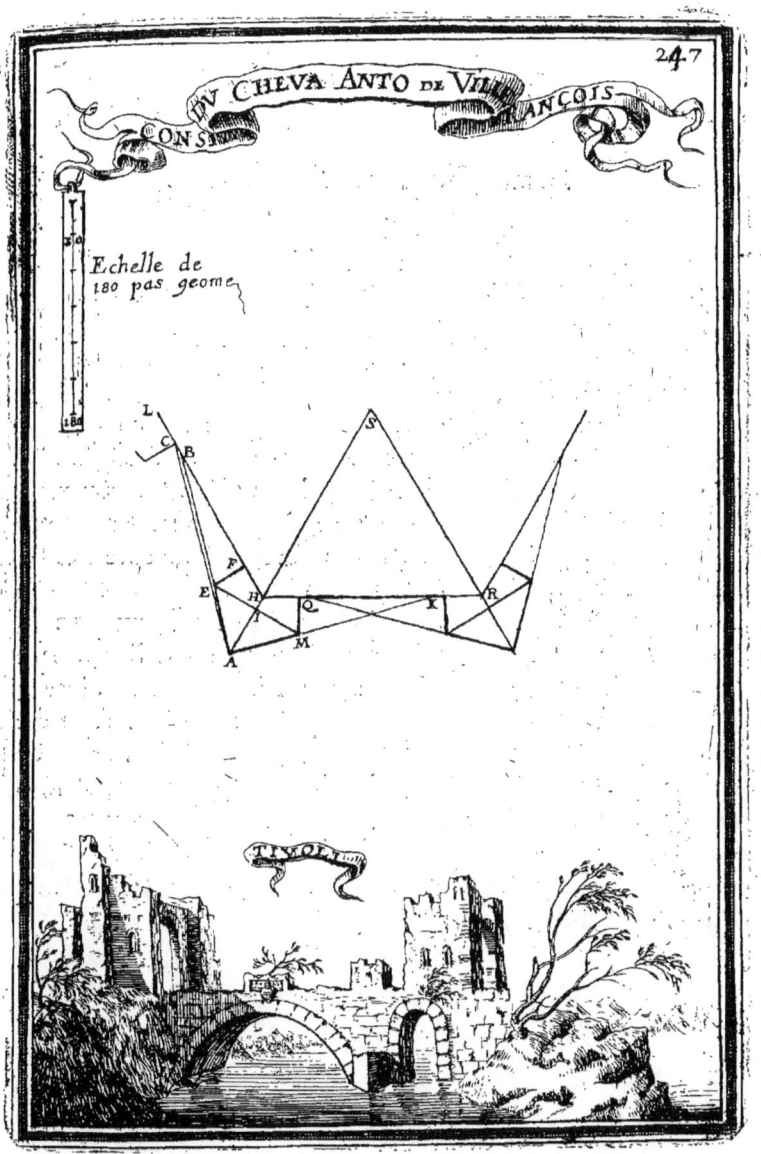

## CONSTRUCTION DES PLACES

## selon DE VILLE.

### Demonstration de l'Hexagone.

DE VILLE aprés qu'il a donné la Construction de l'Hexagone dans son Chapitre VIII. il en expose dans le même
Chapitre la Demonstration en ces termes.

» L'Angle du côté R H L. est divisé en deux également par le
» Diametre H S. 16. Propos. 4. & le côté H F. est égal au côté H Q.
» par la Construction, & H G. est commun: donc les Triangles
» H G F. H Q G. seront égaux. 4. Propos. 1. & l'Angle F G H.
» égal à Q G H. & le côté F G. égal à Q G. Maintenant avec
» Triangles G I E. G M I. si à G F. G Q on ajoûte les égales F E.
» Q M. les toutes G E. G M. seront égales, & le côté I G. étant
» commun, & les Angles M G I. E I G. aussi égaux, N I. I E. se-
» ront égales, & les Angles M I G. E I G. aussi égaux, 10. dsf. 1.
» & par conséquent droits: de même seront M I A. E I A. 13. Pro-
» pos. 1. par aprés, puisque I A. a été faite égale à I E. les Angles
» I A E. I E A. seront égaux. 5. Propos. mais A I E. étant droit,
» chacun des autres sera demi-droit. 32. Propos. de même se de-
» montrera l'Angle M A I. être demi-droit: donc le total M A E.
» sera droit, qui est la pointe du Bastion, & ainsi des autres.

On remarquera que cette Methode ne peut servir aux Places de
moins de six Bastions, parce que les Flancs & les Gorges demeu-
rans de juste grandeur, le Bastion vient Angle aigu.

## CONSTRUCTION DES PLACES

### selon DE VILLE.

DANS le Chapitre IX. de la premiere Partie du premier Livre des Fortifications de DE VILLE, il y montre à faire l'Extraction des Angles de ses Figures, en ces termes.

„ Pour avoir la connoissance des longueurs de toutes les lignes du „ Plan, il faut faire la supputation de tous les Triangles de la Figure, laquelle se fait par les Tables des Sinus, ou par les Logarithmes: nous mettrons comme nous les avons supputées par les „ Sinus qui sont jusques à cette heure, les plus connus.

„ Avant que porter des lignes, il faut connoître les Angles, comme s'ensuit.

### De l'extraction des Angles.

„ SUPPOSONS la Figure être un Hexagone, soit vûë la Planche cottée 28. l'Angle du Centre H R L. étant 60. degrez, „ l'Angle du côté K H L. sera cent-vingt. Ce qui se trouvera parceque Clavius a démontré sur le 32. du premier d'Euclide, divisant 360. par le nombre des Angles de la Figure, & le quotient „ qui est toûjours l'Angle du Centre, l'ôter de 180. le reste sera „ l'Angle du côté, dont la moitié ici R H L. sera 60. degrez, & „ l'Angle E H A. sera 120. par la 13. Propos. 1. & H A B. étant „ de 45. comme il a été démontré en la Construction H B A. sera „ 15. appellé d'aucuns, Angle flanquant interieur. Par la 32. Propos. „ 1. & A B C. 165. par après E F B. étant droit, F E B. sera 75. & „ I E A. étant 45. par la Construction G E I. sera de 60. par la „ 13. Propos. & les deux ensemble G E A. seront 105. puisque EIG. „ est droit E G I. sera trente degrez, & les deux Angles O N B. „ O B N. seront égaux chacun de quinze degrez : l'Angle flanquant „ A O B. sera 150. degr. le tout par la 32. proposition du premier „ d'Euclide. Ce qui se démontre d'un côté, le même sera entendu „ des autres.

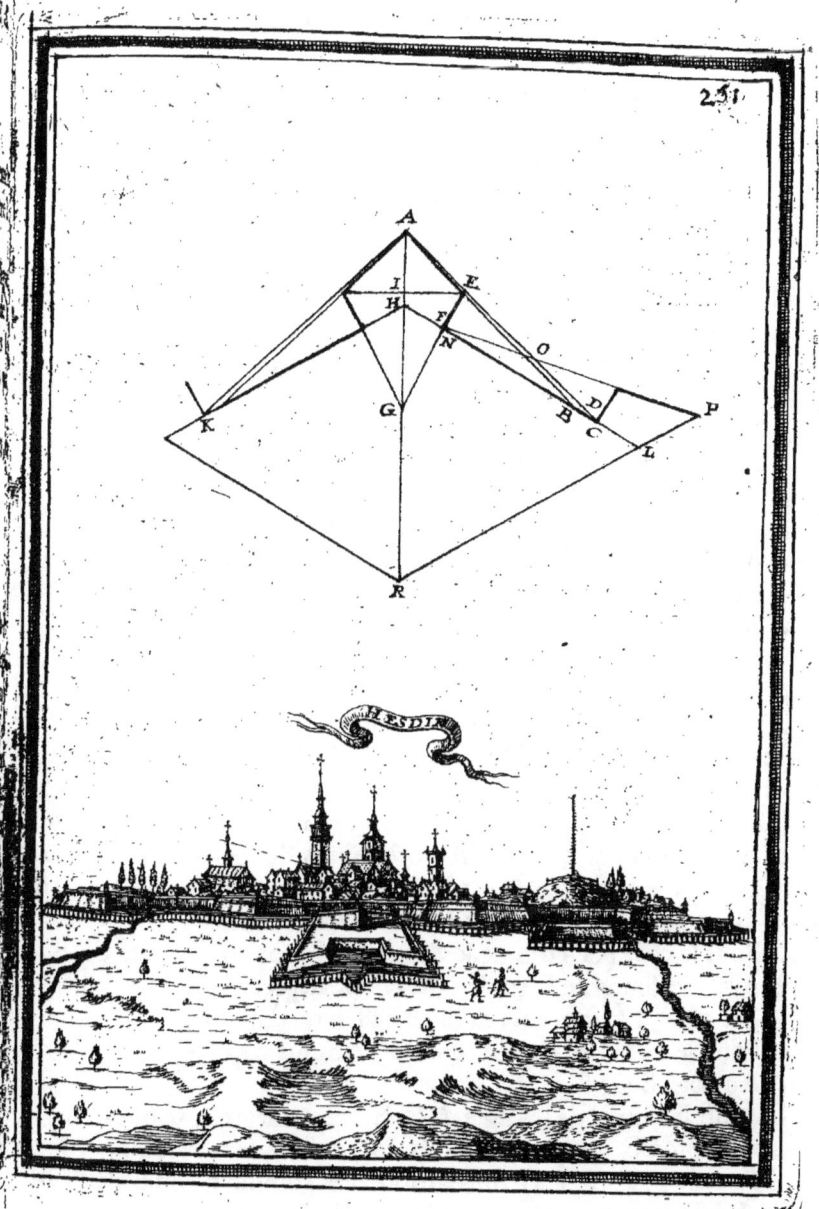

## CONSTRVCTION DES PLACES selon DE VILLE.

### De la Connoiſſance des Lignes.

CET Auteur, en ſuite de l'Extraction des Angles dans le même Chap. I X. pour la ſupputation des lignes, dit :

» Maintenant on fera la ſupputation, comme s'enſuit :

» En l'Hexagone le côté de la Figure eſt toûjours égal à ſon De-
» mi-diametre, comme il eſt démontré par Euclide, *Propoſ*. 15. du
» quatriéme.

» Pour le côté E B. comme Sinus de l'Angle E B F. 25882.

» Au côté F E. trente pas,

» Ainſi le Sinus total 100000.

» A côté E B. 115. pas, quatre pieds.

» Pour le côté F B. comme le Sinus total E F B. 100000.

» Au côté E B. 115. pas, quatre pieds.

» Ainſi le Sinus de l'Angle F E B. 75. degrez 96593.

» Au côté F B. 111. pas, quatre pieds.

» D'où s'enſuivra que le Baſtion commencera ſa défenſe à huit
» pas un pied dans la Courtine, qui ſont la ligne B C. dautant que
» toute la Courtine G O. eſt 120.

» Pour le côté H G. comme le Sinus de l'Angle H G F. 30. de-
» grez 50000. Au côté H F. 30. Ainſi le Sinus total 100000. Au
» côté H G. 60. pas.

» Pour le côté G F. comme le Sinus total de l'Ang. G F H. 100000.
» Au côté G H. 60. pas. Ainſi le Sinus de l'Angle G H F. 60.
» degrez, qui eſt 86603. Au côté G F. 52. pas quaſi, à laquelle ſi
» on ajoûte F E. 30. pas, la toute G E. ſera 82. pas.

» Pour le côté I G. comme le Sinus total 100000. Au côté G E. 82.

» Ainſi le Sinus de l'Angle G E I. 60. degrez, 86603.

» Au côté I G. 71. pas, la ligne I H. ſera donc onze pas.

» Pour le côté I E. ou I A. comme le Sinus total 100000,

» Au côté E G. 82.

» Ainſi le Sinus de l'Angle A G E. trente degrez, 50000.

» Au côté I E. 41. pas: Donc la toute A H. ſera 52. pas.

» Pour le côté ou Face du Baſtion A E. comme le Sinus de l'An-
» gle I A E. 45. degr. 70711. Au côté I E. 41. pas.

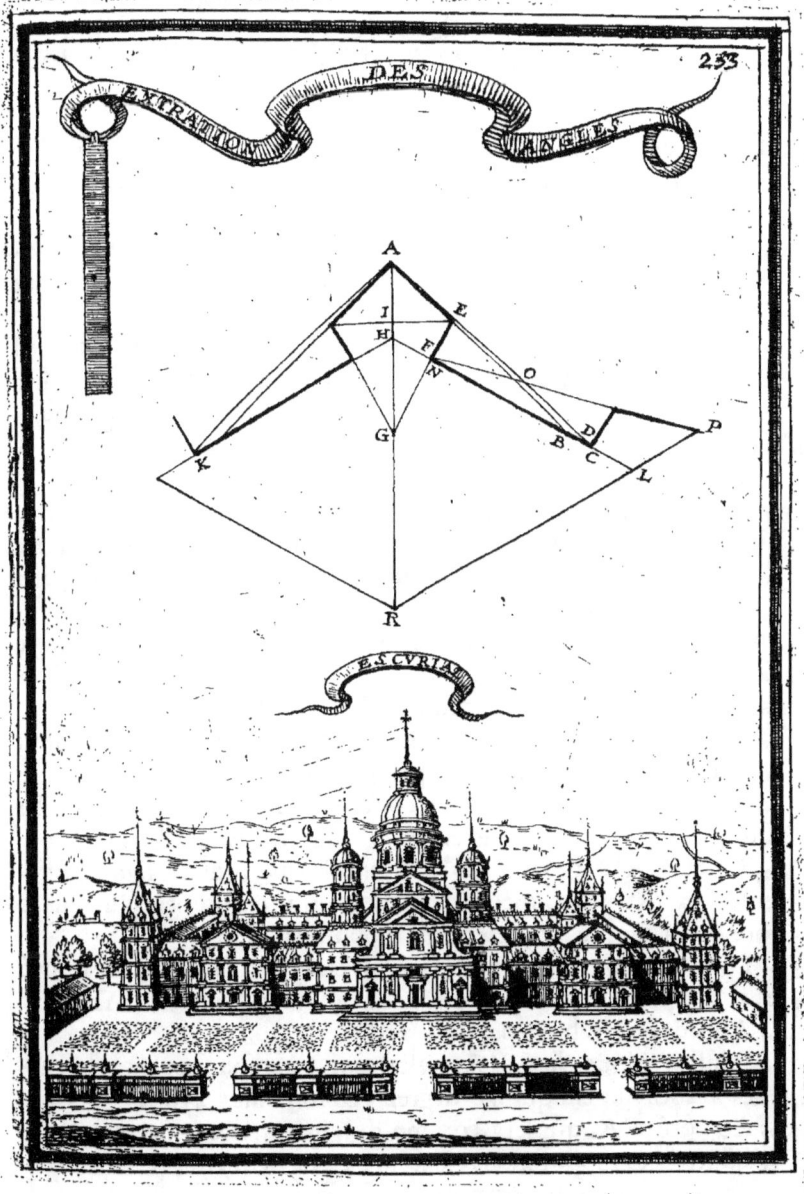

## Suite de la Supputation des Lignes

## selon DE VILLE.

» Ainfi le Sinus total 100000. Au côté A E. 58. quafi, d'où s'enfuit que la toute A B. fera 173. pas, quatre pieds, E B. ayant été trouvée 115. pas, quatre pieds.

» Pour trouver la ligne de défenfe A C. il faudra s'aider de la Perpendiculaire B D. & trouver les deux portions A D. D C. comme s'enfuit.

» Comme la fomme de deux côtez A B. B C. enfemble; qui eft 182. à la différence d'iceux, qui eft 165. pas, trois pieds. Ainfi la touchante de la moitié de deux Angles inconnus mis enfemble; qui font quinze, & leur moitié fept degrez, trente minutes, & la touchante de cette moitié 13165.

» A la touchante de la différence des Angles inconnus au deffus; ou au deffous de la moitié 6. degr. 50. min. qui ajoûtez à l'une des moitiez, proviendra 14. degrez, 20. min. pour le plus grand A C B. & par conféquent l'autre D A B. fera de 40. min. d'où s'enfuivra que l'Angle D B A. fera de 89. degr. 20. min. & l'Angle D B C. 75. degr. 40. min.

» Maintenant foit fait comme le Sinus total 100000.

» Au côté B C. 8. pas. Ainfi le Sinus de l'Angle DBC. 96887.

» Au côté D C. qui fera fept pas, quatre pieds deux tiers.

» Et pour l'autre partie A D. comme le Sinus total 100000. Au côté A B. 173. quatre pieds. Ainfi le Sinus de l'Angle ABD. 99993.

» Au côté AD. 174. pas. D'où s'enfuit que toute la ligne de défenfe fera 181. pas 4. pieds, deux tiers, qui eft un peu plus que le côté de la Figure, lequel nous fuppofons 180.

» Pour faire plus facilement fans la Perpendiculaire, ayant trouvé les 2. Angles ACB. ABC. on fera comme le Sinus de CAB. 1164.

» Au côté C B. huit pas, un pied.

» Ainfi le Sinus de C B A. c'eft-à-dire, de fon fupplément, jufques à 180. qui eft quinze degrez, & fon Sinus 25882.

» Au côté C A. qui fera comme devant, environ 182. pas.

» Toutes ces fupputations, excepté cette derniere, peuvent être verifiées par la 47. du premier.

255

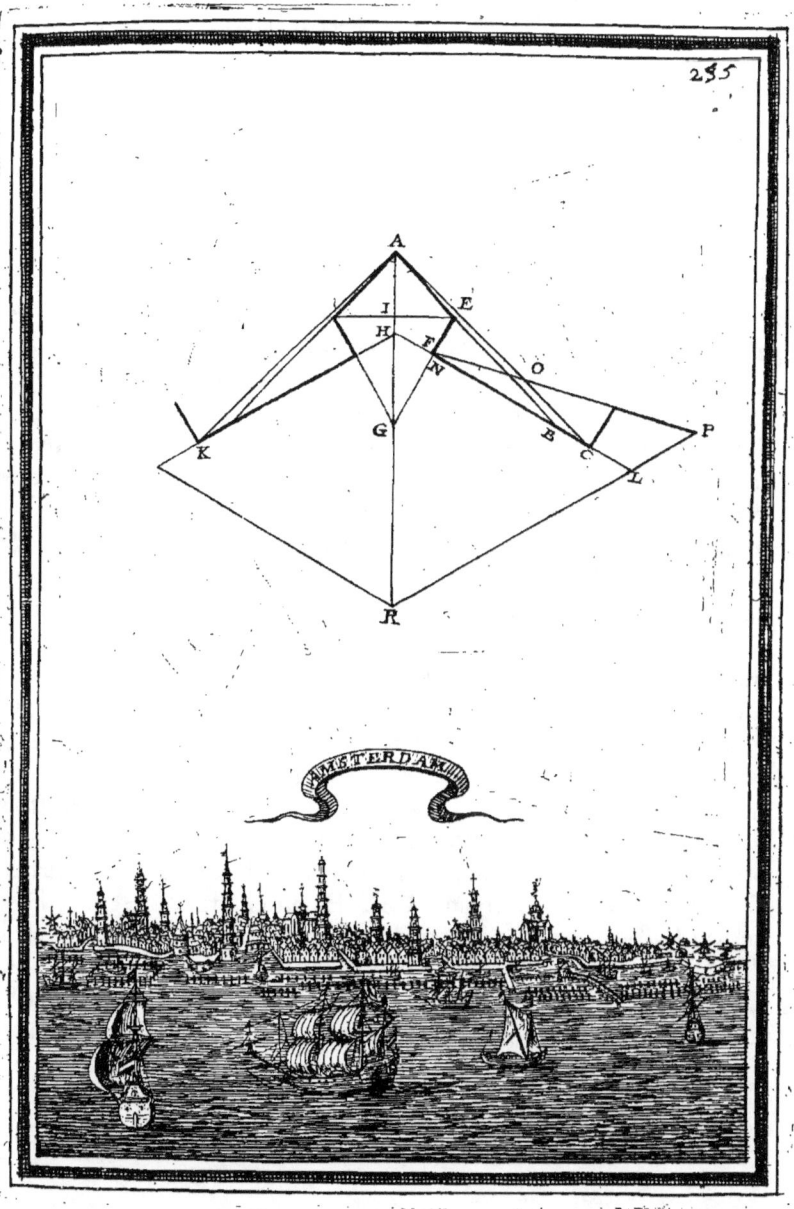

## CONSTRVCTION DES PLACES

### *selon* DE VILLE:

### *Des Epaules ou des Orillons:*

CET Auteur dans le Chapitre VIII. & XXIV. de son premier Livre de la Fortification, Partie premiere, traite des Orillons, & de leurs mesures, en ces termes :

,, Pour achever de parler des parties du Bastion, il reste à dire du
,, Flanc couvert. L'on divise d'ordinaire tout le Flanc en trois par-
,, ties, desquelles on en donne deux; sçavoir celles qui sont vers le
,, dehors à l'Orillon; ou l'Epaule, & l'autre tiers vers la Courtine
,, sert pour le Flanc couvert, ou la Cazemate : tellement que la Ca-
,, zemate aura 8. pas, un tiers de large aux Places ordinaires, &
,, dix aux Royales, & l'Orillon 16. ou 26. pas : Nous parlerons
,, des usages & de la forme de cette partie en particulier cy-après.
,, Maintenant nous dirons de l'Epaule, laquelle on avance autant
,, que le Flanc couvert est large, qui est le tiers de tout le Flanc :
,, elle sert pour couvrir une partie du Flanc, laquelle on reserve
,, pour défendre les Faces des Bastions opposez, & les Fossez. Il y
,, en a de deux façons, ronds ou quarrez.

,, Lorsqu'on en voudra faire, on divisera le Flanc AB. en trois
,, parties, & du tiers C. on tirera la ligne D. correspondant à la
,, pointe du Bastion opposé A. après on fera la droiture de l'Epaule
,, C E. égale au tiers du Flanc C B. Et où elle rencontrera la Face
,, de son Bastion prolongé, comme ici au point D. je mets un pied
,, du compas, étendant l'autre jusques à E. & je fais la portion du
,, Cercle F E. sur le milieu de laquelle G. pour Centre je fais l'O-
,, rillon rond, laquelle on peut faire quarré, comme E F. en menant
,, F E. parallele au Flanc.

*FIGVRE LXXXII.*

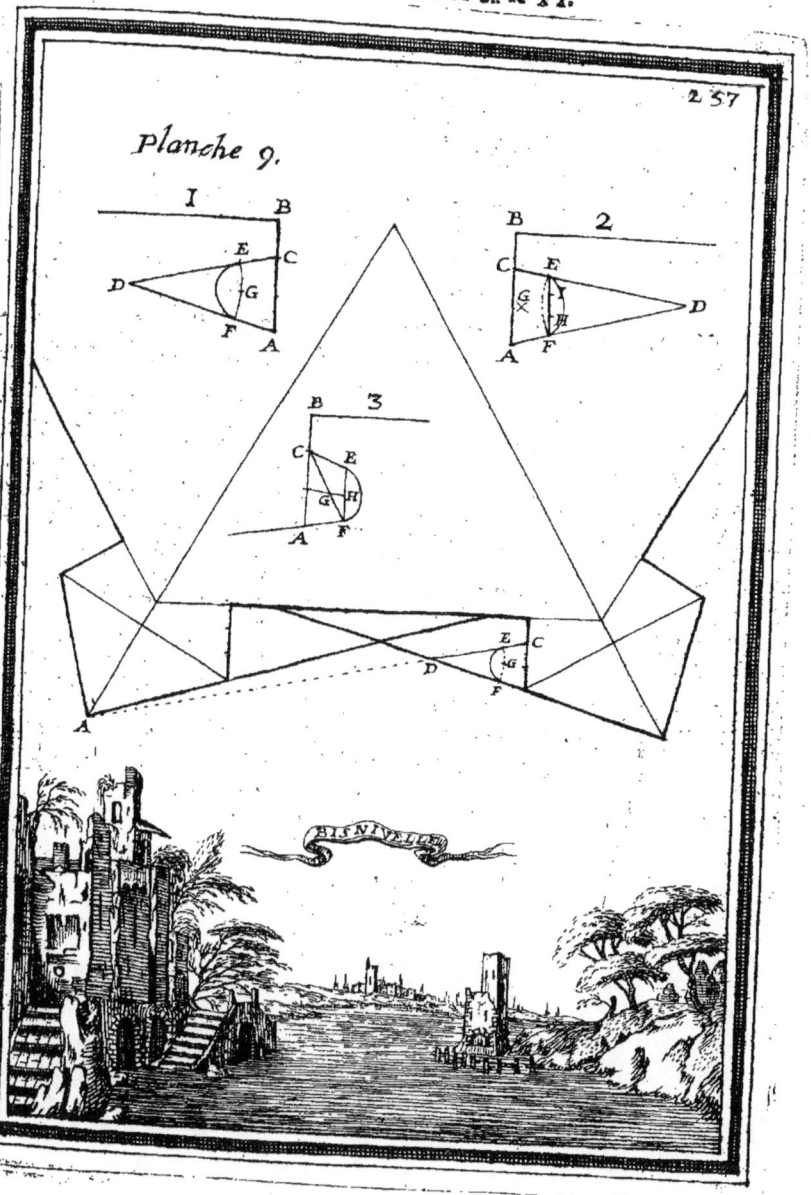

## CONSTRVCTION DES PLACES

### *felon* DE VILLE.

#### *Remarque fur la difference des Orillons, Ronds ou Quarrez.*

AVANT que de paffer à la Conftruction des Cazemates ou Places-baffes , je rapporterai ici le fentiment du Chevalier ANTOINE DE VILLE, fur la queftion qu'il propofe dans la fin du Chapitre XXIV. où il examine quels font les meilleurs des Orillons ronds, ou des quarrez.

„ On tient (dit-il) les Orillons ronds , comme les marquez 1. en „ la Planche 9. meilleurs que les autres , à caufe qu'ils ont moins „ de prife , & font moins fujets à être ébréchez : mais ils font auffi „ de grande dépenfe, & deffus s'y peuvent ranger moins de Sol- „ dats, qui tirent directement à la Face du Baftion oppofé aux „ quarrez, marqué K. tous ceux qui feront rangez deffus, tireront „ commodément à l'autre Baftion. C'eft pourquoi je les aimerois „ mieux ainfi, pour éviter la dépenfe, & augmenter la défenfe.

## CONSTRVCTION DES PLACES
### selon DE VILLE.

#### Des Cazemates ou Places-basses.

DE VILLE dans le Chapitre XXV. de son premier Livre parlant des Cazemates, ou Places-basses, dit :

» Autrefois on faisoit aux Flancs des voûtes, où l'on mettoit le » Canon tout couvert, & par dessus ils en faisoient d'autres pour » mettre d'autres Canons : mais cela n'est plus en usage, à cause des » grandes incommoditez qu'on a vû arriver en ces Places ; car après » qu'on avoit tiré, la fumée remplissoit de telle façon ces voûtes, » qu'il étoit impossible d'y demeurer dedans, ni rien voir pour re- » charger, quelque soûpiraux qu'on y pût faire, outre que l'éton- » nement du Canon ébranloit tout ; & l'Ennemi tirant dans ces » voûtes basses, les éclats & les débris blessoient & tuoient ceux qui » étoient dedans, & en peu de coups les mettoient en ruine : celles » d'embas étant rompuës, celles de dessus tomboient d'elles-mêmes. » C'est pourquoi on a laissé ces voûtes, & on fait les Places-basses » découvertes : Et pour avoir deux Places, on fait la première plus » basse, un peu par dessus le niveau de la campagne ; de façon que » les coups tirez de-là, passent par dessus les Parapets des Fausse- » brayes, s'il y en a.

» Les mesures, quant à leurs Faces, sont du tiers du Flanc, ou » de la moitié, comme nous avons dit ; leur profondeur en dedans » est de quatre pas, qui sont pour les Merlons, six pas pour le de- » dans à mettre les Canons, & trois pour les voûtes, lorsqu'on les » met en ce lieu. La Place-basse doit aller en élargissant du côté » de la Courtine, afin que le Canon qui est là, puisse être pointé » vers la Contrescarpe.

» Du côté de la Courtine doit être l'entrée, ou voûte, qui doit » commencer au dedans de la Ville, passant par dessous le Rem- » part, de la largeur & hauteur suffisante, pour pouvoir mener par » là le Canon & les munitions.

» De l'autre côté vers l'Epaule il doit y avoir une petite porte,

R ij

*Suite des Cazemates, ou Places-baſſes,*

## ſelon DE VILLE.

,, avec la deſcente pour aller dans le Foſſé, laquelle ſert pour faire
,, des ſorties à couvert, & pour aller ſecretement dans icelui : on
,, peut auſſi la faire par dedans le Baſtion, du côté de l'Epaule. Au-
,, cuns eſtiment qu'elle eſt plus à-propos en cét endroit, dautant
,, qu'il y a plus de place, & n'incommode pas les Cazemates ; Mais
,, des autres diſent auſſi, que lorſque l'Ennemi ſera logé à la face
,, du Baſtion, de ce côté cette deſcente ne ſervira plus, & on ne
,, pourra faire aucune ſortie. Il ſera mieux de faire la deſcente qui
,, vienne du haut du Baſtion ; & à la Place-baſſe on fera une porte,
,, par laquelle on puiſſe entrer dans cette deſcente : & ainſi quand
,, l'entrée d'enhaut ſera renduë inutile par l'Ennemi, on ſe ſervira
,, de celle-ci. Il faut que cette deſcente ſoit faite, de façon qu'on y
,, puiſſe monter & deſcendre à cheval, afin que la Cavalerie puiſſe
,, auſſi ſortir par là, lorſqu'il y en a dans la Place. Le tout ſe verra
,, plus facilement en la Figure de la Planche dixiéme, où A B C.
,, eſt toute l'Epaule ou Orillon, H I. ſont les Merlons, F H I G.
,, le Plan de la Cazemate, F G ſont les voûtes pour tenir les Ca-
,, nons & les munitions à couvert, K. eſt la ſortie dans le Foſſé de
,, la porte ſecrete, L. le lieu où eſt la deſcente, M. eſt le Foſſé,
,, N. eſt un peu de retraite de la Courtine, afin que le Canon qui
,, lui eſt proche, puiſſe être pointé par tout, & qu'on puiſſe paſſer
,, autour : A cette même fin eſt l'eſquivement & l'aggrandiſſement
,, de ladite Place vers le dedans, comme on voit par la ligne N. qui
,, ne ſuit pas la droiture de la Courtine : O. eſt la voûte qui paſſe
,, ſous les Remparts par où l'on méne les Canons dans la Place-baſſe.

,, En aucunes Places on fait aſſez prés des Flancs, en la Courtine,
,, quelques Redents, pour empêcher que le Canon ne donne en bri-
,, cole dans le Flanc ; comme il a été dit ci-devant.

## CONSTRUCTION DES PLACES
### *selon* DE VILLE.

#### *Des Cavaliers.*

CE Chevalier dans le Chapitre XXXIII. de son Livre de la Fortification, Partie premiere, dit, parlant des Cavaliers :

&raquo; Depuis l'invention de la Fortification moderne, outre les Rem-
&raquo; parts & les Parapets, on a fait les Cavaliers, qui sont de beau-
&raquo; coup plus éminens que tous les autres Ouvrages qu'on fait dans
&raquo; la Place.

&raquo; Leur forme est diverse ; aucuns les sont quarrez, comme les
&raquo; marquez 5. 6. 7. ou bien quarrez-longs, comme les marquez 1.
&raquo; de façon que la plus longue Face soit du côté qu'ils doivent faire
&raquo; la principale défence ; comme la Figure R F. Planche 16. & sont
&raquo; fort bons ainsi.

&raquo; D'autres les sont en la forme suivante, marquée 2. qui est quasi
&raquo; comme la précedente, hormis qu'ils en ôtent l'Angle qui est du
&raquo; côté du Bastion. De façon que la plus grande Face regarde le
&raquo; Bastion opposé ; mais ceux-ci doivent être mis aux Courtines,
&raquo; comme il sera dit après.

&raquo; Je voudrois qu'au lieu qu'ils font la Face plus longue parallele
&raquo; à la Courtine, ils la fissent perpendiculaire à la Face du Bastion,
&raquo; prolongée au moins le plus qu'il se pourroit, comme R Q.

&raquo; Les ronds ou en ovale marquez 3. & 4. sont aussi tres-bons, &
&raquo; semblent meilleurs que les autres, parce qu'ils sont plus conte-
&raquo; nans : car de toutes les Figures Isoperimetres, le Cercle est le
&raquo; plus capable.

&raquo; Par après on peut mieux ranger & pointer les Canons de tous
&raquo; côtez, parce qu'ils font face par tout, ce qu'on ne fait pas si
&raquo; commodément aux quarrez. Les ronds ont moins de prise, &
&raquo; par consequent moins sujets à être ruinez.

&raquo; Ils doivent être de terre, pour éviter la ruine & les éclats. Or
&raquo; afin qu'ils se soûtiennent, il leur faudra donner sur trois pieds
&raquo; deux de talud, & en terrain mauvais autant de talud que de hau-
&raquo; teur.

*Suite des Cavaliers*

## *selon* DE VILLE.

### *Du lieu où doivent être mis les Cavaliers.*

„ Aucuns les mettent à l'entrée du Bastion entre deux Flancs,
„ comme les marquez 4. 5. 7. Ceux qui prennent la défense seu-
„ lement du Flanc font mieux de les placer là qu'autre part, afin
„ qu'ils puissent découvrir & défendre la Face du Bastion opposé ;
„ mais ils occupent aussi les lieux des Places-hautes, lesquelles fe-
„ ront autant d'effet que les Cavaliers, & partie du Bastion ; & font
„ de peu d'effet pour tirer dans la campagne, étant trop retirez en
„ dedans, & empêchent les Retranchemens.

„ Ceux qui commencent la défense dans la Courtine, les doivent
„ mettre depuis où commence la défense dans ladite Courtine jus-
„ ques vers le Flanc, comme les marquez 1. 2. 3. tournant la Face
„ plus grande en Angles droits, ou approchant vers la Face du
„ Bastion opposé, & par ainsi ils n'empêcheront & n'occuperont
„ pas la place des autres défenses, ains les redoublant découvriront
„ grandement dans la traverse que l'Ennemi fera pour approcher
„ le Bastion. C'est là le lieu le plus propre pour les placer.

„ Lorsque la défence commence beaucoup plus que dans la moi-
„ tié de la Courtine, on les mettra au milieu d'icelle ; mais il fau-
„ dra qu'ils soyent comme quarrez, & que la pointe corresponde
„ à la campagne, & les deux Faces aux Bastions plus proches qui
„ sont aux côtez, comme le marqué 6.

„ Il faut qu'entre les Cavaliers & les Parapets il y ait six ou huit
„ pieds d'espace, afin que les Soldats puissent passer & tirer entre-
„ deux, & que les ruines n'aillent pas dans le Fossé ; cét espace sera
„ taillé dans l'épaisseur du Parapet, parce que le Cavalier L. couvre
„ assez la Place sans le Parapet : Le tout se void en la Figure, où
„ la Courtine soit N L. là où commence la défense soit I. & le Ca-
„ valier R P. le Parapet coupé à moitié F R. le chemin où l'espace
„ entre le Cavalier & le Parapet F R.

## AVANTAGES DE LA CONSTRVCTION

### *selon* DE VILLE.

CEux qui suivent la methode de cét Auteur, qui est un des plus considerables de France, donnent à sa Construction les avantages suivans.

I. Que l'Angle flanqué de ses Bastions étant toûjours droit depuis l'Hexagone jusques à la ligne droite, lui donne un excellent moyen de défendre les Bréches, & d'empêcher les Assaillans de monter à l'Assaut pour le grand feu qu'il tire des seconds Flancs, causé en partie par l'ouverture de cét Angle flanqué, & la longueur de ces Courtines, qui sont les parties les plus fortes de la Place.

I I. Que faisant les Demi-gorges d'une sixiéme partie du Polygone, & le Flanc de même grandeur, il en resulte que ses Bastions se trouvent fort bien proportionnez au corps de la Place, & capables d'y faire toutes sortes de Retranchemens.

I I I. Que sa Cazemate faite perpendiculaire sur son Flanc, a cét avantage sur celles qui sont perpendiculaires sur la défense razante qu'elle donne plus de prise à son Artillerie, soit pour foudroyer dans les Bréches des Bastions, ou renverser les Traverses & les Logemens que les Assaillans éleveront dans le Fossé.

I V. Que ses Fossez n'ayant qu'une mediocre profondeur sur une largeur toûjours égale au Flanc, donnent assez de terre pour élever ses Remparts, & pour remplir ses Bastions, ce qui est un avantage fort considerable pour éviter la dépense.

## DESAVANTAGES DE LA CONSTRVCTION *selon* DE VILLE.

CEux qui ne donnent pas volontiers dans le sentiment de ce Chevalier, pour la Construction de ces Places, ont accoûtumé d'opposer à ses Maximes les objections suivantes.

I. Que c'est s'attacher à un principe peu assûré que de croire que l'Angle flanqué étant précisément de 90. deg. ait quelque vertu au dessus de ceux qui sont obtus, puisque les obtus étans plus massifs sont moins sujets à être ruinez que les droits, joint que pour avoir du second Flanc, que l'Ennemi ruinera dés les premiers jours du Siege, il fait ses Courtines trop longues, & ses Bastions trop petits.

II. Qu'il fait ses Gorges trop petites, sous une proportion qui ne lui donne aucun avantage pour faire cette partie si étroite, en la voulant proportionnée à la grandeur d'un corps purement chimerique, qui selon ses Maximes, n'y peut faire aucun Retranchement qui soit flanqué, principalement quand ces Gorges se trouvent occupées de ces Cazemates: car alors l'intervalle entre les deux, est si étroit, qu'on n'y peut faire qu'une Barricade, qui est la piéce la plus defectueuse de la Fortification, étant toûjours en ligne droite, & par consequent sans défense.

III. Que le Front de sa Cazemate, n'étant le plus souvent que du tiers de son Flanc (qui de lui-même est fort petit) lui fournit trop peu de terrain pour faire une bonne Batterie. Que s'il lui donnoit la moitié du Flanc, ils assûrent que l'Orillon seroit trop foible, & sa piéce cachée trop aisément découverte de la Contrescarpe opposée.

IV. Que si son Fossé, qui n'est que d'une mediocre profondeur, donne assez de terre pour remplir ses Bastions, à cause de la grande quantité qu'il en faut tirer devant ces longues Courtines, il ne pourra donc pas joüir de l'avantage des Fossez creux, & à Fond-de-cuve, que lui-même assûre être les meilleurs, étant obligé de l'avoüer, à cause de la petitesse de ses Bastions. Ainsi pensant éviter la dépense, il ne se fortifie qu'à demi.

## PARALLELE DE NOTRE CONSTRVCTION
### avec celle du Chevalier DE VILLE.

I. NOs Baſtions ayant leurs Angles flanquez plus ouverts que les ſiens, ſont bien moins ſujets à s'ébouler, ſoit qu'ils ne ſoient que de terre, & moins ſujets à être renverſez par l'Artillerie, ſuppoſant qu'ils ayent une Chemiſe, que ne le ſont pas ceux de ſa Methode, qui ſont toûjours droits ; joint que pour la défenſe des Bréches, il n'y a point de doute que la Bréche, que les Aſſiegeans feront dans nos Faces, ne ſoit mieux défenduë de nos Canons cachez, que les bréches qu'on feroit à ſes Faces, qui n'ont pour toute défenſe qu'une moyenne Cazemate : car pour les ſeconds Flancs l'Aſſaillant les rend inutiles quand bon lui ſemble.

II. Les Gorges de nos Baſtions étant plus grandes que les ſiennes, ſont auſſi plus capables d'y recevoir toutes ſortes de Retranchemens, & quelque Figure qu'on donne à ces Retranchemens, ils ſeront toûjours ſous la défenſe de nôtre Cavalier, ce qu'on ne peut pratiquer dans la Gorge des Baſtions de ce Chevalier, parce qu'elles ſont trop petites, principalement quand il y a des Cazemates.

III. Nos Cazemates ayant leur front toûjours de la moitié des Flancs qui ſont dans nôtre Conſtruction, plus grands que les ſiens, n'incommodent en rien les Gorges de leurs Baſtions, à cauſe du peu de profondeur que nous leur donnons, pour la petiteſſe des Affuts des Canons, & ces Canons ont cét avantage par leurs diſpoſitions, & par celle des Flancs, de découvrir plus aiſément tout ce qui ſe fait dans les Bréches, les Foſſez, les Contreſcarpes, & les autres lieux, que ne fait l'Artillerie des Places-baſſes de ce Chevalier.

IV. Nos Baſtions étans d'une plus grande capacité que les ſiens, & leur Courtine mieux proportionnée à leur grandeur, font que ſur les mêmes meſures nous pouvons tenir nos Foſſez plus creux, & même les faire à Fond-de-cuve, pour joüir de l'avantage de leur profondeur, que lui-même aſſûre être les meilleurs, ce qu'il ne peut toutefois executer, pour avoir ſes Courtines trop longues, & ſes Baſtions trop petits.

# CHAPITRE XIII.

*Des Constructions des Fortifications du Comte*
*de* PAGAN, *François.*

OUS finirons ce troisiéme Livre, & commencerons ce Chapitre par le troisiéme du Livre des Fortifications de ce Comte, où aprés avoir fait remarquer la difference qu'il y a entre les Places Regulieres & Irregulieres, il s'explique dans les termes que voici.

## CONSTRVCTION DES PLACES
### selon le Comte de PAGAN.

» POUR vous inftruire de toutes ces Fortifications (parlant de
la diverfité des Places , il dit : )

» Et pour vous montrer les moyens de les facilement conftruire,
» je commencerai en vous apprenant, qu'elles font diftinguées en
» Grande, en Moyenne, & en Petite, pour fubvenir à toutes les
» varietez qui naiffent en cét Art. Et que je ne donne qu'une feule
» Regle en chacune, depuis le Pentagone jufqu'à la ligne droite,
» afin de répréfenter une même Face de Fortification en tous les
» côtez des Polygones, felon mes précedentes Maximes. Car il eft
» tres-certain qu'entre plufieurs & diverfes methodes il y en a toû-
» jours une qui eft la meilleure, & qui merite la préférence, com-
» me la plus parfaite : Auffi aprés une longue recherche des trois,
» les plus avantageufes de toutes, je n'en pouvois choifir de plus
» ajuftées, ni de plus convenables à mes opinions , que celles que
» vous verrez dans les trois Figures fuivantes, fondées fur autant de
» bazes de differentes longueurs, & reprefentées avec les mefures des
» Demi-diametres, & d'autres parties des Polygones, jufqu'au dou-
» ziéme feulement, puifque les Places Regulieres n'arrivent que ra-
» rement à douze Baftions. Mais afin que la diverfité de ces bazes
» ou côtez des Polygones, n'apportât de notables changemens en la
» bonté de ces diverfes Fortifications, les Flancs , où refide la prin-
» cipale action de la force , en font prefque de même largeur : quoi-
» que les longueurs des Courtines des Faces des Baftions & des
» lignes de défence en foient beaucoup inégales.

» Toutefois ces differences n'importent pas tant, & ne font con-
» fiderables que par la varieté des lignes de défenfe : la plus longue
» n'eft que de fix-vingts toifes, du coin du Flanc à l'endroit du
» Foffé, où l'on paffe ordinairement les Galleries : Et de plus de
» cent-foixante jufqu'aux Contre-batteries des Affaillans fur la Con-
» trefcarpe, afin que le Canon & la Moufquetterie des Ennemis
» en incommodent moins les Cazemates retirées. Et dautant que

„ les proportions de la seconde Regle s'éloignent moins de celles
„ de la premiere. J'estime que ma Grande & Moyenne Fortifica-
„ tion doivent être plûtôt recherchées que la derniere ou petite;
„ parce que sa ligne de Défense n'est au plus que de cent douze
„ toises, & qu'un pareil nombre de ses Bastions contient beaucoup
„ moins d'espace & d'étenduë: Neanmoins la difference en est peu
„ sensible, & m'en remettant du choix à ceux qui s'en voudront
„ servir, je passerai à leur en montrer la pratique par des Regles
„ toutes nouvelles.

## CONSTRVCTION DES PLACES

### *selon le Comte de* PAGAN.

*Pour tracer sa grande Fortification.*

„ TIREZ la baze A B. de 200. toises, & la divisez en deux éga-
„ lement au point D. puis tirez du point D. la ligne perpen-
„ diculaire D C. de 30. toises de longueur : Et ensuite les deux li-
„ gnes de Défense partant l'une du point A. passant en C. & allant
„ en N. & l'autre du point B. passant en C. & allant en M. toutes
„ deux de raisonnable longueur.

„ Cela fait, marquez sur lesdites lignes de Défense les deux Fa-
„ ces des Bastions A E. & B F. de 60. toises chacune : Puis les com-
„ plemens des deux lignes de Défense C M. & C N. l'un & l'autre
„ de 37. toises. Et ensuite tirez les deux lignes des Flancs de E. à M.
„ & de F. à N. & la ligne de la Courtine de M. à N.

„ Ainsi vous tracerez tres-facilement, & avec autant de diligence
„ que de justesse, toutes les Faces de la grande Fortification, en ob-
„ servant toûjours la même regle sur les bazes de 200. toises, dont
„ les principales parties seront :

„ Les deux Faces des Bastions A E. & B F. 60. toises : les deux
„ Flancs E M. & F N. de 24. toises & deux pieds : la Courtine M N.
„ de 70. toises & 5. pieds : les lignes de Défense M C B. & N C A.
„ de 141. toises & 2. pieds chacune : & l'Angle flanquant A C B.
„ de 146. degr. & 36. minutes.

„ Mais quant aux Angles des Bastions & des Polygones, ils se
„ trouveront en cette maniere. Otez de l'Angle flanquant de la
„ Fortification l'Angle du Centre du Polygone, & vous aurez les
„ Angles des Bastions dudit Polygone : puis prenez le complement
„ au Demi-cercle de l'Angle du même Centre pour les Angles du
„ Polygone formez par les côtez ou bazes de 200. toises autour de
„ la Circonference du Cercle.

*FIGURE LXXXVI.*

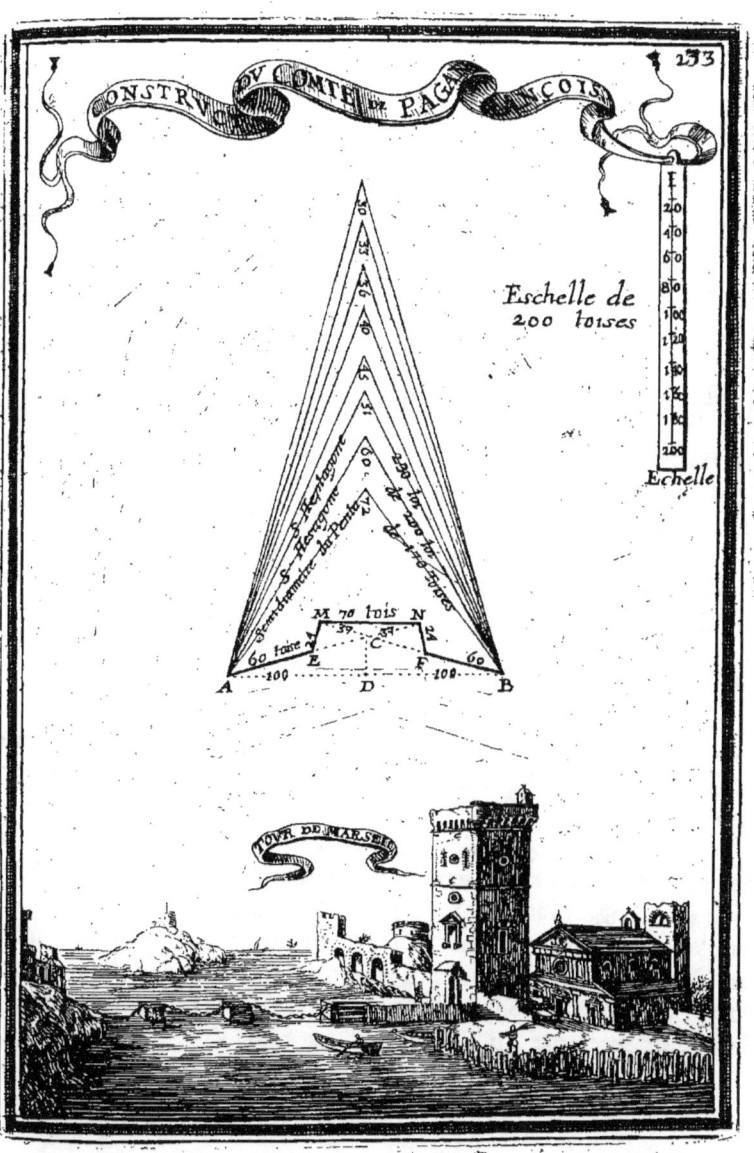

## CONSTRVCTION DES PLACES

### *selon le Comte de* PAGAN.

#### *Pour tracer sa moyenne Fortification.*

» TIREz la Baze A B. de 180. toises & la divisez en deux éga-
» lement au point D. puis tirez du point D. la ligne perpendi-
» culaire D C. de 30. toises de longueur, & ensuite les deux lignes
» de défense partans, l'une du point A. passant en C. & allant en N.
» & l'autre du point B. passant en C. & allant en M. toutes deux
» de raisonnable longueur.

» Cela fait marquez sur lesdites lignes de Défense les deux Faces
» des Bastions A E. & B F. de 55. toises chacune. Puis les comple-
» mens des deux lignes de Défence C M. & C N. l'une & l'autre de
» 32. toises ; Et ensuite tirez les deux lignes des Flancs de E. à M.
» & de F. à N. & la ligne de la Courtine de M. à N.

» Ainsi vous tracerez tres-facilement, & avec autant de diligence
» que de justesse, toutes les Faces de la moyenne Fortification, en
» observant toûjours la même Regle sur les Bazes de 180. toises,
» dont les principales parties seront les deux Faces des Bastions A E.
» & B F. de 55. toises, les deux Flancs E M. & F N. de 24. toises,
» la Courtine M N. de 60. toises & 4. pieds, les lignes de Défense
» M C B. & N C A. de 126. toises & 5. pieds chacune, & l'Angle
» flanquant A C B. de 143. degrez & 6. minutes.

» Mais quant aux Angles des Bastions & des Polygones, ils se
» trouveront en cette maniere. Otez l'Angle du Centre du Poly-
» gone de l'Angle flanquant de la Fortification, & vous aurez les
» Angles des Bastions dudit Polygone : puis prenez le complement
» au Demi-cercle de l'Angle du même Centre, pour les Angles du
» Polygone, formez par les côtez ou bazes de 180. toises, autour
» de la Circonference du Cercle.

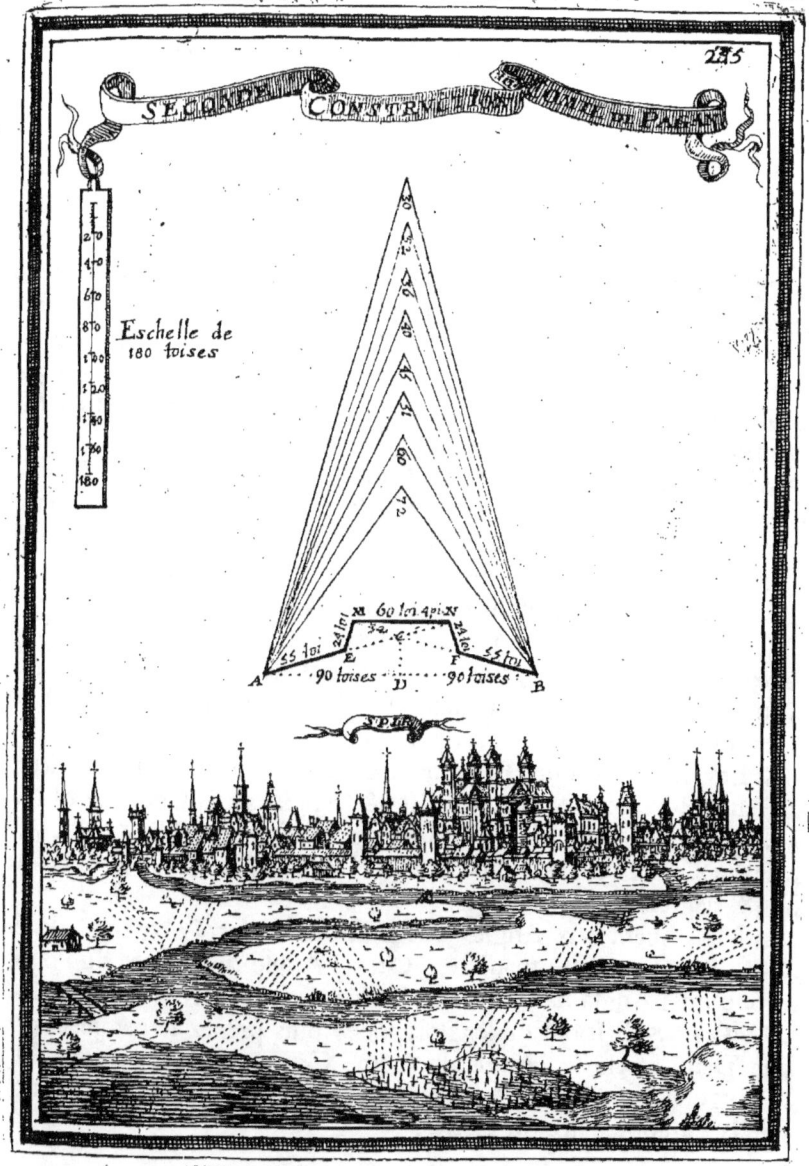

# CONSTRVCTION DES PLACES

## ſelon le Comte de PAGAN.

### Pour tracer ſa petite Fortification.

„ TIREZ la Baze A B. de 160. toiſes , & la diviſez en deux
„ également au point D. Puis tirez du point D. la ligne per-
„ pendiculaire D C. de 30. toiſes de longueur : & enſuite les deux
„ lignes de Défenſe partans , l'une du point A. paſſant en C. & al-
„ lant en N. & l'autre du point B. paſſant en C. & allant en M.
„ toutes deux d'une raiſonnable longueur.

„ Cela fait , marquez ſur leſdites lignes de Défenſe les deux
„ Faces des Baſtions A E. & B F. de 50. toiſes chacune : Puis
„ les complemens des deux lignes de Défenſe C M. & C N. l'une
„ & l'autre de 27. toiſes : Enſuite tirez les deux lignes des Flancs de
„ E. à M. & de F. à N. & la ligne de la Courtine de M. à N.

„ Ainſi vous tracerez tres-facilement , & avec autant de dili-
„ gence que de juſteſſe , toutes les Faces de la petite Fortification ,
„ en obſervant toûjours la même Regle ſur les Bazes de 180. toi-
„ ſes , dont les principales parties ſeront :

„ Les deux Faces des Baſtions A E. & B F. de 50. toiſes : les deux
„ Flancs E M. & F N. de 23. toiſes & 2. pieds : la Courtine M N.
„ de 50. toiſes & 4. pieds : les lignes de défenſe M C B. & N C A.
„ de 112. toiſes 3. pieds chacune : Et l'Angle flanquant A C B. de
„ 138. degrez & 54. minutes.

„ Mais quant aux Angles des Baſtions & des Polygones , ils ſe
„ trouveront en cette maniere. Otez l'Angle du Centre du Poly-
„ gone de l'Angle flanquant de la Fortification , & vous aurez les
„ Angles des Baſtions dudit Polygone : puis prenez le complement
„ au Demi-cercle de l'Angle du même Centre , pour les Angles du
„ Polygone , formez par les côtez ou bazes de 160. toiſes , autour
„ de la Circonference du Cercle.

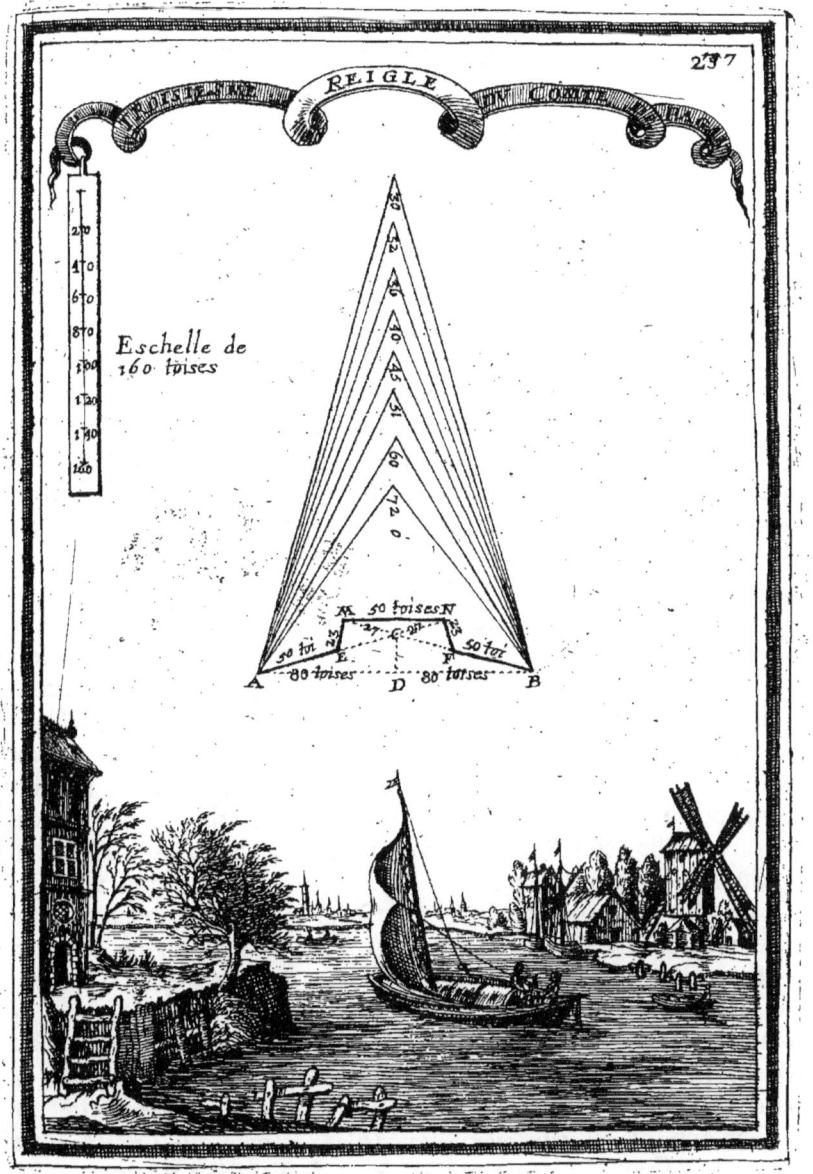

## CONSTRVCTION DES PLACES

### selon le Comte de PAGAN.

#### Des Flancs & des Cazemates.

» NOus avons déja dit de quelle utilité font les Flancs en la
» défenfe des Places, ne connoiffant rien de plus important,
» ni de plus confiderable en toutes les parties des Fortifications. Les
» premiers qui ont depuis l'ufage du Canon, mis en Art cette Scien-
» ce, tirent les lignes de leurs Flancs perpendiculairement des Faces
» des Baftions, par un deffein de mettre plus à couvert leur Artil-
» lerie, ne confiderant pas que tout ce qui voit eft auffi vû de ce
» qu'il regarde. Ce qu'étant apperçû des fuivans ces vieilles Maxi-
» mes, furent incontinent changées, & les Flancs toûjours con-
» ftruits tombans perpendiculaires fur la Courtine. Mais aprés
» avoir reconnu leur foibleffe en la défenfe des Places attaquées,
» foit par ma prefence en plus de 20. Sieges, foit par les relations
» des autres, où je n'étois pas: j'ay penfé qu'en tirant les Flancs
» perpendiculaires fur les lignes de Défenfe, ma Fortification felon
» mes nouveaux projets en feroit de beaucoup plus parfaite : Ce qui
» me porte à negliger les deux premieres Methodes des Flancs,
» pour établir cette derniere, comme j'ay fait dans les 3. Regles de
» mes Fortifications, où toutes les lignes des Flancs font 2. Angles
» droits fur les lignes de Défenfe. Or la raifon que j'apporte en fa-
» veur de ce fondement, ne confifte qu'en la confideration déja dite,
» de n'eftimer que l'effort du Canon contre le paffage des Galleries :
» Car qui peut douter, aprés tant de fàcheufes experiences des Af-
» faillans faites en divers Sieges, que tant que l'Artillerie eft en état
» dans les Flancs, il ne foit tres-difficile de paffer aux Baftions, &
» prefque du tout impoffible ; pouvant appuyer cette verité par
» beaucoup de fameux exemples, fi la briefveté que j'affecte, & la
» crainte de vous être ennuyeux, ne m'empêchoit de vous en in-
» ftruire. Auffi me fuis je étonné plufieurs fois, non pas comme

*Suite des Flancs & des Cazemates*

*du Comte de* PAGAN.

,, les autres, du peu de refiftance que font les Places les mieux forti-
,, fiées des Païs-bas, mais de la reputation des Hollandois en cét
,, Art, puifque leurs Fortifications ont fi peu de défence: Car dans
,, un fi grand nombre de Travaux & de Forterefles, à peine y trou-
,, verez-vous des Foflez bien défendus de l'Artillerie, ce qui don-
,, nant l'avantage aux Batteries des Affiegeans, les Flancs font faci-
,, lement rompus, & la Place bien-tôt perduë. Or ce n'eft pas feu-
,, lement en ces Provinces plus glorieufes d'avoir cultivé cette Scien-
,, ce, que de l'avoir perfectionnée, où ces defauts font ordinaires &
,, frequens, mais par tout ailleurs, où l'on en fuit aveuglement les
,, Maximes: Tellement que pour remedier à des inconveniens fi
,, dommageables, j'ay trouvé les moyens de loger plus de 12. pié-
,, ces de Canon dans un même Flanc, lequel ne pouvant être battu
,, que d'un front égal à la largeur du Foflé de 16. toifes, ne fçau-
,, roit être inferieur à la Batterie des Ennemis fur la Contrefcarpe:
,, Mais au contraire beaucoup plus fort par le nombre de l'Artille-
,, rie, & par les Parapets & les Plate-formes achevées, devant que
,, l'Ennemi foit en prefence: De forte que s'il faut pour pafler le
,, Foflé, que toutes les piéces des Flancs foient démontées, les Af-
,, faillans auront beaucoup de temps à perdre en cette action, &
,, plus encore fi la difficulté d'en pouvoir battre les trois Canons
,, cachez, ne fe peut vaincre.

,, Mais pour vous montrer enfin quelles font les nouvelles difpo-
,, fitions de ces Flancs fi avantageux, je vous en expliquerai les Fi-
,, gures fuivantes, où les mefures y font toutefois fi parfaitement
,, obfervées, qu'il ne faut feulement que les voir pour les bien com-
,, prendre.

,, Les premieres lignes des Flancs des trois Fortifications y font
,, divifées en deux: La premiere partie du côté de la Courtine toû-
,, jours de douze toifes pour largeur du Flanc retiré; & le refte
,, jufqu'à la Face du Baftion pour l'Orillon ou Epaulement, de

*Suite des Flancs & des Cazemates*

## du Comte de PAGAN.

" douze toises & deux pieds en la grande Fortification ; de douze toi-
" ses en la moyenne ; & de onze toises & deux pieds en la petite.

" Tous les Flancs retirez sont divisez en 3. Cazemates de diver-
" ses hauteurs, & chacune distinguée en Plate-forme de quatre à
" cinq toises de large, & en Parapet de trois d'épaisseur.

" Ils sont tous formez sur les lignes de Défense prolongées, occu-
" pans les Demi-gorges des Bastions, & toutes les lignes de ces trois
" Parapets sont paralleles entr'elles, & perpendiculaires sur le pro-
" longement desdites lignes de Défense : Les autres diversitez sont
" telles par les variables longueurs des Demi-gorges des Bastions.

## En la premiere Figure

" La Forme du Flanc du Pentagone de la petite Fortification,
" est en particuliere remarque, dautant qu'en ce seul Polygone de
" mes trois Fortifications regulieres, les Demi-gorges des Bastions
" ou prolongement des lignes de Défense ne sont que 22. toises
" au plus : & partant le premier des trois Parapets, ne peut être
" que sur la premiere ligne du Flanc entier, & les Plate-formes des
" deux premieres Cazemates que de quatre toises de large.

" La derniere ligne du second Parapet de ce Flanc est de 14. toi-
" ses de longueur, & la derniere ligne du troisiéme Parapet de 14.
" toises & demie, closes par une autre ligne oblique pour y pouvoir
" loger deux piéces de Canon, cachées à la Batterie des Ennemis
" du bord de la Contrescarpe opposée.

## FIGURE LXXXIX.

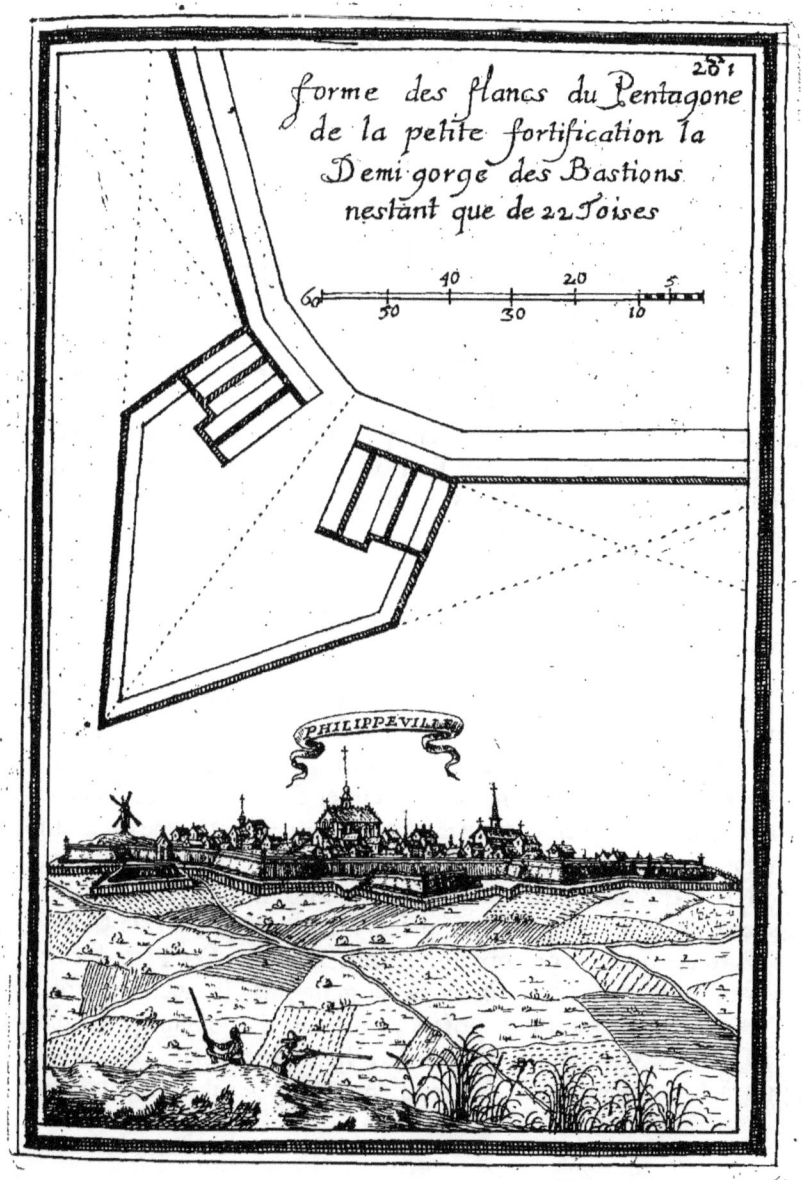

281

forme des flancs du Pentagone
de la petite fortification la
Demi gorge des Bastions
nestant que de 22 Toises

PHILIPPEVILLE

*Suite des Flancs & des Cazemates*

## du Comte de PAGAN.

„ Ainfi vous aurez de l'efpace en tout ce Flanc pour y mettre
„ treize piéces de groffe Artillerie : à fçavoir 4. dans la premiere &
„ baffe Cazemate, dont le Parapet de 12. toifes doit contenir qua-
„ tre Embrazures en diftance proportionnées : Quatre dans la fe-
„ conde & moyenne Cazemate, dont le Parapet de 14. toifes doit
„ auffi contenir quatre Embrazures, en telle proportion, que celle
„ du côté du Baftion foit prife en partie dans l'épaiffeur de la Mu-
„ raille, pour être à couvert : Et cinq dans la troifiéme haute Caze-
„ mate, égale au Rempart de la Place, dont le Parapet de quatorze
„ toifes & demie doit contenir cinq Embrazures, en telle difpofi-
„ tion, que celle du côté du Baftion foit pareillement à couvert
„ comme l'autre : Ce qui eft fi facile à comprendre, que tant de
„ paroles y font plûtôt fuperfluës que neceffaires.

### En la feconde Figure

„ La forme des Flancs du Pentagone de la moyenne Fortifica-
„ tion, & de l'Hexagone de la petite, fe voit reprefentée, dautant
„ que les Demi-gorges de ces deux Polygones arrivent à 26. & à
„ 27. toifes. La premiere ligne du premier Parapet a 5. toifes de re-
„ traite dans l'enfoncement du Flanc, & la derniere ligne du même
„ Parapet a quatorze toifes de long. La derniere ligne du troifiéme
„ Parapet a quinze toifes de longueur, afin d'avoir au long de la
„ ligne oblique de ce Flanc trois piéces à couvert, des treize Canons
„ de Batterie qu'il peut contenir comme l'autre. Les Plate-formes
„ ne font que de quatre toifes de largeur, les Parapets de trois,
„ & les Cazemates auffi difpofées, en haute, moyenne, & baf-
„ fe : De forte que depuis la premiere ligne de tout le Flanc, juf-
„ ques à la derniere ligne du troifiéme Parapet, il s'y compte 24.
„ toifes d'enfoncement.

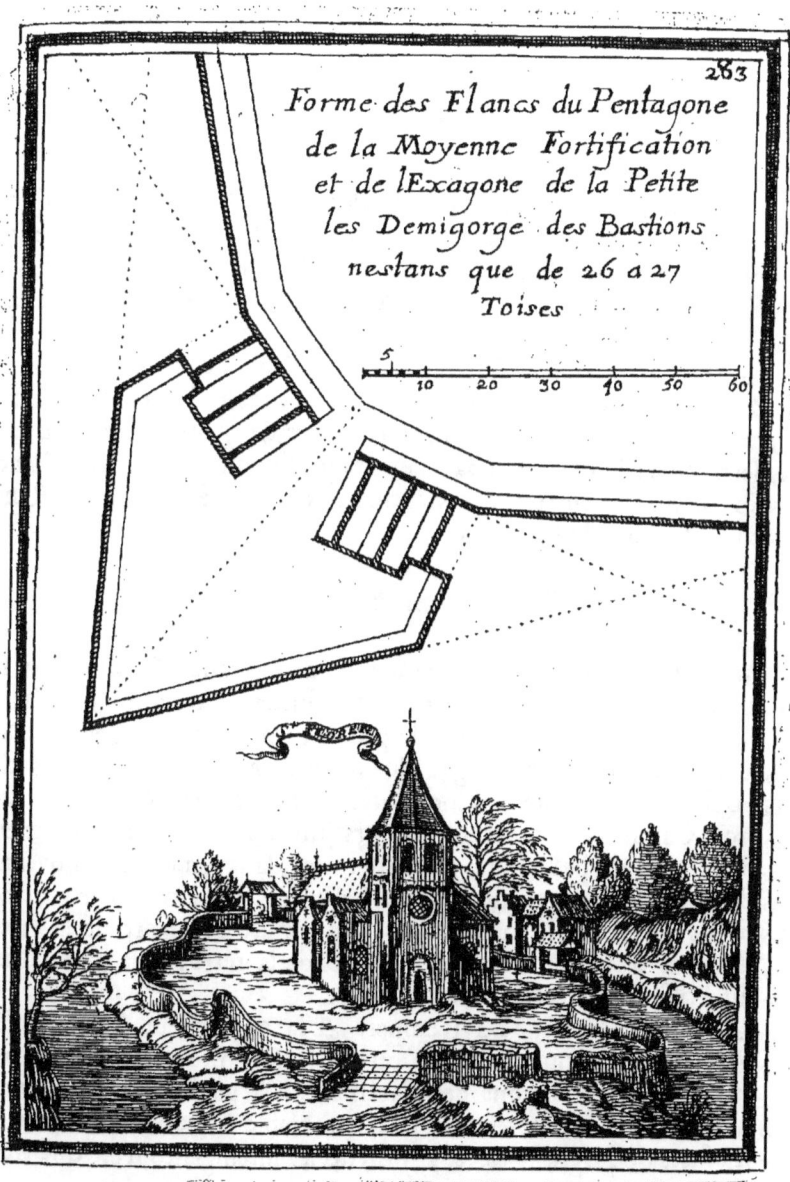

283

*Forme des Flancs du Pentagone
de la Moyenne Fortification
et de l'Exagone de la Petite
les Demigorge des Bastions
nestans que de 26 a 27
Toises*

*Suite des Flancs & des Cazemates*

*du Comte de PAGAN.*

### En la troifiéme Figure

„ Paroît la forme des Flancs du Pentagone de la grande Fortifica-
„ tion, de l'Hexagone de la moyenne, de l'Heptagone de la petite,
„ & generalement de tous les autres Polygones des trois Fortifica-
„ tions, jufqu'à la ligne droite, dont les moindres Demi-gorges des
„ Baftions excedent le nombre de trente toifes.

„ Mais parce que la difference de ce Flanc à celui du Pentagone
„ de la moyenne Fortification n'eft qu'aux feules largeurs des Caze-
„ mates, celles-cy de cinq toifes, les autres de quatre, & tout le refte
„ femblable : Je n'en dirai pas davantage, finon qu'en tous ces Flancs
„ les portes ou entrées des Cazemates doivent être dans les Rem-
„ parts du côté de la Place.

### Et en la quatriéme Figure

„ Le Profil du Flanc du Pentagone de la grande Fortification fe
„ treuve repréfenté avec toute forte de juftesse, & figuré fur la Mu-
„ raille de la Demi-gorge ou le prolongement de la ligne de Dé-
„ fence. La plus basse ligne de main droite montre le fonds du
„ Fossé, & la retraite de cinq toifes de la premiere Cazemate. Les
„ trois Cazemates s'y voyent en leurs juftes proportions : la premiere
„ ou la basse de la hauteur de deux toifes, la feconde ou la moyenne
„ de quatre, & la troifiéme ou la haute de fix, à conter le tout du
„ fonds du Fossé, & fuppofant la hauteur du Rempart de la Place
„ de trois toifes fur le niveau naturel de la terre, & la profondeur
„ du Fossé de trois toifes au desfous.

„ Que fi la hauteur du Rempart, & la profondeur du Fossé n'é-
„ toient, par exemple, que de quatre toifes en tout, il en faudroit
„ reduire les proportions des Cazemates à 8. pieds de hauteur pour
„ chacune, & laisser tout le refte femblable & conformément aux
„ mefures de l'Echelle de ce Profil, dont l'intelligence n'eft que trop
„ aifée.

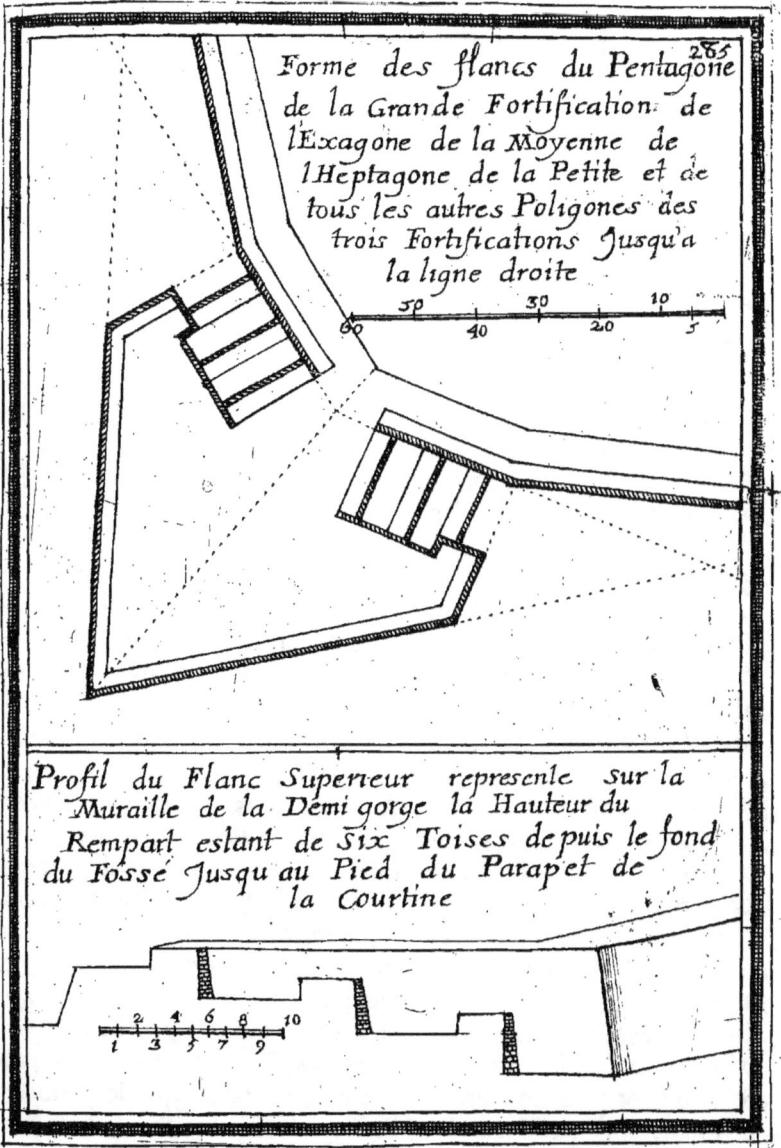

Forme des flancs du Pentagone
de la Grande Fortification de
l'Exagone de la Moyenne de
l'Heptagone de la Petite et de
tous les autres Poligones des
trois Fortifications Jusqu'a
la ligne droite

Profil du Flanc Superieur represente sur la
Muraille de la Demi gorge la Hauteur du
Rempart estant de Six Toises depuis le fond
du Fossé Jusqu au Pied du Parapet de
la Courtine

## CONSTRVCTION DES PLACES

### selon le Comte de PAGAN.

#### Des Bastions, des Remparts, & des Fossez.

» TOus les Ouvrages des Fortifications & des Travaux de terre
» ne consistans qu'en Fossez & en Remparts, ceux-là sont pas-
» sez aprés les Défenses rompuës par le Canon ; & ceux-cy sur-
» montez aprés avoir été renversez par les Mines. Mais opposant
» par mes nouvelles inventions l'Artillerie à l'Artillerie pour la
» défense des Fossez, il me faut de même opposer la Mine à la Mi-
» ne pour la conservation des Remparts, afin de n'apporter pas plus
» de retardement au passage de l'un, que de difficultez & de lon-
» gueur aux Attaques de l'autre. A quoi ne pouvant toutefois ar-
» river sans apporter du changement en la disposition interieure des
» Bastions, je vous en fais voir maintenant cette nouvelle Figure,
» & en son double Rempart la commodité de les pouvoir défendre
» assez long-temps pour en maintenir davantage les Places. Car si
» le Bastion est tout rempli de terre, comme ils le sont ordinaire-
» ment, les Ennemis sont toûjours au dessous de vous, & par la
» violence des Mines & des Fourneaux reïterez, ils vous forcent
» en moins de trois jours à vous rendre, & vos Retranchemens in-
» terieurs & peu profonds ne vous donnent que le seul avantage
» de traiter pour le salut & pour la vie. Que s'il n'est environné
» que d'un simple Rempart, & que le temps & les autres occupa-
» tions des Soldats ne vous permettent pas d'élever un grand &
» convenable Retranchement, vous êtes pour lors contraint à capi-
» tuler, devant que le Bastion soit ouvert par la premiere Mine :
» Mais si aprés le Rempart vous avez un Fossé de raisonnable pro-
» fondeur, & puis un autre Rempart aussi haut que le premier,
» de même qu'en ce Plan d'un Bastion parfait & achevé, selon mes
» nouvelles maximes, vous pourrez alors entretenir fort long-temps
» les Assaillans dans l'occasion de gagner le premier Rempart, tant

## FIGURE XCII.

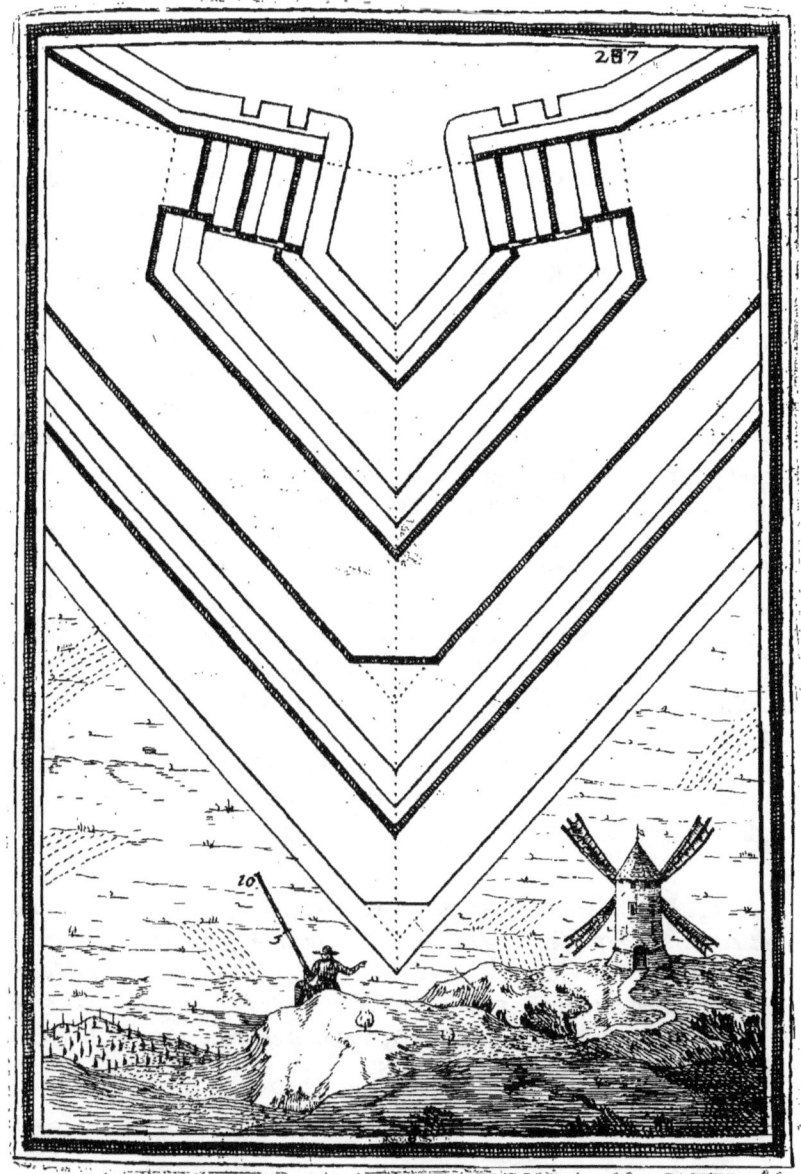

*Suite des Baftions , des Remparts , & des Foffez,*

*felon le Comte de* PAGAN.

„ par les trois Canons cachez de vos Flancs, que par les Contre-
„ mines faites fous vôtre Rempart à loifir , & du fonds du fecond
„ Foffé.  Que fi nonobftant ces difficultez les Ennemis fe logent fur
„ le premier effet de leur Mine , vous les combattrez alors par front
„ de vôtre fecond Rempart à coups de piéce de Moufquet, par
„ Flanc & à coups de main des deux côtez du premier Rempart,
„ & prenant promptement le deffous à la faveur du fecond Foffé,
„ vous les renverferez par des Fourneaux faits à la hâte: Ainfi vous
„ fervant toûjours du même artifice, vous les obligerez à recom-
„ mencer plufieurs fois le même jeu , avec autant de perte pour eux,
„ que pour vous d'avantage & de gloire. Cependant afin de les em-
„ pêcher de paffer deffous le fecond Foffé, pour miner le fecond
„ Rempart , & s'ouvrir tout d'un coup le chemin au centre du
„ Baftion, ne manquez pas de faire creufer une profonde Tranchée
„ le long du fecond Foffé, du côté de la même Attaque.

„ Sans parler donc des autres avantages de cette nouvelle difpo-
„ fition des Baftions , ni des autres Retranchemens qui s'en font
„ ordinairement vers la Gorge ; je pafferai à l'explication de cette
„ Figure, reprefentant le Plan d'un Baftion parfait de l'Hexagone
„ de ma grande Fortification , pour fervir de modele general à
„ tous les autres, ne differans entr'eux que par la variété des An-
„ gles, & par les diverfes longueurs des lignes.

Nota, *Le Lecteur remarquera que pour lui faciliter cêt Exemple,
au lieu de lui reprefenter feulement le Baftion precedent, comme il
fe trouve dans le livre de ce Comte , je lui expofe ici fon Hexagone , fe pouvant fervir pour l'intelligence de fon difcours, de celui
que nous marquons de la lettre A. ou de quelqu'autre de la même
Figure.*

*FIGURE XCIII.*

## FIGURE XCIII.

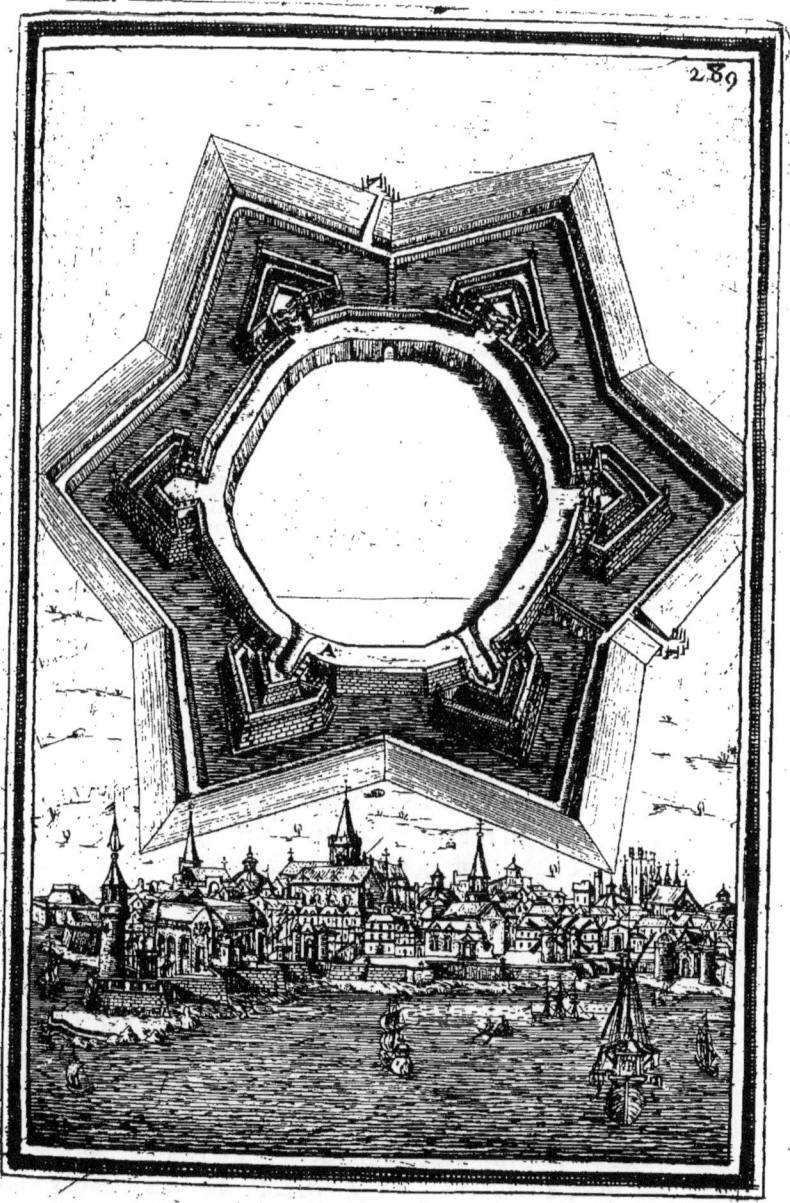

289

*Suite des Bastions, des Remparts, & des Fossez,*

*selon le Comte de* PAGAN.

„ Tous les Remparts de cette Figure sont de 7. toises de largeur,
„ comprises les 3. toises des Parapets, dans lesquels se remarquent
„ aussi les Murailles de 3. pieds d'épaisseur.

„ Le Rempart des Courtines & des Bastions, qui est celui de
„ la Place, est de 6. toises de hauteur, depuis le fond du Fossé
„ jusqu'au Terre-plain de sa superficie, sur laquelle s'éleve le Para-
„ pet, de 6. pieds de haut en dedans, & de 5. en dehors, auquel
„ tous les autres Parapets sont semblables.

„ Le grand Fossé de la Place est de 16. toises de largeur, & de 3.
„ de profondeur, s'il étoit plus large, la Contre-batterie des Enne-
„ mis auroit trop de front sur la Contrescarpe, & en incommode-
„ roit davantage le Flanc opposé. Mais s'il est plus profond il est
„ encore meilleur, parce qu'il en rend plus difficiles aux Ennemis,
„ & les descentes, & les passages.

„ Les deux Flancs de ce Bastion sont semblables à ceux de la troi-
„ siéme Figure du quatriéme Chapitre. Et pour le danger des sur-
„ prises, à raison de leurs basses Cazemates, des Murailles de sim-
„ ples massonneries, y doivent être bâties sur tous les premiers Pa-
„ rapets des Flancs d'une hauteur égale à celle de la Place, lesquel-
„ les seront facilement abattuës, lorsque l'occasion s'offrira de vous
„ servir de vos Flancs, en cas de Siege.

„ Les deux Faces du petit Bastion du Centre partent toûjours des
„ coins du Flanc, & sont conduites paralleles aux Murailles des
„ Faces de tout le Bastion, formans un même Angle.

„ Le Rempart en est de la même hauteur, & de la même lar-
„ geur de celui de la Place, & le Parapet tout semblable, s'unissant
„ au troisiéme Parapet des Flancs.

„ Quant à la largeur du Fossé compris entre le premier & le se-
„ cond Rempart du Bastion, elle n'est pas toûjours semblable; mais
„ un peu diverse, selon la Fortification & le Polygone: Et sa pro-
„ fondeur de deux toises ou plus, selon le temps, ou la dépense.

„ Et pour la communication du dedans de la Place avec le pre-
„ mier Rempart du Bastion, les quatre Portes des Flancs en sont
„ les plus commodes passages; comme il se voit en cette Figure.

„ De la grande Contrefcarpe, de fon Foffé, & de la petite Con-
„ trefcarpe qui le couvre, j'en parlerai au Chapitre fuivant, n'étant
„ mifes en cette Figure que pour reprefenter la forme qu'elles doi-
„ vent avoir vers les Angles flanquez, ou pointes des Baftions, aux
„ Faces defquels toutes les lignes de ces Contrefcarpes font paralleles.

„ Mais pour fçavoir combien eft l'ouverture ou la valeur de
„ l'Angle de ce Baftion de l'Hexagone de ma grande Fortification,
„ faites comme il vous eft enfeigné dans le troifiéme Chapitre, &
„ vous le trouverez de 86. degrez, & 36. minutes. Car ôtant l'An-
„ gle du Centre de l'Hexagone de 60. degrez de l'Angle flanquant
„ de ma grande Fortification de 146. degrez & 36. minutes, il vous
„ reftera pour l'Angle des Baftions de cét Hexagone 86. degrez &
„ trente-fix minutes.

„ Et quant à ce qui concerne les Taluds des Remparts de terre,
„ la maffonnerie des Murs, & tant d'autres chofes communes &
„ ordinaires, je m'en remets à la conduite des plus experimentez,
„ & à la diverfe nature des Terrains, de pierre, ou de brique. Seu-
„ lement ajoûterai-je, qu'il ne faut point d'autre chemin pour les
„ rondes que la Banquette du Parapet, afin de n'augmenter pas
„ davantage la largeur du Rempart, que je fouhaiterois plûtôt s'il
„ fe pouvoit être moindre, pour la facilité des Contre-mines, ca-
„ vées du fonds du fecond Foffé. Ainfi ne faifant que des Gueri-
„ tes à tous les Angles du Baftion, & des Embrazures dans les Pa-
„ rapets, les Rondes en pourront aifément voir le pied de la Mu-
„ raille.

## AVANTAGES DES CONSTRVCTIONS

### felon le Comte de PAGAN.

CE u x qui fuivent les opinions de ce Comte, attribuent à fes Conftructions & Maximes les Avantages que voici :

I. Que par fes nouveaux projets on peut facilement deffiner & tracer toutes fortes de Places, avec autant de promptitude que de juftelle, non feulement pour la Conftruction des petites, & des moyennes, mais même des grandes, en quelque lieu qu'elles foient fituées; avec cét avantage, que le Pentagone de cette Methode enferme autant de Terrain que l'Hexagone des autres manieres; & ainfi des autres Figures.

II. Que par fes nouvelles Maximes de faire aux Baftions deux Foffez & deux Remparts, & d'oppofer l'Artillerie à l'Artillerie, & la Mine à la Mine, il n'empêche pas feulement les Affiegeans de combler & de franchir le Foffé, avec leur facilité ordinaire, quand ils fe font avancez fur les Contrefcarpes; mais même il leur ôte avec l'ufage des Fourneaux, toute la commodité de fe pouvoir loger fur les ruines des Bréches.

III. Qu'ayant trois Canons cachez, que les Affiegeans ne peuvent incommoder de leurs Contre-batteries, foit pour être trop éloignez de la Bricole, ou pour être trop cachez dans l'Epaulement de leurs Baftions, il n'y a point de difficulté que les Affaillans en feront merveilleufement incommodez dés qu'ils paroîtront, ou qu'ils fe voudront loger fur les ruines des Bréches, parce que fes piéces y battent de revers.

IV. Que fon fecond Baftion avec fon Rempart eft un puiffant obftacle à l'Affaillant quand il fe fera engagé dans le fecond Foffé : car alors il eft toûjours au milieu des Affiegez, qui de tous côtez le peuvent aifément battre & brûler, avec Mines, Fourneaux, Gauderons, Bombes, Grenades & autres Inftrumens à feu.

## DESAVANTAGES DES CONSTRVCTIONS
### du Comte de PAGAN.

CEux qui ont peine à recevoir les Maximes de ce Comte avan-cent contre fes Conftructions les objections fuivantes.

I. Que s'il eft vrai que par de mêmes regles on peut deffiner & tracer toutes fes Places avec cét avantage, que les Pentagones, les Hexagones de fes Maximes, égalent les Hexagones, & les Hepta-gones des autres Conftructions ; il eft auffi tres-veritable de dire que fes Baftions, qui ont leurs Gorges vuides, avec des Faces extrême-ment longues, & des Flancs toûjours expofez aux Batteries des Af-fiegeans, font des defauts qui furpaffent tous ces premiers avantages.

II. Que fes triples Cazemates font trop découvertes, & trop fu-jettes à fe voir ruiner de l'Artillerie des Attaquans, qui peuvent fort aifément de leurs Contre-batteries emboucher leurs piéces, & enfuite franchir le Foffé, & monter dans le Pan du Baftion, fans craindre la Moufqueterie de fes Flancs, qui en font trop éloignez.

III. Que le nombre de fes trois Canons cachez ne fuffit pas pour empêcher l'Affaillant de fe loger fur les ruines de la Bréche, parce qu'il peut dans le temps que l'on recharge fes piéces, s'y en-terrer, ou y élever des Epaulemens.

IV. Que la Conftruction de fon fecond Baftion, qui n'eft qu'un Retranchement, qui augmente la dépenfe de la Fortification de plus d'un tiers, quoiqu'il foit vuide, n'eft pas une piéce fort diffi-cile à prendre, puifqu'à la faveur d'une feconde Mine, on peut ai-fément s'en rendre maître, & de la Place enfuite, fans que les Af-fiegez puiffent dans cette extremité élever aucun Retranchement dans ce Baftion vuide, pour traiter avec liberté de leur falut.

## PARALLELE DE MA CONSTRVCTION
### avec celle du Comte de PAGAN.

I. NOstre Methode de fortifier sur le Polygone interieur, afin d'approprier aux Remparts l'usage des vieilles Murailles, & la facilité que l'on a de construire toutes sortes de Places avec un même principe, est sans difficulté une maniere plus aisée que les siennes : car il a besoin d'autant de diverses regles qu'il se rencontre de Polygones dissemblables, sans compter l'embarras des parties proportionnelles qu'il faut prendre. D'ailleurs les defauts de ses Bastions vuides, de ses Faces excessives, & de son Flanc trop découvert, donne toutes sortes de préference à nôtre Construction, qui n'a aucun de ces defauts.

II. Par nos Cavaliers, que l'Assiegeant ne peut ruiner, parce qu'ils sont toûjours maîtres de son terrain, nous épargnons la dépense de la seconde & troisiéme Cazemate de ce Comte, puisqu'on assûre, comme il est vrai, qu'elles sont trop exposées à la vûë des Assiegeans, & quoique nous nous puissions servir avec plus d'avantage que lui de la troisiéme Cazemate, nous la negligeons en quelque façon, pour nous servir de l'Artillerie de nôtre Cavalier, qui est d'un service bien plus considerable.

III. Par la disposition de nos Flancs, & la Construction de nos Cazemates enfoncées, qui cachent bien plus d'Artillerie que les siennes, nos Canons y sont placez avec bien plus de seureté pour la petitesse du lieu, qu'ils ne sont dans l'extremité de ses grandes Cazemates, qui peuvent être aisément découvertes du dessus des Contrescarpes vis-à-vis des pointes des Bastions, à quoi les nôtres ne sont point exposées.

IV. Nos Bastions étant toûjours pleins & solides, donnent moyen de s'y retrancher avantageusement, & d'y mieux disputer le Terrain, qu'on ne sçauroit faire dans les siens, qui sont toûjours vuides, sur tout, si l'on joint nos deux Cazemates enfoncées, & que l'on pousse des Fourneaux par leurs Magazins, tout cela donne des avantages que ne donne pas son second Bastion, où même on ne peut faire ferme aussi avantageusement qu'on le peut faire de nôtre Cavalier.

### Fin du troisiéme Livre.

# LES

# TRAVAUX DE MARS,

## OU

## L'ART DE LA GUERRE.

### LIVRE QUATRIE'ME.

### DE L'ELEVATION DES REMPARTS,
### ET DU REVETISSEMENT DES PLACES.

# LES
# TRAVAUX DE MARS,
## OU
# L'ART DE LA GUERRE.

*LIVRE QVATRIEME.*

*Des Inſtrumens & des Materiaux qui ſervent à l'élevation des Remparts, des Parapets & du Revétiſſement des Places.*

---

## CHAPITRE PREMIER.

*Des noms des principaux Inſtrumens qui ſervent à remuër & à tranſporter les Terres.*

 OMME juſqu'à preſent j'ay traité aſſez amplement des moyens qu'on pouvoit tenir pour tracer, tant ſur le papier qu'à la campagne, toutes ſortes de Places, ſelon les differentes Maximes des Auteurs Anciens & Modernes, qui ont traité de cét Art; je paſſerai maintenant à leur *Scenographie*, où je traiterai de leurs Materiaux, & de la maniere de les bâtir.

### Noms des Instrumens qui servent à ouvrir & à creuser les Terres.

POUR suivre l'ordre naturel du Travail, & pour donner une entiere connoissance des Terres, & des Outils qui peuvent servir à les creuser, je commencerai par les Instrumens qui suivent :

Le Pic marqué A. est l'outil le plus utile que nous ayons pour faire ouverture en toutes sortes de terre, de sable & des lieux graveleux : son manche est ordinairement long de trois pieds à trois pieds & demi, & son fer, qui se termine en pointe, est environ d'un pied.

Le Hoyau B. a son manche de même longueur que le Pic, mais son fer devers la pointe est large de deux poûces & demi, ou de trois poûces : Il sert pour travailler dans les terres fortes, séches, engelées & pierreuses, où le Pic ne faisant que son trou, ne peut rien separer.

La Pelle marquée C. sert à assembler les terres que le Pic ou le Hoyau ont separées : la longueur de son manche est d'ordinaire de trois pieds, & sa cueillere, ou sa partie d'embas, est de douze à quinze poûces de longueur sur huit de largeur : les plus fortes sont du bois de chêne, & les communes de haître.

La Pelle marquée D. sert particulierement dans les païs où les terres sont fortes, ce que le vulgaire nomme ordinairement *Argile*, *terre grasse*, ou *terre à potier* : leur manche est d'ordinaire de trois pieds à trois pieds & demi, & leur cueillere est d'un pied de longueur sur six poûces de largeur ; le plus souvent cette partie est ferrée jusqu'à ses deux tiers, pour être de plus longue durée, & pour mieux couper les Gazons à quoi elles sont fort commodes.

La Béche E. a sa cueillere ou la partie basse toute de fer : son manche est un bâton environ de trois pieds de longueur ; le dessus de la cueillere est taillé à plat, afin que le travailleur y appuye son pied, la longueur de la cueillere a les mêmes dimensions que celle de la Pelle D.

*Noms des Instrumens qui servent à transporter les Terres*
*d'un lieu à un autre.*

LA Hotte A. est faite d'ordinaire d'osier ou d'autre bois qui se peut plier : Dans les Atteliers du Roi elles doivent tenir huit poûces de terre cubique , mais le plus souvent elles en tiennent plus ou moins, les Vaniers n'ayans pas toûjours égard à cette mesure.

La Broüette B. est faite de bois de sapin ou d'autre bois fort leger : Celles que l'on fait pour les Atteliers du Roi , quand elles sont de sapin , ont leurs flasques ou longs côtez de quatre pieds, dix poûces & six lignes de longueur , sur un pied ou quinze poûces d'épaisseur, Exemple C D.

La largeur de la Flasque , vis-à-vis le milieu de la Caisse où l'on met la terre , est de huit poûces, Exemple E F.

La plus petite largeur des Flasques est de trois poûces, Exem. G H.

La plus petite largeur des Bras est de deux poûces , Exemp. C I.

La longueur des Bras est d'un pied & neuf poûces, Exemp. C K.

La longueur de la Caisse par sa partie de haut est d'un pied & onze poûces , Exemple K L.

La longueur des Flèches est chacune d'un pied , deux poûces & six lignes , Exemple L D.

La largeur de la Caisse par son fond du côté des Bras est de treize poûces , Exemple M N.

La hauteur de la Planche de la Caisse du côté des Bras , ou du derriere de la Caisse , est d'onze poûces & six lignes, Exemple O P.

La largeur de la Caisse par le haut du côté des Bras est d'un pied trois poûces , Exemple K *.

La longueur de la Caisse par son fond ou sa partie inferieure est d'un pied & deux poûces , Exemple O Q.

La largeur de la Caisse par son fond du côté d'avant ou de la roüe est d'un pied & deux lignes , Exemple R S.

La hauteur de la planche de la Caisse du côté d'avant ou de la roüe est de deux pieds , Exemple Q T.

La largeur de la Caisse du côté d'avant par le haut est de deux pieds & deux poûces , Exemple L V.

L'Essieu de la roüe entre les Flasques est long d'un pied , & a de grosseur 4. poûces & 3. lignes, & sert de moyeu à recevoir les Rayes ; il est creux en dedans , où l'on fait passer une verge de fer qui se rend dans les Flasques, & autour de laquelle le moyeu & la roüe tourne.

Le Diametre de la Roüe en y comprenant les jentes est d'un pied & six poûces.

## Noms des Inftrumens dont on fe fert pour voiturer les Terres par le moyen des chevaux.

LEs plus ufitez font les Tombereaux A. & le Camion B.
Les Tombereaux font de differentes grandeurs, felon les differentes Attellages qu'on y veut mettre : Les plus petits, où l'on ne met qu'un cheval, tiennent un peu plus d'un quart de toife de terre cubique, & ceux où l'on en attelle deux, tiennent beaucoup plus. Dans les Atteliers du Roi à Verfailles les Entrepreneurs fourniffent d'ordinaire les Tombereaux, & donnent pour l'homme ou Chartier & pour le cheval quarante fols, & cinquante-fix fols quand il y a deux chevaux attelez au Tombereau.

Le Camion, qui n'eft proprement qu'un Tombereau à trois roües, eft auffi de differente grandeur : Il y en a qui le preferent au Tombereau, à caufe de la facilité qu'il y a à le charger & décharger, n'étant pas fi élevé fur fes roües, principalement fur celle qui eft devant, comme on le peut remarquer dans les deffeins que je donne ici.

Le Camion deftiné pour l'Attellage d'un cheval, a depuis l'extrémité de fon derriere jufqu'à celle de fes timons, huit pieds & neuf poûces de longueur, Exemple A B.

La longueur de la Caiffe par le haut eft de trois pieds huit poûces, Exemple C D.

La longueur de la Caiffe par embas eft de trois pieds & deux poûces, Exemple E F.

La hauteur de la Caiffe eft de deux pieds & demi, & par fois de trois pieds par devant, Exemple F D.

La largeur de la Caiffe par devant eft de deux pieds & 8. poûces.

La largeur de la Caiffe par derriere eft de trois pieds.

L'Effieu d'une extrémité à l'autre a de longueur cinq pieds & quelques poûces.

Les grandes Roües ont quatre pieds & demi de Diametre, il y en a encore de plus hautes & de plus baffes.

La petite Roüe a un pied & neuf poûces, & quelquefois deux pieds de Diametre.

### Noms des Terres de diverse nature.

POUR parler amplement des differentes natures des Terres, qui se rencontrent dans les Fondemens, je supposerai d'abord que le lieu où l'on veut creuser, soit en plat-païs, & non de roche, & qu'on sçache que l'on appelle *Delits* la separation ou veine qu'il y a entre des terres de differentes natures, & que *Bousin* est la terre qui touche contre les lis ou le banc de pierre.

Le Bousin est quelquefois si petrifié, qu'il semble être de la même nature de la pierre ; & l'Appareilleur doit avoir soin, quand il donne le trait à sa pierre, que le Bousin ait été enlevé de dessus.

La premiere Terre, marquée A. est appellée communément par les Jardiniers & les Laboureurs, *bonne Terre*, parce que c'est celle qu'on cultive : les Ouvriers en Massonnerie appellent cette Terre *premiere Terre*; Elle porte environ 18. à 20. poûces de hauteur, & quelquefois jusqu'à deux pieds, selon la difference des lieux : cette premiere Terre est noire de sa nature.

Ensuite de celle-là est la Terre blanche, marquée B. elle porte cinq ou six pieds de hauteur, plus ou moins selon la diversité du terrain & du païs où l'on creuse, car les païs sablonneux n'en ont guere.

La troisiéme terre C. s'appelle *Cailloüage blanc, gravois, & tuf*. Elle porte jusqu'à deux pieds de hauteur, & est quelquefois précedée de quelques Delits de sable D.

La quatriéme terre marquée E. s'appelle *Terre grasse* ou *Marne*, elle porte jusqu'à 3. pieds en hauteur, & elle est de couleur blanche. Au dedans de cette quatriéme espece de terre il se rencontre un Delit de pierre marqué F. appellé *Banc de bois*, elle porte environ 15. poûces de hauteur : les Eaux perduës courent au dessus, on appelle ces Delits, *la bonne terre*.

Plus bas que le Banc de bois, il se rencontre deux Bancs de Marne fort dure, qui portent ensemble cinq à six pieds, & ne sont distinguez l'un de l'autre que par un Delit humide, qui en fait toute la separation. Exemple G.

Ensuite vient le gros Cailloüage H qui porte par endroits jusqu'à 8. ou 9. pieds de haut, & au dessus est un Delit de sable de cinq poûces de hauteur, & plus. Ensuite est la Roche marquée L

*FIGURE XCVII.*

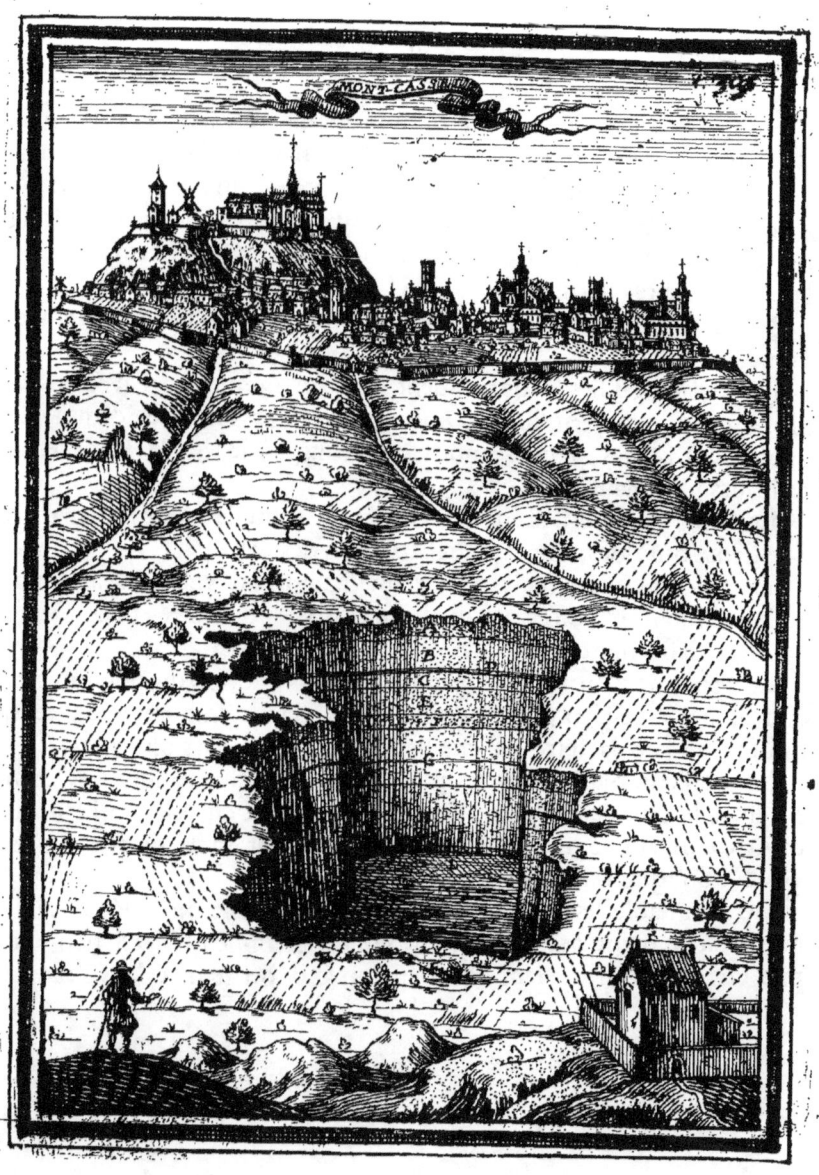

## Noms des differens Sables.

DANS la page précedente on a pû remarquer, où l'on trouvoit le plus souvent les Delits de sable, mais comme il se rencontre des Terrains qui sont plus sablonneux les uns que les autres, & que ces sables sont d'autant plus ou moins gras, qu'ils sont plus ou moins humides, ou entremêlez de terre, je ferai remarquer ici leurs differentes natures.

Parlant generalement des Sables, les uns sont Mâles & les autres Femelles.

Les Sables Mâles se distinguent dans un même lit d'avec le Sable Femelle, parce qu'ils ont une couleur plus forte; & comme les Sables sont blancs, jaunes, noirs, ou rouges, le Sable Femelle est toûjours plus blanchâtre.

Le Sable Mâle est préferable au Sable Femelle pour bâtir dans des lieux humides, ou exposez aux flots des eaux.

Le Sable Femelle n'est pas le meilleur pour travailler aux murailles qui sont exposées au soleil du Midy, pour être d'une nature pas trop desséchante.

Le Sable de dessus la campagne n'est pas si bon, ou pour mieux dire, il ne vaut rien pour les Bâtimens, étant trop maigre; celui qui se tire dans la terre est meilleur, étant toûjours plus gras.

Le meilleur Sable dans les païs chauds est celui de Rivieres, qui est entre le gros & le menu: En ces Quartiers c'est celui qui fait du bruit quand on le manie; Le sable qui est fort mélé de terre n'est pas si bon que celui qui en a moins.

Le bon Sable se connoît facilement lorsqu'il est moüillé, & qu'il ne s'attache point aux mains, car alors c'est signe qu'il est bon; le pire est celui qui devient bourbeux quand on le met dans l'eau,

### De la composition du Mortier.

J'AY déja dit qu'il n'y a point de meilleur fable pour bâtir que celui de Riviere, ou que celui qui fait du bruit en le maniant, & je me fouviens que lorfque je faifois travailler aux deux Mines, qui couvroient la porte du Château de Fereire, fitué à l'extrémité de l'Eftramadoure, Province d'Efpagne, les Mineurs s'attachoient plûtôt aux corps des pierres pour les reduire en piéces, qu'à les defunir par leur joint. Auffi le fable du Mortier de cét ouvrage avoit été apporté de la Riviere du Tage. Il eft vrai que la Chaux qui avoit été mélée avec le fable avoit été faite de pierre de marbre: ce qui m'a fait remarquer que la Chaux en Portugal fait un Mortier plus dur qu'en ces Quartiers, parce qu'elle eft faite d'une pierre qui tient fort de la nature du marbre, & qui eft beaucoup plus dure que celle dont on fait la Chaux en ces Quartiers. La Chaux la plus graffe eft toûjours la meilleure, aprés celle-là on préfere la plus pefante, ou celle qu'on a peine à broyer avec le Rabot.

Le Mortier fe fait en diverfes manieres, mais voici la meilleure & celle que j'ay le plus pratiquée: Lorfque la Chaux fortoit du four, & étoit encore toute chaude, nous la faifions couvrir de fable, y mettant 3. Broüettes de fable contre une de Chaux. Ce n'eft pas qu'il faille toûjours fuivre cette mefure; car il fe trouve du fable d'une telle qualité, que 6. Broüettes de ce fable peuvent foutenir une Broüette de Chaux, & le Mortier en fera meilleur que celui qui fe fait de fable maigre, où il faut mettre prefque autant de Chaux que de fable.

La veritable eau pour faire le bon Mortier doit être de puits, de pluye, de rivieres, ou de fontaines, celle des marais n'eft pas fi bonne, car pour celle de la Mer, elle n'y vaut rien, tenant toûjours le Mortier humide, à caufe de fon acrimonie.

*Remarques sur le Mortier, & de la maniere
de le transporter.*

COMME dans le Chapitre suivant je parlerai des Fondations &
de l'Elevation des Murailles qui servent de revétissement aux
Remparts des Villes & aux autres Ouvrages de Guerre, je crois
être obligé de dire ici la maniere de transporter le mortier, puisqu'il est le principal lien de la Massonnerie.

Mais j'avertirai en passant que les murs que l'on bâtit à sec ou
sans mortier, ne valent rien pour soûtenir des fardeaux considerables, comme sont ceux des revétissemens des Places, qui doivent
resister à l'éboulement & à la pesanteur des terres du Rempart &
des Parapets, à cause que tôt ou tard ces sortes de murs à sec se de-
mentent par l'insinuation de l'air, qui se glissant entre les joints des
pierres les mine insensiblement vers leur milieu, & fait qu'une pierre ainsi rongée se casse facilement par cét endroit; parce que celle
qui est au dessus & en liaison vers ce milieu, la fend par le grand
poids qu'elle soûtient, & fait démentir ou renverser le mur, ce qui
n'arrive pas quand toutes les liaisons des pierres sont bien garnies
de Mortier.

Le Mortier ayant donc été fait des materiaux specifiez dans la
page précédente, & ensuite ôté de son Bassin A. le porteur du Mortier, que quelques-uns nomment *Goujat* ou *Volier*, en chargera
son Oiseau B. qui pour être bien placé, doit être posé sur le chargeoir C. qui est haut d'environ quatre pieds, & fait de moilons ou
de plâtras, posez les uns sur les autres: Quand l'Atelier est grand,
& qu'il faut beaucoup de Mortier, on fera le chargeoir comme est
la marque D. avec une longue planche.

Il n'y a point d'instrument plus commode pour porter le Mortier
en toutes sortes de lieux que l'Oiseau: Et je m'étonne de la fierté
des Espagnols & des Portugais, qui ne s'en veulent point servir,
à cause qu'il faut le porter sur les épaules, qu'ils destinent seulement pour les armes, aussi ne voit-on chez eux aucuns crocheteurs,
tous leurs *Mariolles* ou Porte-faix portans les fardeaux sur leurs têtes; desorte que leurs Voliers chargent aussi leur Mortier sur la
tête avec des Planches de liege, & font souvent trois ou quatre
voyages pour un, à cause qu'ils n'en peuvent guere porter à la fois,
principalement quand il faut monter à une Echelle, où souvent
en changeant de main ils renversent tout à bas. Ce qui ne leur arriveroit pas, s'ils se servoient de l'Oiseau.

*Remarques fur la charge des Hottes, Broüettes, Haquets,
Camions, Oiseaux, &c.*

EN general tous les animaux à quatre pieds ont les deux jambes
de devant plus groffes & plus courtes que celles de derriere,
à caufe qu'elles portent plus fur leur train de devant que fur celui
de derriere, le premier ayant à foutenir la tête, le col, les épaules,
& la plus grande partie du corps de l'animal, avec fes inteftins (qui
font comme le Centre de fa principale force) Mais le train de derriere ne confifte qu'aux deux feffes de l'animal.

Auffi le train de derriere femble n'être plus élevé que celui de
devant, qu'afin d'y tomber plus aifément par cette difpofition, &
des deux n'en faire qu'un, qui ait un feul Centre de force & de gravité; ou que par la chute du train de derriere fur celui de devant,
il oblige les jambes de ce dernier train à quitter le terrain fur quoi
elles fe repofoient, pour en prendre un autre plus large où elles foient
moins preffées, & c'eft cette impreffion du train de derriere fur celui de devant qui caufe la viteffe du mouvement de l'animal, & qui
le foulage en l'obligeant d'occuper un autre terrain que celui où il
étoit incommodé.

Auffi l'experience fait voir, que quand on charge une bête de fomme plus fur le derriere que fur le devant, elle avance bien moins, &
même s'accule ou tombe à la renverfe; ce qu'elle ne feroit pas fi la
charge étoit pofée vers le garot où refide le Centre de la force & de
la gravité de l'animal, & cela à caufe qu'il fe trouve deux Centres
de gravité, un fous les jambes de devant pour la pefanteur de l'animal, & un autre fous le train de derriere pour la charge qui y eft
pofée, qui par fa pefanteur s'oppofe au mouvement naturel de l'animal, qui eft d'aller en avant, lorfque par fon poids elle ne demande
qu'à chercher fon Centre de gravité.

C'eft fur ces fortes de reflections que les Ingenieurs veulent
que les Hottes, les Tombereaux, les Camions, les Oifeaux, &c.
foient plus hauts par le devant, & moins élevez que par le derriere,
afin qu'étant plus chargez fur le devant, ils n'ayent qu'un même
Centre de force & de gravité pour foulager le porteur ou ce qui
transporte les terres.

# CHAPITRE II.

*De la mesure des Remparts, des Parapets, des Glacis, &c. & de leurs Fondations.*

CE Chapitre fait une des plus difficiles parties de l'Architecture Civile, & comme son sujet est fort utile aux Intendans & aux Ingenieurs, qui font travailler aux Fortifications des Places, tant pour connoître la quantité des terres qu'il faut vuider dans les Fondations, que pour sçavoir le nombre & la quantité des Materiaux qu'il faut avoir pour élever les Remparts, les Parapets, & les Murailles ou Revétissemens des Places; j'ay crû que je lui devois faire tenir ce lieu, & y ajoûter les mesures & l'estimation qu'on fait pour les terres que l'on transporte d'un lieu à un autre.

V iiij

## Des mesures des Remparts, des Parapets & du Fossé des Villes.

DANS la page 97. du premier livre, où j'ay parlé de la Construction des Remparts & du Fossé des Villes, j'ay dit qu'il n'étoit pas possible de garder les mesures exactes des Remparts, des Parapets, &c. à cause de la petitesse des Plans.

Mais maintenant que nous allons travailler serieusement au transport des Terres, tant pour creuser les Fossez, que pour élever les Remparts, les Parapets & les autres parties de l'Ortographie, c'est ce qui m'oblige à exposer la Table suivante, où les mesures de toutes les parties sont marquées en pied, dont les six font la toise.

### TABLE.

| FIGVRE. | | IV | V | VI | VII | VIII | IX |
|---|---|---|---|---|---|---|---|
| Base du Rempart | A C. | 54 | 60 | 66 | 72 | 78 | 8 |
| Talud extérieur du Rempart. | I C. | 6 | 7 | 7 | 8 | 9 | 9 |
| Talud intérieur du Rempart | A G. | 12 | 14 | 15 | 16 | 18 | 18 |
| Hauteur du Rempart | G H. | 12 | 14 | 15 | 16 | 18 | 18 |
| Sommet du Rempart | H L. | 36 | 39 | 43 | 48 | 51 | 57 |
| Base du Parapet du Rempart | R L. | 12 | 14 | 15 | 18 | 20 | 24 |
| Talud extérieur du Parapet | L T. | 2 | 2 | 2 | 2 | 2 | 2 |
| Talud intérieur du Parapet | R M. | 1 | 1 | 1 | 1 | 1 | 1 |
| Hauteur extérieure du Parapet | T O. | 4 | 4 | 4 | 4 | 4 | 4 |
| Hauteur intérieure du Parapet | M N. | 6 | 6 | 6 | 6 | 6 | 6 |
| Sommet du Parapet | S O. | 9 | 11 | 12 | 15 | 17 | 21 |
| Largeur de la Banquette | Q X. | 3 | 3 | 3 | 3 | 3 | 3 |
| Hauteur de la Banquette | P Q. | 1 | 1 | 1 | 1 | 1 | 1 |
| Terre-plain | H P. | 21 | 22 | 25 | 27 | 28 | 29 |
| Lisière | C B. | 6 | 6 | 6 | 6 | 6 | 6 |
| Largeur du Fossé | B D. | 72 | 84 | 96 | 108 | 120 | 132 |
| Talud intérieur & extérieur du Fossé | B V, Y D. | 10 | 10 | 10 | 12 | 12 | 12 |
| Profondeur du Fossé | V K. Y Z. | 10 | 10 | 10 | 12 | 12 | 12 |
| Largeur du fond du Fossé | K Z. | 52 | 64 | 76 | 84 | 96 | 108 |
| Coridor ou Chemin couvert | D E. | 12 | 15 | 15 | 17 | 21 | 21 |
| Hauteur du Parapet du Chemin-couvert | 14 | 6 | 6 | 6 | 6 | 6 | 6 |
| Base du Para. du Chemin-couvert ou Glacis | I F. | 69 | 69 | 69 | 70 | 74 | 79 |

La Banquette se fait sur les mêmes mesures que celle du Parapet.

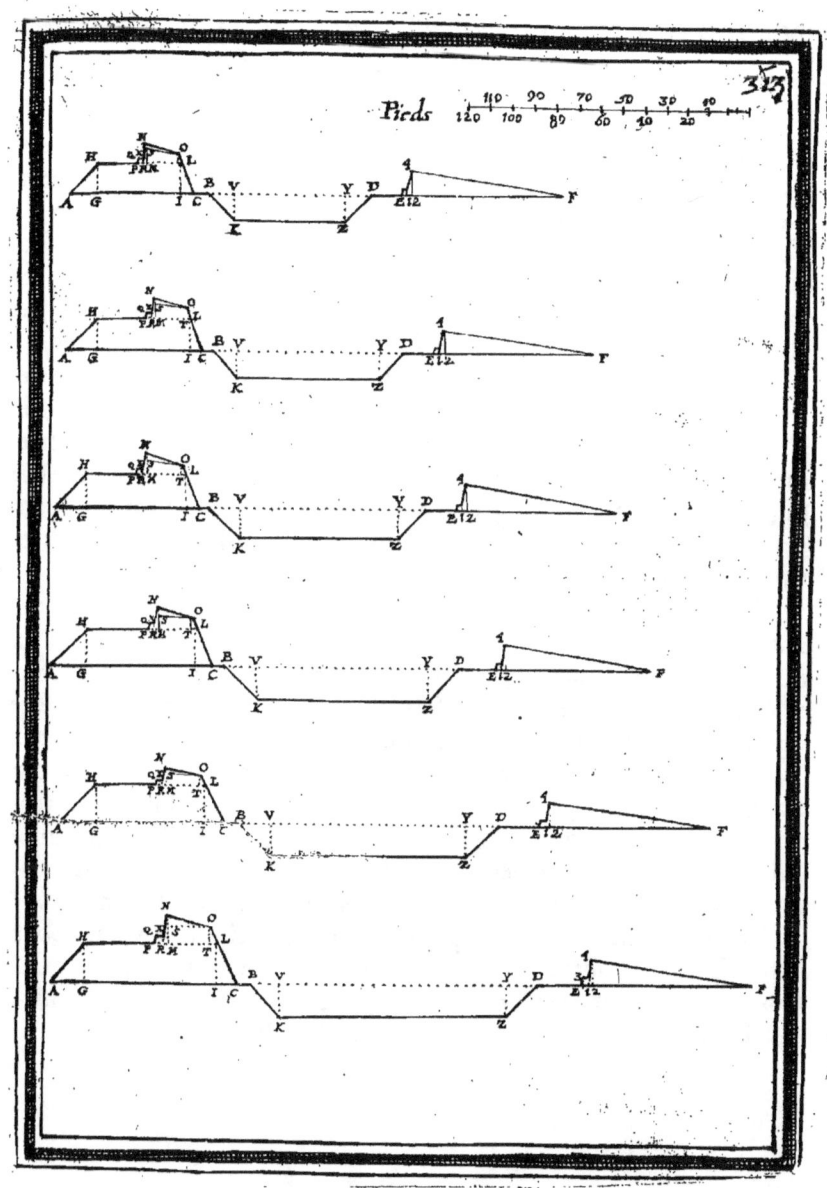

## Maniere de faire les Fondemens des Remparrs, & d'autres Ouvrages dans des lieux secs.

COMME les Fondemens ne sont que pour chercher la Terre ferme, que les Ouvriers appellent d'ordinaire *Tuf* ou *Banc de bois*, ou pour trouver la vive Roche, on sera averti qu'il n'y a point de Fondement à faire, si la Roche paroît d'abord sur le Rez de chauffée, ou sur le niveau de la campagne. C'est pourquoi supposant qu'il faille fouiller la terre au lieu où l'on veut élever quelques Remparts ou Murailles, on observera les précautions suivantes.

Premierement, il faut sçavoir, si la terre a déja été autrefois remuée ou transportée de quelqu'autre lieu; car si elle l'avoit été, on n'aprofondira point dedans, sans étayer les deux côtez du Fondement avec des Planches & de fortes piéces de bois, longues de la longueur du Fondement, afin d'empêcher que les terres ne s'éboulent, & qu'en s'éboulant, elles n'enfeveliffent dans leurs ruines les Ouvriers qui servoient au travail.

Ces Etais marquez A. se mettent d'autant plus prés les uns des autres, que la terre est plus ou moins pierreuse, sablonneuse, ou nouvellement remuée, ou apportée d'ailleurs. Car pour la terre forte & naturelle, elle n'a pas besoin d'être étayée, ou ne le doit être que fort legerement, étant assez capable de se soûtenir d'elle même.

On remarquera que pour donner liberté aux Broüettes, qui transportent la terre des Fondemens, on leur doit faciliter un passage ou plusieurs, pour aller & revenir avec liberté. Ce chemin se laissera large environ de deux pieds & demi allant en serpentant, jusqu'au bas des Fondemens, afin de gagner le terrain, Exemple B.

Les Ponts qu'on fait tant pour la conduite des terres, que pour le transport des autres materiaux, doivent être faits au milieu des Courtines, comme celui de C. auprés des Flancs, comme la marque D. & devant les Faces comme celui de E.

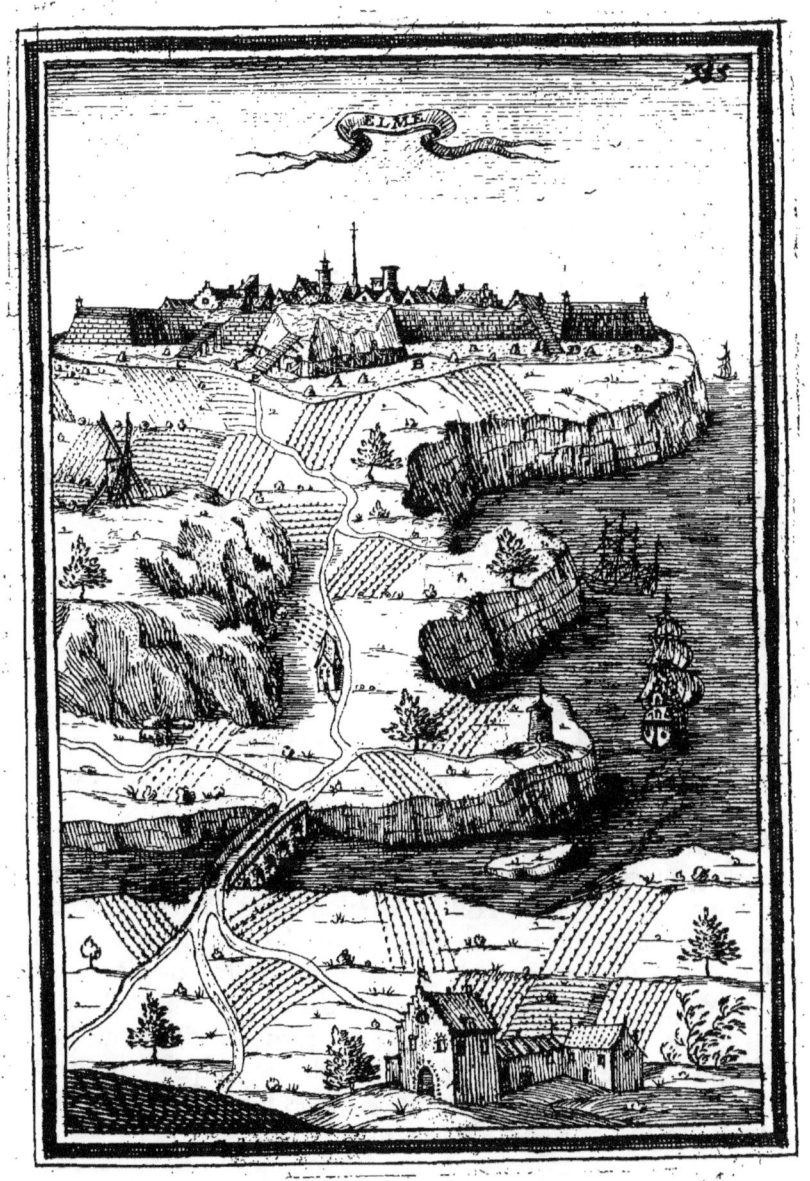

### Du transport des Terres, avec la maniere d'y laisser des témoins.

JE viens de dire dans la page précedente qu'en foüillant les fondemens, on devoit y laisser un chemin large de deux pieds, ou de deux pieds & demi, principalement dans les Fossez creux, afin de donner liberté à ceux qui transportent les terres, d'y conduire leurs broüettes; mais cela suppose qu'il y ait un autre chemin par lequel on vienne remplir les Broüettes. Exemple A.

Car autrement il faudroit tenir ce chemin de la largeur de quatre pieds ou environ, afin que les Travailleurs eussent la liberté de passer les uns auprés des autres sans s'incommoder, Exemple B.

Les Témoins font de certaines hauteurs, faites de la même terre qu'on transporte, à laquelle on ne touche point, on les laisse dans les fondemens & les lieux qu'on vuide, afin de sçavoir au juste combien on a tiré de terre en toises ou en pieds cubiques; une toise, ou un pied cubique, est une toise, ou un pied en quarré, tant en longueur, en largeur, qu'en profondeur.

Les Pionniers & les Travailleurs ont un grand soin quand ils font des Témoins, de choisir toûjours la partie de la terre la plus haute, afin d'avoir plus de profondeur à mesurer; mais les Ingenieurs & les personnes entenduës les marquent à leurs entrepreneurs, en leur en donnant en lieu haut & bas, afin de faire leur toisé par tout égal, si faire se peut, Exemple C.

Le prix du transport des terres dépend de la nature du terrain & de l'éloignement du lieu où on la transporte: Car plus on approfondit un fondement ou Fossé, & qu'on mene la terre proche ou loin, plus ou moins on en donne du pied ou de la toise. Quand c'est pour transporter la terre d'un Fossé ordinaire, on donne deux deniers du pied-cube pour la conduire dans l'alignement du Rempart, quand on foüille une seconde entreprise on donne un liard, aprés quatre deniers, quelquefois on donne jusqu'à deux liards, mais il faut que le Fossé soit creux, ou les Remparts bien élevez, ou les Ponts bien éloignez du lieu qu'on vuide.

## Maniere de faire les fondemens des Remparts & d'autres Ouvrages dans des lieux humides.

IL n'y a guéres de terrain humide qui ne foit d'ordinaire ou en Marécage, en Bas-païs, proche le courant d'une Riviere, ou fur le rivage de la Mer; pour lors ne pouvant creufer dans les terres fans y rencontrer auffi-tôt de l'eau, fi l'on eft obligé d'y élever des Murailles, on eft contraint pour les affermir, de piloter leurs Fondemens, afin d'en rendre l'affiette plus forte, & la Muraille plus af-fûrée.

Les Pilotis A. font de certaines piéces de bois, que l'on fait plus ou moins longues, felon que la terre ou le fable font plus ou moins liez enfemble, étans quelquefois longues feulement de cinq à fix pieds, & quelquefois jufqu'à 10. & 12. mais toûjours d'un bois fort dur, comme eft le chêne, qui a la proprieté de s'endurcir dans l'eau. Le pied des Pilotis doit être ferré, afin d'entrer avec plus de facilité dans le fable, le banc de bois, ou la terre forte, Exemple B.

Pour enfoncer les Pilotis en terre, l'on fe fert de la Hie, ajancée & foûtenuë par trois piéces de bois, & élevée à force de bras, afin que quand on vient à la lâcher, elle chaffe le Pilotis en terre; Exemple C.

Lorfque le fondement des murailles eft piloté, l'on remplit de libage, de cailloux, ou de terre forte le vuide qu'il y a entre les tê-tes des Pilotis, puis avec de fortes planches qui doivent être de chê-ne, fi faire fe peut, on lie ces têtes les unes aux autres, le tout avec de bons bandages & des chevilles de fer. Cette façon de lier les Pi-lotis s'appelle *Treillis* ou *Gris*, & c'eft fur ce Treillis qu'on com-mence à pofer les premieres affifes de la Muraille, avec remarque que les pierres doivent être cimentées & liées enfemble avec des chaînons de fer qu'on y plombera pour les mieux arrêter, Exem. D.

CHAPITRE

# CHAPITRE III.

## *Du Revétissement des Places.*

'ENTENS parler sous le nom de Revétissement des Places de l'élevation des Murailles, que l'on fait d'ordinaire autour de la partie exterieure du Rempart, afin d'empêcher que ses terres ne s'éboulent par leur trop grande élevation ou par les eaux de pluies.

Pour en venir à la pratique je donnerai d'abord les noms des principaux Instrumens qui servent à conduire les pierres, à les mettre en chantier & à les mettre en œuvre.

Tome II.                                                    X

*Des Inftrumens qui fervent à transporter les pierres pour la fabrique des Murailles, & le Revêtiffement des Places.*

LA Pince A. fert à feparer les pierres, & à les élever les unes de deffus les autres, ou à les pofer en chantier pour en faire la coupe : la Pince qui eft toûjours de fer, eft d'ordinaire longue de trois pieds & demi à quatre pieds : elle eft courbée vers fa pointe, qui eft fenduë en dents, afin de donner plus de prife en de certaines rencontres.

Le Levier marqué B. eft une piéce de bois d'orme, de frêne ou de quelqu'autre efpece de bois doux ; il eft long d'ordinaire de cinq à fix pieds, & a un de fes bouts taillé en lame de couteau, pour entrer plus facilement dans les joints des chofes que l'on veut feparer. On s'en fert préferablement aux Pinces, quand on veut lever de gros fardeaux, à caufe qu'il donne plus de prife par fa longueur.

Le Bar marqué C. eft fait de bois de chêne, ou de frêne, & quelquefois de fapin, qui n'eft pas le meilleur : il fert à transporter à bras les pierres qui font taillées. Le Bar pour être bien fait, doit avoir fon treillis long de deux pieds & demi, fur deux pieds & trois poûces de large : fes bras font longs de deux pieds de part & d'autre de fes extrémitez.

Le Chariot marqué D. eft d'ordinaire de bois de chêne, de hêtre, & le plus fouvent de fapin : il a fon timon percé en deux endroits pour y paffer deux groffes chevilles de bois, que tiennent ceux qui le conduifent, & où ceux qui le tirent attachent leurs bricoles.

Le Harna marqué E. (que quelques-uns nomment *de Carriere*, pour le diftinguer de ceux qui menent du plâtre) n'eft proprement qu'une forte charette auffi faite de bois de chêne ou de frêne : il fert à porter les libages ou les pierres qu'on employe aux fondemens des murailles, & même celles que l'on appelle *Pierres de taille*, dont on fait les Angles, les Chaînes & les Parements des Murailles.

Le Benar marqué F. eft une maniere de gros chariot à quatre roûës : il fert pour voiturer les plus groffes pierres par le fecours de plufieurs chevaux.

Le Boulin G. eft un brin de bois de hêtre, de chêne, de frêne, d'orme, &c. de la longueur de 5. à 6. pieds : il fert à faire & à foûtenir les échaffaudages des Maffons, & dans la neceffité il fert de levier.

La dofe marquée H. eft une planche de chêne ou de fapin dont les Maffons fe fervent pour faire leur échaffaudage.

Echaffaudage eft une maniere de plancher fait de planches en faillies hors d'un Mur, qu'on veut élever.

*FIGURE CIII.*

## De la coupe des Pierres.

JE ne parle point ici du trait & de la coupe des pierres qui fervent à faire les Panneaux des Trompes, des Viffes Saint Gilles, & de quantité d'autres beaux Ouvrages, qui font l'enrichiffement de l'Architecture civile: mais me tenant à mon fujet, je dirai qu'une pierre de taille s'appelle *Cartier*, *Carreau*, ou *Lot*, & qu'une pierre a d'ordinaire fix faces, principalement celles qui fervent à faire le Revétiffement des Villes, ou le parement des Murailles.

Les faces oppofées d'une même pierre ont le même nom, & par confequent une pierre qui a fix faces, a trois noms, à fçavoir, *Lits*, *Doeles*, & *Têtes*.

Quoique generalement on appelle *Lit* le joint de la pierre qui pofe contre une autre, neanmoins c'eft comme une regle generale en Architecture de dire, une pierre eft fur fon lit, lorfqu'elle eft pofée, comme elle fe rencontre dans la carriere, qui eft toûjours comme parallele à l'Horifon, ou à la fuperficie de la terre.

On appelle *Lit* d'une pierre les deux côtez qui touchent une autre pierre.

On appelle *Doele* deux faces de la pierre qui regardent le haut & le bas.

Et on nomme *Tête* de la pierre les paremens de la pierre, qui paroît hors & en œuvre.

Le Panneau, que quelques-uns nomment *Vouffoir*, eft une Carte, une feüille de fer-blanc, ou une piéce de bois coupée felon le trait qu'on veut donner à la Tête ou au Lit de la pierre.

La Chaîne eft l'arrangement des pierres de taille, qu'on fait au milieu d'une Maffonnerie, ainfi qu'on peut remarquer par les lettres A B C.

On remarquera, que tous les Angles des Baftions doivent être de pierre de taille, avec vive arrête, finon à l'Angle du Flanc, qui doit être arondi, quand il n'y a point de Cazemates; afin d'empêcher que le Soldat ne fe gliffe entre le Flanc & la Courtine, & qu'il deferte de la Garnifon.

## FIGURE CIV.

### Du Bâtiment ou de l'Elevation des Murailles de Pierre de taille.

J'AVERTIRAI d'abord que les Murailles, soit de pierre, soit de brique, qui approchent plus du plomb, sont celles qui se soutiennent le mieux, & que c'est pour ce sujet que les Architectes dans l'élévation de leurs Maisons, les font toutes à plomb, excepté quelque peu de frit qu'ils leur donnent en retraite, afin que le comble ne les pousse; mais il n'en est pas ainsi dans la Construction des Remparts, des Murailles & des Chemises, qu'on éleve dans la Fortification : car l'Ennemi ayant toûjours le dessein de les détruire avec son Canon, on est obligé de les faire pancher ou taluter du côté de la Place, afin que son Artillerie donnant contre, les Boulets ne fassent que les blanchir, ou s'ensevelir dedans; ce qui n'arriveroit pas ainsi, si ces Remparts & Murailles étoient à plomb, car les Boulets du Canon donnans dans le pied de la Muraille, le dessus venant à s'écrouler, feroit montée à l'Assiegeant, & faciliteroit l'entrée de la Place.

Pour bien faire les Murailles, on leur donne sur cinq pieds de hauteur un de talut, de telle maniere qu'une Muraille de vingt-cinq pieds de haut, doit avoir cinq pieds de talut, Exemple A.

Le talut se fait en cette maniere : Le Fondement étant élevé jusqu'à fleur du Fossé, ou Rez-de-chaussée, on pose les Maîtres ou Regles sur l'alignement des Murailles, & on fait taluter ces Maîtres avec un instrument appellé *Escarpe*, qui est une piéce de bois coupée selon la grandeur du talut, ainsi qu'il se voit dans la Figure C. & dans la pratique D.

Aux Murailles de brique on leur donne le même talut, y faisant de distance en distance des Chaînes ou jambes de force, Exemple B.

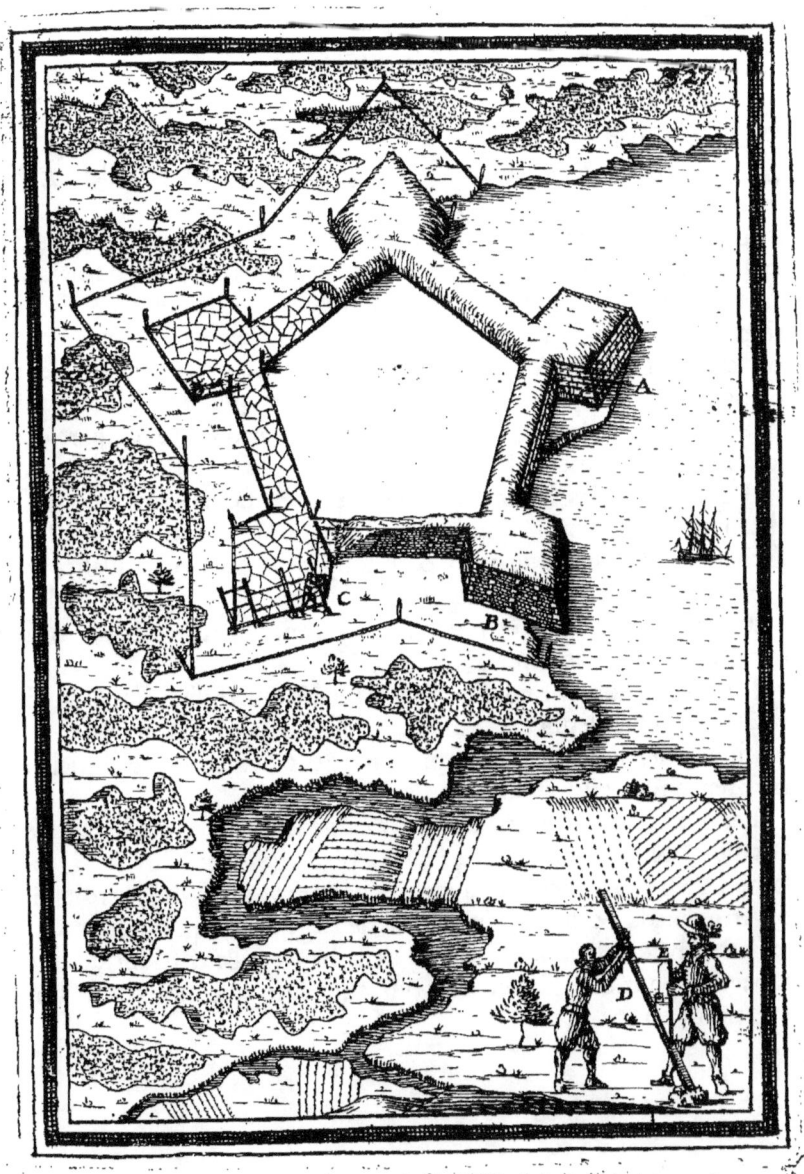

X iiij

## De la fabrique des Portes, Guerites, & Echauguettes des Places.

LEs Guerites font d'ordinaire de pierre ou de brique & quelquefois de bois, mais alors il y en a qui les appellent *Echauguettes*.

Le veritable lieu pour poser les Guerites c'eft aux Angles flanquez des Baftions & aux Angles des Epaules. Quelquefois on en met au milieu des Courtines, Exemple A. Afin que les Guerites foient bien faites, elles doivent être de figure ronde, en Pentagone ou en Hexagone, & élevées en faillie fur la pointe de l'Angle, leur planché doit être dans le même alignement que le Cordon, qui eft une efpece de Liteau, qui montre la feparation du Rempart d'avec le Parapet, Exemple B.

J'ay dit que les Guerites doivent être en faillie, ou moitié hors d'œuvre, & c'eft afin que la Sentinelle qui fera dedans, puiffe plus facilement découvrir le pied & le long des Faces, des Flancs & des Courtines, & même tout le Foffé, s'il étoit poffible, Exemple C.

Leur hauteur doit être de cinq à fix pieds, fur trois ou trois & demi de large, Exemple D.

Les Portes font beaucoup mieux placées au milieu des Courtines, que par tout ailleurs, à caufe de la grande largeur du Foffé, & du voifinage des deux Flancs, qui en rendent l'entrée plus difficile, & la défence plus affûrée, Exemple E.

Les Portes qui doivent être armées de leurs Pont-levis, Herfes & Bacules, ont d'ordinaire 14. à 15. pieds de haut, fur 10. à 12. de large : Leur Guichet doit avoir en hauteur tout au plus trois pieds, ou trois pieds & demi, fur deux de large, afin qu'un homme n'y paffe qu'avec peine. Le Guichet de la haute-ville d'Albuquerque en Efpagne, pour être de cette façon, fut caufe que nous ne la furprîmes point en 1669.

*Des Herſes, des Orgues, des Corps-de-garde, des Ponts-levis, des Bacules & des Barrieres.*

A TOUTES les entrées des Villes on fait toûjours de doubles Portes. On met au deſſus de celle qui eſt du côté de la Place, une Herſe Saraſine faite de pluſieurs piéces de bois, armées par embas de pointes de fer, & diſpoſées en forme de Treillis : ſon uſage eſt de ſuppléer au defaut de la Porte étant petardée ou rompuë. La Herſe eſt attachée par une corde à un Moulinet, qui eſt au deſſus de la Porte, & la Herſe s'abaiſſe ou tombe par deux Couliſſes, qui ſont entaillées dans les deux côtez de la Porte, Exem. A. Mais parce qu'en fichant quelques cloux dans les Couliſſes, ou mettant au deſſous quelques Chevalets, on peut empêcher la Herſe de tomber, on s'eſt aviſé d'en faire d'une autre maniere, qu'on appelle *Orgues*, qui ſont pluſieurs groſſes piéces de bois, chacune attachée par une corde ou par un Moulinet qui eſt au deſſus de la Porte ; de maniere que lâchant le Moulinet, toutes ces piéces de bois tombent debout, & bouchent le paſſage de la Porte, quoique elles ſoient rompuës en partie, Exemple B.

On fait au devant de la Porte qui regarde la campagne un Pont-levis, qu'on éleve avec la Bacule, qui eſt en dedans la Porte, & qui ſoûtient le Pont-levis avec deux fortes chaînes, Exemple C.

Tout auprés de la Porte il doit y avoir un Corps-de-garde avec deux portes, pour courir plus aiſément aux Armes, & des Rateliers pour les ſoûtenir, Exemple D.

Enſuite du Pont-levis eſt le Pont-dormant, qui eſt d'ordinaire de pierre, & ſeroit bien mieux de bois ; tout proche il doit y avoir un Corps-de-garde, élevé ſur des piéces de bois, & détaché du Pont, afin d'éviter les ſurpriſes, & les entrepriſes des Petardiers, Exemple E F.

La Bacule marquée G. ſert à fermer l'entrée du Pont-dormant, & au devant eſt la premiere Barriere, la ſeconde étant ſur l'alignement des Paliſſades, que l'on plante au deſſus du Parapet du Chemin-couvert, hautes de quatre à cinq pieds, le tout eſt marqué des lettres G H.

## *FIGURE CVII.*

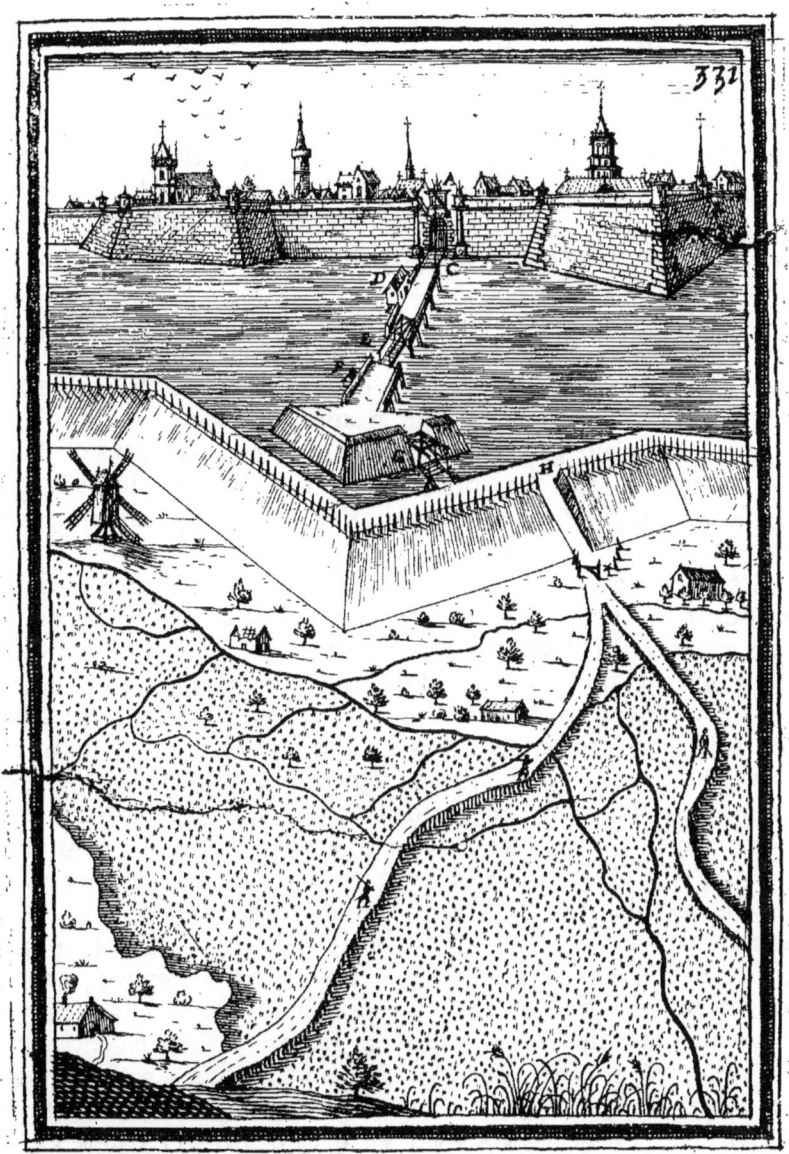

## Des Chemises ou des Revétiſſemens de Gazon & des Facines des Places.

LEs Revétiſſemens des Places, ou les Murailles ſervent naturel-
lement à empêcher que la terre du Rempart qui s'éboule, ne
comble le Foſſé : mais lorſqu'on fortifie des lieux où la pierre eſt rare, & qu'on eſt obligé de ſe ſervir de Gazon ou de Facines, on les
fera comme il s'enſuit.

Pour les Gazons, on choiſit une terre graſſe, pleine d'herbes, &
on les fait larges d'un demi-pied ſur une même hauteur. Leur longueur eſt d'un pied, & quelquefois d'un & demi, ſelon la bonté du
Terrain. On les taille en telle maniere que leur ſolidité ſoit de
figure triangulaire, ou que le derriere de leurs paremens ou faces
aille en pointe, afin que mêlez & entaſſez avec le reſte de la terre
du Rempart, ils s'accommodent mieux, & compoſent une ſeule
maſſe avec tout le corps du Rempart, Exemple A.

Pour les mettre en œuvre, on creuſera leurs Fondemens de 8. ou
10. poûces en terre, puis l'on poſera le premier Lit de Gazons que
l'on attachera à la terre avec de bonnes chevilles de bois ; le ſecond
Lit qu'on mettra au deſſus, doit être en liaiſon, c'eſt-à-dire, un
par deſſus les joints des autres qui ſont deſſous. On continuera toûjours de cette maniere dans tous les Lits, juſqu'à ce qu'on ait at-
trappé la hauteur du Rempart. On ſemera entre les mêmes Lits
de la graine d'avoine, de chiendant, & d'autre herbe liante, de
cette maniere on achevera le Revétiſſement de Gazon, Exemple B.

Mais ſi le Terrain n'étoit pas propre à faire des Gazons, on ſe
ſervira alors de Facines, & on en poſera d'abord un Lit, que l'on
attachera en terre avec de fortes chevilles de bois, enſuite l'on mettra au deſſus un Lit de terre, que l'on battra fortement, & puis
au deſſus on mettra un autre Lit de Facines, qu'on attachera avec
de bonnes chevilles de bois, qu'on tâchera à faire enfoncer juſqu'aux autres Facines, & continuant ainſi de ſuite, en multipliant
les Lits de Facines, ſelon la diſette des terres on élevera le Rempart
& ſon Revétiſſement, comme il eſt marqué dans l'Exemple C.

## FIGURE CVIII.

### De l'Oeconomie, ou de la dépense de la Fortification d'une Place.

AUTREFOIS les Souverains & les Communautez traitoient avec des Ingenieurs pour fortifier leurs Villes, conformément au deſſein qu'ils en propoſoient, & pour les leur rendre en état de défenſe dans un temps limité; étant du devoir des Ingenieurs de ſe pourvoir de Terres, de Pierres, de Chaux, d'Attellages, de Broüettes, de Pelles, & de tous autres Inſtrumens, neceſſaires pour rendre un Ouvrage achevé.

Dans cette vûë les Ingenieurs calculoient la largeur, la longueur, & l'épaiſſeur des Remparts, & des Parapets; afin de ſçavoir au juſte combien il falloit de Terre, de Pierre, ou d'autres Materiaux, pour toute l'Enceinte de la Place, & pour connoître au vrai combien il falloit creuſer & élargir les Foſſez, & en combien de temps cela ſe pouvoit faire: Ainſi ils diſoient combien il falloit dépenſer.

Maintenant on ne traite plus de cette maniere: Les Souverains ont des Ingenieurs particuliers, & des Intendans, dont les uns donnent le deſſein des Fortifications, les autres fourniſſent la Pierre, & d'autres les Attellages: Ceux-là ont ſoin de faire hâter les Ouvriers dans le Travail, & ceux-ci ont l'ordre de fournir l'Argent. En un mot, cela paſſe maintenant par tant de mains, qu'il eſt difficile de ſçavoir combien une Place coute à faire élever, à moins qu'on n'aſſemble tous leurs contes en un, ce qui ne ſe peut faire qu'aprés que l'Ouvrage ſera entierement achevé.

Mais la belle Oeconomie pour fortifier une Place, eſt de ne pas faire ces Remparts d'une hauteur extraordinaire, & cela pour deux raiſons; la premiere eſt, que c'eſt une dépenſe exceſſive & inutile: l'autre que ces Remparts ſi élevez empêchent que ceux qui ſont derriere le Parapet, puiſſent défendre le Foſſe & les Chemins-couverts, joint que des Remparts & des Parapets ſi élevez ſont trop ſujets aux Batteries des Aſſiegeans.

## Du Toisé en general.

IL y a dans l'Architecture Militaire auffi-bien des Intendans & des Experts pour juger & pour mefurer les Ouvrages, qu'il y en a dans l'Architecture Civile ; c'eft pourquoi je ne m'arréterai pas à deduire fort au long la maniere de leur Calcul : mais je dirai que des Toifes de travail étant multipliées par Toifes, il en vient des Toifes quarrées.

Les Toifes étant multipliées par pieds, il en vient des pieds, dont les fix font la Toife quarrée, & chacun des mêmes pieds vaut fix pieds quarrez.

La Toife multipliée par des poûces, donne des poûces, & pour chaque poûce il faut prendre un demi-pied quarré, qui font feptante & deux poûces quarrez.

Les pieds multipliez par des pieds, donnent auffi des pieds, dont il en faut trente-fix pour la Toife quarrée.

Les pieds multipliez par poûces, donnent des poûces, dont il en faut douze pour le pied quarré, & chacun de ces poûces vaut douze poûces quarrez.

Les poûces multipliez par poûces produifent des poûces, defquels 144. font un pied quarré.

On remarquera que dans le Toifé le vuide eft eftimé & mefuré comme folide, & que les Colomnes des Portes, des Architraves, des Frifes, des Modelons, & generalement tout ce qui eft enrichi de Moulures & d'autres Ouvrages de fculpture, fe font à l'eftimation, ou fe mefurent au pied.

Ces principes bien entendus, fervent merveilleufement dans le Toifé, qui demande une grande habitude dans les multiplications & les reductions de plufieurs efpeces en une même denomination ; ce qui eft affez long & ennuieux à faire à ceux qui ont beaucoup d'entreprifes. Auffi on le refout avec beaucoup plus de promptitude & fans grande difference, par l'ufage de l'Arithmetique en Difme, ainfi qu'on le peut remarquer dans les Chapitres qui en traitent de ma Geometrie curieufe.

## De la mesure ou du toisé du solide des Remparts, Parapets, Banquettes, Fossez, &c.

ON toise toûjours le corps du Rempart en particulier aussi-bien que celui du Parapet & de sa Banquette, & ajoûtant leurs sommes particulieres en une seule, on aura toute la capacité du Corps ou du Solide qui environne la Place.

Soit à mesurer, par exemple, la solidité de tout le Rempart, depuis A. le milieu d'une Courtine, jusqu'à D. l'Angle flanqué d'un Bastion : Pour cét effet il faut avoir recours à la Planimetrie, & sçavoir combien la baze de tout ce Rempart A B C D E F G H. contient de toises en superficie. De plus il faut venir à la connoissance de la superficie superieure du Rempart I K L M N O P Q. & sçavoir aussi combien elle contient de toises en superficie ; & ces deux superficies étant ajoûtées ensemble, feront une somme de laquelle on prendra la moitié.

Puis soient connuës & ajoûtées ensemble les bazes des cinq Pyramides R. S. T. V. N. qui se forment aux Angles rentrans, & qui ont leurs sommets sur le Rez-de-chaussée, & leur baze dans la solidité du Rempart ; La sixiéme partie de leur addition soit ajoûtée avec la moitié exprimée dans l'article precedent.

De plus soit soustrait de cette derniere somme totale la sixiéme partie de l'addition des bazes des autres cinq Pyramides Z. Y. 1. 2. 3. qui se forment aux Angles saillans, & qui ont leur baze sur le Rez-de-chaussée, & le sommet en haut. Enfin soit multiplié ce reste par la hauteur du Rempart, & on aura la juste solidité de tout le Rempart de l'Exemple proposé.

Continuant de méme par tout les autres Bastions, on viendra à la connoissance de toute l'Enceinte du Rempart de la Ville.

Pour les Parapets & les Banquettes, on suivra les mêmes Regles.

Le Fossé se trouve comme le Rempart, n'étant qu'un Solide renversé.

La Figure 4. represente deux Pyramides de l'Angle rentrant B. Et la Figure 5. deux Pyramides de l'Angle saillant G.

FIGURE CIX.

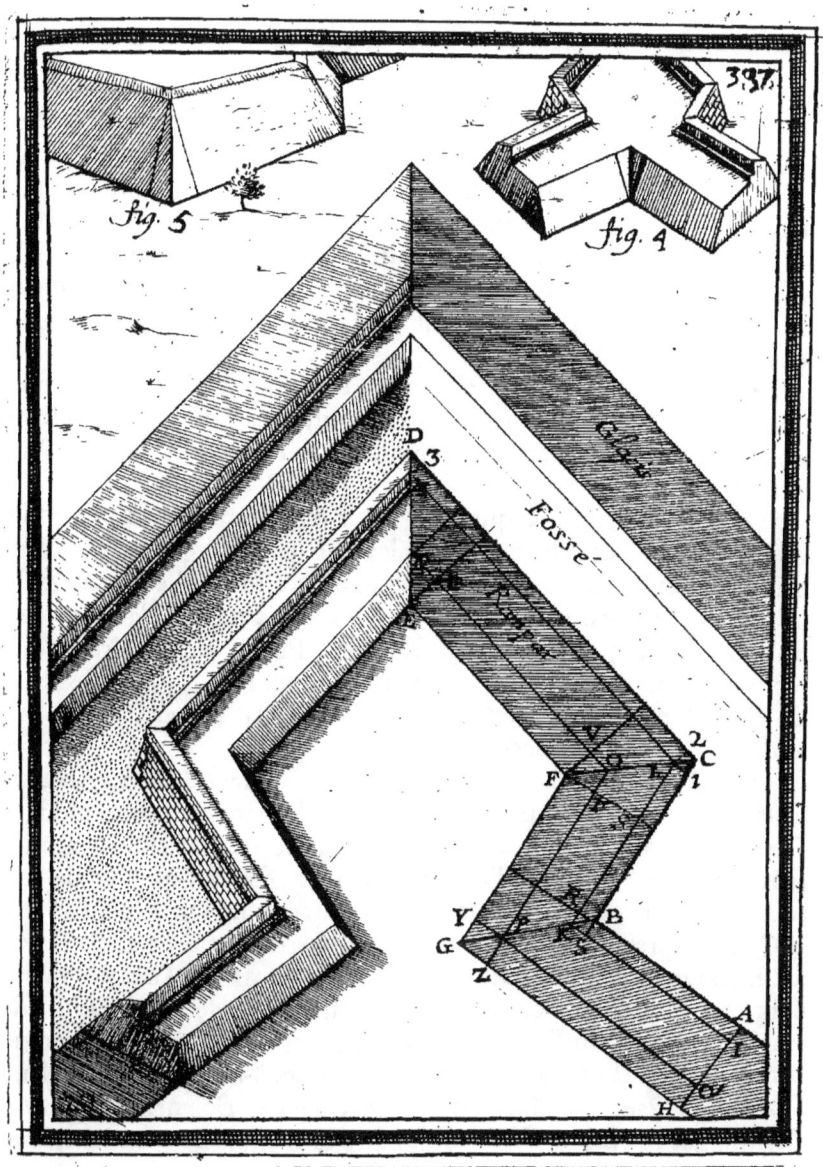

*Profil des Dehors.*

LEs Dehors, qui approchent le plus prés du Centre de la Place doivent toûjours être les plus élevez, afin de commander aux premiers, s'ils venoient à être pris ; & eux-mêmes doivent être plus bas que le Corps de la Place, afin d'être toûjours fous fa défence.

Ainfi la hauteur des Dehors fe limite felon la hauteur de la Place ; & comme il eft tres-rare de trouver deux Places d'une même hauteur, auffi eft-il tres-mal-aifé de donner au jufte l'élevation précife des Dehors.

Les terres qui fervent à élever les Dehors, fe tirent toûjours de leur Foffé. Ainfi on doit élargir & creufer ces Foffez en telle forte, qu'on ait fuffifamment de la terre pour faire leurs Remparts, Parapets & Glacis.

Pour le Ravelin A. quand il n'eft environné que du Chemin-couvert, fon Rempart fera affez élevé de 4. ou 5. pieds, ou d'une toife tout au plus fur le Rez-de-chauffée, afin qu'il commande fur le Glacis du Chemin-couvert ; & fur tout le refte de la campagne. Son Parapet doit être comme celui de la Place, c'eft-à-dire, de 6. pieds de haut, fur 15. d'épaiffeur tout au moins. Quand les terres du Foffé font en abondance, on en remplit la capacité des Glacis ainfi des autres Ouvrages.

Quand un Ravelin B. eft précédé d'un Ouvrage à Corne C. alors le Rempart du Ravelin fera de 8. pieds de hauteur, & celui de la Corne de 6. afin que le Terre-plain de la Corne foit fous le feu du Ravelin. Le Parapet de l'un & de l'autre fera à l'épreuve du Canon, fi faire fe peut, auffi-bien que le Parapet des Ouvrages fuivans.

Quand aprés un Ouvrage à Corne il fe rencontre un petit Ravelin D. ou quelqu'autre Ouvrage, leur Rempart, fi l'on y en fait, doit être bas : C'eft pourquoi il fera affez élevé de 3. ou 4. pieds fur le Rez-de-chauffée : & fi cét Ouvrage étoit encore précedé comme d'une Tenaille E. ou d'un Bonnet-à-prêtre F. on ne leur fera qu'un Parapet, afin que des Ouvrages fi éloignez foient fans élevation, & fujets aux défences des autres Dehors qui font derriere.

## FIGURE CX.

## Profil des Forts de Campagne.

ON fait quelquefois de ces Forts auprés d'une Ville pour fortifier des Commandemens, des Passages des Rivieres, & d'autres Postes, qui pourroient faciliter la prise de la Place. Les Assiegeans en fortifient aussi leurs lignes de Circonvallation, leur Parc,
& leur Quartier des Vivres.

De tous les Forts de Campagne il n'y en a point de plus usitez
que la Redoute & les Forts à Etoile, à quatre ou à cinq Angles,
qui sont neanmoins plus foibles que le Quarré fortifié de quatre
Demi-bastions.

Tous ces Forts sont grands, moyens, ou petits.

Les petites Redoutes A. servent d'ordinaire de Corps-de-gardes
dans les Tranchées. Elles ont leurs côtés longs de 6. toises. Les
moyennes les ont de 8. & les grandes de 12. & plus, selon l'étenduë
du lieu qu'on desire occuper.

Les petites n'ont d'ordinaire qu'un simple Parapet, avec une ou
deux Banquettes. Il n'est pas necessaire que ce Parapet soit à l'é-
preuve du Canon; 8. ou 10. pieds d'épaisseur suffisent, avec un Fossé
de pareille largeur, à cinq pieds de profondeur.

Les moyennes B. servent à défendre les lignes de Circonvallation.
Elles ont trois ou quatre petites Banquettes, ou un petit Rempart,
élevé sur le Rez-de-chaussée de 4. ou 5. pieds, afin qu'elles découvrent & commandent sur la ligne de Circonvallation. Leur Fossé
doit être plus large que celui de la Circonvallation de 4. ou 5.
pieds, & la hauteur de leur Parapet au dessus des Banquettes sera
de 4. pieds.

Les grandes Redoutes C. n'ont point de mesure déterminée pour
leur Rempart : mais leur Parapet doit toûjours être à l'épreuve de
l'Artillerie, & leur hauteur au dessus des Banquettes de quatre
pieds & demi.

Les Profils des Etoiles E. & des autres Forts de Campagne F.
grands, moyens ou petits, se feront sur les mesures des Redoutes
précedentes, à raison de leur grandeur & étenduë. On remarquera
que tous les Forts de Campagne doivent être fraisez pour empêcher
la desertion des Soldats.

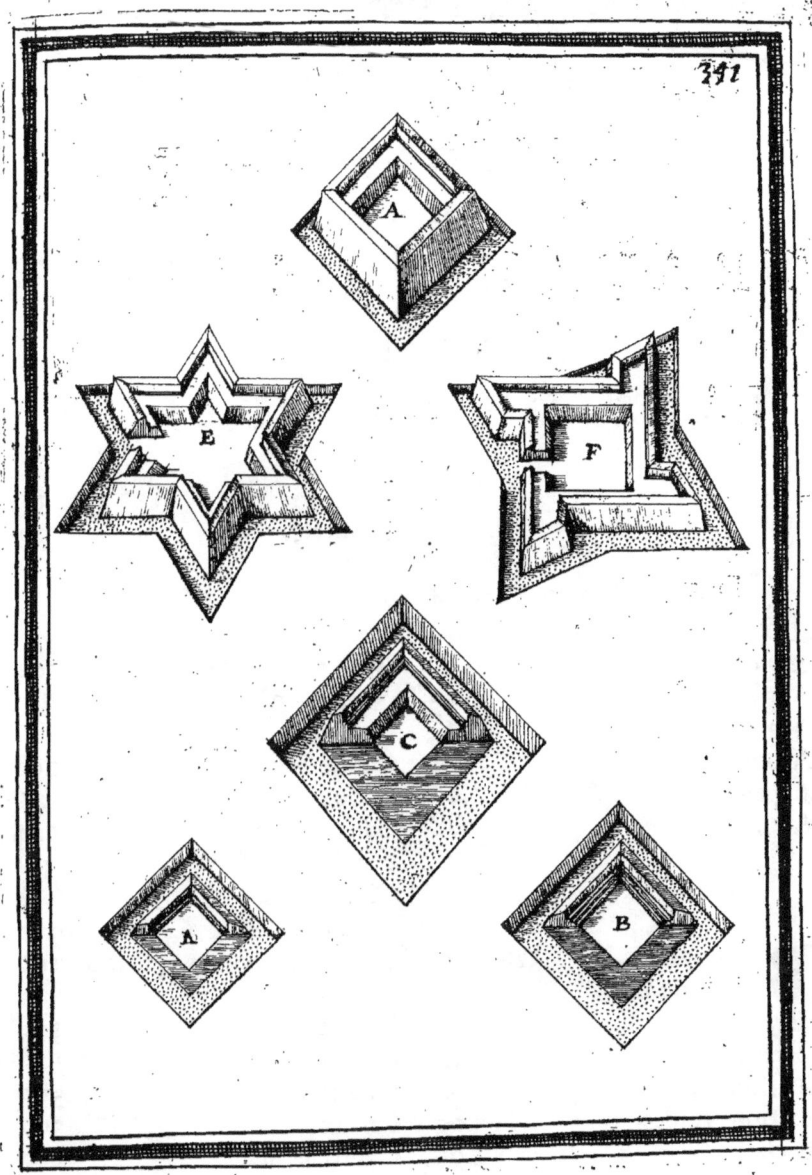

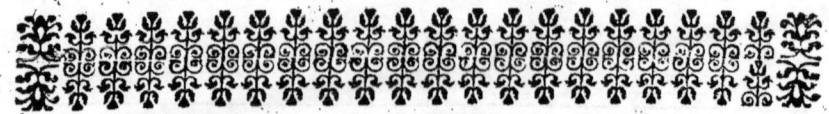

# TABLE ALPHABETIQUE

## DU SECOND TOME.

### DES

# TRAVAUX DE MARS,

## OU DE

# L'ART DE LA GUERRE.

# TABLE.

# TABLE.

*Fin du fecond Tome.*

27
46
115
16
24
24
36
18
4